Nicole
Londe

Mai 2008

FOLIO POLICIER

Larry Beinhart

Le bibliothécaire

*Traduit de l'américain
par Patrice Carrer*

Gallimard

Titre original :

THE LIBRARIAN

Larry Beinhart, né en 1947, est américain et vit à Woodstock, dans l'État de New York. Il a été récompensé par le prestigieux Edgar Award. *Reality show*, adapté au cinéma par Barry Levinson sous le titre *Des hommes d'influence*, avec Robert De Niro et Dustin Hoffman, et publié par les Éditions Gallimard en 1995, a été accueilli comme un « livre révélation » sur le dessous des cartes de la fin du XXᵉ siècle. *Le bibliothécaire* a reçu en France le Grand Prix de littérature policière 2006.

Pour Gillian Farrell,
muse,
et Larry Berk,
bibliothécaire
et gardien du temple

CHAPITRE 1

— Conquérir le monde, décréta le vieillard, ça se fait au grand jour.

C'était le début de l'automne, une de ces belles journées ensoleillées où la lumière est pure, la brise caressante plutôt que mordante, l'air saturé des parfums de la nature. Au loin galopaient de splendides chevaux.

L'homme portait une parka matelassée ; de rares cheveux blancs dépassaient de sa casquette en tweed.

Son interlocuteur lui rendait presque une vingtaine d'années. Ses cheveux étaient gris ; il avait enfilé un manteau de cachemire par-dessus son costume, mais portait aux pieds, par souci de confort, des chaussures de sport genre *cross-trainer*.

— Les entreprises les plus susceptibles d'aboutir sont celles que l'on aura dissimulées à l'ennemi jusqu'au moment de leur exécution, répliqua-t-il.

Il avait marmonné cette phrase, et le vieux à la casquette ne la comprit que grâce à sa connaissance de Machiavel.

— On a beau garder sa tactique secrète, on ne peut pas cacher qu'on est en guerre.

— Et Pearl Harbor, alors ?

— Bah, grogna le plus âgé des deux hommes. On

11

savait bien qu'on allait droit à l'affrontement avec le Japon, ou en tout cas on aurait dû le savoir. Ils essayaient de mettre le grappin sur toute l'Asie, et on les privait de pétrole. De pétrole ! Qu'est-ce qu'ils auraient pu faire d'autre ?

— Et les terroristes ?

— Il n'y a jamais eu le moindre doute sur ce que veulent faire Al-Qaida, le Hezbollah et tous les autres. Ce n'est pas un secret, ils le prêchent dans les mosquées, au coin des rues. Il faut bien que ce soit au grand jour pour qu'ils arrivent à convaincre les gens, à les recruter.

L'homme au manteau de cachemire secoua la tête d'un air dubitatif. Cette théorie ne le dérangeait pas, mais il n'était pas près d'y adhérer. Il n'était venu que pour ramasser un chèque, une liasse de chèques, afin d'assurer la circulation de l'argent qui maintenait son protégé à la présidence du pays.

— Nous sommes à *ça* de devenir les maîtres du monde, poursuivait l'autre, en tenant son pouce et son index écartés de quelques millimètres. Et on y est arrivés en agissant au grand jour. Du concept de destinée manifeste à celui de guerre préventive ! D'accord, on dit qu'on le fait pour le bien du monde, mais ce n'est pas un secret pour autant.

Les deux hommes gardaient le visage tourné vers le généreux soleil, dispensateur de cette chaleur dont les vieux ont tellement besoin. Sans vraiment se regarder, ils se comprenaient ; le moins décati des deux émettait des petits bruits d'approbation satisfaits.

— La seule chose qui pourrait tout compromettre,

12

reprit le bailleur de fonds, ce serait qu'on perde cette élection. Ça nous ramènerait en arrière de...

Son geste suggérait une durée qui, pour n'être pas infinie, n'en était pas moins nettement trop longue.

— On ne va pas la perdre, répondit son ami en pensant au chèque, et à tous les autres chèques, et aux centaines de millions de dollars dont ils disposaient pour la campagne.

En comptant tous les groupes religieux, les comités de soutien et les groupements d'intérêts, sans oublier les bureaux du parti au niveau de chaque État, on ne devait pas arriver loin du milliard de dollars. Cette idée le réchauffait et le réconfortait encore plus que le soleil.

— Juste au cas où... ajouta le donateur.

— Oui ?

— J'ai un plan.

— Bien, fit l'homme au manteau de cachemire.

Il montrait qu'il écoutait par respect, et à cause de l'argent, mais nullement parce qu'ils pouvaient avoir besoin d'un plan quelconque.

— Ça va vous plaire, gloussa son aîné en lui jetant par-dessous sa casquette un regard à la fois rusé et ravi de sa ruse.

L'autre, intrigué, se pencha davantage. Connaissant l'intelligence de ce type, il était curieux de l'entendre, même s'il n'y avait aucune chance que son plan débouche sur quelque chose de concret.

— Ce n'est pas de la grande stratégie, précisa le vieillard. C'est de la tactique. Alors, il y a intérêt à garder ça secret. Top secret.

CHAPITRE 2

Elaina Whisthoven aimait les livres. Croyant que cet amour lui serait payé de retour, et désireuse de servir l'humanité, elle était devenue bibliothécaire. Elle portait de grandes lunettes ; ses longues boucles étaient toujours propres, bien brossées, mais elles voyaient rarement le coiffeur. Mal rétribuée, elle vivait comme une bonne sœur dans une chambre qu'elle louait à un professeur d'université à la retraite et à sa vieille épouse. Cette pièce s'était retrouvée vide lorsque leurs enfants, devenus grands, étaient partis s'installer dans l'Ouest.

Quand je lui ai annoncé que je la virais, elle a ouvert la bouche sans réussir à prononcer une syllabe. Il m'a semblé qu'elle chancelait. C'était une femme mince, qui cachait sans doute un corps attirant sous ses frusques ; mais je n'aurais jamais pu m'imaginer en train de la déshabiller, sous peine de me faire l'effet du marquis de Sade effeuillant Justine en prélude à de sordides et perverses profanations.

Quand je lui ai annoncé, donc, que je la virais, j'ai eu l'impression de détruire une fleur délicate, de casser sa tige, d'écraser ses pétales.

14

Elle n'avait commis aucune faute. Strictement aucune. Je le lui ai affirmé.

Ses lèvres ont remué ; je n'ai pas distingué les mots, mais je savais qu'elle disait :

— Si, j'ai bien dû en commettre.

— Non, non, vous avez fourni un excellent travail, lui ai-je assuré en espérant limiter les dégâts que je me voyais en train de provoquer.

Elle restait là, pétrifiée, et je constatais que ma dernière observation restait sans effet sur elle, que le travail de sape se poursuivait, de ses yeux à sa poitrine, en passant par son mince cou frémissant. Essayant désespérément de m'expliquer, j'ai poursuivi :

— C'est le budget national, vous voyez, il a été conçu pour détruire les services publics.

Pas moyen de déterminer si Elaina jugeait cette allégation inacceptable ou si elle était seulement paralysée, tel un faon qui a eu le malheur de s'aventurer sur une autoroute.

— Et ça a eu des conséquences pour notre État, comme pour bien d'autres.

J'ai cru voir Elaina bouger légèrement la tête.

— Je sais que notre président avait déclaré qu'il se ferait le champion de l'éducation, et c'est dur d'admettre qu'il ait pu délibérément entreprendre de démanteler l'enseignement public. C'est pourtant le cas, et notre établissement a été touché comme les autres. Le recteur de l'université a reçu de l'Institut du patrimoine un rapport sur les bibliothèques, financé par des capitaux privés. Ce rapport conclut que les bibliothèques, tant universitaires que publiques, conservent bien trop d'ouvrages papier. À part quelques rares volumes présentant un intérêt histo-rique, tout ce papier pourrait être avantageuse-ment remplacé par une cyber-bibliothèque, une seule grande bibliothèque pour tous, à laquelle chacun accéderait par ordinateur depuis son bureau ou son domicile. La numérisation des catalogues et des docu-ments réduirait presque à zéro le besoin de biblio-thécaires, sauf virtuels, et tout cet espace serait libéré.

J'ai désigné d'un geste les salles de lecture et les rayons que l'on apercevait, depuis mon bureau, à l'étage où nous nous trouvions, ainsi que les trois niveaux inférieurs et l'étage supérieur.

— Cette mesure permettrait de réaliser des éco-nomies supplémentaires, en réduisant le besoin de constructions permanentes. Voilà un espace qui pour-rait être dévolu à des salles de classe, ou à des dortoirs — ce qui, en fait, rapporterait de l'argent.

« Personnellement, ai-je poursuivi, j'aime les livres.

Je me suis demandé lequel de nous deux risquait de se mettre à pleurer le premier. Cette fille, avec sa confiance en elle réduite en morceaux ? Ou bien moi, bouffé par la culpabilité et l'amour des bouquins, sans parler de la poésie ? J'ai repris énergiquement :

— Je n'aime pas lire quelque chose de sérieux sur un écran, et j'ai l'impression, bien que je n'aie pas les moyens de financer une étude là-dessus, qu'il ne s'agit pas seulement d'un préjugé personnel. J'ai remarqué, et vous aussi, j'en suis sûr, que les étudiants ont tendance à se disperser lorsqu'ils tra-vaillent sur ordinateur. Ils sont peut-être censés lire, mais ils téléchargent de la musique, ils jouent à des jeux, ils font la causette avec des internautes, ils regardent...

Je me suis arrêté juste avant de dire « de la por-
nographie », mais il était trop tard pour redresser
complètement la barre et c'est devenu « des documents à caractère érotique ». J'avais quand même le
sentiment d'avoir émis une remarque inappropriée.
C'en était trop pour Elaina, qui a fondu en larmes et
s'est enfuie en courant au moment où je proclamais :

— Vous voyez, cette décision n'a rien de personnel,
c'est une question de réductions budgétaires. De
réductions budgétaires !

Je crains qu'elle n'ait pas entendu.

Après une telle séance, je ne pensais pas qu'Elaina
accepterait de m'adresser à nouveau la parole. Néanmoins, quelque six mois plus tard, par une belle journée du début de l'automne, elle se présenta à la
réception de la bibliothèque et demanda à me parler.
C'était le commencement du nouveau semestre.
Elaina paraissait tendue mais décidée, et je me rappelle qu'elle portait une robe bleue à fleurs. Et des
chaussures confortables.

— J'ai un emploi, m'a-t-elle annoncé.

J'avais rarement ressenti un tel soulagement.

— Formidable !

— Je travaille, j'ai un emploi, a-t-elle insisté, à la
limite du bégaiement. Dans une bibliothèque privée,
en quelque sorte.

— Excellent.

— Vous avez entendu parler d'Alan Carston
Stowe.

Ce n'était pas une question, mais j'ai quand même
hoché la tête affirmativement. Oui, j'avais entendu
parler de lui. Je n'aurais su dire son âge exact, mais

il était très vieux. Il vivait non loin de là, sur une grande propriété. Après avoir hérité de vastes terrains en Virginie, il avait compris qu'en subdivisant, en construisant et en vendant, il pouvait réaliser de non moins vastes profits. Ce n'était peut-être pas la découverte du siècle, mais il l'avait pressée comme un citron, avec une détermination et un enthousiasme inégalés, et s'était mis à acheter de nouveaux terrains pour pouvoir continuer à subdiviser, à construire, à vendre. Après quoi, il avait ajouté à la liste de ses exploits la création de centres commerciaux et de parcs industriels, devenant ainsi l'un de nos pionniers en matière d'urbanisation sauvage. Bien qu'il n'ait probablement été ni le premier ni le seul responsable, on lui attribuait le mérite d'avoir popularisé les Mac-Maisons, le produit phare du nouveau marché immobilier.

— C'est juste un temps partiel, a repris Elaina. Deux ou trois heures tous les soirs.

— Ben, quand même, ai-je commenté.

— Je... j'ai menti... Non, non, je n'ai pas menti... M. Hauser...

Ce professeur à la retraite qui lui louait une chambre.

— C'est quand je... pendant la période où je touchais encore les indemnités de licenciement... C'est à ce moment-là que j'ai posé ma candidature pour ce poste. M. Hauser m'a dit de déclarer que j'étais encore employée ici, que ça améliorerait mes chances d'obtenir cette place. Il a ajouté que si je ne gagnais rien du tout il serait obligé de me flanquer à la porte et que je me retrouverais sans abri, et que je n'avais pas un profil de SDF.

— Pas de problème, ai-je fait. Techniquement, ce n'était pas un mensonge, il n'y a aucun problème. Vous êtes quelqu'un de bien, Elaina.

— J'ai besoin de votre aide.

— Qu'est-ce que je peux faire pour vous ?

— J'ai besoin... Je suis un peu stressée. J'ai besoin de ne pas aller travailler pendant quelques jours.

— Hein ?

Je ne voyais pas en quoi cela me concernait.

— J'ai très peur de perdre cet emploi. Je me suis dit que peut-être, si je trouvais quelqu'un pour me remplacer, le problème serait résolu, je ne me ferais pas renvoyer pour cause d'absence.

— Vous ne pouvez pas vous faire porter pâle ?

Elle a secoué la tête d'un air horrifié. On aurait dit une souris craintive. J'ai sorti la liste des membres de mon personnel, en me demandant qui serait susceptible d'apprécier quelques heures de travail supplémentaires par semaine. Ou plutôt, qui serait susceptible de les apprécier *le plus*, vu que nous en avions tous besoin. Après avoir mentionné quelques personnes, je me suis rendu compte que les légers mouvements de tête d'Elaina voulaient dire non. Rien d'aussi catégorique que des hochements, mais assez pour que je comprenne que j'avais tourné au mauvais embranchement.

— Qu'est-ce qu'il y a, Elaina ?

— Est-ce que vous accepteriez de vous en charger, vous ? a-t-elle balbutié.

— Je ne sais pas. Il y a plusieurs...

— J'ai vraiment peur de perdre cet emploi. J'en ai parlé à M. Stowe, et il a demandé qui nous avions. J'ai mentionné Inga, Mme Lokisborg, et il a dit que ce serait très bien, après tout elle est bibliothécaire en chef, mais... mais...

— Mais quoi ?

— Elle a refusé. Elle s'est mise en colère contre moi.

— Je suis désolé.

— Alors, j'ai pensé que vous, peut-être, en tant que directeur du service informatique de la bibliothèque...

Plutôt que de déclarer carrément que j'occupais un poste plus élevé que celui d'Inga, elle a esquissé un petit geste.

— Je sais que c'est vous qui feriez le meilleur travail, et comme ça, si vous y alliez, ils ne seraient pas déçus. S'il vous plaît.

Dans des circonstances ordinaires, je suis certain que j'aurais refusé. Mais quand les pétales que l'on a froissés et jetés dans la boue se défroissent et appellent à l'aide, qu'est-ce que l'on est censé faire ?

Le soir même, je franchissais la barrière du domaine d'Alan Stowe. En voilà un, au moins, qui n'avait pas été subdivisé ; sa superficie devait approcher les cent dix hectares de terrain, du premier choix. Pour se faire une idée de ce genre d'endroit, il ne serait pas inutile d'aller jeter un coup d'œil en Angleterre à ces grandes résidences assorties de collines et de bassins artificiels au gré des fantasmes bucoliques de paysagistes tels que Capability Brown, avec gazons broutés par les moutons, murets en pierre du pays, arbres centenaires dressés dans un splendide isolement au milieu de pelouses impeccables.

J'avais demandé à Elaina de téléphoner pour annoncer mon arrivée.

C'était un haras en activité. Je n'avais aperçu les chevaux qu'à travers la vitre de ma Saab vieille de quatorze ans, mais d'après ce que j'avais pu distinguer, ils paraissaient aussi soignés, lustrés et luxueux que tout le reste de la propriété.

À dix-huit heures trente sonnantes, je me suis présenté à l'entrée de la demeure. Un homme vêtu d'une sorte d'uniforme a ouvert la porte. Il m'est venu à l'esprit qu'il pouvait s'agir du majordome, mais n'ayant encore jamais vu de maison avec majordome, je ne pouvais en être certain. J'ai préféré m'abstenir de l'interroger, au cas où ç'aurait été le fils de la maison qui aimait s'habiller d'une manière spéciale. Je me suis contenté de me présenter, sur quoi il m'a fait pénétrer à l'intérieur de la demeure. Elle était aux MacMaisons de Stowe ce qu'un filet mignon est à un Big Mac — le rêve dont ces constructions ne sont qu'une imitation de pacotille. Une description minutieuse, au coup par coup, de ses boiseries, de ses peintures, de ses tapis, de ses meubles, ne rendrait pas justice à son intrinsèque splendeur.

La bibliothèque était une merveille, comme tout le reste. À l'université, nous fermions de plus en plus tôt, en rognant progressivement sur les dimanches et les jours fériés ; nos murs étaient nus, nos étagères d'acier dépourvues du moindre ornement, et nos salles baignaient dans la lumière grelottante des néons ; mais cet endroit était équipé d'étagères en acajou, de meubles aussi élégants que confortables, et éclairé par des lampes à incandescence.

Stowe était vieux, il avait l'air grincheux.

— Où est Mme Lokisborg ?

— Elle n'était pas disponible, ai-je répondu. Je suis le directeur du service informatique de la bibliothèque, et Mlle Whisthoven a pensé que vous jugeriez mes qualifications appropriées.

— Bien, bien, vous pourrez expliquer à Mme Lokisborg à côté de quoi elle est passée. Je suppose que vous ferez l'affaire. Vous savez ce qu'on attend de vous, j'espère ?

— Eh bien, plus ou moins. Mais vous pouvez me le redire, si vous voulez.

— Je ne devrais pas avoir à le faire. Un employé doit connaître son travail. Tous mes employés connaissent leur travail, sinon ils se retrouvent dehors, sur le cul. C'est ce qui vous attend si vous ne donnez pas satisfaction.

Les bibliothèques sont des havres de liberté. Des refuges propres et secs dans un monde livré aux intempéries. Elles sont remplies d'idées et d'informations. Par ailleurs, elles ont tendance à attirer toutes sortes de zozos et de zinzins et de paranos qui traînent des chariots de supermarché regorgeant de scénarios de conspiration. Même les bibliothèques universitaires, avec leur accès limité sur un campus sécurisé. Après tout, il y a pas mal de profs et d'étudiants qui ont pété les plombs. Au fil des ans, je m'y suis habitué ; ayant appris à les considérer comme inoffensifs, je ne m'offusque jamais de leur comportement. La meilleure façon d'agir, tant qu'ils n'en viennent pas à la violence physique, c'est encore de faire mine d'entrer dans leur jeu. Stowe m'avait l'air d'appartenir à cette catégorie de personnages, et j'ai décidé de le traiter comme eux, en hochant la tête et en restant neutre, ni contrariant ni condescendant.

— Il y a des secrets, ici, a repris Stowe. De grands secrets.

— J'en suis certain.

Des papiers se trouvaient devant lui, sur la table de lecture à laquelle il était assis. Il les a poussés vers moi en m'ordonnant :

— Signez.

J'ai baissé les yeux vers les pages noircies de petits caractères. Le bois sur lequel elles étaient posées était tellement verni que tout s'y reflétait, le plafond, les lumières, le vieux Stowe, ma main et mon bras. Nous avions l'air de ces nains difformes qui vivent dans un monde de vase au fond de la rivière.

Il s'agissait d'un accord de confidentialité, le contrat type que les entreprises ou les gens fortunés concluent avec les minus pour les avertir, en substance : si tu parles de mes affaires à quiconque, je serai en droit de te ruiner, de te prendre ta chemise, de te priver de ton toit, de piquer les roues de ton véhicule et de faire main basse sur tout le fric que tu as pu mettre de côté pour tes vieux jours. Évidemment, j'ai signé, en me disant que ce type ne risquait pas de dissimuler quoi que ce soit que j'aie le moindre besoin ou la moindre envie de révéler à quiconque. Après tout, je n'allais travailler là que pendant deux jours, le temps qu'Elaina se repose ou aille voir un médecin, ou qui elle voulait.

— Est-ce que vous aimez la poésie ? m'a demandé Stowe pendant que je me tâtais les poches à la recherche d'un stylo.

— Oui. Beaucoup, en fait.

— Je veux dire, la vraie, avec des rimes ! a-t-il ajouté. Et quelque chose à dire !

— Du genre, « On peut causer de gin, cancaner sur la bière / Quand on est cantonné gentiment à l'arrière... » ?

C'était un extrait de *Gunga Din*. Je suppose que mon choix avait été influencé, de manière presque inconsciente, par les œuvres complètes de Rudyard Kipling que je venais d'apercevoir sur les étagères — vingt-six volumes, pas moins, reliés en cuir rouge.

Ce poème raconte l'histoire d'un porteur d'eau indien qui sert dans l'armée britannique, et se montre loyal envers ses maîtres au point de recevoir une balle à la place du narrateur, un soldat britannique. Un véritable hymne à l'impérialisme, constellé d'observations racistes aussi désinvoltes que « Son cuir était noir, et pourtant que n'ai-je / Sous mon teint plus clair son âme de neige... ». N'empêche que Kipling était doué comme pas deux pour raconter de belles histoires en se servant d'expressions familières. Ses poèmes, débordant d'humanité, avancent au pas cadencé comme autant de fantassins bien entraînés ; ses rimes ne paraissent jamais forcées — d'une richesse et d'une justesse extrêmes, elles donnent l'impression que ce qu'elles disent n'aurait jamais pu être énoncé d'une autre manière.

Je me suis mis à réciter tout le poème.

Kipling n'est pas seulement le chantre de l'impérialisme, c'est aussi celui de l'aventure qui fait battre le cœur des jeunes garçons ; je l'avais adoré, et visiblement mémorisé, quand j'avais dix ou onze ans. Il y a quelque chose de noble, qu'on le veuille ou non, chez les garçons de cet âge-là, quelque chose qui les pousse à vouloir devenir de hardis cow-boys aux pistolets fumants, des éclaireurs indiens, des explorateurs, des mousquetaires du Roi ou encore, parfaitement, des soldats de la Reine.

Il y avait bien longtemps de cela, Stowe avait été un garçon de dix ans, lui aussi, et il avait alors appris ces poèmes. Il s'est mis à marmonner pour m'encourager, et nous avons récité ensemble *Gunga Din* jusqu'à son apothéose, d'une sentimentalité exaltante.

Lorsque nous avons eu fini, Stowe a agité une clochette et, quelques secondes plus tard, la domestique arrivait.

— Rita, servez-moi à boire, lui a-t-il demandé, sans avoir à préciser ce qu'il voulait, ou comment il fallait que ce soit préparé. Et servez aussi le bibliothécaire.

Il s'agissait d'un bourbon haut de gamme, mais je n'avais aucun moyen de savoir lequel, car il était servi en flacon. Je l'ai siroté d'un air appréciateur, à l'instar de mon hôte, tout en étant obligé de reconnaître que je n'avais pas sa descente.

— Quand j'étais gosse, a-t-il lancé, la carte du monde était rouge.

Il a ajouté sèchement :

— Et je ne parle pas des communistes.

— Je vois ce que vous voulez dire.

Je me souvenais de ces cartes ; elles étaient encore en usage au milieu des années cinquante. La minuscule Angleterre et l'Empire britannique — ou le Commonwealth — y étaient toujours marqués en rouge ; de vastes territoires : le Canada, l'Inde, l'Australie, une bonne partie de l'Afrique, les protectorats du Moyen-Orient, les avant-postes du Pacifique, côté asiatique. Il suffisait de faire tourner un globe terrestre pour se rendre compte que c'était littéralement vrai : le soleil ne se couchait jamais sur l'Empire britannique.

— C'est Kipling, a repris Stowe, qui a encouragé les Américains à reprendre le flambeau.

— Exact.

Plus précisément, Kipling nous avait dit de reprendre « le fardeau de l'homme blanc », dans un poème de ce titre publié par le magazine *McClure* en 1899.

— Et on l'a repris, fils. Pour le reprendre, on l'a repris.

— Mmm.

— Voilà ma vie, a déclaré Stowe.

D'un geste vague du doigt, il a indiqué l'angle de la pièce. Les étagères du bas, non contentes de crouler sous les paperasses, étaient à demi dissimulées derrière des piles de boîtes de rangement en plastique.

— Et il y en a encore beaucoup ailleurs, plein des entrepôts. Au travail, au travail !

Ce travail ne présentait pas de difficultés particulières. La plupart des papiers et des souvenirs de Stowe concernaient des terrains qu'il avait dévastés pour en tirer de l'argent. Nonobstant mes instincts égalitaristes, une fois que j'ai fini par admettre que les employés de cette demeure étaient là pour qu'on fasse appel à eux, j'ai trouvé extrêmement plaisant d'avoir du personnel. Si je voulais un café, ou toute autre boisson, il me suffisait de solliciter Rita, la bonne. Lorsque j'étais prêt à m'en aller, je devais prévenir Bill, le majordome, et il faisait avancer ma voiture. Comme ils s'obstinaient tous les deux à me donner du « monsieur », je leur ai fait observer que j'étais un employé, comme eux. Bill a répondu :

— Oui, monsieur.

Rita a renchéri :

— Bien sûr, monsieur.

Le troisième jour, j'étais chez moi lorsque Bill a appelé pour savoir ce que je faisais. J'ai dû expliquer :

— Je ne suis qu'un remplaçant, je remplaçais Elaina. Elle m'avait dit deux jours. Je pensais qu'elle allait revenir ensuite.

— Oh, mon Dieu, a gémi Bill. Elle n'est pas là, et M. Stowe est contrarié. Il était impatient de se mettre au travail, voyez-vous.

— Écoutez, je ne sais pas, Bill. J'ai vraiment eu une longue journée.

— Si cela peut vous aider, je vous envoie la voiture. Je me rends bien compte que, pour beaucoup d'entre nous, la conduite est une activité stressante.

De toute mon existence, personne ne m'avait encore jamais « envoyé la voiture ». J'ai cédé.

C'était une très grande BMW. Le chauffeur s'appelait Raymond. Il était poli, bien que son visage ait une expression redoutable.

Le lendemain, Bill m'a appelé à la fac. Il n'avait pas réussi à contacter Elaina, et craignait de devoir à nouveau improviser dans l'urgence si elle ne se manifestait pas. Pouvais-je venir cette fois encore ? Au besoin, Raymond viendrait me chercher directement à l'université, et le cuisinier me préparerait une collation.

— Vous voyez, monsieur, le patron *tient* à ce projet.

À force de remplacer Elaina qui continuait à ne

pas venir, jour après jour, j'ai fini par devenir le bibliothécaire de M. Stowe.

J'ai constaté, en examinant ses livres de comptes, que le morcellement de ses champs, forêts et collines en parcelles d'un quart d'hectare avait été profitable. Il était parti de quelques petits millions de dollars, pour arriver à un milliard et huit cents millions.

— Je veux atteindre les deux milliards avant de casser ma pipe, affirmait-il.

Il m'a déclaré un jour :

— C'est qu'ils m'auraient stoppé, vous savez.

— Oh, vraiment.

— Ce con de Roosevelt. Il aurait bien aimé instaurer un État socialiste.

J'ai émis un de ces marmonnements d'approbation que l'on réserve aux élucubrations des insensés.

— Bon, bon, on est en train de rattraper le coup. Et nous voici donc, a-t-il lancé d'une voix soudain vibrante d'enthousiasme, à l'aube d'un putain de *deuxième* siècle américain. Pas question de s'arrêter à la fin du premier !

Sur quoi, Stowe a ajouté d'une voix plus douce, presque en aparté :

— Ça a demandé un paquet de fric. J'ai personnellement arrosé en liquide trois présidents différents. Les notes qui le confirment sont là-dedans, quelque part.

CHAPITRE 3

Jack Morgan se tenait très droit, et regardait dans les yeux son interlocuteur plus âgé.

Cet interlocuteur avait les yeux gris. Ses cheveux étaient également gris, et la pâleur grisâtre de son visage suggérait qu'il aurait dû être mort depuis un moment, ou du moins qu'il pouvait mourir d'un instant à l'autre. Mais si Morgan, comme bien d'autres, l'appelait l'Homme Gris, c'est parce que ce type semblait manipuler le monde au moyen de ficelles invisibles, et se trouvait en contact avec des forces souterraines.

L'Homme Gris était dans une forme épouvantable. Aucune tonicité musculaire. Il se déplaçait avec maladresse et la peau, autour de sa bouche, était flasque ; mais ses yeux restaient aussi durs et opaques que la coque du cuirassé *Missouri*. Il paraissait totalement indifférent à son manque de grâce physique ; au contraire, il s'enveloppait dans sa richesse, sa puissance, ses relations avec d'autres bastions de richesse et de puissance, et il dominait la pièce de sa présence.

— Ce vieux fou a un nouveau bibliothécaire. Comment cela se fait-il ? demanda l'Homme Gris.

Traduction : Comment cela avait-il pu rester inaperçu aussi longtemps ? Comment ce sacré bibliothécaire s'y était-il pris pour se glisser au-dessous du radar ? Et comment *Morgan* avait-il pu le laisser passer ?

— J'en assume la responsabilité, monsieur, répondit Jack avec une vivacité toute militaire.

Un chef doit savoir assumer. Jack pourrait gueuler autant qu'il le voudrait une fois qu'il aurait rejoint son bataillon, ou plutôt, en l'occurrence, son équipe spéciale ; mais, face à ses supérieurs, il assumait ses responsabilités. L'Homme Gris lui décocha un regard tellement sinistre qu'il n'eut même pas besoin de dire « Arrêtez vos conneries ». Ayant reçu le message cinq sur cinq, Morgan poursuivit :

— Je vais arranger ça. Vous pouvez compter sur moi.

— Faites le nécessaire, tout le nécessaire, rien que le nécessaire.

L'Homme Gris affectionnait ces formules frappées au coin du bon sens, inspirées de l'enseignement énigmatique des maîtres d'arts martiaux. Censées guider ses troupes, elles lui permettaient surtout de se voir attribuer le mérite de leurs entreprises si celles-ci étaient couronnées de succès — et, dans le cas contraire, d'accabler de reproches les responsables. Cette méthode lui avait été très utile au cours de son ascension vers le pouvoir, d'abord dans le monde de l'entreprise puis dans celui de la politique, et elle continuait à lui rendre de grands services. Une méthode admirable, digne d'être imitée, mais pas par Jack : c'était trop habile, trop fourbe. Jack croyait aux vertus militaires, ce qui avait d'ailleurs beaucoup nui à sa carrière dans l'armée.

— Le problème, admit Jack, c'est qu'il n'y a pas moyen de mettre le domicile de Stowe sur écoute. Il le fait passer au peigne fin tous les jours par sa propre équipe de sécurité. Et il a recruté les meilleurs, évidemment.

— Ils ne se montrent pas coopératifs ?

— On a essayé...

Bon Dieu, comme Jack le haïssait, ce verbe *essayer*. Ne dis jamais que tu as essayé de faire quelque chose — fais-le !

— Le personnel de la maison est très, très loyal. Ce qui ne pose pas de problème dans l'ensemble, puisqu'on est tous du même côté. Je veux dire, qui pourrait être plus du bon côté qu'Alan Stowe ?

— Pour son propre bien, murmura l'Homme Gris. Il n'est pas épargné par l'âge.

— J'irai faire un saut, proposa Jack.

Avec la dernière bibliothécaire, ç'avait été facile, trop facile, même. Jack allait se charger du remplaçant.

— Je vais m'en occuper personnellement.

Il eut un éclair de génie :

— Puisque Stowe a l'air de vraiment tenir à ce projet, je suggérerai simplement qu'on l'aide à trouver quelqu'un de vraiment sûr, et on introduira un agent à nous dans la place.

Le genre de raisonnement que l'Homme Gris appréciait. Il se fendit d'un rictus, lèvres serrées, commissures tournées vers le bas ; ceux qui le connaissaient savaient qu'il s'agissait d'un sourire. Il alla jusqu'à chuchoter :

— L'envers d'un problème est une occasion à saisir.

Gonflé d'orgueil et de plaisir, Jack sut néanmoins garder son calme. Il se contenta de hocher la tête, en acquiesçant :

— Oui, monsieur.

CHAPITRE 4

— Vous ne devriez pas travailler pour ce type, m'a averti Inga Lokisborg.

Quarante-sept années dans ce pays, et toujours un accent à couper au couteau.

En tant que bibliothécaire en chef, Inga est responsable de la salle de bibliothèque proprement dite, des volumes papier et des rayons du fond et du bas, ainsi que du personnel qui s'en occupe. C'est une vieille bique qui passe son temps à critiquer les autres ; elle est plutôt féroce, pour une bibliothécaire. Les rides de son visage rappellent les fissures séparant les strates de schiste ; la couleur générale de ses yeux est celle de l'ardoise, mais ils contiennent des paillettes couleur de pierre à aiguiser, matériau dont étaient faits les trottoirs de New York à l'époque où les rues de cette ville étaient encore pavées.

— C'est un méchant homme.

Elle secouait le poing comme pour agiter des pierres runiques avant de les lancer — ce qu'elle n'aurait d'ailleurs fait qu'à titre de simple vérification, sachant déjà que l'entreprise allait mal tourner.

— Il ravage le pays, a-t-elle repris.

Ce qui était parfaitement exact, tout du moins si

l'on part du principe qu'il est regrettable que les maisons, centres commerciaux et autres autoroutes interminables à huit voies prolifèrent aujourd'hui là où se trouvaient, et où pourraient encore se trouver, des pâturages et des forêts.

— C'est un vieillard, ai-je objecté. Je n'irais pas jusqu'à prétendre qu'il est inoffensif, mais il commence quand même à perdre un peu les pédales.

— Il corrompt les gens !

Elle secouait toujours le poing, et j'avais l'impression d'entendre les petites pierres runiques s'entrechoquer à l'intérieur. J'avais envie de m'écrier : « Vas-y, lance-les, prononce toutes les malédictions que tu voudras, et finissons-en ! » Inga, cependant, n'en avait pas encore tout à fait fini :

— Il prend les gens au piège, et il les soumet à la tentation — et il les détruit.

Je me rappelais vaguement qu'il y avait eu un incident. Une vieille histoire. Le mari d'Inga avait cru faire fortune en se lançant dans une opération immobilière, mais au contraire, il avait perdu beaucoup d'argent et s'était attiré les foudres de diverses personnes qu'il avait entraînées dans sa chute. Cette affaire concernait un Wal-Mart, un Sam's Club, un Burger King et un Toys « R » Us ; des centres commerciaux étaient venus s'aligner autour de ces poids lourds, et trois petites villes ordinaires, traditionnelles, avaient progressivement fait naufrage, magasin par magasin, pour devenir des zones sinistrées aux murs lépreux, ne subsistant que grâce à l'aide publique.

Le mari d'Inga avait été un professeur d'humanités renommé, à qui un petit héritage permettait de mener un train de vie enviable. Il avait eu une première épouse. Inga avait été jeune, autrefois ; cette chevelure grise, raide et fragile, lui descendait alors dans le dos en tresses de lumière, et les seins qu'elle dissimulait à présent sous des lainages informes avaient été succulents et fiers ; et, sous la caresse du soleil, sa peau devenait d'un brun de miel, et le bleu de ses yeux reflétait le scintillement des océans, une vraie Viking, ou du moins je me plaisais à l'imaginer. Je pouvais me tromper ; néanmoins, quels qu'aient pu être à l'époque les charmes de cette jeune étudiante, ils avaient envoûté son professeur de latin et grec, et fait éclater un scandale sur le campus. Il avait abandonné la femme épousée dix-sept ans plus tôt, que je n'avais jamais connue personnellement, cela remontait à trop longtemps. Oui, il avait quitté son épouse pour cette étudiante venue de Norvège dans le cadre d'un programme d'échange.

Une fois marié avec Inga, il avait partagé avec elle les joies et les difficultés de l'existence avant de mourir et de la laisser seule. Je n'avais pas bien connu ce type, je ne savais pas au juste ce qui s'était passé ; en fait, je ne connaissais pas tellement Inga non plus, en dépit de notre longue collaboration professionnelle. Elle touchait une pension de veuve ; comme il était, au moment de sa mort, propriétaire de la bicoque où il avait emménagé avec elle après avoir perdu sa grande maison, Inga se débrouillait maintenant à peu près avec son salaire de bibliothécaire. Toute grisonnante, ridée et peu désirable qu'elle était devenue, elle manifestait encore un féroce appétit de vivre et de se mêler des affaires qui ne la regardaient pas.

— L'été a été difficile, ai-je remarqué.

Pendant l'été, l'université essaie vaillamment de rester en activité. Tous les chefs de service financier que nous avons eus au cours de ces vingt dernières années, et même tous nos consultants extérieurs, ont clamé que nous devions considérer l'université comme une entreprise ! Et, pour n'importe quelle entreprise, cela grève le budget et alourdit beaucoup les frais généraux de fermer boutique trois mois par an ; c'est évidemment une manière particulièrement désastreuse de maximiser le retour sur investissement. Nous nous efforçons donc de continuer à faire tourner l'usine pendant les mois d'été, en accueillant des séminaires ou des conférences, en louant les chambres de la résidence universitaire. Nous avons même voulu essayer les stages sportifs, ce qui nous a valu, il y a trois ans, une invasion de jeunes joueurs de base-ball ; les organisateurs avaient malheureusement sous-estimé le degré de surveillance requis aujourd'hui par les gosses de dix à douze ans, et l'expérience a sombré dans la drogue, le sexe, l'alcool, le vandalisme et le bizutage. Nous avons maintenant une responsable du service des congrès ; elle nous a trouvé quelques clients, le Congrès des distributeurs d'aliments diététiques dans les trois États limitrophes, une Foire aux emplois pour les diplômés d'histoire de la philosophie et de l'art, et une Formation proposée par la société Hyundai aux représentants et aux responsables du service après-vente, portant sur la prestation de services et les garanties.

Malheureusement, aucune de ces activités ne requiert de bibliothèque ; dans le souci compréhensible de rationaliser la gestion financière, les heures d'ouverture sont donc réduites pendant les mois d'été, et mon salaire avec.

— J'ai besoin de fric.

— À qui la faute si nos salaires à tous sont inférieurs à ce qu'ils étaient, en valeur réelle ? À qui la faute si l'université fait de plus en plus de coupes dans les rangs des profs comme dans les rangées de livres ? Qu'est-ce que c'est qu'une université sans enseignement ni recherche ? Une honte, voilà ce que c'est !

— Écoutez, Inga...

— Et c'est un de ces éléphants[1] ! s'exclama-t-elle. Un de ces éléphants déchaînés !

— Mais de quoi parlez-vous ?

— Vous le savez bien, de quoi je parle !

— Vous voulez dire, un Éléphant d'Or ?

Stowe était effectivement membre fondateur de la Société de l'Éléphant, composée de gros bailleurs de fonds du parti républicain. Chaque Éléphant d'Or, en recrutant au moins cent autres personnes prêtes à faire chacune la donation maximale de deux mille dollars autorisée par la loi, représentait deux cent mille dollars dansant d'un pas lourd dans l'arène de la politique américaine, ce cirque. J'avais beau être tout nouveau dans le haras de Stowe, je l'avais déjà entendu se démener au téléphone, à deux ou trois reprises, pour essayer de mettre à contribution des bienfaiteurs potentiels.

— La politique, leur expliquait-il, c'est une branche des affaires. Installez les bonnes personnes

---

1. Depuis 1874, l'éléphant est l'emblème du parti républicain, l'âne celui du parti démocrate. *(Toutes les notes sont du traducteur.)*

au pouvoir, et vous décuplerez le montant de votre placement.

Sur quoi il se lançait dans une anecdote instructive, racontant par exemple comment les grands groupes du charbon, à force d'arroser la première campagne du président Scott, avaient obtenu en échange que leur porte-parole, *leur propre lobbyiste*, devienne le bras droit du ministre de l'Intérieur.

— Vous voyez bien, a rétorqué Inga. Vous savez exactement de quoi je parle !

— En tout cas, ça ne vous concerne pas.

— Ça concerne tout le monde ! s'est-elle emportée. Ce pays est dominé par l'argent comme il ne l'a jamais été, et chacun d'entre nous a le devoir de se dresser contre cette domination. Pour la première fois, on a quelqu'un de vraiment formidable comme candidat à la présidence, une femme bien, qui est pour les bibliothèques, les bibliothèques gratuites, et dont les fonds de campagne ne proviennent pas uniquement du monde de l'entreprise. Et ce type est en train de dépenser des millions pour la démolir. Il veut la battre à mort à coups de sacs de fric.

Inga était une grande admiratrice de la candidate démocrate, Anne Lynn Murphy. De l'avis de tous les observateurs avertis, la campagne de Mme Murphy était une cause perdue, et son élection une impossibilité.

— Écoutez, Inga, le travail d'un bibliothécaire consiste à stocker et à diffuser de l'information.

— Pas aux yeux de ces gens-là.

— Et qu'est-ce que vous faites de la bibliothèque Nixon ? Et de la bibliothèque Johnson ? Et de tout ce qu'on peut y apprendre ?

Il en aurait fallu plus pour impressionner Inga, qui gardait son air renfrogné et son regard revêche. Mais elle n'était pas la seule à savoir se lancer dans des discours enflammés.

— Et les nazis ! me suis-je exclamé. C'est grâce, pardon, c'est *uniquement* grâce aux archives tenues avec soin par les nazis que nous connaissons les dimensions réelles de l'Holocauste — soit dit en passant, au cas où vous voudriez faire passer Stowe pour un nouvel Hitler. Ce qu'il n'est pas. C'est un vieil homme, qui est obligé d'avaler des tas de médicaments.

Il avait toujours sous la main un de ces piluliers en plastique de vingt-cinq centimètres sur huit, divisé en douze compartiments dont chaque mini-section contenait des médicaments différents ; une note indiquait combien de pilules prendre, et à quel moment. C'était vraiment trop compliqué à se rappeler, même pour un homme en pleine possession de ses moyens.

Le deuxième tiers de ces pilules, au moins, était destiné à contrecarrer les effets secondaires du premier tiers. Personne n'aurait été capable de déterminer ou d'évaluer les interactions entre ces deux tiers ; m'exprimant ici avec toute l'autorité d'un parfait ignorant en la matière, je suis persuadé que leur combinaison était à l'origine des symptômes pour lesquels les médecins prescrivaient à Stowe le troisième tiers de son traitement. Je soupçonnais, en fait, que ce traitement était responsable d'une bonne part de la détérioration mentale dont je pouvais observer les signes chez le vieillard ; et j'estimais qu'il aurait été plus heureux et en meilleure santé s'il s'était contenté de boire de l'eau sans rien ingurgiter avec. Mais, après tout, je pouvais me tromper.

— Ce prétendu monstre, ai-je poursuivi, aime les poèmes narratifs, les histoires de gens qui galopent en agitant des pistolets, et il avait les larmes aux yeux pendant que je lui récitais *La mort du garçon de ferme*, de Robert Frost. Et aussi pendant qu'il écoutait la chanson *Anathea*.

— Les monstres sont toujours sentimentaux.

— Il m'a chargé de vous dire que vous ne saviez pas à côté de quoi vous passiez.

— Tout ce à quoi touche ce type finit mal. Vous devriez garder vos distances.

— Ne vous inquiétez pas pour moi, ai-je lancé à Inga en commençant à m'éloigner.

— Dites-moi seulement une chose. Comment pouvez-vous faire ça ?

— Écoutez, ce n'est pas moi qui suis allé le chercher, ce boulot. Elaina m'a supplié de la remplacer pendant deux jours. Elle vous l'a d'abord demandé à vous, mais vous n'avez pas voulu. Ensuite, comme elle ne venait pas reprendre son travail, on m'a prié de continuer à la remplacer. C'est ce que j'ai fait. Et maintenant elle a disparu, et il leur faut un bibliothécaire. Nouveau semestre ou pas, ils veulent que je vienne le soir, le week-end, chaque fois que je peux. L'affaire est close, ce ne sont pas vos oignons.

— Et vous ne voyez rien de sinistre là-dedans ?

— Dans quoi ?

— La disparition d'Elaina.

— Non. C'est le genre de personne qui a un peu de mal à fonctionner dans le monde réel. Elle a juste filé, c'est tout.

— Ha !

CHAPITRE 5

Anne Lynn Murphy avait l'habitude des causes perdues et des objectifs impossibles.

La première fois qu'elle avait vraiment défendu une cause perdue, ç'avait été le jour même de son arrivée au Viêt-nam. C'était là-bas qu'elle serait le plus utile, lui avaient affirmé les officiers recruteurs qui s'étaient présentés à son école d'infirmières, à Saint Louis ; et elle avait signé. Ils ne l'avaient pas prévenue qu'à peine débarquée de l'avion elle serait poussée à bord d'une Jeep et conduite d'urgence jusqu'à un hôpital de campagne. Ils ne l'avaient pas prévenue qu'elle administrerait de la morphine à des garçons de son âge, parfois un peu plus âgés qu'elle, parfois plus jeunes, qui mouraient en poussant des hurlements. Ni qu'elle devrait les maintenir pendant que des toubibs tout juste sortis de la fac de médecine tranchaient soigneusement leurs os fracassés, juste au-dessus du genou, à la scie — après quoi ils nettoyaient les chairs à vif d'où le sang suintait, coulait, jaillissait, giclait, bavait, se déversait. Puis ils raccommodaient le tout, le cautérisaient, l'aspergeaient de Bactine, rabattaient la peau tout autour du moignon et la cousaient bien serré. Les officiers recruteurs

41

n'avaient pas averti Anne Lynn Murphy qu'après une première journée de ce régime son hôpital de campagne subirait lui-même une attaque à la tombée de la nuit, et que, pour ne pas se faire descendre sur le chemin des latrines, elle serait obligée de s'y rendre au pas de gymnastique, pliée en deux. Ils n'avaient rien mentionné de tout cela.

Au cours de cette nuit-là, de cette toute première nuit, on lui avait amené un dénommé Kenny. Le caporal Kenneth Michael Sandusky. Il avait perdu un bras, les deux jambes, ses organes génitaux. Un œil était intact, l'autre paraissait atteint. Quelque chose lui avait aussi explosé dans la poitrine, des morceaux de métal, peut-être un éclat d'obus. Les chirurgiens avaient découpé sa peau effilochée et ses os brisés, avant de recoudre le tout en vrac. Un commandant, un chirurgien dont elle se rappelait encore le nom, Konigsberg, lui avait dit doucement, gentiment, d'une voix triste et lasse, mais en essayant vraiment de l'aider :

— Bourrez-le de morphine et laissez-le mourir.

— Non ! s'était exclamée la jeune infirmière idéaliste et naïve.

Une jeune infirmière ne faisait pas ça — pas à la connaissance d'Anne Lynn. Plus tard, bien sûr, elle ne manquerait pas d'occasions de voir se produire ce genre de choses. Plus tard, lorsqu'un gars était vraiment amoché et qu'elle se sentait vraiment crevée, crevée comme le commandant Konigsberg l'avait été cette nuit-là, il était arrivé à Anne Lynn de penser que c'était à la grâce du Seigneur, et que c'était très bien ainsi.

Mais, cette première nuit-là, elle s'était écriée :

— Non !

— Quel sale temps, avait remarqué Konigsberg.

C'était la stricte vérité. Il pleuvait à seaux, à torrents ; la toile des tentes paraissait métamorphosée en mille millions de tambours miniatures. Anne Lynn avait toujours pensé, par la suite, qu'un musicien militaire devrait écrire un chant sur une mort violente au combat, avec ce rythme en bruit de fond.

— L'évacuation sanitaire ne peut pas venir.

Les hélicoptères ne pouvaient transporter le gars jusqu'à un véritable hôpital, et ici, sous les tentes, on n'était pas équipé pour traiter cette sorte de dommages. C'était juste un centre de fortune où l'on amenait les blessés que les médecins étaient allés chercher sous le feu. Il aurait fallu à ce gosse des soins beaucoup plus complets.

— Non, s'obstina Anne Lynn.

Elle resta au chevet de Kenny. Lorsqu'il s'éveillait en pleurant et en gémissant, elle s'occupait de lui, épongeait son front, lui donnait un peu de morphine, mais pas assez pour qu'il puisse s'en aller doucement. Pas assez pour qu'il puisse mourir.

Et puis, le caporal Kenneth Sandusky fut suffisamment réveillé pour découvrir ce qu'avaient accompli le destin et les tirs fratricides. À moins que ce n'ait été une mine antipersonnel ? Il ne saurait jamais ce qui s'était passé au juste. Il ne saurait que le bruit, la douleur, le réveil à l'hôpital auprès de cette jeune infirmière, puis cette horreur, cette horreur absolue, le pire cauchemar d'un jeune homme, pire que la crainte de se montrer lâche, pire que la crainte de la mort : se retrouver réduit à cette chose impuissante, asexuée, inutile, qui allait nécessiter des soins pendant tout le reste de sa misérable existence. Voilà ce qu'il avait découvert à son réveil, cette horreur — et cette infirmière. Cette connasse, cette salope qui ne voulait pas le laisser mourir. Cette connasse, cette salope qui répétait des inepties du genre : si Dieu veut que vous mouriez, Il vous prendra avec Lui, et s'Il veut que vous surviviez, vous devriez accepter que Sa volonté soit faite, vous trouverez la joie dans l'accomplissement de ce devoir.

Lorsque Kenny Sandusky eut retrouvé l'usage de la parole, il supplia qu'on l'achève, sollicitant quiconque se trouvait à portée de voix. Encore une petite piqûre, poupée, encore une petite piqûre. Laisse-moi m'en aller tranquillement vers la région où les gens vont dans ces cas-là. Aide-moi, poupée. Que quelqu'un m'aide... Aidez-moi à mourir, s'il vous plaît.

Et cette infirmière que l'on venait tout juste de débarquer dans cet enfer de devoir et de boucherie et de chairs brûlées, cette jeune infirmière entêtée continuait à dire non et à rester à son chevet en lui tenant sa bonne main et, parfois, en l'embrassant.

Puis, le temps changea pendant quelques heures. Au bout de trois jours, Sandusky vivait encore. On le transporta à Saigon où il demeura une semaine, deux semaines, trois semaines, avant d'être transféré à Hawaii, dans un hôpital géré par l'administration des anciens combattants.

Quelque quinze années plus tard, Kenny regardait à la télévision une émission médicale dont l'animatrice était une femme médecin originaire d'un trou perdu au fond de l'Ohio. Une émission reprise par de nombreuses chaînes et distribuée sous licence. Kenny traînait son malheur dans un putain d'hôpital pour anciens combattants, occupant sa misérable existence à regarder la télé et à se sentir mal, mais aussi à dessiner et à peindre de la bonne main qui lui restait. Il en était venu à apprécier cette activité ; il aimait tirer parti de ce sens de la vue qu'il avait conservé, et montrer le résultat aux autres, bien qu'ils soient rarement capables d'apprécier vraiment son travail.

Croyant reconnaître dans cette femme l'infirmière de ses cauchemars, à l'époque de ces quelques journées dont le souvenir était brouillé par les médicaments, la souffrance, l'horreur, il harcela un aide-soignant jusqu'à ce que celui-ci lui obtienne les coordonnées de l'émission et l'amène devant un téléphone. Kenny appela les producteurs de l'émission et, quand il déclara qu'il appelait depuis un hôpital d'anciens combattants, on transféra aussitôt son appel. En effet, la femme médecin avait donné des ordres exprès pour qu'on lui passe directement, à tout moment, quiconque appellerait d'un hôpital d'anciens combattants, quels que soient son nom ou ses propos ; et Kenny demanda à Anne Lynn si elle avait été l'infirmière en question.

Elle répondit qu'elle avait été infirmière au Viêt-nam, et qu'ensuite, une fois retournée au pays, elle avait fait sa médecine. Elle lui demanda son nom ; lorsqu'il l'eut donné, elle lui affirma :

— Oh, Kenny, je me souviens de vous. Comment ça va ?

— Pas terrible, répondit-il. Plutôt nul, en fait.

— Je suis désolée.

Elle l'interrogea sur sa vie. Quand il parla de ses dessins, elle demanda s'il pouvait lui en envoyer et il répondit, pas de problème, il lui en enverrait. Ce qu'il fit. Un peu plus tard, il recevait un appel. Anne Lynn lui demanda s'il aimerait s'occuper de tout ce qui concernait la conception graphique de son émission. Elle lui déclara qu'elle aimait ce qu'exprimait sa main valide — que cette main avait vraiment quelque chose.

— J'ai pas besoin de votre putain de pitié, rétorqua-t-il. Mais peut-être que vous vous sentez un petit peu mal, après avoir fait la connerie de me sauver au lieu de me laisser crever.

— J'ai montré votre travail à mon producteur. Ça lui plaît, à lui aussi. Vous êtes partant, oui ou non ?

— Ben, évidemment, bon Dieu.

C'est ainsi que Kenneth Sandusky redessina leur logo. Il réalisa ensuite une série d'illustrations qu'ils utilisèrent également. Deux ans plus tard, il sortait de son hôpital pour aller dans l'Idaho et, entre sa pension d'ancien combattant et ce que lui rapportait l'émission, il put s'installer dans un appartement et obtenir une aide à domicile.

Le corps humain rechigne à fonctionner quand il lui manque trop de pièces ; il devient sujet à toutes sortes d'infections, de maladies, de dysfonctionnements. Kenny devait vivre encore pendant cinq ans. Non seulement il put suivre la première campagne que mena Anne Lynn pour être élue au Congrès, mais c'est lui qui s'occupa du graphisme de la campagne. Il encouragea la candidate, lui assura que le monde avait besoin de gens comme elle. Avant de mourir, il eut l'occasion de lui déclarer à quel point il était heureux d'avoir bénéficié de ces années de rab.

— Pendant très longtemps, j'aurais pas dit ça. Mais

la vie, c'est la vie... et un petit peu, c'est mieux que rien.

Aussi, quand on avertit Anne Lynn Murphy que sa course à la présidence était une cause perdue, sauf miracle, en lui rappelant qu'à notre époque on ne voyait plus guère de miracles, elle ne se laissa pas émouvoir. En tout cas, pas au point de renoncer.

CHAPITRE 6

Deux, trois, quatre heures du matin. Au cœur de la nuit profonde, le sommeil déroule ses anneaux de plomb. Le téléphone sonne. Mes yeux s'ouvrent, mais la pièce est plus sombre que mes rêves et je dois cligner des paupières. La sonnerie continue à déchirer mon repos, je voudrais qu'elle s'arrête et j'essaie de l'attraper, d'attraper cette sonnerie. C'est un rêve ? Ma main heurte le téléphone et le renverse de la table de nuit. Il tombe par terre avec fracas. Le combiné se détache de son support et je tends la main pour l'atteindre, mais je vais devoir sortir du lit si je veux vraiment y arriver. Une petite voix grêle sort du combiné, elle appelle mon nom. Jurant tout bas dans le noir, je cherche le combiné à tâtons et finis par m'en emparer. La voix appelle toujours mon nom.

— David ? David ?

— Ouais, quoi ?

— Vous allez bien ?

— Ouais, ouais. Qui est à l'appareil ?

— Est-ce que vous travaillez toujours pour M. Stowe ?

— Quoi ? Ouais. Vous êtes...

— Je suis désolée.

— Elaina ?

— Est-ce que vous avez vu quelque chose ?

— Mais de quoi vous parlez ?

Plus de tonalité.

À ce stade, je suis réveillé, ou je me suis réveillé, ou j'ai été réveillé et je me trouve, sans aucun doute possible, assis par terre, le téléphone à la main. Je ne sais pas trop si cet appel était réel ou si je l'ai seulement rêvé. S'il était réel, à quoi est-ce qu'il rimait ?

CHAPITRE 7

La manière classique d'accomplir la tâche que m'avait confiée Stowe aurait consisté à me familiariser avec ses documents, afin de créer des titres de rubriques correspondant aux rubriques standard des bibliothèques, et, plus ou moins simultanément, d'identifier et de constituer des séries de sous-titres, avec les renvois appropriés. Ç'aurait été très érudit, et très lent.

Avec l'avènement de l'informatique, on s'oriente de plus en plus vers des méthodes à base de mots-clefs, car c'est la façon dont les ordinateurs travaillent le mieux. Ce qui a ses avantages et ses inconvénients. J'avais installé un système de scanners et un ordinateur réservé à cet effet, et avais commencé par transférer les documents, à l'état brut, sur le disque dur, sans omettre d'effectuer une sauvegarde, bien sûr. Je n'avais quasiment pas lu ces textes, juste un petit coup d'œil de temps en temps, pour vérifier s'ils étaient datés. Dans le cas contraire, il faudrait que je trouve le moyen de les classer chronologiquement, soit à partir de références internes, soit en interrogeant M. Stowe. Plus anciens étaient les textes, évidemment, et plus il avait de chances de se rappeler de quand ils dataient, et à quoi ils correspondaient.

Les principales difficultés étaient d'ordre matériel. Je pouvais placer les feuilles volantes dans l'appareil, qui les traitait mécaniquement, comme une photocopieuse ; mais tout ce qui était agendas, carnets de notes ou de rendez-vous devait être scanné à la main, page par page.

C'est seulement une fois que l'intégralité de la documentation a été entrée dans l'ordinateur que j'ai essayé de la classer à l'ancienne, par rubriques.

Après l'appel téléphonique d'Elaina, réel ou rêvé, je m'étais mis à chercher des éléments, quels qu'ils soient, susceptibles de se révéler importants. Importants au point d'être dangereux à connaître — bien que, dans l'Amérique contemporaine, j'aie du mal à imaginer ce qui aurait pu répondre à cette définition. Le haras de Stowe ne m'avait pas l'air d'un repaire de mafiosi ; Raymond, le chauffeur, ne donnait pas l'impression de se transformer la nuit en Ramon, le tueur à gages.

Lors de notre première rencontre, Stowe avait mentionné de l'argent distribué à des présidents. À défaut de mot-clef, cette information allait devoir faire office de point de départ. J'ai tapé plusieurs noms de présidents, sans trouver d'entrée « Nixon, Richard » suivie par une note du genre « livré cent mille dollars en liquide au domicile de Rebozo, Key Biscayne, Floride[1] ». En recommençant avec de sim-

---

1. Bebe Rebozo, propriétaire de la Key Biscayne Bank, fut inculpé pour avoir blanchi une donation de Howard Hughes, d'un montant de cent mille dollars, faite à la campagne de Nixon, grand ami du banquier.

ples initiales, je suis tombé sur quelques pistes, mais rien de compromettant au point de me mettre en danger.

Stowe avait justement un de ses petits accès de loufoquerie. Comme le premier jour. J'avais remarqué qu'ils semblaient se produire une quarantaine de minutes après le goûter de médicaments de seize heures. Il avait commencé à marmonner un poème. Sa voix était douce et tremblante, sentimentale, à la limite du sanglot. Je me suis penché vers lui pour comprendre ce qu'il racontait.

> *Quand le vieux juge a vu la fille à Reilly,*
> *Les yeux lui sont sortis de la tête.*
> *« Si tu veux sauver la vie à ton père,*
> *Faudra faire un tour dans mon lit... »*

Malgré les objurgations de Reilly, sa fille, pour le sauver, couche avec le juge, qui laisse quand même pendre le père. C'est tellement ancré dans la tradition qu'on dirait un extrait d'une vieille ballade, ou d'un recueil de Robert Burns, mais pas du tout, c'est une chanson de Dylan appelée *Les sept malédictions*, qui date de 1963. Je n'aurais jamais pensé à associer le nom d'Alan Stowe à celui de Bob Dylan.

Par ailleurs, Stowe connaissait aussi *Anathea*, écrit la même année par Neil Roth et Lydia Wood et chanté par Judy Collins. *Anathea* qui raconte presque exactement la même histoire. Dans *Les sept malédictions*, Reilly vole un étalon ; dans la chanson de Roth et Wood, Lazlo Feher vole un étalon, et lui aussi est mis aux fers. Dans chacune de ces chansons, la femme offre de l'or, la fille de Reilly pour sauver son père,

Anathea pour libérer son frère ; dans chacune de ces chansons, la femme renonce à sa vertu, le juge manque à sa parole, et la femme prononce des malédictions contre lui.

— Vous les connaissez, les sept malédictions ? m'a demandé Stowe d'une voix plaintive.

J'ai fait un effort de mémoire.

— Quelque chose sur des médecins, qui n'arriveront pas à soigner le juge.

— Vous croyez qu'on peut vraiment jeter des sorts ?

À cet instant précis, on a frappé à la porte, qui s'est ouverte aussitôt pour laisser entrer deux personnes. La caractéristique la plus frappante de l'homme était son allure martiale. Quand il a lancé : « Bonjour, monsieur ! », son dos s'est encore redressé, et il y avait tellement d'années d'armée dans sa voix qu'il donnait l'impression de se retenir pour ne pas porter mécaniquement sa main à son front. Il avait des yeux d'un bleu froid, des cheveux couleur de sable. Un type en pleine forme dans un costume de bonne coupe. Ses chaussures étaient bien cirées ; le nœud de sa cravate, dont le motif incorporait les emblèmes du corps des marines, était fait avec soin, et remonté tout en haut de son col boutonné.

J'étais plus intéressé par la femme qui l'accompagnait. Elle avait le teint clair, les yeux bleus, d'un bleu océan, plus intense que ceux de l'homme, et des cheveux d'un noir de jais. Ses pommettes saillantes, la forme de ses yeux, suggéraient du sang indien. Mais il serait aussi vain d'essayer de décrire son apparence physique que de dresser la liste des tableaux qui ornaient les murs de Stowe, ou d'estimer la valeur approximative de son mobilier. Il y avait de la vie, chez cette femme — de la vitalité, de l'intelligence, du mystère.

Bien qu'ils aient adressé à Stowe, lui son salut, elle son sourire, c'est moi qu'ils regardaient tous deux. Admirant l'une, m'interrogeant sur l'autre, je m'étonnais de l'intérêt que ces deux inconnus paraissaient m'accorder. Ou bien n'était-ce là qu'une illusion égocentrique ?

Aussi étonnant que cela paraisse, Stowe a réendossé son personnage d'adulte milliardaire. Cette métamorphose lui a pris environ une respiration et demie, et m'a fait penser à ces super-héros de bande dessinée qui changent d'identité en un clin d'œil.

— Jack, a-t-il fait en me présentant son fidèle collaborateur.

Le ton de sa voix ne laissait en effet planer aucun doute sur leurs rapports hiérarchiques.

— Et ma chère Niobé, a ajouté Stowe.

Je me suis entendu répéter mentalement la formule, Ma chère Niobé. Elle s'est de nouveau tournée vers moi et, quoi qu'elle ait pu penser à cette vue, elle n'en a rien laissé paraître. Jack a montré un peu moins de maîtrise. Il m'a examiné rapidement et a remarqué mes vêtements un peu miteux — on était loin du look marine ! Mes cheveux n'étaient pas coupés court et n'étaient jamais passés à la tondeuse ; Jack a vu qu'ils étaient noirs et bouclés, et que mes yeux étaient marron.

— Voici David, m'a désigné Stowe.

— Colonel Morgan, s'est présenté Jack en s'avançant.

Il m'a tendu la main. Je m'attendais à me faire

broyer les doigts, et je n'ai pas été déçu. Tout en me jaugeant du regard, Jack Morgan m'a adressé un « David... ? » qui voulait dire : « Quel est votre nom de famille ? »

— Goldberg.

— Ah. Goldberg.

Je l'aurais volontiers traité de connard d'antisémite, mais le message avait été très subtil. Et puis, après tout, ces gens-là n'avaient pas l'intention de jeter mon peuple à la mer ou de l'enfermer dans des camps équipés de fours ; c'était plutôt dans un ensemble de catégories et de préjugés qu'il s'agissait de m'enfermer. Si j'avais eu le malheur de faire une remarque quelconque, j'aurais été accusé de réagir de façon excessive, et ç'aurait été bien fait pour moi. Quant à régler cette question entre gentlemen, à l'ancienne, j'avais toutes les chances d'être envoyé au tapis avant d'avoir eu le temps de rien voir venir, et de me retrouver dans le cirage, à me demander pourquoi la terre est aussi basse. Je me suis contenté d'un « Colonel ? », avec un point d'interrogation à la clef.

— À la retraite, a-t-il répondu.

— Héros de la seconde guerre du Golfe, a précisé notre hôte. C'est Jack qui a rapporté d'Irak les images vidéo du sauvetage de Jessica Lynch[1].

— Et maintenant ? me suis-je enquis.

---

1. Le 1er avril 2003, le président Bush annonçait la libération de cette soldate prisonnière depuis le 23 mars. Huit jours plus tard, le Pentagone remettait à la presse une vidéo, tournée pendant le sauvetage, montrant les forces spéciales en train de donner l'assaut à l'hôpital où était enfermée Jessica Lynch. L'enquête du journaliste John Kampfner, reprise le 18 mai sur la BBC, est accablante pour cette production de propagande hollywoodienne, devenue emblématique des manipulations du Pentagone.

— Je suis à la Sûreté du territoire[1], m'a informé le colonel d'un ton qui voulait dire : « N'en demandez pas plus, c'est tout ce que je peux révéler. »

— Ah ! j'ai fait, tout en observant Niobé par-dessus son épaule.

J'avais envie d'écrire des poèmes sur cette femme. Malheureusement, je ne casse pas grand-chose comme poète, et je ne tenais pas à lui dédier des vers de mirliton.

— Et que fait David ? a demandé Jack à Stowe.

— C'est mon nouveau bibliothécaire... a répondu Stowe.

En reportant mon regard vers Jack, j'ai vu mon image s'enfoncer encore un peu dans ses yeux — j'étais maintenant descendu à l'étage des vieilles filles. Pris d'un début de panique, je me suis tourné vers Niobé. Elle paraissait beaucoup moins portée sur les jugements hâtifs. Ses yeux semblaient faits de transparences et de secrets stratifiés. Comme toutes les grandes actrices, elle vous donnait envie de courir vers elle et de lui demander à quoi elle pensait. Et puis, juste avant qu'elle n'ouvre la bouche et ne fracasse vos espoirs, vous diriez : attendez, ne parlez pas — vous effleureriez ses lèvres et plongeriez votre regard dans ses yeux afin de pouvoir croire que ses pensées suivaient le cours que vous désiriez qu'elles suivent.

Tout cela m'avait traversé l'esprit pendant la brève pause marquée par Stowe, juste avant qu'il n'ajoute :

— ... Il m'aide à classer mes papiers.

Remarque qui devait déclencher une nouvelle série d'événements.

---

1. *Homeland Security.*

— Oh, s'est contenté de murmurer Jack.

J'ai su que, dans sa tête de soldat, d'étranges fusées éclairantes venaient d'être tirées au-dessus des abris de mystérieuses sentinelles, et qu'une certaine disposition allait être prise, à titre de précaution ; et que cette disposition, c'était que Jack allait essayer de me faire virer.

Comment alors la reverrais-je jamais, cette femme, cette Niobé ?

Mon estomac s'est noué, comme lorsqu'on se sent tomber. J'étais totalement incapable d'empêcher ou d'influencer ce qui était sur le point de m'arriver.

— Vous permettez ? m'a demandé Jack. Il faut que je m'entretienne en privé avec M. Stowe.

CHAPITRE 8

Niobé et moi, nous sommes sortis sur le palier. Mon esprit revenait nerveusement sur la scène qui venait de se dérouler au milieu des étagères. Et ce n'était pas en se tenant là, à me regarder comme si elle attendait quelque chose de moi, que cette femme risquait d'apaiser ma nervosité. J'ai commencé par une série de « Euh, euh, euh... » extrêmement convaincante, je crois, avant d'enchaîner sur :

— Je peux appeler Rita... euh, euh, euh... si vous voulez quelque chose à boire, ou à manger.

— Non, merci, a répondu Niobé.

Et maintenant ?

— Je pourrais vous montrer le parc... euh... si vous ne l'avez pas encore vu. Il est magnifique.

— Oui, c'est vrai. Je le connais.

Pour ramer, on peut dire que je ramais.

— Et si je vous récitais un poème ? J'en récite parfois à M. Stowe.

Là, elle s'est mise à sourire et même à rire. Ses dents étaient blanches et régulières, mais pas d'une perfection artificielle. Quand elle riait, elle produisait ce son magique qui naît dans la gorge des filles. Lorsqu'il est amical, le cœur des hommes s'écarquille d'émerveillement ; mais lorsqu'il devient cruel, ils savent qu'il ne leur reste pas d'autre arme que la violence.

— Eh bien, euh...

Ah, notre ami « euh » était de retour.

— ... Je m'appelle David.

Je lui ai tendu la main et j'ai pensé : Bon Dieu, elle le sait déjà, ton nom. Mais, par réflexe, elle allait prendre ma main dans la sienne et c'était une excellente chose que je puisse ainsi la toucher.

— Niobé... a-t-elle dit.

Et puis de nouveau ce rire, mais elle ne riait pas de moi et je lui en ai été reconnaissant. Elle s'amusait, tout simplement.

— ... Comme si on ne le savait pas déjà.

— Oui, j'ai approuvé.

Je lui tenais toujours la main, et elle ne la retirait pas. Je commençais à me détendre un peu. Mon chaos mental s'apaisait, et je pouvais entendre les pensées qui me venaient au sujet de Niobé.

— Mais à présent on le sait... différemment.

— Oh, a-t-elle fait.

Maintenant que je pouvais lire mes pensées, elle en était capable aussi ; du moins en avais-je l'impression. Est-ce qu'elle allait se sentir offensée ? Non, apparemment. Non pas qu'elle partage mes pensées, ou les approuve, mais ça ne la dérangeait pas.

— Et qu'est-ce que vous faites ? ai-je demandé.

Ne pouvant décemment lui tenir la main un instant de plus, je l'ai lâchée à contrecœur ; j'ai eu la consolation de constater qu'elle ne se hâtait pas de la retirer.

— Je suis statisticienne.

— Très impressionnant.

Bon Dieu, j'aime les femmes intelligentes, et je ne me sens pas plus à l'aise avec une sotte qu'en compagnie d'un idiot.

— J'ai la bosse des maths, a-t-elle expliqué modestement. Le docteur Dolittle dialogue avec les animaux. Moi, c'est aux chiffres que je parle.

— Où travaillez-vous ?

— À l'Institut octavien.

— Ah, ai-je grogné d'un ton neutre.

Elle m'a demandé si je connaissais.

— Oui, bien sûr, j'ai répondu.

Il s'agissait d'un groupe de réflexion financé par la droite. J'ai poursuivi :

— Du nom de l'empereur Octavien, le fils adoptif de Jules César. Sa vocation est d'étudier et d'améliorer le fonctionnement de notre Pax Americana. De déterminer la meilleure façon de gouverner le monde.

Et j'ai ajouté après une pause :

— Ce groupe étant financé essentiellement par Alan Carston Stowe, nous avons le même employeur.

— Vous êtes bibliothécaire, a-t-elle répliqué au bout d'un moment.

Ça m'a réchauffé le cœur de voir qu'elle ramait autant que moi.

— Gardien du temple. J'ai parfois regretté de ne pas être prêtre, mais c'est quand même une noble fonction, si modeste soit-elle.

— C'est pour cela que vous l'exercez ?

— Je crains de m'être retrouvé là un peu par hasard.

J'ai remarqué l'alliance à son doigt et Charlton

Heston m'est soudain apparu, non pas en tant que porte-parole de l'Association nationale pour le port d'armes, mais tenant les Tables de la Loi dans *Les Dix commandements*, chaussé de sandales et nimbé d'éclairs, la barbe soulevée par le vent. Et bien que tout soit allé très vite, à la vitesse de la pensée, le commandement numéro dix ne m'avait pas échappé : « Tu ne convoiteras pas la femme de ton voisin. » J'ai demandé à Niobé :

— Vous habitez dans quel coin ?

— Nous possédons un appartement à Bethesda.

Une banlieue résidentielle de Washington, au cœur du Maryland.

— Oh, on n'est pas voisins du tout, alors.

Elle a bien voulu sourire, presque rire, en secouant légèrement la tête comme pour dire « Eh non ». Le fait qu'elle ait saisi mon allusion au voisin du dixième commandement, et l'ait trouvée amusante, me faisait plus plaisir que si elle avait répondu « si » sans comprendre. Hélas, pendant qu'on était sur ce chapitre, du moins dans notre tête, elle relisait le bon vieux numéro six, « Tu ne commettras pas l'adultère », comme elle n'a pas tardé à me l'indiquer clairement. Implicitement, mais clairement :

— C'est mon mari, m'a-t-elle informé au sujet du type à l'allure martiale qui, dans la pièce voisine, était en train d'essayer de me faire virer. Jack.

Notre conversation ne devait pas aller plus loin. Comme en réponse à un signal donné, la porte s'est ouverte au moment où j'ouvrais la bouche, et Jack a crevé ma bulle de bande dessinée en nous sommant, Niobé et moi, de réintégrer la bibliothèque.

M. Stowe avait l'air triste, l'air de celui qui ne souhaitait pas se séparer de moi mais s'y voyait contraint.

— David... a-t-il commencé avec un certain embarras.

Embarras qui n'a pas manqué de me surprendre chez un type ayant ravagé tant de petites villes d'un bout à l'autre de l'Amérique et ruiné des pans entiers de l'industrie. Cette façade de réticence était peut-être un des secrets de son succès.

— David... a répété Stowe.

Il y a eu du bruit et de l'agitation dans l'entrée, et la porte de la bibliothèque s'est ouverte derrière nous. Nous nous sommes tous retournés, à l'exception d'Alan qui était déjà tourné dans cette direction. Le sénateur Bransom est entré à grands pas.

— Alan ! s'est-il exclamé en souriant de toutes ses dents blanches et couronnées.

Ce sourire lui avait beaucoup servi à l'époque où il vendait des voitures, et continuait à lui servir maintenant, à Washington. Le sénateur a ajouté, en apercevant la jeune femme :

— Ma chère Niobé, ravissante comme toujours ! Et votre mari, le noble colonel.

Il s'est mis au garde-à-vous pour saluer Jack, avant de me lancer :

— David, quel plaisir de vous voir ici !

Les trois autres ont eu l'air sidéré que le grand Bransom puisse connaître l'humble bibliothécaire.

L'idée de départ était venue d'un collègue bibliothécaire, Larry Berk, un type merveilleux que Dieu a dû confondre avec Job. Larry avait créé un programme d'artiste en résidence à l'université du comté d'Ulster, dans le nord de l'État de New York. Cette université est en fait un de ces centres universitaires de premier cycle, appelés *community colleges*, fréquentés par les étudiants les moins brillants — ou les moins fortunés. Personne n'avait encore proposé de résidence d'artiste dans un *community college*.

Berk croyait à la poésie et au pouvoir civilisateur de l'art. Il avait eu la clairvoyance de comprendre que les artistes qui traînaient dans la vallée de l'Hudson étaient aussi mûrs que des pommes en octobre, et qu'il ne restait plus qu'à les cueillir. Pour des salaires de professeurs associés, et sans avantages sociaux, il avait pu se payer les services d'écrivains, d'acteurs, de danseurs, de musiciens de classe internationale.

Par ici, quoi qu'en disent les chambres de commerce et les offices de tourisme de la Virginie et du District de Columbia, lequel coïncide avec la capitale, Washington, nous n'avons pas vraiment un excédent de grands artistes sous-employés. Ce que l'on trouve chez nous à profusion, en revanche, comme on trouve du soja dans l'Iowa, ce sont des politiciens. Et aussi des assistants, des consultants, des administrateurs, des coordinateurs, des lobbyistes, des régulateurs, des conseillers, des bureaucrates, des responsables de cabinets, des chefs de personnel, d'innombrables employés. J'avais donc lancé un nouveau programme : une *résidence de politicien*.

Le sénateur Robert Bransom avait été mon troisième politicien en résidence. Il était et est toujours pour le port d'armes, contre l'avortement, pour l'enrichissement personnel, contre la protection des dernières perches en voie de disparition du fleuve

Tennessee, pour la peine de mort, contre la sauve-garde de l'environnement. Il était contre le finance-ment par l'emprunt mais, maintenant que le président Scott s'y est mis, il n'y trouve plus rien à redire. Il était et est toujours pour la guerre, n'importe quelle guerre, n'importe où, n'importe quand, et s'il faut une bombe atomique pour la gagner, pas de pro-blème, à condition que ce soit la nôtre.

Convaincu que les classes possédantes doivent dis-poser d'un pouvoir supérieur à celui de la populace afin de défendre l'État, il pouvait citer Platon à l'appui de cette thèse. Il pensait que c'était celle des pères fondateurs de ce pays, et qu'ils avaient prévu certains garde-fous pour protéger la nation d'un excès de démocratie : le fait, par exemple, que seuls les propriétaires blancs de sexe masculin soient auto-risés à voter, ou que les sénateurs soient élus par la législature de leur État, ou que le président et le vice-président soient élus par les grands électeurs. Les deux premiers de ces garde-fous ayant sauté, et le troisième n'étant plus qu'une formalité vermoulue, Bransom avait la conviction que nous devrions en mettre en place de nouveaux pour les remplacer. C'était donc une excellente chose à ses yeux que les campagnes politiques coûtent des millions de dollars ; la plèbe était tenue à distance.

Le genre de type qui plaisait à Alan Stowe.

Comme il s'agissait de mon programme et que son succès me tenait à cœur, j'avais recruté tous les groupes conservateurs du campus, tous les réacs homophobes, sexophobes et flinguophiles que j'avais pu trouver, et m'étais assuré qu'ils assistent à la réception du sénateur, puis à ses conférences. J'avais également fait venir quelques personnes aux idées un peu plus libérales, histoire d'animer les débats. Bransom, enchanté, avait décidé que lorsqu'il aurait vécu plus longtemps que Strom Thurmond[1], et servi plus longtemps que lui au Sénat, il se replierait sur un poste universitaire pour retrouver le respect dont il venait de faire l'expérience au sein de notre institution. Il me demandait désormais de l'appeler Bob, et me tenait pour la plus belle invention depuis la loi de financement des campagnes électorales autorisant le regroupement des donations.

Voilà donc mon Bob Bransom tout sourires, canines vernies et couronnes étincelantes, qui me passe son bras gauche autour des épaules et prend ma main droite dans la sienne, toute calleuse d'en avoir serré un million d'autres, et qui me lance :

— Qu'est-ce que vous fichez donc ici, Dave ?

— Un peu de travail au noir, comme bibliothécaire de M. Stowe.

— M. Stowe a bien de la chance, a décrété le sénateur.

Puis il s'est tourné vers mon employeur :

— Vous tenez un as, là. Il faudrait se lever de bonne heure pour trouver mieux.

Jack a fait un effort méritoire pour garder une expression calme et imperturbable, mais son regard rappelait celui du président Scott quand un pays auquel on a déjà vigoureusement botté le cul a le toupet de continuer à s'agiter, et que des GI sont tués, et un pipeline bombardé.

---

1. Strom Thurmond (1902-2003), sénateur républicain, a battu tous les records de longévité à la Chambre haute.

J'ai fait de mon mieux, moi aussi, pour conserver une attitude impassible. Autant éviter que mon soulagement ne leur indique à quel point je tenais désormais à cet emploi.

Niobé a jeté un coup d'œil à son mari avant de reporter son regard vers moi et, finalement, vers elle-même, telle qu'elle se reflétait dans mes yeux.

CHAPITRE 9

Augustus Winthrop Scott avait trouvé sa voie alors qu'il n'était âgé que de dix ans.

Il jouait au base-ball, en catégorie minimes. Sa ligue comprenait six équipes, toutes nommées d'après des équipes connues. Augustus jouait dans les Yankees, mais, contrairement à leurs célèbres homonymes, ces Yankees-là ne valaient rien. Lorsqu'ils finirent la saison bons derniers, le jeune Augustus piqua une crise. Son entraîneur crut bon de lui déclarer :

— Tout le monde perd de temps en temps. Ça fait partie du jeu.

Augustus était né avec une cuillère en argent dans la bouche et des laissez-passer pour Exeter et Princeton dans ses petits poings potelés ; jamais encore une telle pensée ne lui avait traversé l'esprit. Sa réaction fut celle de certains enfants qui découvrent la mortalité à l'occasion de la perte d'un petit chien, ou d'un grand-père bien-aimé, ou de leur mère. La crise dura trois jours, assortie de larmes, cris, bris d'objets, coups et blessures — infligés à Chuck Fleagle, l'arrêt-court qui s'était moqué de lui — et même morsures — subies par Carlton Tusk, le jardinier, homme de couleur d'une patience exemplaire.

Le soir du deuxième jour, la mère d'Augustus mit son père Andrew au courant de ce qui se passait. Et le lendemain, troisième jour de la crise, le père rentra du travail, ou de ses affaires, enfin, de ce qu'il faisait lorsqu'il disparaissait de chez lui ; il assena une ou deux claques à son fils, dont l'hystérie s'en trouva temporairement apaisée, et Andrew profita de cette accalmie pour l'interroger.

Il obtint beaucoup de bafouillage et une pléthore de détails concernant l'ordre à la batte et les huit coéquipiers du gamin — un joueur de deuxième base qui n'était pas fichu de tourner un double jeu, un arrêt-court qui ne savait que pleurnicher, un lanceur complètement incontrôlable, un joueur de champ gauche qui ne paraissait pas connaître le sens du mot « couvrir », un joueur de troisième base qui aurait dû jouer en champ droit, seulement voilà, c'était le fils de l'entraîneur... Le père d'Augustus eut également droit à l'histoire circonstanciée des défaites des jeunes Yankees. Mais au fond, tout cela renvoyait à la perte en soi, au principe même de la perte, et à cette déclaration de l'entraîneur selon laquelle « tout le monde perd de temps en temps ». Au regard paniqué du jeune Augustus, aux soubresauts de ses membres, au tremblement de ses lèvres, son père sentait qu'il était sur le point de se remettre à sangloter, activité tout à fait déplacée chez un homme, ou chez un garçon qui avait l'ambition de devenir un homme. Dans l'esprit d'Andrew, les sanglots relevaient exclusivement du domaine des femmes, la sienne en particulier, la mère du gosse. Il attrapa donc celui-ci par les oreilles pour attirer son attention, et lui lança :

— C'est faux.

— C'est faux ?

— Oui, répondit Andrew. Certaines personnes ne perdent jamais, ajouta-t-il avec une calme autorité.

Après une pause, il ajouta :

— Bien sûr, tout le monde meurt. Mais c'est différent.

— Oui, fit Augustus.

Il avait compris.

Son père se mit alors en devoir d'utiliser son argent et son entregent, qui étaient loin d'être négligeables, afin de trouver un nouveau coach aux Yankees, de procéder à des échanges de joueurs, et d'offrir un programme d'entraînement hors saison à cette équipe recomposée. Dès la saison suivante, les Yankees luttaient au coude à coude avec les Angels pour la première place. Lors du match décisif, il y eut un début de bagarre entre Byron Tompkins, un grand dadais, le pire joueur des Yankees, et le lanceur vedette de l'équipe adverse. Les deux joueurs furent expulsés du terrain. Byron ne représentait pas une grosse perte pour les Yankees, tandis que la disparition de leur lanceur condamnait pratiquement les Angels à la défaite.

Des années plus tard, sous le président Scott, Byron Tompkins devait devenir directeur de la Sûreté du territoire.

CHAPITRE 10

La Sûreté du territoire existait depuis peu de temps. Gigantesque, diverse, diffuse, confuse, il y avait de quoi y perdre son latin, même pour les nombreuses personnes qui y exerçaient leurs remarquables talents. Personne ne se tenait vraiment au courant de leurs allées et venues. Jack Morgan, qui avait de l'énergie à revendre, le sens du devoir et la certitude de sa vocation, s'était servi de ce flou afin de créer sa propre structure au sein de l'organisation, et de pouvoir y diriger plusieurs équipes spéciales ; elles rendaient des comptes à d'autres personnes, sur le papier, mais étaient en réalité à ses ordres.

Morgan n'aimait pas qu'on lui mette des bâtons dans les roues. Il avait horreur de devoir se présenter devant quelqu'un comme l'Homme Gris pour lui annoncer que sa mission ne s'était pas déroulée comme prévu et qu'il n'avait pas accompli ce qu'il s'était engagé à accomplir.

Ce jour-là, il avait rassemblé son groupe favori. Le genre de quatuor, songeait-il fièrement, que les civils ne voient jamais qu'au cinéma : Mark Ryan, Joseph Spinnelli, Randall Parks et Dan Whittaker, tous d'anciens militaires, mais chacun ayant reçu une formation particulière et possédant ses propres compétences. Ils s'étaient réunis dans une salle de conférences réservée au département des recherches technologiques ; leurs heures de travail étaient facturées au service des ressources humaines de la Sécurité portuaire basée à Washington. Morgan les briefa sur le bibliothécaire.

Ryan sourit. C'était de loin le plus âgé de la bande. Ayant même effectué deux périodes de service au Viêt-nam, dans les commandos de la marine, il portait maintenant le deuil de cette époque héroïque où il avait collectionné les oreilles pour les enfiler sur un collier.

— Je vais lui enseigner la crainte de Dieu, menaça-t-il.

— Non, fit Jack.

Il pouvait se montrer direct avec ces gars-là ; ils étaient vraiment d'une fiabilité absolue.

— La fille, c'était différent. Il a suffi de donner un coup de sifflet pour qu'elle se mette à piailler et qu'elle s'envole.

— Ouais, tout juste, approuva Ryan en s'esclaffant à cet agréable souvenir.

— Mais ce type, ça n'a rien à voir.

— Est-ce qu'il se prendrait pour un dur, par hasard ? demanda Randall Parks.

Parks, lui, était assurément un dur. Il avait passé quinze ans dans la police militaire, à répondre aux appels d'urgence ; par exemple, chaque fois qu'un sergent instructeur, en rentrant chez lui, trouvait sa femme dans les bras d'un amant et se mettait à les tabasser. Quinze années de descentes dans les rues, à s'interposer entre les marines aguerris et les bleus

frais émoulus de leur formation, des durs à cuire gor-
gés de sève, dopés aux amphés et imbus de leur personne, réunis en bandes d'excités. Pour botter le cul
des durs, on faisait appel à Parks.

Après son arrivée à la Sûreté du territoire, Parks
avait eu quelques problèmes avec des détenus étrangers. Il lui avait été notamment reproché d'avoir
donné des noms d'oiseaux à des Arabes, et d'avoir
utilisé sa matraque pour mieux leur faire comprendre
l'intérêt de révéler aux interrogateurs tout ce que
ceux-ci avaient envie de savoir. La sécurité de
citoyens américains était en jeu. Morgan était intervenu pour tirer Parks de ce mauvais pas, et Parks
avait le sens de la loyauté.

— Non, répondit Morgan, pas un dur. Plutôt un
emmerdeur, je dirais. Si on lui met la pression, il
appellera les flics. Si on lui met la pression *et* qu'on lui
interdit de bosser pour Stowe, on peut compter sur lui
pour aller parler directement au vieux. Pour l'instant,
grâce au sénateur Bransom, ce bibliothécaire a la cote
auprès de Stowe, et si le vieux a l'impression qu'on
n'est pas corrects avec son employé, on est bons pour
être envoyés en patrouille à la frontière du Kafiristan.
Avant de passer à l'action, il nous faut un motif
valable, un truc à lui coller sur le dos.

— On le met sous surveillance, intervint Spinnelli.

Ce n'était pas une question. Spinnelli, bien que
beaucoup plus jeune que Ryan, était lui aussi de la
marine. Il avait fait la première guerre du Golfe. Sa
spécialité était l'électronique ; il avait quitté la
marine, furibond, quand on s'était mis à sous-traiter
à des entrepreneurs privés tous les trucs les plus coû-

teux et les plus sophistiqués techniquement, tous les gadgets amusants.

— Il a quoi ? demanda Whittaker. Un appart ? Une maison ?

Où que vive Goldberg, Whittaker y entrerait. C'était, par nature, une fouine, un escroc, un maître chanteur, une brute ; il n'aimait rien tant que de tenir au bout d'un fusil un pauvre type en train de pisser dans son froc et de supplier qu'on l'épargne. En d'autres temps, peut-être dans les années vingt ou trente, la période célébrée dans les films de Cagney et Bogart et Edward G. Robinson, Whittaker aurait volontiers voué son existence au crime. Mais, à force de fréquenter le système judiciaire et les tribunaux pour enfants, il s'était rendu compte que le crime était devenu une franchise afro-américaine ; et, puisqu'il était qualifié de nègre et traité comme un nègre et qu'il allait finir par être obligé de rejoindre les rangs des nègres, il avait décidé de rejoindre ceux de l'armée à la place. En jouant les caméléons, en faisant attention à garder ses pantalons bien repassés et ses saluts suffisamment énergiques, et en aboyant toujours : « Oui, mon capitaine ! », ou : « Non, mon lieutenant ! », il avait réussi à se rendre utile et à survivre pendant vingt ans. Il se sentait parfaitement chez lui à la Sûreté du territoire.

— Je ne veux pas de bruit, lança Morgan à la ronde, et pas de retour de manivelle.

Puis il se tourna vers Parks :

— Faites en sorte de ne jamais perdre le contrôle de la situation.

Considérant qu'un minimum de compréhension ne représente pas toujours un handicap, Morgan ajouta :

— Le but ultime de cette opération est de défendre le président Scott. Nous protégeons donc Alan Stowe de lui-même. Au fil des ans, Stowe a été impliqué dans de nombreuses transactions financières. Je ne connais pas les détails et ne veux pas les connaître. Par-dessus tout, je ne veux pas que CNN les connaisse. Ce bibliothécaire pourrait tomber sur des informations compromettantes, et en faire mauvais usage. Nous devons l'en empêcher.

« Mais si jamais on se retrouve avec un incident sur les bras, un drôle de petit scandale — bibliothécaire d'un important bailleur de fonds du parti républicain abattu, meurtre en rapport avec la Sûreté du territoire, elle-même associée à la campagne de Scott — le remède sera pire que le mal. Comme l'affaire du Watergate.

« Je veux être sûr que nous sommes bien sur la même longueur d'ondes à ce sujet. Pour l'instant, Scott est le favori dans la course à la présidence. Comme apparemment il est bien parti pour le rester, on maintient simplement le statu quo, sauf imprévu.

— C'est quoi, alors, la stratégie ? demanda Whittaker.

— On met Goldberg sous surveillance et on passe toute sa petite vie au peigne fin, depuis ses factures de téléphone jusqu'à son rectum. Si nous trouvons quelque chose, excellent. S'il est réglo, on attend et on l'observe, très attentivement, on met tout sur écoute et puis, au premier faux pas, on lui saute dessus. S'il reste réglo et qu'il se comporte comme il faut, nous continuons à attendre.

— À propos de rectum, demanda Parks, il marche à voile ou à vapeur ?

— Il est hétéro, répondit Morgan.

— Vous êtes sûr ? insista Parks. Je veux dire, c'est pas Claire la Bibliothécaire ?

Whittaker et Spinnelli se mirent à rire, le premier de bon cœur, le second d'un air gêné, et Parks les imita. Il avait un rire répugnant. Au cours des nuits interminables qu'il avait passées en taule, sa sexualité était devenue opportuniste. Ç'aurait été une erreur de le qualifier de « bisexuel » ; « opportuniste » était vraiment le terme approprié. « Prédateur » ne convenait pas mal non plus.

— S'il est pédé, on pourrait peut-être s'en servir contre lui, suggéra Parks en haussant les épaules.

— D'où tu sors, toi ? se moqua Ryan. Réveille-toi, on est en Amérique. Tu révèles qu'il est homo, un mois plus tard il aura sa propre émission de télé.

— Hé, on sait jamais ce que les gens veulent garder caché dans le placard.

— Bon, conclut Morgan, si vous trouvez quelque chose dans cette direction, ça ne pourra pas faire de mal.

Mais il était certain que le bibliothécaire était hétéro. Niobé le lui avait assuré, et elle était bien placée pour le savoir. Les hétéros changeaient littéralement de couleur en sa présence, comme du papier de tournesol.

Ce qu'ils tenaient là, c'était un plan. Et, étant donné les circonstances, un plan raisonnable, sensé. Lorsque Morgan ferait son rapport à l'Homme Gris, celui-ci comprendrait qu'il n'y avait pas vraiment eu d'échec, mais que simplement le plan A ne fonctionnait pas et que l'on passait donc immédiatement au plan B, démonstration évidente de flexibilité, de réactivité, d'initiative, toutes qualités pour lesquelles le colonel avait toujours obtenu des notes élevées dans ses rapports d'évaluation. L'Homme Gris comprendrait certainement. Néanmoins, Morgan se sentait mal à l'aise, insatisfait.

— Ce type, à votre avis, lui demanda Parks, c'est juste un abruti qui tâtonne dans le noir, ou bien ça pourrait être un agent ?

— Bonne question, reconnut Morgan au bout d'un instant.

C'était précisément la faille de son plan. D'après l'apparence du bibliothécaire, et vu la manière dont il avait été embauché, il était vraisemblable que sa présence au haras soit purement accidentelle, et que le seul vrai danger soit d'avoir affaire à un amateur qui risquait de leur attirer une publicité inopportune. Seulement, si jamais ce Goldberg était un pro, une taupe, un sous-marin du parti démocrate, un terroriste arabe, un espion d'Israël, ou l'agent d'ennemis encore inconnus de l'Amérique, il serait capable de prendre les mesures nécessaires pour échapper à une surveillance de routine, et il aurait toutes les chances de parvenir à ses fins.

Et dans ce cas, que faire ?

Les forces de l'agent secret sont également ses faiblesses. Trop avisé pour parler au téléphone ou même pour s'exprimer librement chez lui, pour jamais évoquer sa mission, il est miné par une obsédante solitude. Il a été formé pour se taire si on l'interroge, pour se figer si on le menace. Plus on insiste, plus il rentre à l'intérieur de sa carapace, comme une tortue. Telle est l'analyse classique. Même jouer au petit jeu du bon flic et du mauvais flic, ce n'est pas recommandé avec un espion ; cette tactique ne ferait que lui mettre la puce à l'oreille. De plus, pour lui, c'est le monde entier qui est un mauvais flic, qui l'observe en permanence dans l'attente d'un faux pas. Le seul moyen de démasquer un espion est de lui offrir de la compréhension, un havre de paix — voire de l'amour.

Morgan était conscient de la pente sur laquelle ses réflexions l'entraînaient. Un frisson désagréable le parcourut, de part et d'autre de l'épine dorsale, juste au-dessus de la ceinture pelvienne. Il n'en laissa rien paraître. Il avait intérêt à se montrer complètement rationnel sur ce coup-là. Et ce que lui dictait sa raison, c'était, pour parer à toute éventualité, de trouver quelqu'un qui puisse se rapprocher de Goldberg. Quelqu'un d'intelligent et de subtil.

Morgan n'avait pas d'informateur au haras de Stowe. À l'Institut du vieux, en revanche, l'Institut octavien, il disposait de quelqu'un. Un agent qui, de surcroît, avait déjà rencontré le sujet — et détecté chez lui une première... étincelle. Oui, voilà la direction qu'il fallait suivre. Que Niobé approche ce bibliothécaire, qu'elle sympathise avec lui, l'admire, le flatte, flirte un peu. Qu'elle l'allume. Le cœur de Morgan lui sembla s'arrêter, avant de repartir à un rythme irrégulier. Il se concentra intensément, comme il le faisait au dojo, et l'incident fut clos. À chaque époque ses mœurs ; dans les forces armées, de nos jours, les femmes sont envoyées au combat. Il y a toujours eu des guerrières, de toute façon, et il en avait choisi une pour épouse. Devait-il la laisser faire son devoir ? Son devoir. Pour la cause. Voilà, un peu d'admiration, de sympathie, de flatterie, de flirt, et le bibliothécaire viderait son sac.

CHAPITRE 11

La chance. Elle semblait avoir joué un rôle inhabituel dans cette campagne. Anne Lynn Murphy pouvait s'estimer chanceuse, très chanceuse, d'être la candidate désignée par le parti démocrate.

Après son retour du Viêt-nam, elle avait été agitée, instable. Un grand nombre de ses amis buvaient beaucoup d'alcool et fumaient beaucoup de joints. C'étaient les ex-combattants qui allaient le plus mal, mais les infirmières étaient très loin d'être épargnées. Personne n'y comprenait rien ; en fait, personne à l'époque ne se rendait seulement compte de l'existence du problème.

Elle avait besoin de s'impliquer dans quelque chose, de se raccrocher à un projet qui l'empêche de partir à la dérive avec les autres. Sa demande d'inscription en fac de médecine fut acceptée. Une fois dans la place, elle découvrit qu'elle pouvait se perdre dans le travail, qu'elle *devait* s'y perdre, et que cela lui plaisait. Ce fut sa planche de salut. Après avoir obtenu son diplôme, elle apprécia les horaires démentiels de l'internat. À ce stade, il était devenu clair qu'il se passait quelque chose chez les vétérans du Viêt-nam, et ce que l'on avait appelé « *shell-*

shock » dans une guerre et « *combat fatigue* » dans une autre fut rebaptisé PTSD, « *post-traumatic stress disorder* ». Anne Lynn pouvait maintenant mettre un nom sur tous ces symptômes disséminés parmi les vétérans tels des éclats d'obus. C'était utile, un nom ; cela lui permettait de classer le problème à l'intérieur d'une catégorie, et de prendre une décision catégorique. Elle pouvait désormais continuer à s'oublier en s'astreignant à un programme de travail frénétique, ou bien dégager un peu de temps libre afin d'essayer de se retrouver. Elle devint médecin de campagne dans l'Idaho.

Un producteur de télévision de Boise, capitale de cet État, décida que ce serait une bonne idée d'inclure un bulletin hebdomadaire de conseils médicaux dans les informations régionales. Comme il connaissait le docteur Murphy, et qu'il l'appréciait, il lui demanda de s'en occuper. Plus tard, il devait également lui demander de l'épouser. Dans un cas comme dans l'autre, elle donna son accord.

Bien avant leur mariage, le bulletin médical d'Anne Lynn à la télévision avait obtenu un grand succès. À tel point que la chaîne décida de lui réserver une demi-heure d'antenne tous les dimanches, créneau horaire qui, coincé entre Dieu et le football, devait se révéler extrêmement favorable. Anne Lynn Murphy devint une célébrité locale ; une fois que l'émission commença à être distribuée sous licence, elle lui apporta une audience nationale, même si sa notoriété restait relativement modeste. Plus important encore, elle acquit devant les caméras la même aisance que des présentateurs tels qu'Oprah Winfrey ou Phil Donohue, ou des politiciens comme Reagan ou Clinton : s'exprimant bien, elle se montrait humaine, imperturbable, capable de suivre une ligne directrice mais aussi d'improviser, très sincère, douée d'un sens de l'humour léger, consensuel, qui n'offensait jamais personne.

Les démocrates locaux la recrutèrent afin qu'elle présente sa candidature au Congrès[1]. Même les survivalistes, qui se préparaient pour l'apocalypse en accumulant des réserves dans leurs caves, appréciaient ses conseils médicaux ; elle expliquait par exemple ce qu'il fallait faire si d'aventure on se retrouvait tout seul, blessé, en pleine nature. Son adversaire lui donna un sérieux coup de main en accostant un ranger dans les toilettes d'un parc national. L'Idaho n'est pas le Massachusetts, et cet incident fut mal perçu.

Quand un siège se libéra au Sénat, Anne Lynn l'obtint, là encore, sans trop de mal. Le fait d'être une des rares femmes de cette assemblée lui valut peut-être plus de publicité qu'elle n'en aurait normalement reçu. Par ailleurs, elle continuait à présenter son émission de télévision, parfois depuis Washington, parfois de chez elle, dans l'Idaho, sur fond de montagnes et de grands arbres.

Et puis, elle entrevit la possibilité d'être candidate à la présidence. Elle parvint à donner l'impression de s'y être résolue sous la pression d'un vaste mouvement d'opinion, animé par le public de son émission, par ses admirateurs, par les femmes d'Amérique, qui

1. Le Congrès fédéral américain se compose de deux assemblées législatives, la Chambre des représentants et le Sénat. Chaque parti, majoritaire ou minoritaire, est dirigé au Sénat par un *leader*, assisté d'un *whip* qui fait respecter la discipline de vote des membres.

lui avaient envoyé de l'argent non sollicité. Il y avait du vrai, là-dedans. En effet, elle inspirait à certains une dévotion proche de l'idolâtrie.

Mais une infirmière sortie du rang qui fait sa médecine et devient une célébrité nationale avant d'utiliser cette célébrité pour se faire élire au Sénat des États-Unis n'est pas un simple bouchon de liège dansant passivement sur les vagues, emporté par de mystérieux courants. Derrière ce personnage médiatique ouvert, facile, accommodant, Anne Lynn dissimulait une ambition féroce, comme Eisenhower avait dissimulé la sienne. On ne percevait pas l'avidité d'Eisenhower, sa voracité, sa vanité ; pourtant, dès qu'on avait le malheur de lui tourner le dos, c'était ce type à face de lune qui remportait le pompon.

Anne Lynn brigua donc la candidature à la présidence pour le parti démocrate.

Ils étaient huit sur le coup. Elle arriva troisième dans le New Hampshire, pas bien loin derrière le sénateur Neil Swenson.

Le 3 février, Swenson devenait le favori en gagnant dans l'Arizona, le Delaware, le Nouveau-Mexique et l'Oklahoma, tandis qu'il se classait second en Caroline du Sud, juste derrière l'enfant du pays.

Anne Lynn s'en tira honorablement. Elle emporta le Dakota du Nord et arriva deuxième dans les États du sud-ouest, l'Arizona et le Nouveau-Mexique.

Win Davidson, le gouverneur du Michigan, obtint une victoire dans le Missouri, et un soutien dispersé dans le reste du pays.

Quatre jours plus tard, il triomphait dans son État d'origine, et Swenson dans l'État de Washington.

Ce fut une course serrée jusqu'au Super-Mardi, le

2 mars, date à laquelle Swenson rafla la Californie, le Connecticut, le Maryland, New York, l'Ohio et le Rhode Island. Il n'était plus désormais qu'à 428 délégués du chiffre magique, 2161, qui lui garantirait d'être le candidat du parti démocrate.

Du coup, l'argent se fit rare pour tout le monde sauf pour lui. Seuls Win Davidson et Anne Lynn Murphy restaient dans la course et continuaient à lui disputer la désignation à la candidature.

Les médias, moutonniers à souhait comme toujours, reprochèrent à Davidson de s'obstiner bêtement et de diviser son parti ; quant à Murphy, bien qu'incapable de gagner, elle montrait « beaucoup de cran ».

Au-delà de la convention, Swenson avait déjà les yeux fixés sur sa campagne contre Scott, et il voulait « établir des relations, promouvoir l'unité, combattre l'ennemi commun »[1]. En avril, lorsque l'élection primaire de Pennsylvanie l'eut catapulté à vingt voix de la nomination, il prit la surprenante initiative d'inviter ses deux concurrents démocrates à bord de son avion de campagne pour l'accompagner aux primaires suivantes, en Indiana et en Caroline du Nord, suivies par le Nebraska et la Géorgie. D'après certains experts, cela revenait à une sorte d'audition pour Murphy et Davidson, comme si Swenson s'était dit : Voyons lequel des deux se montre le plus coopératif, et j'accepterai peut-être qu'il fasse campagne à mes côtés en tant que candidat à la vice-présidence.

1. Lors des deux conventions, la démocrate et la républicaine, les délégués de chaque État se réunissent pour choisir le candidat du parti à la présidence — candidat « pré-élu » lors des primaires organisées par chaque parti.

Vidée, fauchée, Anne Lynn Murphy avait décidé d'accepter l'offre du favori, lorsque Oprah Winfrey l'invita dans sa légendaire émission de télévision. Impossible de refuser, évidemment ; au lieu d'accompagner Neil Swenson, Murphy se rendit donc à Chicago à bord d'un vol commercial.

L'avion de Swenson s'écrasa, avec Swenson et Davidson à bord. Il n'y eut aucun survivant.

Le dernier homme encore en piste était une femme. Anne Lynn Murphy.

Gus Scott avait une conception de la chance différente de celle de la plupart d'entre nous.

Beaucoup de gens l'auraient trouvé plutôt veinard d'être né dans une famille influente et fortunée. Mais la plupart des gens qu'il connaissait et avec qui il avait grandi étaient nés dans ce genre de famille. Et qu'est-ce qu'ils étaient devenus ? Certains avaient emprunté les sentiers battus de Wall Street et accumulé du fric. D'autres se sentaient culpabilisés par leur fortune et s'investissaient dans le travail social afin d'accomplir de bonnes actions. D'autres encore étaient devenus des junkies et ne vivaient plus que pour leur prochaine dose. D'autres, enfin, transformés en singes alcooliques, se balançaient là-haut, dans les arbres.

Augustus, en plus d'être chanceux, possédait certains talents qui donnaient tout son prix à sa chance.

Pour commencer, il avait celui d'assumer cette chance sans le moindre complexe. C'est moins courant qu'il n'y paraît. Beaucoup de gosses, par exemple, ne se seraient certainement pas pris pour des gagnants après une petite manipulation du genre de celle orchestrée par son père afin de faire gagner les Yankees. Et même s'ils avaient pu s'en réjouir à l'âge de dix ans, ils auraient estimé rétrospectivement, vers la trentaine ou la quarantaine, que leur victoire se trouvait quelque peu ternie par le simple fait de ne pas avoir été méritée. Mais pas Gus. Il repensait toujours à cette saison-là comme à une merveilleuse expérience, conservait le trophée dans le Bureau ovale et le montrait aux visiteurs. Il l'avait même utilisé pour illustrer un grand nombre de causeries sur les vertus de l'Amérique traditionnelle et la capacité à se débrouiller seul, sur la façon dont les sports forment l'esprit d'équipe et le caractère, sur le besoin que l'on avait, dans ce pays, d'un peu plus de volontarisme privé et d'un peu moins de protection sociale.

Son deuxième don, c'était que d'autres personnes réglaient toujours ses problèmes à sa place. D'abord, son père. Puis, des quidams comme Byron Tompkins. Ou comme les gens qui avaient permis à Gus d'entrer dans la Garde nationale au lieu d'aller faire la guerre. Ou encore comme les hommes d'affaires avec qui il s'était ensuite associé, qui veillèrent à ce qu'il gagne de l'argent même lorsque les entreprises dont il assurait la gestion faisaient faillite : une société d'appartements de vacances en multipropriété, un consortium de contrats à terme portant sur le marché du soja, une concession commerciale de Yugo, ces petites bagnoles étrangères... Plus tard, lorsqu'il se lança dans la politique, d'autres personnes encore trouvèrent le moyen de l'arroser de fric.

Une particularité du belliqueux gouvernement de Scott, qui ne comptait pas moins de trois guerres à son actif, c'était que pratiquement tous ses membres clefs, lorsqu'ils étaient en âge d'aller se battre au Viêt-nam, avaient réussi à esquiver cette corvée. Le vice-président avait argué de l'université et du mariage pour obtenir des sursis d'incorporation. Le chef de la majorité à la Chambre s'était servi de son inscription en fac, cycle après cycle ; le *whip* [1], en l'occurrence ce pugnace dératiseur de Rodney Lumpike, avait eu droit lui aussi à un sursis d'incorporation en tant qu'étudiant. Puis, la loterie des appelés avait fait son apparition et, après avoir tiré un bon numéro, Lumpike avait quitté l'université pour se lancer dans les affaires. Lorsqu'il s'orienta ensuite vers la politique et qu'on l'interrogea sur son service militaire, Lumpike expliqua qu'il avait voulu aller au Viêt-nam, mais que les membres des minorités s'étaient précipités pour prendre toutes les places et qu'il ne lui en était plus resté.

Pas plus que ces faucons, Gus n'avait été du genre à filer au Canada ou à réclamer le statut d'objecteur de conscience, ou à s'amener en travesti le jour de son incorporation. Mais, pour un gosse de riches se retrouvant à court de sursis, il existait une autre planque formidable. La Garde nationale.

Aujourd'hui que les États-Unis possèdent une armée de métier, les membres de la Garde peuvent être appelés sous les drapeaux. Mais à l'époque, avec une armée de conscription, la Garde nationale était le secret le mieux gardé parmi les jeunes gens qui voulaient échapper à la guerre. On n'était jamais envoyé au combat, les obligations étaient légères

1. Voir note page 80.

— deux semaines de service en été, un week-end par mois le reste de l'année — et la discipline plus légère encore, tellement légère que si l'on ne se présentait pas, cela n'avait pas grande importance : on pouvait quand même vivre sa vie, trouver un emploi, faire la fête, se lancer dans les affaires, dans la politique.

C'est pourquoi il y avait des listes d'attente d'un ou deux ans. Il fallait du piston pour être admis à la Garde avant d'avoir à le présenter devant le conseil de révision et d'être précipité dans le grand hachoir à viande du général Westmoreland[1]. Et ce piston, Scott en avait évidemment bénéficié, tout comme Dan Quayle ou Don Nickles, qui avaient ensuite accédé au Sénat, ou le jeune Futter, qui était maintenant gouverneur de l'Ohio.

Le plus étonnant, dans cette histoire, c'est qu'il s'agissait d'un Fait Fumeux.

Les Faits Fumeux, loin d'être secrets, étaient connus ; pourtant, ils ne l'étaient pas. Ils restaient enveloppés d'un écran de fumée. Si l'on prenait la peine de se plonger dans les archives et les dossiers officiels, il n'était pas difficile de les découvrir. Si l'on interrogeait un bon journaliste, un politologue, un historien, ils savaient. En revanche, quand on demandait à l'homme de la rue si le président Scott, qui adorait se faire photographier avec les troupes ou au volant de véhicules blindés ou à bord de vaisseaux de guerre, avait trouvé le moyen d'éviter de faire son service au Viêt-nam, ce brave Américain moyen n'en

1. Commandant des forces américaines au Viêt-nam et en Thaïlande (1964-1968).

avait aucune idée ; et, à moins d'être déjà anti-Scott, il refusait d'y croire.

À l'ère de l'information, celle-ci est devenue tellement pléthorique qu'il est maintenant extraordinairement difficile de la classer, de la percevoir clairement et de la hiérarchiser. Et puis survient un fait divers quelconque qui, pour des raisons mystérieuses, captive le monde entier, et la frénésie s'empare des médias. Comme dans les cas de Clinton et de Lewinsky, ou comme dans l'affaire O. J. Simpson. Alors, d'un bout à l'autre de la planète, tout le monde est soudain au courant, dans le moindre détail. À côté de cela, il y a les Faits Fumeux, des choses importantes sur lesquelles les gens sont apparemment aussi incapables de se concentrer que sur les gouttelettes individuelles dont le brouillard est composé. On connaît ces Faits, mais sans les connaître.

Scott, le président sortant, allait tenter de se faire réélire. D'après les enquêtes d'opinion publique, ce ne serait pas une partie de plaisir. Avant que l'opposition n'ait un candidat officiel et alors que les démocrates s'entretuaient encore dans les primaires, les sondages le donnaient à égalité absolue avec Swenson. Et les simulations sur ordinateur prédisaient que Swenson bénéficierait après la convention d'un rebond de trois ou quatre points, peut-être même six. Il ne resterait plus alors au président qu'à se démener pour essayer de repasser en tête.

Sa fameuse baraka avait encore joué. Enfin, c'était une façon de voir les choses. Quinze personnes avaient avalé leur extrait de naissance, y compris quelques membres des services secrets. Scott les regrettait particulièrement. Il aimait bien les gars des services secrets, toujours partants pour un petit match de foot à la bonne franquette.

Bien entendu, les spéculations de toutes sortes sur la catastrophe aérienne n'avaient pas manqué, non plus que les théories farfelues relatives à une éventuelle conspiration. C'est pourquoi Scott avait diligenté une enquête minutieuse, en mobilisant toutes les ressources de son gouvernement ; et, au lieu de se contenter de la confier à la direction générale de l'aviation civile, ce qui l'aurait fait traîner pendant des mois sans pour autant explorer la piste du terrorisme, il avait convoqué la Sûreté du territoire, qui pouvait compter, outre l'aviation civile, sur l'aide de la CIA, du FBI et de la police locale.

Byron Tompkins, le directeur de la Sûreté du territoire, s'était chargé personnellement et directement de l'enquête.

Les démocrates surent tirer un grand avantage de cette tragédie, en faisant de leur convention une messe commémorative aussi solennelle que mélodramatique. Préalablement à ce congrès, Anne Lynn Murphy avait eu vingt-deux points de retard dans les sondages. Mais, tout au long de la convention, sa cote ne cessa de monter ; et, une fois désignée comme candidate à la présidence par son parti, elle bénéficia de l'effet de rebond habituel.

Deux heures après la désignation d'Anne Lynn Murphy, Byron Tompkins était en mesure d'annoncer le résultat de l'enquête sur le crash de l'avion de Swenson : la catastrophe était due à la conjonction malheureuse du mauvais temps et d'un dysfonctionnement de radar. En bref, et en termes juridiques, un événement fortuit, non imputable à une défaillance humaine. La nouvelle envahit les ondes et fit la une de tous les journaux.

Murphy disparut des médias pendant deux journées entières. Elle cessa de grimper dans les sondages. Elle s'était hissée jusqu'à sept points du président Scott, mais son ascension s'était arrêtée là ; elle n'avait pas progressé d'un seul point depuis.

Gus n'y pouvait rien, s'il avait de la chance.

CHAPITRE 12

Dexter Hudley, le recteur de mon université, était venu chercher à la bibliothèque de la documentation historique pour un exposé qu'il devait présenter lors d'un rassemblement d'anciens étudiants, dans le cadre d'une collecte de fonds. Ayant été averti de sa présence par des collègues, je suis allé l'accueillir et, en gros, lui passer un peu de pommade.

Il s'est montré extrêmement cordial, et m'a assuré qu'il avait entendu parler de l'excellence du travail que je réalisais dans des conditions financières difficiles. Il a fait l'éloge du programme de politicien en résidence, et a même suggéré les noms de deux ou trois personnalités que nous pourrions essayer d'enrôler dans ce programme, noms que j'ai docilement noté dans mon agenda électronique Palm Pilot. J'ai répondu que j'allais les contacter sans tarder, quelles excellentes suggestions, bien que nous soyons déjà complets pour les cinq prochaines années. À moins, naturellement, qu'il ne souhaite financer un programme complémentaire, car l'intérêt du public était tel qu'on n'aurait pas trop de deux programmes simultanés.

— Vous, vous, vous, a-t-il psalmodié en m'agitant son index sous le nez.

Dexter adore faire des imitations ; en l'occurrence, il s'agissait de Robert De Niro dans *Mafia Blues*, ou *Mafia Blues 2*, ou les deux, avec Billy Crystal, « Vous, vous, vous, vous êtes fortiche ! ». Puis le recteur a laissé tomber De Niro, pour me répondre sérieusement :

— Vous savez bien qu'on n'a pas un dollar supplémentaire. Désolé. Ah, mais devinez ce que j'ai, en revanche.

Il s'est mis à tapoter une de ses poches.

— Ha, ha ! a t-il gloussé en sortant une petite enveloppe de sa poche. J'ai reçu un billet pour le centre Kennedy. Le grand concert de bienfaisance pour encourager la population à voter, vous êtes au courant ?

J'étais au courant. En réaction aux sondages annonçant que presque personne n'avait l'intention d'aller voter, une nouvelle fondation, Tout le Monde aux Urnes, allait parrainer un concert politiquement neutre, transmis en direct, avec la participation de nombreuses stars. Gus se présentait à l'élection en héros de ses trois guerres, l'Afghanistan, le Kafiristan et l'Irak. Ces missions avaient été aussi expéditives que le service dans un Burger King, mais c'est l'indigestion subséquente qui avait été une interminable torture. Les adorateurs du drapeau aimaient Gus comme l'Association nationale pour le port d'armes aime ses flingues ; n'empêche que l'économie bafouillait et cafouillait depuis qu'il était entré en fonction, et que l'électeur lambda se grattait la tête en se demandant : Qu'est-ce que tout ça m'a apporté ?

Beaucoup de gens adoraient vraiment Anne Lynn Murphy. Mais c'était une fille, et l'autre possédait tout le fric, et personne ne la croyait capable de gagner. Le pékin moyen et même la pékine continuaient à se gratter la tête en se demandant, cette fois : À quoi bon ?

Un grand rassemblement pour encourager les gens à voter, voilà qui paraissait donc une excellente idée. Beaucoup de stars voulurent en être.

C'est alors qu'un jeune reporter ambitieux de Heidelberg, la ville de Caroline du Sud où Tout le Monde aux Urnes avait sa base, se procura la liste des bailleurs de fonds et découvrit que tous, du premier au dernier, étaient des Éléphants d'Or. Alan Carston Stowe était de leur nombre.

Pendant un ou deux jours, une controverse fit rage. Deux ou trois vedettes se retirèrent. Tout le Monde aux Urnes dépensa beaucoup d'argent en relations publiques et en publicité, et piétina dans la vase du fond jusqu'à ce que les eaux de la mare soient de nouveau opaques. Le financement de cette manifestation par les amis de Scott prit sa place dans la catégorie des Faits Fumeux, connus sans être connus, et la plupart des artistes restèrent finalement à l'affiche. On pouvait s'attendre à un sacré spectacle.

— Je ne peux pas y aller, a poursuivi Dexter. Un seul billet, et je suis marié. Vous n'avez pas de femme ?

— Non.

— Qu'est-ce que vous en dites, ce billet vous intéresse ?

— Bien sûr.

— Excellent. Ç'aurait été malheureux de le gaspiller.

C'était une entrée à cinq cents dollars.

Je me croyais bien habillé, veste, cravate, jean repassé, mais je me suis retrouvé parmi des hordes de gens en cravate noire, dont cinq femmes, une légion d'épouses en robe longue, harnachées de strass et de zircon et de vraies pierres. Perchées et exposées sur leurs talons hauts tels des trophées sur leur socle, elles m'inspiraient des ritournelles. *Le monde est à leurs pieds, que dis-je, à leurs cothurnes, / Un vrai panneau publicitaire, / Gazouillis, paillettes — mais, aux heures nocturnes, / Papa va sauter la baby-sitter...* Ce genre de truc, des vers de mirliton légèrement hostiles. À l'entracte, je suis sorti prendre le frais. Évidemment, l'air était plus pur à l'intérieur, vu que les trente-sept derniers fumeurs d'Amérique, dont trois armés de cigares, avaient tous gagné précipitamment la sortie pour pouvoir en griller une petite, ou un gros, et un banc de nuages s'était amoncelé autour des portes. J'étais comme le type qui essaie de s'échapper de Los Angeles à pied parce qu'il a entendu dire que, s'il y parvient, le soleil brille quelque part de l'autre côté, le ciel est clair et il y a même des montagnes, ou en tout cas quelque chose de pittoresque. Je suis donc allé de l'avant, j'ai dépassé leur groupe et voilà, de l'autre côté il n'y avait pas de soleil, mais l'air de la nuit était pur et un lampadaire répandait sa clarté. Sous ce lampadaire, il y avait Niobé.

Je me rappelle que ses cheveux étaient relevés et

ramenés en arrière. Elle portait des boucles d'oreilles, de petites gemmes aux facettes prismatiques qui diffractaient la lumière en délicates étincelles de couleur. Je me suis dit que si nous pouvions aller dans un endroit vraiment sombre, elle et moi, au-delà de la pollution lumineuse, oui, si seulement nous pouvions lever les yeux et distinguer le ciel, c'étaient ces couleurs-là que nous verrions se détacher des étoiles.

Elle a souri en m'apercevant. Je me suis avancé vers elle, bien sûr. Un visage familier dans cet océan de têtes qui apparaissaient et disparaissaient, ces expressions dédaigneuses hideusement préformatées pour l'objectif.

Le dernier artiste avant l'entracte avait été Billie George Cornhoe, troisième chanteur de country du pays en termes de chiffres de vente. Il nous avait interprété une œuvre qui venait de recevoir le Grammy de la « meilleure chanson patriotique de l'année » : « Mon cœur bat plus vite quand cet aigle crie[1] ! / Ce que ça veut dire, à leurs dépens nos ennemis ils l'ont appris, / Ça veut dire hélicos, jets et braves marines, / Mieux vaut battre en retraite quand cet aigle crie ! Ouais !.. Je veux vous entendre crier... Ouais ! » Et le public avait crié.

— Eh bien... a-t-elle commencé.

— Eh bien, je suis heureux de vous voir.

— Le concert vous plaît ?

— Ben...

— Vous n'aimez pas la musique country ?

— J'adore la country quand c'est Willie Nelson qui chante.

1. L'aigle chauve est le symbole des États-Unis.

— Vous voulez rester pour la fin ?

Voyant que j'hésitais, elle a ajouté :

— Il y a Buht Bohng qui doit passer, et puis Turkey Talking...

— Je pourrais me passer de Buht Bohng, à moins que vous...

— Je n'y tiens pas particulièrement. Et puis, tous ces gens sur leur trente et un, c'est un peu trop pour moi.

— Une petite promenade ? j'ai suggéré.

— Une petite promenade, a-t-elle répondu en me regardant.

Un torrent de souvenirs et un fleuve d'hormones ont jailli de mon passé, décennie par décennie, et je me suis senti prêt à me couvrir de ridicule si cela pouvait me servir à quelque chose. J'ai offert mon bras à Niobé, et elle l'a pris.

Les quartiers officiels de Washington sont magnifiques. La ville a ses ghettos, ses zones de pauvreté où triomphent rue après rue le dégoût, la drogue, le désespoir, mais les quartiers officiels sont vraiment splendides. Je ne vois pas l'utilité de les décrire ; les lecteurs américains les ont observés dans leurs manuels scolaires et les autres dans d'innombrables films, juste avant que les extraterrestres ne fassent tout sauter. La nuit, avec les parcs, l'architecture classique, le fleuve, une brise fraîche offerte par le début de l'automne, c'est un endroit merveilleusement romantique.

Le bras toujours passé sous le mien, ce qui assurait une succession de légers contacts entre nos hanches, elle m'a demandé ce que je pensais de mon travail pour Alan Stowe. Je lui ai répondu que je trouvais ça fascinant. C'était comme se retrouver à la cour d'un roi, peut-être pas Louis XIV, mais un monarque mineur, Petit Louis, peut-être, ou le Vieux Petit Louis. Sous l'effet d'une richesse comme celle de Stowe, quiconque passait la porte se métamorphosait en courtisan ; c'était une séduction perpétuelle, une invitation à la corruption, à l'autocorruption. À peine le seuil franchi, chacun se mettait automatiquement à jouer des coudes, à faire le beau, à s'asseoir sur son derrière ; on aurait dit des chiens sous la table du dîner, attendant de recevoir une gâterie ou de boulotter la moindre miette tombée par terre.

— Vous êtes un poète, m'a déclaré Niobé.

— Vous me flattez.

— C'est une remarque flatteuse, vous trouvez ?

— Pour moi, oui. C'est ce que j'aurais aimé être. Mais la poésie, de nos jours, est plutôt une activité à laquelle on se livre pour soi-même, comme la musculation dans une salle de gym, par exemple. Il y avait ce magazine, un magazine de poésie. Quelqu'un leur avait accordé une subvention et ils se sont retrouvés avec quatre ou cinq cents abonnés, mais ils recevaient dans les cinquante, soixante mille envois par an. De toute évidence, tout le monde écrit de la poésie et personne n'en lit. Alors, il vaut mieux se faire une raison et cesser de nier l'évidence ; il faut écrire pour soi ou pas du tout. Ou bien écrire des paroles de chansons country, et prier pour qu'elles aient du succès.

— Ouais, a-t-elle grommelé en imitant le public de Billie George Cornhoe.

Puis elle a parodié le chanteur, sur l'air de son hymne patriotique :

96

— J'suis un méchant, méchant, méchant marine, /
J'ai le cœur qui bat plus vite quand cet aigle crie sa
rage, / Et je sais ce que ça veut dire, / Ça veut dire
qu'y a un pigeon dans les parages.

— Pas mal ! j'ai approuvé.

— Merci.

— C'est déjà connu, sauf de moi, ou bien vous
venez juste de l'improviser ?

— Eh bien, ça m'est venu à l'esprit pendant qu'il
chantait.

— Excellent. Vous pourriez être une star.

— Oui, oui, je sais, a-t-elle plaisanté.

Ensuite, la conversation s'est tarie et nous nous
sommes contentés de continuer à marcher. J'essayais
de me sentir à l'aise, de ne pas céder à la nervosité,
juste de savourer l'électricité — non pas une électricité métaphorique, mais l'électricité réellement générée par le rapprochement de nos organismes, de nos
systèmes nerveux. Niobé a fini par me sortir :

— Alors comme ça, David, vous êtes bibliothécaire.

Dans cet enregistrement d'un extrait des remarques que nous avions échangées devant la porte de
la bibliothèque de Stowe, j'ai voulu voir la suggestion
que nous avions déjà un passé — et aussi un présent.
Elle a ajouté, sur un ton plus conventionnel :

— Dites-moi ce que c'est, un bibliothécaire.

— C'est le contraire de tout ce que Stowe représente, si l'on veut bien y réfléchir — ce que je fais
depuis quelque temps. Une sorte de communisme,
sans l'idéologie ou Marx ou toutes ces conneries.
Notre métier, c'est de distribuer du savoir. Gracieusement. Entrez, s'il vous plaît, entrez, prenez un peu

de savoir gratis, non, ce n'est pas plafonné, continuez, vous pouvez vous en gaver, non, ce n'est pas une arnaque, ce n'est pas un échantillon gratuit pour vous appâter et vous facturer plus tard, ou bien pour vous tapisser le cerveau de logos et de slogans. Un bibliothécaire n'a pas un statut social très élevé, et nous ne gagnons pas non plus beaucoup d'argent ; plus qu'un poète, d'accord, mais pas autant qu'un type qui sait bien faire la manche. Alors, nos idéaux comptent beaucoup pour nous, et aussi l'amour des livres, l'amour du savoir, l'amour de la vérité et de la liberté d'information, le désir que les gens puissent découvrir les choses par eux-mêmes. Qu'ils puissent lire, oh, des histoires d'amour ou des romans policiers, ce qu'ils veulent. Et que les pauvres puissent avoir accès à Internet.

— Vous êtes un type bien.

Elle avait prononcé cette phrase avec douceur et j'ai répondu :

— Merci.

— De quoi parlent les papiers d'Alan Stowe ? D'affaires immobilières ? De sa vie amoureuse ?

Cette idée m'a fait rire ; pourtant, on pouvait supposer que Stowe avait eu une vie amoureuse, à une époque. Peut-être même qu'il en avait encore une, après tout ; il avait les moyens de se l'offrir.

— Eh bien ?

— J'ai juré le secret.

— Ben, voyons.

— Non, vraiment. J'ai signé un accord de confidentialité, sous peine de mort et de déshonneur et de ruine pour moi et mes descendants, dans les siècles des siècles, sur la terre et d'un bout à l'autre de l'univers.

— Sérieusement ?

— Ouais, et vous pourriez être une espionne envoyée pour me tester, pour éprouver ma détermination.

— Où est-ce qu'elle en est, votre détermination ?

— Face à vous ?

— Oui.

Je me suis mis à rire, avant de répliquer :

— Les papiers d'Alan parlent d'affaires. Un tas d'affaires immobilières.

— Pas de politique ?

— Surtout au niveau local. L'aménagement, c'est du zonage, et le zonage c'est local. En arrivant aux strates de documents qui concernent les années quatre-vingt, je commence à tomber sur des trucs fédéraux, des questions écologiques, les terres marécageuses, les parcs, etc. C'est pour ça que vous vous intéressez à moi, pour essayer de découvrir comment fonctionne ce vieux Stowe ?

Nous étions arrivés près du fleuve. Dégageant son bras du mien, elle s'est approchée du bord pour contempler l'eau, et rompre notre contact physique. Je l'ai observée ; elle s'est tournée à quatre-vingt-dix degrés.

Il y a eu un silence, je veux dire entre nous — parce qu'il y a toujours des bruits en ville, des grondements de voitures, de camions, des sirènes, des voix lointaines, des voix proches, des avions dans le ciel, le murmure du vent lesté de poussière, la pesante présence de plusieurs millions de gens, tous en train de respirer. Je continuais à la regarder et elle continuait à détourner les yeux. J'ai fini par déclarer :

— Vous savez, ça me rappelle une ou deux scènes de cinéma.

— Ah bon ? On est dans quel film ?

— Eh bien, *Annie Hall*, par exemple.

— Connais pas.

— Avec Woody Allen.

— Oh, ce monsieur de New York qui s'est enfui avec sa propre fille.

— Mon Dieu, j'ai marmonné, je suis vraiment dans un film de Woody Allen.

— Qu'est-ce que c'est censé vouloir dire ?

— Eh bien, les gens comme moi connaissent Woody Allen par cœur.

— Les gens comme vous ?

— Juifs. Intellos. Citadins.

— Hum, a fait Niobé.

— Bref, dans une scène, il est avec cette femme, Diane Keaton, et ils admirent la vue depuis un balcon. On entend ce qu'ils se disent, mais aussi ce qu'ils pensent, qui est le contraire absolu de ce qu'ils disent. C'est une scène très amusante. Il faudra que je vous emmène voir ça.

— Vraiment, il faudra ?

— Absolument, ce sera notre...

J'allais dire « notre premier rendez-vous », mais ce n'était pas sur la liste des choses que j'étais autorisé à lui dire.

Au bout d'une longue pause, Niobé a demandé, toujours sans me regarder :

— Ce serait quoi, l'autre film ?

— *Tootsie*. Dustin Hoffman est travesti. La fille

qu'il aime est persuadée que c'est une femme et ils sont là tous les deux, en train de parler entre nanas. Elle lui confie qu'elle rêve d'un homme qui serait capable de lui parler honnêtement, de lui dire juste, Hé, je vous trouve attirante et j'ai envie de faire l'amour avec vous. Alors, une fois de nouveau habillé en homme, Dustin Hoffman tente sa chance. Elle lui colle une baffe, évidemment.

Niobé s'est tournée et m'a enfin regardé. Et elle m'a collé une baffe.

— Quoi ? j'ai grogné.

— Pour vous épargner la peine de le dire. Je suis mariée. Je ne couche pas à gauche et à droite. C'est important pour moi.

— Pourquoi est-ce aussi important ?

— Par principe.

— Ça pourrait être une question de principes et vous pourriez être à cheval dessus sans pour autant vous croire obligée de me gifler.

— Je suis désolée, a-t-elle concédé avant de se détourner à nouveau.

J'ai tendu la main et touché son visage pour essayer de l'orienter vers moi. Elle a résisté. Laissant ma main en place, j'ai pressé un peu plus fort, c'est-à-dire pas fort du tout, mais enfin, un peu plus fort. Elle s'est tournée vers moi en respirant profondément, comme si nous étions en train de nous battre, ou sur le point de nous embrasser.

— On a déjà parlé des dix commandements, a soupiré Niobé.

— On n'en a pas parlé. On y a pensé — et chacun de nous lit dans les pensées de l'autre.

— Vous vous imaginez savoir ce que je pense. Vous

vous trompez. Vous ne savez pas du tout dans quoi vous vous engagez.

— Je crois que si.

— Non, non, vous êtes vraiment... Je vous préviens, David. Vous n'avez pas la moindre idée de l'endroit où vous mettez les pieds.

— Vous, en tout cas, vous pouvez lire dans mes pensées, non ?

— Je n'en sais rien. Peut-être, je ne sais pas.

— J'ai déjà reçu ma claque, alors je peux bien vous dire ce que je pense.

— Quoi ?

Et elle a ajouté sur un ton de sarcasme féminin, du genre « ce n'est pas sorcier à deviner » :

— Vous me trouvez attirante et vous voulez coucher avec moi, et au diable les serments du mariage.

— Je veux vous dire que je suis amoureux de vous.

— C'est ridicule. Vous ne me connaissez pas.

— On ne tombe pas amoureux des gens parce qu'on les connaît, on tombe amoureux à cause de...

J'étais bien en peine de finir ma phrase. Je ne sais pas pourquoi les gens tombent amoureux, et personne d'autre ne le sait.

— ... À cause de la poésie, a-t-elle complété sur un ton mi-romantique, mi-moqueur.

— Je n'ai pas l'intention de vous embêter si vous ne le voulez pas. Je ne vais pas me mettre à vous harceler.

J'ai de nouveau levé la main pour effleurer son visage, et elle s'est figée. Du bout des doigts, j'ai suivi le contour de ses joues, incrédule devant son existence, émerveillé d'avoir la chance de la toucher — furtivement, certes, mais de manière beaucoup plus troublante et intime que si je lui avais serré la main ou qu'elle ait posé une paume sur mon bras.

Elle m'a écarté en poussant un soupir.

Et nous nous sommes regardés, nous nous sommes abîmés dans une contemplation mutuelle qui nous a dépouillés de mon désir et de sa peur. Nous flottions dans des sortes de limbes, une région douce et cotonneuse, et Niobé est devenue douce, elle aussi. Sa bouche est devenue tendre et ses lèvres se sont entrouvertes. Elle m'a embrassé. Oui, elle s'est blottie dans mes bras et m'a embrassé. Elle était affamée, aventureuse, tendre, lascive et au moins la moitié de ces choses que, dans mon rêve d'amour, je désirais qu'elle soit.

Brusquement, elle m'a repoussé avant de me tourner le dos et de s'enfuir. Peu après, elle s'arrêtait. Alors qu'elle se baissait pour enlever ses chaussures à hauts talons, elle a jeté un regard par-dessus son épaule et s'est aperçue que je la suivais.

— Laissez-moi tranquille ! s'est-elle écriée.

Puis elle s'est éloignée, les chaussures à la main.

Bon Dieu. Je me retrouvais vraiment dans un film de Woody Allen.

CHAPITRE 13

Là où Richard Nixon s'était ignominieusement planté, l'Homme Gris et la Sûreté du territoire et Jack Morgan avaient réussi. Ils avaient posé des micros au siège du parti démocrate. Et aussi, pendant qu'ils y étaient, dans les bureaux de campagne de la candidate démocrate à la présidence, dans son bureau personnel et à son domicile, sans oublier de mettre ses téléphones mobiles de campagne sur écoute.

Pas de « plombiers » comme dans l'affaire du Watergate, pas d'effraction, pas d'histoires, pas de vagues, et les agents de l'Homme Gris étaient revenus de cette mission les mains propres.

Ç'avait été un jeu d'enfant, les données du problème ayant été modifiées par une loi appelée USA PATRIOT Act II[1]. Parmi les « moyens appropriés » accordés aux diverses agences, il y avait notamment le droit de mettre n'importe qui sur écoute pendant quinze jours sans mandat ni notification.

Tous les téléphones de campagne, et même le télé-

1. Acronyme de « *Uniting and Strengthening America by Providing Appropriate Tools Required to Intercept and Obstruct Terrorism Act II* » (« Deuxième loi d'unification et de renforcement de l'Amérique pour faire échec au terrorisme par les moyens appropriés »).

phone particulier d'Anne Lynn Murphy, étaient uti-
lisés par de nombreuses personnes. Les agents de la
Sûreté du territoire se contentaient de noter leurs
noms en alternance ; il n'en fallait que six pour leur
fournir quatre-vingt-dix jours d'écoute, c'est-à-dire
trois mois — depuis le premier mardi d'août jusqu'au
premier mardi de novembre.

Les agents prenaient soin de remplir et d'archiver
des notes de service, à tout hasard. Au cas fort improbable où la surveillance s'ébruiterait, ces documents
montreraient qu'elle était justifiée.

A priori, il paraissait tiré par les cheveux de prétendre que la candidate d'un grand parti à la présidence puisse représenter une menace terroriste. Mais
justement, personne ne le prétendait. L'idée, c'était
de présenter Murphy comme la *cible* d'une menace
terroriste : les terroristes ou leurs associés pouvaient
appeler des membres de son équipe, ou essayer
d'infiltrer sa campagne, pour obtenir des informations telles que l'emploi du temps de la candidate, ou
pour contacter et subvertir l'un ou l'autre de ses collaborateurs. Le dossier comprenait, sur trois CD, un
exemplaire de la série télévisée diffusée sur la Fox,
24 heures, qui raconte comment des terroristes se
livrent à de telles actions dans le but d'assassiner *un
candidat démocrate à la présidence*.

— Qu'est-ce que vous en dites ? s'enquit l'Homme
Gris.

Il désignait les transcriptions de conversations
téléphoniques du principal stratège de campagne de
Murphy, Calvin Hagopian. Dans l'une de ces conversations, les mots « Surprise d'Octobre » étaient
surlignés en jaune fluorescent. L'écoute avait fait

apparaître onze occurrences de l'expression, dont neuf chez Hagopian et deux chez un interlocuteur non identifié. Une interlocutrice, en fait — précision qui n'était pas d'une utilité prodigieuse. Il avait pu être établi que l'appel provenait d'une cabine de Virginie ; il avait été réglé au moyen d'une carte téléphonique, carte elle-même payée en liquide dans une épicerie dépourvue de vidéosurveillance.

C'était comme un écho surgi du passé... Mais qu'est-ce que cet écho pouvait bien signifier ?

Il y avait longtemps de cela, le 4 novembre 1979, pour être précis, c'est-à-dire exactement un an avant le duel Reagan-Carter pour la présidence, des étudiants iraniens, soutenus par leur nouveau gouvernement islamique, avaient envahi l'ambassade des États-Unis à Téhéran et fait prisonniers cinquante-deux Américains.

Chaque jour, dans tous les journaux du pays, y compris télévisés, les gros titres comptabilisaient minutieusement leurs journées de captivité, histoire de bien faire comprendre à quel point l'Amérique était impuissante sous l'égide infortunée du président Jimmy Carter.

Carter était en négociation avec l'Iran. S'il réussissait à ramener les otages, et particulièrement s'il les ramenait en octobre, juste avant l'élection, il était certain de prendre l'avantage sur Reagan et d'assurer sa réélection. Déterminés à ne pas se laisser désarçonner par cette « Surprise d'Octobre », les Républicains s'étaient engagés dans des tractations privées avec les Iraniens, en leur promettant les armes que leur déniait Carter, à condition qu'ils gardent les otages au moins jusqu'à la date de l'élection. Les Iraniens se retirèrent des négociations officielles ; puis, comme s'ils avaient été avertis que Carter était sur le point de lancer une deuxième mission de sauvetage, ils dispersèrent brusquement les otages afin d'empêcher toute tentative de ce genre.

Reagan devint président. L'Iran renvoya les otages le jour de son investiture.

La situation était maintenant très différente. Les Républicains se trouvaient au pouvoir ; ils caracolaient en tête des sondages, avec une bonne longueur d'avance. À quoi est-ce que Hagopian pouvait bien faire allusion ?

— Une Surprise d'Octobre ? insista l'Homme Gris. Jack Morgan ne put que répondre :

— On n'est au courant de rien, monsieur.

— De quoi s'agit-il ? demanda l'Homme Gris.

Comme Jack ne répondait pas, il ajouta :

— Qu'est-ce qu'ils cachent dans leur manche ?

— Je n'en sais rien, monsieur.

L'Homme Gris tapota le manuscrit. Son doigt, tel un bec de corbeau, toquait de phrase en phrase. *Leur force sera leur faiblesse,* toc toc, *Pas d'inquiétude, pas d'inquiétude. Leur succès les perdra,* toc toc, *On va canaliser leur puissance et la retourner contre eux,* toc toc, *la technique du rebond dans les cordes.*

— Est-ce qu'il sait qu'on l'écoute ? Est-ce que par hasard ce type se moquerait de nous, Morgan ?

Hagopian s'intéressait à Marshall McLuhan, à la logique floue, à l'aïkido, au zen. Il avait commencé dans la publicité et continué dans la téléréalité. Il avait affirmé que la politique américaine n'était qu'une émission de télévision. Que chaque élection depuis Kennedy s'était jouée comme un feuilleton.

Que sa candidate idéale aurait été Oprah Winfrey mais qu'Anne Lynn Murphy ferait l'affaire, vu que c'était une sorte de Ronald Reagan démocrate — et travesti. Il aimait aussi déclarer :

— La réalité, c'est la viction, la viction, c'est la réalité.

Étant entendu que « viction » était une contraction de « vidéo » et de « fiction ». Pouvait-on vraiment envisager que Hagopian soit tout simplement en train de se foutre de leur gueule ?

— Ce serait parfaitement possible, monsieur, répondit Jack.

— Ils ont quelqu'un dans la place ?

— Dans la place ?

— Oui. Est-ce que Hagopian a quelqu'un chez Scott, pour espionner sa campagne ?

CHAPITRE 14

Quand Alan Stowe phosphorait, il faisait vraiment des étincelles ; et quand il déraillait, on ne pouvait jamais savoir jusqu'où ça irait. Il aimait *Le Congo*, de Vachel Lindsay :

Alors, je vis le Congo qui serpentait dans le noir,
Qui rampait dans la jungle tel un serpent d'or...

Et aussi *Le général Booth entre au paradis* : « Es-tu purifié dans le sang de l'Agneau ? » Stowe m'avait confié qu'il n'avait pas d'enfants, et personne à qui laisser son argent ; il se demandait si cette situation ne rendait pas tout le reste complètement absurde. Il se demandait également si quelqu'un pleurerait sa mort, et au bout de combien de temps il serait oublié. Il ne s'attardait jamais sur ces sujets, se contentant de les mentionner comme s'ils lui avaient traversé l'esprit, telle l'épave de quelque voilier soudain emporté par un courant invisible. Si je faisais mine de répondre, de converser, il ignorait généralement cette tentative. Il m'avait demandé si je croyais aux malédictions. Quand j'avais répondu que non, il avait voulu savoir si je croyais aux bénédictions. Là encore,

j'avais répliqué que non, et il avait grogné : « Bah ! »
Je lui avais demandé :

— Pourquoi, « Bah ! » ?

Il avait déclaré que la plupart des gens répondent
« Oui » à propos des bénédictions, ce qui lui permettait de les piéger :

— Si vous croyez aux unes, comment pouvez-vous
ne pas croire aux autres, les malédictions ?

Stowe m'avait également demandé si je pensais
qu'une bibliothèque aiderait à perpétuer son souvenir.

Il est impossible de se trouver à proximité d'une
fortune pareille sans se mettre à rêver. Je m'efforçais
de contenir ma convoitise dans le cadre d'un certain
idéalisme ; n'empêche que je me voyais déjà en train
de guider Alan Stowe sur les traces d'Andrew
Carnegie, qui avait financé plus de deux mille bibliothèques aux États-Unis. Je m'imaginais en train
d'administrer ses legs. Puisqu'il me posait la question,
je lui ai assuré que les bibliothèques garantissaient
pratiquement une éternité de souvenir, d'affection,
de gratitude. Qui se rappelle que les Astor avaient
acquis leur fortune dans la fourrure ? Mais beaucoup
de gens savent qu'ils en consacrèrent au moins une
partie à l'édification de bibliothèques publiques.

Le vieux Stowe a changé de sujet, comme si son
attention se mettait à dériver.

Le 18 octobre, par une belle soirée, fraîche et
douce, Stowe m'a demandé à brûle-pourpoint :

— David, vous avez déjà vu une vraie grosse bite
en action ?

Qu'est-ce que l'on est censé répondre à ce genre

de question ? De toute façon, ce n'était sans doute encore qu'une de ses remarques en l'air.

Mon embarras lui a arraché un caquètement.

— Le 29 du mois, a-t-il repris, Angela's Star va être couverte...

Ah, il s'agissait donc d'une bite de cheval.

— ... par Glorious Morning.

« Matin glorieux », j'ai trouvé que c'était un drôle de nom pour un pur-sang, à moins que ce ne soit une sorte de blague sur ses qualités d'étalon ; mais il avait été célèbre à l'époque où il courait. Il était arrivé premier au Preakness de Baltimore, deuxième à Churchill Downs, et plusieurs de ses descendants avaient rapporté pas mal d'argent. Ce serait donc une saillie à soixante-quinze mille dollars, avec de l'action authentique — l'action d'un énorme pénis.

— Si vous n'avez jamais assisté à ça, c'est quelque chose à ne pas manquer, m'a affirmé Stowe avec un de ses sourires tordus.

Je savais qu'il utilisait ces accouplements comme divertissements pour animer ses réunions mondaines. Cette invitation signifiait que je venais de changer de statut. D'employé, j'étais devenu... J'hésiterais à dire un « ami ». Une « connaissance », dans ce contexte, n'aurait aucun sens. Pas une relation d'affaires non plus, pas un relais du réseau de pouvoir auquel il était connecté ; cependant, quelque chose de plus qu'un simple domestique.

— Ce sera l'affaire d'un après-midi et d'une soirée, poursuivit Stowe. Le jour du dernier débat présidentiel. Le dernier clou dans le cercueil de Murphy, et après, plus que cinq jours avant l'élection. Ça paraît approprié, non ?

J'avais compris, mais il s'est cru obligé de me faire un dessin :

— On va d'abord regarder Glorious Morning baiser Angela's Star, et ensuite le Grand Homme baiser Anne Lynn Murphy. Ha, ha !

Telle était donc la conception républicaine de l'orgie. Je n'étais pas sûr de pouvoir supporter cette épreuve. Entre les deux séances de baise, on parlerait sans doute de golf.

— Nous aurons une vingtaine d'invités, disons une trentaine. Y compris cette fille que vous aimez bien, Niobé. Je vous comprends, mais faites attention, fiston. Jack Morgan est un marine, et un dur. Il vous découpera en morceaux si jamais il vous voit tourner autour de sa femme.

Stowe s'est remis à caqueter.

— Bien sûr, ai-je fait. Merci pour l'invitation.

CHAPITRE 15

J'ai changé trois fois de chemise. J'ai pris une douche, je me suis rasé et aspergé d'après-rasage, mais
j'ai trouvé son odeur écœurante et malhonnête, et je
suis retourné sous la douche pour essayer de m'en
débarrasser.

Bill, le majordome, qui organisait les réceptions,
avait engagé quelques extra, notamment des voitu-
riers. Dès que mon véhicule m'a été enlevé, on m'a
invité à me diriger vers l'écurie prévue pour l'accouplement, à pied si j'en étais capable, et sinon, en
voiturette de golf.

Ni au cours de cette promenade ni à l'intérieur de
l'écurie, je n'ai aperçu Niobé ou quiconque de ma
connaissance, à part ce juge de la Cour suprême des
États-Unis, Andrew McClellan, à qui j'avais déjà été
présenté en deux occasions chez Stowe. Il s'était cuirassé de tweed pour la circonstance, et chaussé de
bottes en caoutchouc en prévision de la boue et du
crottin ; mais en fait, chaque fois qu'un échantillon
de boue se présentait, une équipe spécialisée venait
s'occuper du drainage ; et, au moindre signe de crottin, quelqu'un surgissait, armé d'une pelle.

J'ai salué McClellan sans vraiment penser qu'il allait engager la conversation, mais c'est pourtant ce qu'il a fait. Il m'a présenté à la femme qui l'accompagnait, Juliette, une Afro-Américaine. Il était évident qu'elle était sortie de l'adolescence, mais tout aussi évident qu'elle n'avait pas encore atteint sa trentième année. Le juge a précisé qu'elle était secrétaire dans le cabinet juridique où il avait travaillé. Comme je m'obstinais à lui donner du « monsieur le juge », il a insisté à plusieurs reprises pour que je l'appelle Andy — j'ai cédé à la troisième. J'avais beau être impressionné, je continuais à chercher Niobé du regard.

Deux palefreniers ont amené la jument. Nous étions là huit ou neuf voyeurs à nous extasier sur ses formes, sa robe luisante, sa stature, sur la somme qu'elle avait pu coûter, celle qu'elle pourrait atteindre si elle était revendue, celle que le poulain serait susceptible de rapporter.

L'un des palefreniers s'est accroché au licol d'Angela's Star, tandis que l'autre attachait sa jambe avant droite à un entravon destiné à la maintenir en l'air. Le but de cette manœuvre était de l'empêcher de réagir vivement, si par hasard elle n'appréciait pas ce qui était sur le point de lui arriver.

— Voici la vétérinaire, a annoncé Andy.

Les traits de la nouvelle venue étaient tirés, mais éclairés d'un large sourire. Elle tenait un grand thermomètre à la main.

— Il y a un paquet de fric en jeu, là. Autant être sûr que la jument est prête.

J'étais en train de regarder Andy, ou plutôt par-dessus son épaule, lorsque Niobé est entrée. J'en ai

114

eu le souffle coupé. Jack l'accompagnait, mais il ne m'apparaissait que confusément ; son image était brouillée comme celle d'un spectre. Néanmoins, dès qu'il m'a aperçu, des yeux lui ont poussé, à ce spectre, des yeux visibles même à cette distance, dans la pénombre de l'écurie — des yeux bleus, évidemment, d'un vrai bleu massif assorti à la blondeur guerrière de ses cheveux coupés en brosse. Il a placé une main sur la hanche de Niobé, mais bas, de sorte que sa paume reposait en fait au sommet de la courbe des fesses. Et il m'a regardé.

À cet instant, nous avons de nouveau entendu résonner un bruit de fers à cheval sur les copeaux de bois qui jonchaient le sol en pierre. Tout le monde a tourné la tête. Angela's Star a poussé un hennissement et s'est ébrouée en donnant des coups de sabot par terre.

Un palefrenier amenait une nouvelle bête. Un cheval excité aux naseaux frémissants, au pénis tendu, énorme, qui pendait lourdement. Il essayait de redresser la tête, avec des mouvements brusques, pour mieux flairer l'odeur de la femelle. L'étalonnier le tenait solidement. C'était un animal de bonne taille, une belle bête, je suppose, mais il lui manquait ce charisme fiévreux de ballerine névrosée aux jambes grêles qu'on s'attend à trouver chez un champion pur-sang.

— C'est lui, Glorious Morning ?

— Non, m'a répondu Andy, le juge de la Cour suprême. C'est l'animal de mise en train. Il s'appelle Tommy, mais tout le monde l'appelle Pauvre Tommy, parce que son boulot est de s'exciter et d'émettre des phéromones, qui avertissent la jument de ce qui l'attend. Une fois qu'elle est prête, le Pauvre Tommy est évacué, et le vrai étalon s'amène pour terminer le travail.

Pendant ces explications, je n'avais pas cessé d'observer Jack et Niobé par-dessus l'épaule d'Andy. Niobé m'ignorait sereinement. Elle ne regardait pas ailleurs, elle se contentait d'embrasser toute la salle du regard, sans jamais se concentrer sur un seul détail. Mais Jack, lui, m'examinait.

— Et il ne...

Je n'ai pas pu m'empêcher de poser la question.

— ... Je veux dire, Tommy, il ne...

— Tout juste. Peau de balle et balai de crin.

— Pauvre Tommy, ai-je compati.

— Vous voyez, a fait le juge de la Cour suprême. Mais il paraît que de temps en temps le vétérinaire ou l'un des palefreniers a pitié de lui et le soulage.

J'ai jeté un coup d'œil interrogateur à Andrew.

— Manuellement, a-t-il complété.

— Ah, vraiment.

— Un jet très copieux, a commenté le juge, judicieusement.

Son ton assuré laissait entendre qu'il avait été le témoin oculaire de cette pratique. Il a sorti de sa poche une flasque argentée remontant à l'époque de la Prohibition, où elle avait contenu de l'alcool de contrebande. Andy me l'a tendue, et j'ai bu une gorgée. C'était à la fois doux et brûlant. Je n'y connais rien en alcool ; je suppose néanmoins que c'était de l'eau-de-vie, ou peut-être quelque chose de plus exotique mais similaire au brandy, comme le cognac ou l'armagnac.

La jument semblait excitée, maintenant, et Tommy

ne l'était pas moins. Elle soulevait la queue, cambrait le dos, présentait sa croupe. Quant à l'étalon, tout son corps était tendu vers l'avant. La vétérinaire s'est approchée de la jument, dans laquelle elle a plongé le thermomètre. Elle a maintenu l'instrument en place pendant que nous respirions tous à l'unisson, lourdement. Tout le monde était figé dans l'expectative, à part les chevaux, qui se débattaient, et Jack et Niobé, qui continuaient à s'approcher. Le regard intense de Jack n'était plus tourné vers moi, mais vers les animaux. Niobé avait toujours l'air calme et indifférent. J'aurais voulu qu'elle détourne les yeux, et que leur expression ait un rapport avec ma personne.

Après avoir retiré et consulté son thermomètre, la vétérinaire aux traits fatigués a hoché la tête. Le lad a tiré d'un coup sec sur la bride du Pauvre Tommy et a commencé de l'éloigner ; le pénis de la bête oscillait sous son ventre.

C'est alors qu'on a amené la vedette du spectacle, Glorious Morning, l'étalon. On voyait au premier coup d'œil que c'était un pur-sang, un grand pur-sang — et qu'il le savait. La testostérone coulait à flots dans ses veines, son sexe était dégainé du fourreau, il soufflait bruyamment par les naseaux : bref, il était prêt à accomplir sa mission.

Jack le contemplait, plus droit que jamais, la poitrine gonflée. S'identifiant à l'étalon, il tenait fermement Niobé contre lui.

Il a jeté un regard dédaigneux dans ma direction, très brièvement, avec une expression de profonde satisfaction qui m'a mis mal à l'aise. Une idée malsaine m'est venue. Et si, sans le savoir, je faisais partie d'un petit jeu auquel jouaient Jack et Niobé ? Si j'étais une sorte de Pauvre Tommy, dont la seule fonction était de les aider à atteindre le degré d'excitation voulu ?

Le regard de Jack s'est reporté vers le spectacle hippo-porno qui captivait l'attention des autres voyeurs — encore que, personnellement, j'aie surtout reluqué Niobé. Elle laissait Jack se serrer contre elle, mais apparemment sans réagir ; elle ne mimait pas la jument en creusant les reins, et sa respiration demeurait égale. D'un autre côté, elle ne manifestait ni rancune ni embarras, c'est-à-dire qu'elle paraissait indifférente à ce que je ressentais. J'avais beau savoir qu'elle ne me devait rien, j'en ai éprouvé de la déception.

Il doit quand même me rester des bribes de dignité ou de décence, car j'ai été un peu choqué, et même beaucoup, de constater qu'Andrew McClellan, juge de la Cour suprême, s'était légèrement reculé afin de pouvoir promener son regard de la croupe de la jument à celle, tout aussi ronde et proéminente, de Juliette. Je n'en aurais pas mis ma main à couper, mais il m'a semblé que la secrétaire s'en rendait plus ou moins compte, et qu'elle faisait ce qu'il fallait pour exciter son intérêt ; j'ai eu l'impression que ses reins étaient plus cambrés qu'un moment auparavant, lorsque nous avions été présentés.

On percevait beaucoup de respirations rauques, dans l'assistance comme chez les chevaux ; néanmoins, les humains ne frappaient pas le sol du pied, ne s'ébrouaient pas, ne se happaient pas mutuellement par les dents. Glorious Morning a levé ses jambes avant et les a posées sur le dos d'Angela's Star ; puis, progressant en crabe, il s'est hissé sur elle avec des embardées. Un étalonnier s'est approché pour aider Glorious Morning à atteindre sa cible. Si ç'avait été un film, je suppose que sa fonction, dans le générique, aurait été quelque chose comme « perchiste pénien ». Une fois correctement pointé, l'énorme membre de Glorious Morning s'est enfoncé dans le terrain dûment préparé par Tommy, le Pauvre Tommy.

J'ai vu Jack se presser plus étroitement contre Niobé et lui murmurer quelque chose. Une vague de fébrilité a parcouru le public. Les palefreniers, parce qu'ils avaient accompli ce pour quoi ils étaient venus ; les voyeurs, parce que c'était le grand moment, un acte sexuel gigantesque, athlétique, mythique, quasiment apocryphe. Et vlan, passe-moi la semence, et en avant, la poulichinelle dans le tiroir — la baise suprême !

Soudain, ce fut fini.

Tout le monde s'est rendu à la grande demeure pour y suivre à l'écran le grand événement, à savoir le débat final entre Gus Scott et Anne Lynn Murphy.

Le plus remarquable, dans les commentaires des présentateurs, est qu'ils ne faisaient strictement aucune allusion aux questions de fond. La date, en revanche, était largement évoquée. C'était le débat le plus *tardif* qu'on ait jamais vu !

— Ça alors, Georges, vraiment ? a demandé Léna, la coprésentatrice.

— Parfaitement, Léna, a répliqué Georges. Record battu de sept jours !

— Oh, ça alors, c'est beaucoup, sept jours. Et quel a été le débat le plus tardif avant celui-ci, Georges ?

— Eh bien, il est intéressant de remarquer que le précédent record fut établi lors de la toute première série de débats télévisés, les débats Kennedy-Nixon, dont le dernier eut lieu un 22 octobre.

— Oh, et nous sommes le 29.

— C'est exact, Léna, très précisément sept jours plus tard.

— Et qu'est-ce que cela implique donc pour nous ?

— Eh bien, Léna, nous sommes aujourd'hui jeudi. Et les élections ont lieu, conformément aux articles de la Constitution elle-même, le mardi qui suit le premier lundi de novembre. C'est-à-dire dans cinq jours !

— Vous avez raison, Georges. En jetant un coup d'œil à notre calendrier spécial élections, on peut voir qu'après aujourd'hui, jeudi, nous avons seulement vendredi, samedi, dimanche, lundi, ce qui fait quatre jours, et puis mardi, le jour du scrutin. Alors, est-ce que vous diriez que nous sommes à quatre jours ou à cinq jours de cette date ?

— Cinq jours, Léna, sans aucun doute, avec quatre journées intermédiaires.

— Et qu'est-ce que cela implique, au niveau de la campagne ?

— Eh bien, Scott a sept points d'avance. Et ça fait maintenant un bon moment qu'il les a, ces sept points d'avance. C'est son rocher de Gibraltar, et Murphy n'a pas réussi à entamer ce rocher.

« Tout ce que Scott a donc à faire, c'est tenir bon, ne pas se laisser rattraper, et il devrait pouvoir rouler tranquillement jusqu'à l'élection. Il a prévu une tournée-marathon, quatre villes demain vendredi et cinq villes samedi. Il rentrera chez lui dimanche pour aller

120

à l'église, faire quelques séances de photos, bien sûr, et aussi assister au match de football. Encore cinq villes lundi prochain, et enfin, retour à la maison avant de s'enfermer dans l'isoloir et de voter comme n'importe quel Américain ordinaire. En gros, voilà le tableau.

— Je suis d'accord avec vous, est intervenu Karim.

Karim travaillait d'habitude au service des sports, mais la chaîne lui avait demandé de transposer son expertise dans le domaine politique pour commenter la campagne.

— Ce débat ressemble beaucoup à un match de boxe de championnat. Il est communément admis que si le champion et son challenger sont à égalité de points, le champion garde son titre. Eh bien, en l'occurrence, le président détient le titre, si vous voyez ce que je veux dire, et le challenger a un déficit de points. Donc, mon pronostic pour le match de ce soir, c'est que si Anne Lynn Murphy, le challenger, n'obtient pas un K-O décisif, nous sommes tous bons pour quatre années supplémentaires de Scott !

— Je suis ravi que vous ayez recouru à cette métaphore pugilistique, Karim, car dans le camp de Murphy, on a beaucoup parlé de « rebondir dans les cordes », ces derniers temps. Voulez-vous nous expliquer ce que ça veut dire ?

— J'aimerais vraiment le savoir, a renchéri Léna.

— Bien sûr, Léna, je suis heureux de vous en parler. Il y a maintenant pas mal de temps, alors que Muhammad Ali effectuait son come-back, il a dû affronter George Foreman. Le jeune George Foreman était un adversaire redoutable, ayant démoli Joe Frazier et Kenny Norton, qui avaient tous les deux

121

battu Ali. Ali a délibérément laissé Foreman le coincer dans les cordes et lui cogner dessus pendant huit reprises. Foreman donnait l'impression de flanquer une raclée à Ali, mais en réalité, il s'épuisait. Et, dans la huitième, Ali lui a balancé un foudroyant gauche-droite qui a envoyé Foreman au tapis.

— Eh bien, Karim, est-ce que vous pensez que ce soir Anne Lynn Murphy pourrait réserver ce genre de surprise à Scott, le champion ?

— Ah, j'aimerais beaucoup voir ça, tout le monde adore les retournements de situation. Mais franchement, en tant qu'observateur, je suis obligé de répondre : aucune chance !

— Léna, vous avez reçu la cote de Las Vegas. Qu'est-ce qu'elle dit du combat de ce soir, ou du débat, enfin, de ce dernier round avant l'élection, dans cinq jours ?

— Scott s'impose comme une mise sûre, étant coté à quinze contre un.

Stowe possédait un téléviseur haute définition à écran plat, d'un mètre cinquante de large et quatre-vingt-dix centimètres de haut. L'objet trônait habituellement dans sa médiathèque, mais, pour cette fête, il l'avait fait apporter au salon. Quand il y avait des gros plans, c'est-à-dire la plupart du temps, ces têtes de quatre-vingt-dix centimètres rappelaient furieusement celles des dirigeants des pays totalitaires.

L'audimat des débats télévisés n'a cessé de chuter au fil des années. La raison en est que les politiciens ont appris à se comporter devant les caméras. Ils font appel aux services de brillants ex-journalistes afin d'anticiper les questions que poseront les intervieweurs, questions auxquelles leurs services de sondages les aident à formuler des réponses appropriées, réponses qu'ils testent sur des groupes échantillons pour les mettre parfaitement au point. Ils se filment ensuite en train de réciter ces réponses et montrent les vidéos à de nouveaux panels, qui sont connectés à des machines permettant de connaître leurs réactions biochimiques, jugées plus sûres que leurs évaluations verbales.

Les reporters posent exactement les questions auxquelles les candidats s'attendent, et les réponses sont aussi prévisibles et téléphonées que les questions. Et plus ce phénomène s'amplifie, plus les reporters se comportent comme si le rôle qu'ils jouent au sein de ce docudrame était fascinant et vital.

Harry Lee Taunton, de Fox News, a tendu à Scott une des perches que celui-ci guettait, au sujet de la sécurité, en lui demandant quel était le président susceptible d'offrir la meilleure garantie de sécurité à l'Amérique. Scott s'est lancé dans sa tirade préfabriquée, qui constituait le noyau de toute sa campagne. Il a déclaré que, quand les terroristes frappaient, il rendait coup pour coup. Que, grâce à Dieu et aux combattants et combattantes d'Amérique, nous avions débarrassé le monde de régimes terroristes en Afghanistan, au Kafiristan, en Irak. Il a évoqué la création de la Sûreté du territoire, et affirmé que sous son mandat le monde était devenu un endroit plus sûr. Que l'Amérique, surtout, était devenue plus sûre.

Le moment était venu de conclure :

— Mon adversaire est une femme admirable, elle a une vaste expérience en tant qu'infirmière et en tant que, euh, euh, animatrice d'une émission médicale...

Le « euh, euh » avait été soigneusement répété, et le terme « animatrice » testé devant un groupe échantillon.

— Elle a également assumé des responsabilités publiques. Le problème, c'est que la crise ne s'est pas éloignée définitivement. Le problème, c'est de savoir à qui vous faites confiance lorsque l'ennemi frappe l'Amérique. Votre problème à vous, électeurs, c'est de savoir qui vous désirez avoir comme commandant en chef. C'est de savoir qui a la force de caractère, la volonté, le courage de défendre l'Amérique !

Les invités de Stowe ont applaudi et sifflé.

Pour Murphy, le moment était venu de répondre.

— Lorsque ce pays était en guerre contre le Viêtnam, je me suis engagée...

— Comme infirmière, a interrompu le Grand Homme.

Les règles du débat, bien entendu, proscrivaient toute interruption.

Néanmoins, que pouvait faire Murphy ? Si elle ne réagissait pas, elle donnait une impression d'impuissance. Se montrerait-elle aussi impuissante lors de la prochaine attaque terroriste ? Si elle se plaignait au modérateur, elle avouait qu'elle avait besoin d'aide, qu'il lui fallait un papa pour la soutenir. Mais en ripostant, d'après les groupes cibles, elle passerait pour une garce ; et, toujours selon les groupes cibles, les électeurs n'aiment pas les garces.

Scott semblait donc l'avoir coincée.

— J'ai vu la guerre en face, a poursuivi Murphy.

Elle choisissait apparemment d'ignorer l'interruption, de jouer la « fille qui en a » et de persévérer bravement. Elle a marqué une pause et a ressemblé... à un être humain, un être humain véritable. Puis elle nous a parlé. Simplement, directement, comme si elle se trouvait là, chez nous, et nous connaissait tous. Elle s'exprimait comme si l'on était assis, face à face, à la table de la cuisine. Comment ne pas l'*aimer*, ne pas la croire ?

— Je suis allée à la guerre, pendant que ce gosse de riches se faisait enrôler dans la Garde nationale grâce au piston de son père. J'aurais plus de respect pour lui s'il était allé au Canada ou s'il avait brûlé son ordre d'incorporation. N'importe quoi plutôt que de se défiler de cette façon...

— Comment osez-vous ? a protesté Scott.

Anne Lynn a décidé de l'ignorer.

— Tout ce que je dis là est parfaitement documenté. Il est exact que j'étais infirmière. Je me suis occupée de militaires américains, hommes et femmes, lorsqu'ils étaient blessés. Parfois lorsqu'ils étaient mourants. Il y a aussi quelque chose que vous savez tous, mais je le mentionne de nouveau à cause du contexte. J'étais attachée à un hôpital de campagne. Nous avons été attaqués ; un obus de mortier a explosé dans la tente de l'hôpital. Eh bien, j'ai pris un M-16 et je suis sortie en pleine nuit pour défendre le périmètre. Il n'était pas question que je laisse mes patients se faire tirer dessus.

« J'ai essuyé le feu de l'ennemi. J'ai fait usage d'une arme au combat. De nous deux, c'est moi qui suis le soldat. Lui, c'est le gosse de riches qui s'est planqué...

La caméra a montré le visage de Scott. Il savait

qu'il n'était pas censé parler. À aucun moment de la campagne, Murphy ne s'était comportée ainsi. Pas une seule fois. Les collaborateurs de Scott ne l'avaient jamais préparé à cela. Pas une seule fois, au cours des répétitions, la doublure de Murphy n'avait tenu ce genre de propos. Et comment la candidate se débrouillait-elle pour ne pas avoir l'air d'une harpie ? Ses conseillers étaient tous convenus que si elle se montrait trop agressive, elle serait aussitôt cataloguée comme mégère et renvoyée dans ses foyers.

Ce qu'elle disait était extrêmement venimeux, mais, comme Oprah Winfrey, elle parlait sur le ton de la conversation familière, elle n'avait pas *l'air* méchant. Scott se demandait comment diable il allait pouvoir réagir, et son stress était télévisible.

— Mon adversaire voudrait que vous le preniez pour une sorte de héros de la guerre, a poursuivi Anne Lynn Murphy. Il n'arrête pas de produire ces clips vidéo où on le voit conduire des tanks, ou bien manger le rata en compagnie de vrais combattants et combattantes. Je pense que cette attitude trahit un certain mépris envers nous, envers nous tous, comme s'il nous croyait assez stupides pour imaginer, sous prétexte qu'on le voit à la télévision, qu'il va vraiment se battre. Ou qu'il est le genre de personne qui serait capable d'aller se battre.

« La vérité, c'est qu'il s'est comporté comme un lâche pendant le Viêt-nam. Et qu'il s'est comporté comme un lâche le 11 septembre. Il est monté à bord d'un avion et s'est enfui de la capitale pour aller se planquer à Des Moines. Il a déclaré plus tard que c'était ce que ses conseillers lui avaient indiqué de faire.

Dans le salon de Stowe, la fureur offensée commençait à monter dans le public qui s'était assis sur les canapés pour applaudir son héros en dégustant des martinis.

— Est-ce que nous voulons un président qui fasse gentiment ce que ses conseillers lui indiquent de faire ? a demandé Murphy. Ou est-ce que nous voulons un président qui ait le courage de rétorquer à ses conseillers : « Non, ce n'est pas bien, je dois prendre la bonne décision ! » Harry Truman avait fait poser sur son bureau un petit panneau portant un message devenu célèbre : « Le responsable, c'est moi. » Sur le bureau de Gus Scott, il y a un panneau qui déclare : « Hé, je vais laisser quelqu'un d'autre payer les pots cassés à ma place. »

« Il a mis trois jours avant de se rendre à *Ground Zero*, à New York. Trois jours. Je vais vous dire une chose : si je suis présidente et que l'ennemi nous attaque, vous avez ma parole que je serai à la hauteur. Je ne m'enfuirai pas. S'il y a un désastre, je serai là pour le regarder en face, pour représenter clairement toute la communauté. Je me tiendrai là, exactement comme je l'ai fait au Viêt-nam, des bandages dans une main et un fusil dans l'autre, s'il le faut, pour donner l'exemple de la résistance et de la fidélité au drapeau.

Il y a eu un silence indigné, avant que la pièce où je me trouvais ne retentisse de huées et de sifflets. Les cris et les visages étaient aussi laids que les paroles prononcées, et ces paroles étaient aussi laides que les oiseaux qui se nourrissent de carcasses dans les marécages. Salope, lesbienne, comment ose-t-elle, une femme devrait connaître sa place, à la cuisine et à quatre pattes. Et j'ai vu que Niobé prenait cette haine et cette peur des femmes personnellement, contrairement à certaines des autres invitées qui allaient jusqu'à mêler leurs voix au concert d'imprécations. Elle a réagi comme si on la giflait moralement, de la paume puis du revers, et elle s'est tournée vers Jack dans l'espoir qu'il défende la cause des femmes — qu'il réprouve Murphy, s'il voulait, mais qu'il ne dise pas que les femmes devraient être violées pour apprendre à vivre. Cet espoir a été déçu, et Niobé s'est détournée. Il n'a pas eu l'air de s'en rendre compte. Elle est sortie discrètement et rapidement de la pièce, puis de la maison.

Je l'ai suivie.

CHAPITRE 16

Le vieil Alan Carston Stowe fut le premier à comprendre ce qui se passait. Il rassembla son énergie, sa volonté féroce, et... rajeunit de vingt années. Et c'est âgé de soixante-dix ans, à peine, qu'il se redressa, pleinement concentré, fit un signe au juge McClellan, agrippa le colonel Morgan et, après avoir jeté un regard à l'Homme Gris, les entraîna jusqu'à son bureau. La télévision y était également allumée. Un instant plus tard, Stowe saisissait son téléphone et contactait le QG de la campagne républicaine, pour obtenir les réactions du groupe échantillon et les résultats des sondages, minute par minute.

La cote du président venait de plonger instantanément de quatre points.

Mais déjà, Scott se reprenait. La question suivante portait sur l'économie. Il déclara :

— Je suis heureux que vous m'ayez interrogé là-dessus, Wendy, c'est une question importante. Mais je vais prendre sur mon temps de réponse pour réfuter les remarques calomnieuses, franchement calomnieuses, de mon adversaire. J'avais intégré la Garde nationale en étant persuadé qu'il s'agissait d'une unité de combat, et que nous allions être appelés. Et, une fois incorporé, j'ai fait mon devoir. Je peux vous dire que j'en ai effectué, des marches, et que je me suis entraîné au tir. J'étais prêt. Évidemment, je n'étais pas le général Westmoreland et je ne pouvais pas m'envoyer moi-même au combat, mais je *voulais* y aller. Et, si j'y avais été envoyé, j'aurais servi mon pays.

Il était en train de se sortir du bourbier. Excellente maîtrise de soi. Cette aptitude, chère à Hemingway, à rester digne dans l'adversité, qui constitue peut-être, plus que les sujets apparents, le véritable enjeu des débats. Les Américains aiment voir si un candidat est capable de résister aux pires attaques.

C'était maintenant au tour d'Anne Lynn Murphy de s'exprimer sur l'économie. Elle se contenta de déclarer :

— Eh bien, puisque mon adversaire n'a pas répondu à la question que vous aviez posée, je ne vais pas le faire non plus.

Elle dénonçait par là l'habitude hypocrite communément acceptée au cours de ces débats, qui veut que les candidats, au lieu de répondre aux questions, s'en servent comme prétextes pour discourir sur les thèmes qui leur conviennent. Elle s'y était prise de telle façon, en restant si sereine, si posée, que le modérateur ne put réprimer un gloussement, imité en cela par plusieurs des journalistes présents, réputés « coriaces » et « endurcis ».

— La vérité, c'est que mon adversaire omettait souvent de prendre son service à la Garde nationale. Nous avons une pile de déclarations, des déclarations écrites sous serment, comme quoi, sur toute la durée de sa dernière année de service, il a fait acte de présence pendant exactement... deux jours.

Le président se mit à bafouiller. Bien sûr, tout cela était *connu*, avait été mentionné auparavant ; néanmoins, c'était demeuré un Fait Fumeux. Peut-être parce que s'enrôler dans la Garde, ce n'était pas se faire réformer, mais éviter de faire la guerre, c'est-à-dire quelque chose d'un peu plus subtil, d'un peu plus trouble. En reformulant ce fait précis dans le cadre d'une accusation de lâcheté, et en l'associant au comportement de Scott en tant que président, Murphy venait de le faire brusquement émerger du brouillard, dans toute sa lourdeur et sa solidité. Les équipes d'éclairagistes cherchaient déjà des rallonges pour braquer leurs projecteurs dessus, et tous les commentateurs et experts d'Amérique avaient commencé à converger dans la direction de ce fameux fait, afin de se faire photographier en sa compagnie.

Scott jeta un coup d'œil à sa montre, en espérant, en priant pour que Murphy ait épuisé son temps de parole. Ce regard n'échappa pas aux caméras, et Stowe poussa un gémissement. Scott s'effondra encore d'un point dans les sondages. Un coup d'œil à sa montre ! Quel abruti.

— Le 7 août, alors qu'il était censé se trouver à sa base pour effectuer des manœuvres, Gus Scott faisait la fête dans une maison de ses parents, au bord d'un lac. Alors qu'il était ivre, il a eu l'impression que sa petite amie flirtait avec un autre garçon. Il y a eu une dispute, beaucoup de cris, et il l'a frappée.

« Voilà un jeune homme qui n'avait pas le courage d'aller au Viêt-nam, mais qui a cogné une femme.

D'après les réactions à chaud du groupe témoin, la

cote du président était maintenant en chute libre. Elle plongeait tellement vite que ce n'était plus une cote, c'était un martin-pêcheur.

Scott blêmit, puis rougit, avant de blêmir à nouveau. Mais cette fois, il n'était pas pris au dépourvu. Après sa première campagne, au terme de laquelle il avait été élu président in extremis, il y avait eu une fête pour célébrer cette victoire. Lors de la soirée, il avait mentionné à son cocandidat, le nouveau vice-président, qu'ils avaient eu de la chance que les Démocrates ne soient pas au courant de cet épisode avec la fille, au bord du lac. Cette fois-ci, à tout hasard, ses conseillers lui avaient fignolé une réponse. Scott l'avait répétée en secret, et il la connaissait sur le bout des doigts.

— B... b-bon sang... C'est vrai. Je ne peux pas croire que vous vous abaissiez à ce genre de diffamation et de demi-vérité. Faut-il que vous soyez désespérée ! Eh bien, oui, j'étais très jeune à l'époque, j'ai trop bu à une soirée. Les choses ont dérapé, et j'ai frappé cette jeune fille. Je rappelle que les faits remontent à trente ans. Et, il y a trente ans, j'ai décidé que ça ne devrait plus jamais se produire. Je me suis demandé comment j'avais pu en arriver là, et j'ai eu de la chance, beaucoup de chance : j'ai reçu de l'aide. J'ai accepté Jésus-Christ comme mon sauveur, mon sauveur personnel. Et vous pouvez remuer toute la boue et colporter tous les ragots que vous voudrez, madame Murphy, mais au cours des trente années qui se sont écoulées depuis lors, vous ne trouverez pas un seul incident similaire.

De nombreux experts devaient plus tard estimer qu'il s'agissait du rétablissement le plus acrobatique depuis le fameux discours dans lequel Richard Nixon, en septembre 1952, avait nié avoir reçu la moindre donation illicite — à part le cocker Checkers, pour ses enfants. Dès que Scott eut admis la réalité de l'incident, sa cote cessa de dégringoler, comme si elle avait été arrêtée par une corniche. Puis, quand il prit cet air si authentiquement désolé, si authentiquement ému, quand il parut animé par une ferveur si authentique pour Jésus, sa popularité rebondit vers les sommets, et il se retrouva avec neuf points d'avance sur Murphy.

Scott ne conserva cet avantage que pendant quelques minutes, avant de rechuter légèrement. L'écart était maintenant de trois points, trois points et demi, peut-être quatre — en sa faveur.

Alan Stowe respira plus librement. Bien joué, très bien joué. L'élection était toujours dans la poche. Tous les invités poussaient des soupirs de soulagement.

Puis, ce fut la fin du débat. Les candidats commencèrent à s'éloigner en direction des coulisses.

Stowe avait déjà les instituts de sondage au téléphone, et les pressait d'élargir l'échantillonnage, de vérifier tous les chiffres.

Pendant ce temps-là, les caméras suivaient Scott et Murphy dans les coulisses, façon téléréalité, ou MTV.

Le président Gus Scott était en train de rejoindre ses conseillers, d'un air furibond. Il leur fit un signe de tête et retira le micro de sa veste, sans prononcer un mot. Il se rappelait de toute évidence ce candidat à la vice-présidence qui, quelques années plus tôt, avait oublié d'éteindre son micro avant de parler de « botter le cul » de son adversaire — remarque qui avait été transmise en direct par la télévision nationale. Malgré sa fureur, Gus ne tomba pas dans ce piège.

Il tenait maintenant le micro à la main, et cherchait un bouton pour le fermer. Frustré de ne pas le trouver, il jeta violemment le micro à l'autre bout du couloir. La caméra suivit l'objet tandis qu'il rebondissait sur le sol. Curieusement, c'est à ce moment de la soirée que Scott atteignit son zénith de popularité. Tout le monde pouvait s'identifier à lui, et comprendre son envie désespérée d'être laissé tranquille, de décharger librement sa frustration.

Ce que le président commença de faire.

Stowe aspira une grande goulée d'air et gémit :

— Oh, non...

Gus avait eu la présence d'esprit de penser à son micro-cravate, mais c'était sans compter sur le changement de format des émissions télévisées. On filmait désormais tout ce qui se passait dans les coulisses, et la caméra qui avait suivi les évolutions du micro sur le sol du couloir reporta son objectif vers le président juste au moment où celui-ci s'exclamait :

— Je lui ferai rentrer son insolence dans le cul, bon Dieu — et puis, je la lui enfoncerai à bloc !

CHAPITRE 17

Clair de lune, rayons de lune, coup de lune — pelouse tendre, doux gazons, un paysage passé au peigne fin pour paraître aussi lisse qu'une peinture sur velours. Une grande lune ronde, fraîche et bleue, assez brillante pour projeter des ombres et permettre aux promeneurs de s'orienter. J'ai aperçu Niobé au pied d'un arbre solitaire, jurant comme un matelot qui vient d'apprendre que son brûlant accès de chtouille appartient à une nouvelle variété incurable. Elle s'est tournée et, en m'apercevant, s'est écriée :

— Foutez-moi le camp, espèce de salaud en rut ! Je déteste les hommes. J'en ai marre, des hommes. Les hommes et leur bite et leur obsession des bites. Leur bite à eux, celle des autres hommes, les bites des chevaux. À bas les bites !

— Je ne savais pas que vous étiez une fan d'Anne Lynn Murphy. Je vous croyais dans le camp de Scott, comme tous les autres.

— Non, a-t-elle répondu vivement, brutalement. La question, ce n'est pas Murphy ou Scott. C'est l'attitude de tous ces invités envers les femmes. Et s'ils s'étaient mis à faire des remarques sur les Juifs ? Hein ? S'ils avaient demandé : « Qu'est-ce que vous

attendiez de la part d'un Juif rapace au nez crochu ?
Vous savez bien qu'on ne peut pas leur faire
confiance, peut-être que Hitler avait raison » ? Hein,
s'ils avaient dit quelque chose comme ça ?

— Vous ne croyez pas beaucoup aux vertus du
refoulement, on dirait.

— Détrompez-vous, je refoule beaucoup plus que
vous ne croyez, Dieu merci.

— Et qu'est-ce que vous refoulez ?

J'avais posé cette question d'une voix douce et
calme, sans cesser de m'approcher, comme on
s'approche d'un animal qui pourrait mordre, ou déta-
ler.

— Ce ne sont pas vos affaires.

— Ce que vous refoulez, c'est à cause de Machin
— de Jack ?

— Mes relations ne vous regardent pas.

— Vous savez, j'aime les femmes.

— Je sais ce que vous aimez, chez les femmes.

— Je suis sincère. Je pense que ce serait formidable,
d'avoir une femme à la présidence.

— Qu'est-ce que vous faites, vous maniez la brosse
à reluire ?

— Non, ai-je répondu en me rapprochant encore.
Je parle avec vous, c'est tout.

— Vous avez entendu ces connards, là-dedans ?

— Oui.

Niobé m'a regardé fixement. J'ai plongé mes yeux
dans les siens et tendu les bras vers elle. Elle est
venue s'y glisser et, quand je l'ai embrassée, elle m'a
rendu mon baiser. Je l'ai embrassée avec lenteur,
avec légèreté. L'univers résonnait encore du grondement des chevaux, le fumet sexuel de ces mammifères

nous emplissait les narines et j'entendais le sang rugir dans ma tête ; néanmoins, je l'ai embrassée lentement, légèrement. Elle se pressait contre moi, les seins et le pelvis en avant, comme pour me défier de lui rendre cette pression. Exaspérée, sarcastique, tentatrice, elle me défiait d'essayer de l'empoigner, de darder ma bite dans sa direction. Je l'ai embrassée lentement, légèrement. De sa main droite, elle m'a saisi le bras gauche pour y plonger ses ongles. Certain que mon biceps ne pouvait pas rivaliser avec celui de Jack Morgan, développé par les tractions, les pompes, les haltères, je n'ai même pas essayé de le contracter. Mais j'ai senti les dents de Niobé contre ma lèvre inférieure. Leur pression aussi était forte, et elle m'a vraiment rendu mon baiser, avec lenteur, avec légèreté, et c'était aussi bon qu'une phrase d'Hemingway, à l'époque où il était bon.

Ensuite, elle m'a repoussé, comme je m'y attendais. J'espérais qu'elle ne le ferait pas, cependant je m'y attendais. Elle s'est écartée de moi et m'a tourné le dos pour se blottir dans ses propres bras, en laissant son regard flotter sur la nuit, avant de se retourner dans ma direction.

— Non, je ne peux pas, m'a-t-elle informé.

— Je ne veux pas vous pousser à faire quoi que ce soit, et je n'essaierais pas de vous raconter des sornettes pour vous convaincre de le faire, même si je le pouvais. Mais si vous n'êtes pas bien, là où vous êtes, disons que j'aimerais beaucoup que vous veniez là où je suis.

— J'avais compris, David.

— Parfait, alors.

Niobé a glissé sa main dans la mienne et nous avons

commencé à marcher. L'herbe était moelleuse, et doux, les parfums de la nuit. J'avais l'impression de tenir une écolière par la main, et c'était bien ainsi.

— Ce que j'essaie de vous dire, a-t-elle lâché au bout d'un moment, c'est que vous ne savez pas à quoi vous vous exposez.

— Jack n'est pas un gars civilisé ? Sa sauvagerie pourrait se réveiller ?

Ce ton blagueur lui a déplu. Niobé s'est soudain arrêtée, et elle a lâché ma main, et ma vie. Le clair de lune a fait naufrage dans la boue quand elle m'a déclaré :

— Je ne vais pas commettre un adultère. Vous n'allez pas me baratiner pour me faire coucher avec quelqu'un d'autre que mon mari. Pas question !

— Est-ce que j'ai essayé ?

— Parfaitement, vous avez essayé.

— Eh bien, on ne peut pas dire que j'aie été très insistant.

— C'est vrai. Vous êtes mignon, mais c'est non.

— Très bien, c'est votre choix.

— Nous ferions mieux de rentrer séparément. Je vais revenir par la porte d'entrée, vous n'avez qu'à passer par-derrière. Vous trouverez une fenêtre, un passage quelconque, et vous ferez comme si vous n'étiez pas sorti.

— Écoutez, Niobé, j'adore le théâtre, mais...

— Je ne plaisante pas, a-t-elle insisté d'un ton sérieux, sévère. Je ne plaisante pas du tout. Ne fichez pas ma vie en l'air. Ni la vôtre.

CHAPITRE 18

Le montant de l'investissement personnel d'Alan Stowe dans l'élection d'Augustus Winthrop Scott à la présidence, quatre ans plus tôt, s'élevait à deux millions quatre cent vingt-huit mille dollars.

Quant à l'investissement général dans la présidence de Scott, grandes sociétés et individus fortunés confondus... Stowe était très fort en calcul, mais les données étaient incomplètes, c'est le moins qu'on puisse dire — fragmentaires, dissimulées, délibérément déguisées. Néanmoins, pour autant qu'il puisse le calculer, ce montant total s'élevait à deux milliards quatre cent mille dollars. Peut-être deux milliards huit cent mille ; peut-être plus. Merde, qu'est-ce qu'il en savait, ça pouvait être encore supérieur à ce chiffre ; en tout cas, plus de deux milliards au strict minimum.

Cet investissement avait rapporté gros. Le président Scott avait allégé la taxation des riches pour transférer les charges vers les classes moyennes et laborieuses. Il s'y était pris habilement, comme on le lui avait indiqué, avec des réductions d'impôts générales qui avaient simplement été beaucoup plus importantes pour les riches. Ces mesures, plus les dépenses de guerre, plus la récession, avaient appauvri le gouvernement fédéral. Du coup, les frais de police, l'éducation, la protection de l'environnement, l'eau potable, s'étaient mis à incomber de plus en plus aux États et aux régions, eux-mêmes financés par les taxes immobilières et les taxes à l'achat, les droits et les frais divers, les amendes ; c'est-à-dire que la charge fiscale n'était plus assumée par les riches, mais par tous les autres.

Scott et ses partisans avaient truffé tout l'organe exécutif de lobbyistes et de représentants du monde des affaires ; ils avaient rogné et réécrit la réglementation, réduit son application et facilité l'exercice des activités économiques. Tout cela, qui était censé créer des emplois et stimuler l'économie, n'avait accompli ni l'un ni l'autre. Pourtant, personne ne réagissait ; il n'y avait pas d'émeutes dans les rues, et les villes n'étaient pas en flammes.

Stowe se sentait en pleine forme, lucide et concentré comme il ne l'avait pas été depuis au moins deux ans. Il savait que ses réserves d'énergie étaient limitées ; que son corps, support de sa conscience, s'effritait. Et il s'emportait contre cet organisme vieillissant, contre ses médecins, contre le monde entier. Il se demandait s'il vivrait assez longtemps pour pouvoir admirer les fruits de son labeur et voir advenir le plus grand empire que la planète ait jamais connu ; s'il pourrait assister à la domination de celle-ci par le *big business*, essentiellement américain, avec le soutien de la puissance militaire américaine. Car telle était la vraie raison pour laquelle ces guerres avaient été menées en Asie centrale et au Moyen-Orient. Il s'agissait de montrer au monde, à tous les losers, à tous les dictateurs mais aussi aux grandes nations arrogantes, qu'aucun d'entre eux n'était de taille, qu'ils n'étaient que des minimes par rapport aux champions du monde — les Yankees ! Et le système avait fonctionné, et continuait à fonctionner.

De ses yeux chassieux, des yeux de fouine, Stowe épiait ses trois interlocuteurs.

Par nature et par ambition, Morgan était déterminé, voire téméraire, et il fallait le retenir. McClellan était un indécis évasif, un sot prétentieux, prudent jusqu'à la lâcheté, du moins pour un juge de la Cour suprême ; il fallait le rassurer, l'encourager, le tenir en main. Et puis il y avait l'Homme Gris. Celui-là avait besoin de croire qu'il était aux commandes, que c'étaient bien ses mains qui étaient posées sur le volant, ses pieds sur les pédales de frein et d'accélérateur. Une des ruses favorites de Stowe consistait justement à faire croire aux gens qu'ils conservaient l'initiative.

— Il faut se préparer à appliquer le plan Un-Un-Trois, déclara le vieillard.

Un ordre pour Morgan, un avertissement pour McClellan — un signe de tête et un regard à l'Homme Gris afin de lui donner l'impression que son assentiment était sollicité.

— En dernier recours, précisa l'Homme Gris.

Mais Morgan ne paraissait pas assez déçu, ni Stowe assez frustré, ni McClellan assez soulagé. L'Homme Gris se rendit compte qu'ils n'avaient pas pris son ajout au sérieux. Ils n'y voyaient qu'une sorte de mise en garde parentale pour la forme, du genre « Conduisez prudemment ». Il décida donc d'insister, et d'insister lourdement :

— Pas un geste, pas un seul, avant que je ne donne

le feu vert. Le plan Un-Un-Trois est brillant, à condition qu'il soit vraiment nécessaire. Dans le cas contraire, il serait imprudent, stupide et dangereux. Si jamais on découvrait que nous avons seulement planifié, seulement évoqué, seulement imaginé une chose pareille, nous serions tous déshonorés. Et, au lieu de sauver ce gouvernement, nous causerions sa perte.

Alan Stowe n'écoutait que d'une oreille. Son regard, qui voletait autour de la pièce, se posa sur la fenêtre. Un visage se dessinait derrière la vitre du bureau. Celui du bibliothécaire.

En observant le mouvement des yeux de Stowe, Morgan tourna son regard dans la même direction et entrevit lui aussi ce visage, juste avant que le bibliothécaire ne s'écarte et ne se fonde dans l'obscurité.

Stowe comprit que Morgan avait aperçu Goldberg, et qu'il allait agir. Pénétré de cette certitude, et ayant fait ce qu'il avait à faire, le vieillard laissa sa concentration descendre en vrille, avec un long et lent soupir — elle lui avait coûté tant d'efforts, une telle portion de cette énergie qui lui faisait de plus en plus défaut. Il se sentit triste, profondément triste, et crut qu'il allait se mettre à pleurer, comme... comme lorsqu'il avait six ans, et que sa famille avait changé de ville, et qu'il avait perdu tous ses amis... Oui, c'était cela, le bibliothécaire était comme son ami. Et maintenant, il allait le perdre.

CHAPITRE 19

Le poème de Kenneth Patchen intitulé *Les cavernes blanches d'Irkalla* commence par les vers suivants :

> *Je crois qu'il y a une jeune femme*
> *Parmi un cercle de lions*
> *De l'autre côté du ciel.*

C'est précisément ce que j'étais en train de me dire en retournant chez Stowe. Après avoir rejoint le groupe d'invités dans le salon, j'ai constaté que les gens buvaient à petites gorgées pressées, avalaient de petites bouchées compactes, bourdonnaient. Ils buvaient, mangeaient et bourdonnaient vraiment comme des mouches. Visiblement, j'avais raté quelque chose d'important. La télévision était toujours allumée. Nous vivons à l'ère de l'*instant replay*, de la reprise systématique des séquences ; aussitôt qu'un Fait Fumeux est devenu de l'Info Folle, son image se multiplie et se vend comme des petits pains. J'ai donc pu voir le président, à l'écran, se laisser aller à un accès de rage fort peu présidentielle au cours de ce qu'il croyait évidemment être un moment d'intimité.

Je l'ai vu secouer le joug de l'attention permanente des médias à ses moindres faits et gestes, et envoyer promener ce joug ; puis je l'ai entendu maudire son adversaire, comme nous le faisons tous. Cet idiot croyait que l'émission était terminée et qu'il pouvait retrouver sa vie privée derrière la scène. Je l'ai vu se faire rattraper par l'expansion de l'espace et du temps publics, et se retrouver avec un bonnet de bouffon planté au sommet de sa couronne présidentielle.

Ken Starr, officiant à titre de commentateur complémentaire pour la Fox, défendait Scott de son mieux :

— Nous venons d'assister à une réaction humaine bien naturelle, comme l'a parfaitement compris le public américain. Une réaction qui n'a évidemment rien à voir avec la politique ou le talent. Une fois encore, on constate le parti pris des médias de gauche — je parle des réactions déjà suscitées par cet incident. Un incident aussi anodin, aussi innocent ! Après tout, il ne s'agit pas de sexe.

C'était un vrai délice de voir Starr patauger. Il voulait aller à la Cour suprême, et les billets pour cette excursion étaient détenus par Scott.

En regardant par une fenêtre, j'avais aperçu Alan Stowe en compagnie de Jack Morgan, de McClellan, le juge de la Cour suprême, et d'un autre type qui me tournait le dos. Je pensais m'être esquivé avant d'avoir été repéré. Aucune alarme ne s'était mise en marche, personne n'avait fait de commentaire.

Ils m'avaient donné l'impression de comploter furieusement, mais je n'avais aucune idée de ce qu'ils pouvaient comploter. Il s'agissait probablement de dépenser encore plus de fric, des tonnes de fric supplémentaires.

Quels types suffisants ! Sûrs d'eux, toujours partants pour dominer le monde et le mettre à sac avant d'aller enfiler un smoking. J'avoue que je n'ai pas été fâché de les voir grincer des dents et respirer de travers comme si les bolcheviques étaient aux portes et s'apprêtaient à prendre d'assaut le palais d'Hiver. Je me suis rendu compte que mon indifférence à la politique était en réalité quelque peu feinte. Il s'agissait plutôt d'une forme de résignation. Une manière de me défendre contre l'impression que la gauche était en pleine déconfiture, que les porte-parole de la gauche ne savaient plus s'exprimer qu'en charabia, et que les temps étaient si favorables aux présentateurs ultraconservateurs tels que Rush Limbaugh[1] ou Ann Coulter que leur charabia, à eux, passait pour de l'éloquence. Je n'avais pas osé espérer la venue de quelqu'un comme Murphy — de même qu'avant de rencontrer Niobé je n'avais pas osé espérer trouver l'amour. C'était bien sûr absurde d'avoir craqué pour elle, plus absurde encore de le lui avoir avoué, et c'était le comble de l'absurdité d'envisager un instant que l'amour que je lui portais puisse m'être payé de retour. Si j'avais parlé de tout cela à quelqu'un — je n'avais personne à qui en parler, pas vraiment, mais enfin, si j'en avais parlé à un ami —, il m'aurait répondu que j'étais givré de me laisser aller de cette façon-là. Il m'aurait rappelé que, dans le meilleur des

1. Rush Limbaugh anime le *Rush Limbaugh Show*, émission de radio très conservatrice. « Idem » (« *ditto* ») est devenu le mot de passe de ses fans (les « *dittoheads* »).

cas, je ne faisais qu'idéaliser ma concupiscence, et que j'aurais plus vite fait de télécharger une photo sur Internet et de fantasmer dessus.

Le poème se termine par ces vers :

> *De l'autre côté du ciel,*
> *Une jeune femme se tient*
> *Au milieu des lions*
> *— La jeune femme qui est le rêve*
> *Et les lions qui sont la mort.*

Niobé a passé la tête par une porte du salon, la porte latérale ; son regard a croisé le mien et elle m'a fait signe de la rejoindre. Mais juste à ce moment-là, Jack est entré par la porte principale et a regardé autour de lui, et j'ai eu la certitude qu'il me cherchait. J'ai été brièvement tenté de me mettre à quatre pattes et de sortir par la porte latérale dans cette posture, en passant entre les jambes de tous ces Républicains amateurs de golf, mais quelque chose m'a dit que l'ambiance n'était pas à la rigolade.

J'ai donc préféré me diriger droit sur Jack, le regarder dans le blanc de l'œil et lui lancer en désignant l'écran :

— Eh bien, qui se serait attendu à ça ? Qu'est-ce que vous en dites ? Ça va influencer l'élection ?

Il m'a jeté un regard noir. On voyait qu'il avait quelque chose en tête, quelque chose du genre : Ne t'approche pas de ma femme, connard. Puis son expression s'est modifiée, elle a viré au sourire. Mais ce n'était pas un sourire agréable. S'il avait fallu que j'essaie de deviner les mots que cette expression recouvrait, j'aurais opté pour la phrase : « T'es un homme mort. »

Après être passé devant lui, la poitrine contractée, la gorge sèche, je suis sorti du salon et j'ai refermé la porte en regrettant de ne pouvoir la verrouiller ou la coincer avec une chaise ou par n'importe quel moyen. Mais je me trouvais dans une demeure civilisée et tout allait bien, voyons. J'ai regardé à gauche et à droite. La porte latérale, celle à laquelle était apparue Niobé, donnait sur la bibliothèque, située maintenant à ma droite. Dommage que Niobé ne soit pas venue d'une autre direction. Si j'étais poursuivi, c'est dans la bibliothèque que l'on me chercherait en premier lieu.

Quoi qu'il en soit, elle m'avait convoqué et je devais la rejoindre. Je me suis dirigé rapidement vers la droite, en espérant disparaître du hall avant que quelqu'un ne se pointe et m'aperçoive. En quatre pas rapides, j'ai atteint la bibliothèque et je m'y suis engouffré. Les lumières étaient éteintes ; aucune lumière ne filtrait par les fenêtres. Je me suis rendu compte plus tard que les rideaux devaient être tirés, mais je devinais la présence de Niobé. Je sentais son parfum, une fragrance légère, mêlée aux odeurs d'écurie, de sexe, de foin, de cuir et de shampoing. Et aussi quelque chose d'autre, que je ne parvenais pas vraiment à identifier — quelque chose de moins séduisant que, plus tard encore, j'associerais à la peur.

Les pupilles de Niobé avaient eu le temps de s'accoutumer à l'obscurité, et elle s'est approchée de moi.

— Vous savez quoi ?

Pas « Vous savez quoi ? » du genre « Au fait, est-ce

que vous êtes au courant de ce qui vient de se passer ? », ou bien « Je vais vous dire quelque chose », non. « Vous savez quoi ? » au sens de : « Qu'est-ce que vous savez ? Qu'est-ce que vous avez appris ? »

J'ai répondu :

— Ben, je ne sais pas de quoi vous voulez parler.

Elle a tendu une main derrière mon dos pour verrouiller la porte que je venais de franchir.

— David, je ne plaisante pas. Dites-moi ce que vous savez.

— Sur quoi ? De quoi parlez-vous ?

— Sur ce qui se passe ici.

— Je sais ce que tout le monde sait.

Niobé s'est écartée de moi. Je pouvais maintenant distinguer sa forme sombre dans l'obscurité. Son teint était chatoyant ; sa chevelure, parfois, capturait des reflets. Elle s'est dirigée vers la porte latérale pour la verrouiller elle aussi, avant de me rejoindre.

Et elle m'a demandé une fois de plus :

— Vous savez quoi ? Qu'est-ce que vous avez découvert ?

— Rien.

— Alors... pourquoi veulent-ils vous tuer ?

CHAPITRE 20

Joe Spinnelli se trouvait en famille lorsque son portable sonna. Son téléphone professionnel particulier, que lui seul avait le droit d'utiliser.

Ce Spinnelli avait une femme et trois filles, respectivement de huit, douze et quinze ans. Comme devoir à la maison, on avait demandé aux deux aînées de suivre le débat télévisé. Chacune avait son propre poste, ce qui ne les avait pas empêchées, Dieu sait pourquoi, de monopoliser celui du salon, de sorte que Spinnelli, qui n'en avait pas eu l'intention, suivait également le débat. En fait, l'aînée avait eu le choix entre regarder le débat et lire un article de magazine sur l'histoire des débats présidentiels. Pour elle, il n'y avait pas photo ; à l'âge de quinze ans, et avec un QI qui ne devait pas dépasser ce chiffre de beaucoup, cette jeune fille préférait la télévision à tout le reste.

Quand Spinnelli prit son téléphone, il n'y avait personne au bout du fil, juste un texto du colonel Morgan qui s'afficha, consistant en une adresse accompagnée d'un simple code signifiant « convocation immédiate ». L'intérêt du code était essentiellement pratique, la confidentialité venant par surcroît.

— Faut que j'y aille, grogna Joe.

Personne ne lui répondit, et il se leva comme un fantôme.

Il se sentait à moitié malheureux et à moitié satisfait. Malheureux que son foyer ne corresponde pas à ce qu'un foyer était censé être et satisfait de pouvoir foutre le camp. Même lorsqu'elles ne conspiraient pas activement contre lui, pour le dépouiller de son autorité et pomper son fric comme elles aspiraient leur MacBouffe, ses gamines réussissaient à le submerger sous la masse combinée de leur féminité. Avec elles, c'était toujours « Donne, donne, donne... ». S'il essayait d'imposer un peu de discipline, elles se contentaient de lui répliquer : « Va te faire foutre, connard ! », même la petite de huit ans. Si jamais, autrefois, Joe s'était risqué à parler de cette façon à son vieux, il aurait eu droit au fouet, et il aurait trouvé ça normal. Mais on vivait à une époque de dingues. S'il avait le malheur d'essayer de donner la fessée à l'une de ces petites sorcières, comme elles le méritaient et comme elles en avaient besoin, sa femme n'hésiterait pas un instant à leur tendre le téléphone pour qu'elles puissent appeler le 911 et le dénoncer.

Il alla s'asseoir devant son ordinateur et y tapa l'adresse qui venait de lui être communiquée. Un instant plus tard, le moteur de recherche Google lui fournissait un plan, maison par maison. Spinnelli trouvait que ce genre de service aurait dû être réservé au personnel de l'armée et de la police ; le fait que n'importe qui puisse y accéder ne lui paraissait pas une bonne chose.

En examinant l'itinéraire, il estima la durée du trajet à une heure et demie, peut-être une heure quarante-cinq. La destination était le haras de Stowe.

Spinnelli devait embarquer Dan Whittaker au passage, après quoi il s'installerait à l'arrière pour s'occuper du poste d'écoute, tandis que Dan prendrait le volant. La camionnette était une Chevy Express LT, gris métallisé, spacieuse et confortable ; le nom « CompSys.Org » était peint sur les flancs. Elle était rapide mais instable dans les virages, pas le véhicule idéal pour une poursuite. Justement, Spinnelli ne poursuivait personne. Il écoutait. Il pistait. Il s'insinuait dans vos électrons.

Ses tentacules électroniques s'étaient enroulés depuis longtemps autour de la vie du bibliothécaire, et infiltrés dans son ordinateur et ses téléphones, mobile compris. Spinnelli avait posé des micros dans les trois pièces de ce qui était, à ses yeux, un misérable petit appart, avec une télévision de trente-trois centimètres et des piles et des piles et des piles de bouquins. Des étagères pleines de bouquins. Des bouquins ouverts sur les tables, et des bouquins près du lit. Curieusement, lorsqu'ils s'étaient introduits chez Goldberg pour poser les micros, Spinnelli avait eu l'occasion de manipuler les œuvres complètes d'August Strindberg, le grand misogyne suédois du XIXe siècle ; s'il avait lu les pièces de cet auteur, il aurait pu y retrouver les guerres pesantes et dérisoires qui se livraient dans son propre foyer, et dont il voyait également un reflet dans les émissions racoleuses de Jerry Springer. Mais Spinnelli avait remis le volume en place dès qu'il avait eu fini de poser le micro, exactement comme il l'avait trouvé. Il était toujours possible que le propriétaire des lieux perçoive un certain ordre dans le désordre apparent.

Spinnelli s'était dit que ce gars ne devait pas avoir

de vraie vie, pour être ainsi constamment plongé dans les livres.

Mais ce bibliothécaire était peut-être plus dégourdi qu'il n'en avait l'air, après tout, puisqu'il fallait maintenant passer à l'action. On ne peut jamais anticiper les réactions des gens.

Après avoir enfilé son coupe-vent CompSys.Org assorti à l'enseigne de la camionnette, il ouvrit la porte de son domicile pour affronter la nuit. Il se demanda si l'action avait déjà débuté. Si le bibliothécaire savait déjà que sa vie était sur le point de changer, complètement, définitivement, et sans doute pour le pire. Il se demanda si Parks allait s'occuper en personne de ce type. Parks était devenu de plus en plus brutal, ces derniers temps. Et tordu, aussi, Spinnelli devait bien l'admettre. Vraiment tordu.

Parks et Ryan s'excitaient, s'encourageaient mutuellement, comme ses gamines. La plus âgée s'était défoncée à la kétamine. Quand celle de douze ans avait fait pareil, elle était tombée dans les pommes et il avait fallu l'emmener aux urgences. Leurs chambres étaient sous surveillance, c'était le meilleur moyen de se tenir au courant. Spinnelli avait ainsi appris que la petite de huit ans n'avait pas encore démarré la kétamine, elle — mais qu'elle voulait se faire piercer le nombril, comme ses grandes sœurs, ainsi que la langue. Et ce qu'elle savait sur les clous dans la langue, et ce à quoi ils pouvaient servir, aucune fillette de huit ans n'aurait dû le savoir.

Un père devrait ignorer à quoi pensent ses filles. Mais Spinnelli ne l'ignorait pas ; il ne pouvait pas s'empêcher d'écouter.

Au moment de franchir la porte, il jeta un coup d'œil

par-dessus son épaule. C'était la rediffusion instantanée du débat, le recyclage instantané, le virus vidéo
instantané — cette espèce de garce qui agressait le
président Scott. Bon Dieu, Spinnelli était heureux de
travailler pour Scott et contre Murphy. Une garce à la
Maison-Blanche, pas question. Il y avait déjà assez de
garces comme ça, qui foutaient le bordel partout.

Il claqua violemment la porte en sortant, puis se
demanda si elles l'avaient seulement entendu, et si
elles allaient réagir. Il le découvrirait à son retour,
bien sûr ; il saurait ce qu'elles avaient fait en son
absence, comme d'habitude, en se passant la bande,
son et images. Il aurait souhaité, bizarrement, ne pas
disposer de ce pouvoir. Mais, puisqu'il en disposait,
il devait l'utiliser.

Spinnelli monta à bord de la camionnette et
démarra lentement en marche arrière, en surveillant
le miroir convexe fixé en haut du poteau de métal
planté dans la pelouse, au bord de l'allée. Il avait
intérêt à s'assurer que la voie était libre, qu'il ne
risquait pas de se faire éperonner par une de ces
connes de banlieusardes qui trouvaient le moyen de
régler le siège du bébé et de parler dans leur mobile
tout en conduisant.

Il avait adoré ses filles quand elles étaient petites.
Adoré. Et il avait su en quoi consistait son job : les
protéger. Mais comment les protéger du vrai danger,
celui qu'elles représentaient pour elles-mêmes, et les
unes pour les autres ? De leur principale corruptrice,
leur mère ? Il n'en avait pas la moindre idée. C'est
comme ça qu'il s'était retrouvé sans job, en tout cas
de ce côté-là. Privé d'amour. Les garces faisaient la
loi chez lui. Et maintenant, une garce voulait faire la

loi sur tout le foutu chantier — instaurer la nanar-
chie ? Pas question, à aucun prix.

La fille de l'appartement 4B, à l'étage au-dessous,
était assise sur le canapé de Whittaker. Elle avait
enlevé ses sandales à hauts talons et ramené ses pieds
sous ses cuisses largement exposées, bronzées, lisses,
épilées de frais.

Whittaker avait versé du Rophynol dans la bière de
la nana, et s'était préparé pour lui-même un peu de
citrate de sildénafil. Il était en train de se rendre à la
cuisine afin de pouvoir l'avaler sans qu'elle se mette à
geindre : « Qu'est-ce que c'est que ça ? », d'un ton
soupçonneux, lorsque le téléphone se mit à sonner.
C'était cette lavette de Spinnelli. Une putain de mission. On sentait que Spinnelli était ravi de pouvoir se
barrer de chez lui, mais pour Whittaker, c'était loin
d'être le cas. Le seul élément positif de cette affaire,
c'est qu'il n'avait pas encore ingurgité son ersatz érec-
togène de Viagra. Il ne tenait pas à se retrouver dans
tous ses états pendant le boulot — ça risquait d'entraîner un conflit d'intérêts —, ni dans le véhicule à l'arrêt,
en train d'attendre et de s'emmerder et de regarder
par-dessus l'épaule de Spinnelli pendant que celui-ci
surveillait ses gamines. En général, Whittaker avait
assez de bon sens pour se tenir éloigné des nénettes de
douze à quinze ans. Mater les filles du collège tout en
ayant la trique, ç'aurait vraiment été chercher les
ennuis. Mais les choses que faisaient ces petites quand
elles se croyaient à l'abri des regards, il y avait de quoi
rendre un mec cinglé. Il ne comprenait pas comment
Spinnelli pouvait regarder — mais il comprenait que
son collègue ne puisse pas détourner le regard.

Néanmoins, il était furax, et il espérait qu'ils allaient pouvoir se défouler un peu sur le bibliothécaire, à titre de compensation.

Mark Ryan ne voulait pas d'un flingue original ou tape-à-l'œil à la Dirty Harry ou à la James Bond, le genre de truc qui risque de vous faire remarquer. Depuis quelque temps, il avait un faible pour le Glock. Simple, propre, fiable, quasiment générique. Il en possédait deux ; l'un était déclaré, l'autre avait disparu d'un magasin militaire.

Ce soir-là, il décida de prendre les deux. Après les avoir vérifiés, il introduisit un chargeur dans le pistolet non déclaré et le glissa dans son étui d'épaule. Quant au flingue légal, il le logea au creux de ses reins, en se disant que s'il devait travailler dans l'urgence, l'arme jetable et à traçabilité zéro serait sans doute la plus indiquée. Si, en revanche, l'opération s'avérait sophistiquée... longue et sophistiquée... il aurait toujours le temps de reprendre le flingue enregistré.

Il reconnut l'adresse. Le haras de Stowe. Il y était déjà allé. Joli coin de campagne, à environ deux heures de route.

Avant de se diriger vers la porte, il tapota, par superstition, la boîte à cigares posée sur son bureau. La boîte contenait ses deux colliers, celui du Viêt-nam et celui qu'il avait progressivement confectionné depuis. Il n'était pas toujours possible, en fait il était même rarement possible, de prendre l'oreille d'un mort en temps de paix, en Occident ; néanmoins, il le faisait chaque fois qu'il en avait l'occasion, et il en était actuellement à cinq.

Chaque fois qu'il recevait un appel de ce genre, il espérait pouvoir ajouter une pièce à sa collection.

Randall Parks, lui, ne prit pas de flingue. Il les évitait quand il le pouvait. C'était toujours incroyablement compliqué de se débarrasser d'un corps portant des traces de balles. Et si quelqu'un survivait après s'être fait canarder, les médecins et les hôpitaux tenaient toujours à le signaler aux autorités.

Il existait d'autres moyens. Dans sa BMW M3 noire, il gardait un kit comprenant notamment un *stun-gun*, un Taser[1], un nunchaku. Mais il comptait avant tout sur ses mains, ses pieds, son art. Il avait rencontré très peu d'hommes capables de lui tenir tête en combat singulier.

Parks était un peu plus éloigné du haras de Stowe que Spinnelli, mais il ne voyait pas la nécessité de foncer. Il enclencha le limiteur de vitesse et le régla à treize kilomètres/heure seulement au-dessus de la vitesse maximale autorisée. Avec des documents comme sa carte de la Sûreté du territoire, il était certain de pouvoir résoudre la plupart des problèmes, mais pourquoi laisser la moindre trace ? Il y avait certes son gabarit impressionnant, et cette cicatrice, et ses cheveux très clairs, presque blancs ; mais il s'efforçait de ne pas attirer l'attention, et se concentrait pour n'être plus qu'une ombre, jusqu'à ce qu'il ait atteint sa proie. Si par hasard celle-ci survivait, elle n'oubliait jamais cette rencontre. Elle restait marquée à vie.

---

1. Le *stun-gun* est aussi appelé « matraque électrique », « poing électrique », « pistolet paralysant ». Le Taser lance un fil de fer barbelé qui s'accroche aux vêtements et dont les pointes émettent une décharge électrique.

CHAPITRE 21

Ces simagrées faisaient un peu trop mélo à mon goût. J'ai jeté à Niobé un regard lourd de scepticisme, mais l'obscurité était sans doute trop épaisse pour qu'elle puisse déchiffrer mon expression. J'ai prononcé son nom, d'un ton qui voulait plutôt dire « Arrête ton char » ou « C'est ça, t'as raison ».

Elle m'a rabroué :

— David, je suis sérieuse.

Son visage était si près du mien que chaque fois qu'elle expirait, j'inspirais son gaz carbonique, ce qui explique sans doute pourquoi j'avais la tête qui commençait à tourner. Là, dans la pénombre de la bibliothèque, tandis que Niobé me tenait par le revers de mon veston, et sous l'effet, comme je viens de le suggérer, de la privation d'oxygène, j'ai pris conscience du nombre de fois où j'avais craqué pour des femmes en apparence névrosées, et qui finissaient par se révéler psychotiques. Pas à ce point-là, d'accord ; mais enfin, il y avait des antécédents.

— Je suis désolé.

Je m'étais exprimé avec la plus grande douceur possible.

— Je vais te dire deux ou trois choses, David, à toi

de voir si tu veux m'écouter. Jack vient de passer plusieurs coups de fil. Il a appelé quatre types qui ne vont pas tarder à venir te chercher. J'ai entendu ce qu'il leur disait. L'un d'eux, Spinnelli, tu ne le verras sans doute jamais, mais lui, il t'entendra, il te verra et il te suivra à la trace, depuis sa camionnette. Il travaille à partir d'une camionnette, une Chevy grise de l'année dernière. Et puis il y a Whittaker. Maigre, les cheveux en brosse...

— Pourquoi tu me parles de tout ça, Whittaker et Spaghetti, ou je ne sais qui ?

— Il y en a deux autres, a-t-elle poursuivi d'une voix pressante, Ryan et Parks. Mark Ryan et Randall Parks. Ryan se contentera de te descendre.

— Arrête, Niobé.

— Ryan mesure à peu près un mètre quatre-vingts. Plutôt empâté. Il n'est pas loin de la soixantaine, maintenant, et ça se voit. Il avait les cheveux frisés, mais il est presque chauve et le peu qui lui reste est coupé court. Il boit beaucoup, il suffit de regarder ses yeux, tu sais, injectés de sang.

— Pourquoi tu me racontes ça ?

— Parce que tu n'as pas l'air de me croire.

— Je devrais te croire ?

— Ça dépend. Ça dépend de qui tu es et de ce que tu sais, ou de ce que tu ne sais pas.

À ce moment-là, une voix a retenti.

— Qu'est-ce qui se passe là-dedans, bon Dieu ?

Quelqu'un secouait la poignée de la porte pour essayer d'entrer. Niobé a commencé à paniquer, en admettant que ce ne soit pas déjà ce qu'elle était en train de faire depuis un moment. Elle s'est mise à parler très vite, dans une sorte de chuchotement désespéré :

— Je te dis tout ça parce que j'espère qu'en apercevant ces types tu comprendras, et que tu auras le bon sens de t'enfuir, de t'enfuir à toute vitesse. Laisse-moi finir. Ryan a un nez aux pores dilatés, comme les gens qui boivent, et il transpire beaucoup, et ses fringues sont toujours froissées — mais surtout, surtout, ne le sous-estime pas.

— Et pourquoi pas ?

— Parce que je te le demande. Mais le pire de tous, c'est Parks. Randy Parks. Ryan se contentera de... Je sais que tu ne me crois pas... Ryan se contentera de te tuer. Parks te fera mal.

On n'entendait plus de bruit du côté de la porte. Je me suis dit que la personne qui avait essayé d'entrer, qui que ça puisse être, était sans doute partie chercher Bill, le majordome, ou un autre membre du personnel, pour se procurer la clef. Qu'il y ait quelque chose de vrai dans tout ce que Niobé venait de me raconter, ou bien qu'elle soit juste une cinglée en train de jouer à un jeu de cinglés avec son colonel de mari, cette bibliothèque était un vrai piège à rats. Et nous étions sur le point d'y être découverts ensemble.

Je voulais filer de cet endroit et voulais le faire sans être aperçu en compagnie de Niobé. Il y avait deux portes : celle par laquelle j'étais entré, peu de temps auparavant, depuis le hall, et la porte latérale, qui donnait sur le salon rempli de gens, à commencer par Jack Morgan. Quant aux fenêtres de la bibliothèque, on ne les ouvrait jamais ; elles étaient verrouillées et reliées à un système d'alarme.

— Ils croient que tu détiens des informations, David.

— Sur quoi donc ?

— Ils sont en train de préparer quelque chose, en rapport avec l'élection. Pour la gagner, peut-être en trichant, je ne sais pas. Et ils croient que tu es au courant, que tu as appris de quoi il s'agit, peut-être dans les papiers de Stowe, peut-être en les entendant par hasard, peu importe la manière.

— Mais pourquoi pensent-ils ça ?

— Tout ce que je sais, c'est qu'ils le pensent.

— Comment le sais-tu ?

— Parce qu'ils veulent te tuer.

— Ouais. On tourne un peu en rond, là.

— Pour quelle autre raison est-ce qu'ils voudraient te tuer ?

— Niobé, on est en Amérique, un pays civilisé. C'est le XXIe siècle. Il y a des tas de lois et d'agents chargés de les faire appliquer, tout ce qu'il faut.

— Je suis en train d'essayer de te sauver la vie.

— Très bien, ai-je fait en m'efforçant de la calmer. Si je vois une de ces personnes, j'appellerai la police. Promis.

— C'est eux, la police.

— Écoute...

J'ai poussé un soupir en essayant de m'écarter d'elle.

— Je crois qu'il est temps de laisser tomber ce sujet.

— Parks, il a une cicatrice. D'ici...

Elle m'a touché la pommette et son ongle est descendu le long de ma joue, jusqu'à ma mâchoire. Pourquoi est-ce que j'aimais autant qu'elle me touche ?

Quelle question idiote. J'aimais qu'elle me touche, voilà tout.

— ... jusque-là. Et ses cheveux sont presque blancs.

— Formidable.

Elle m'a pris la main et l'a tenue entre les siennes.

— Ils croient que tu sais quelque chose. Le seul moyen de te sortir de cette situation, c'est de trouver de quoi il s'agit.

— Qu'est-ce que tu veux dire ?

— Il faut que tu découvres ce qu'ils craignent que tu aies découvert. Et après, tu alerteras tout le monde, ou bien tu préviendras tes supérieurs.

— Mes supérieurs ?

— Ils pensent que tu travailles peut-être pour quelqu'un.

— Qui ça ? Je travaille pour l'université, à la bibliothèque. Ils ont peur de Dexter Hudley ? Et je travaille aussi pour Stowe, dans cette bibliothèque-ci. Je suis bibliothécaire, pas espion ou ce genre de connerie. Je suis un bibliothécaire sain d'esprit.

— Écoute-moi, je t'en supplie, écoute-moi, David, pour plus tard. Pour quand tu auras compris, si tu survis, que je ne suis pas folle et que je ne te mens pas. Ce que tu dois faire, c'est découvrir ce qu'ils s'imaginent que tu as découvert. Entre-temps, il faut que tu disparaisses, que tu te planques. On n'est qu'à cinq jours de l'élection, cette affaire a forcément un rapport. Ne rentre pas chez toi, ne va pas travailler, n'utilise aucun de tes téléphones. Achète-toi un mobile, du genre appels prépayés. Paie-le en liquide. Tiens.

Elle m'a glissé un bout de papier dans la main.

— Quand tu auras découvert de quoi il s'agit, ou

bien lorsque l'élection sera passée, appelle ce numéro.

Elle a tendu une main dans son dos, pour déverrouiller la porte de la bibliothèque, et a pressé le commutateur. La pièce, jusque-là plongée dans une ombre épaisse, a été inondée d'une lumière qui m'a ébloui. Niobé m'est apparue dans son incroyable beauté, une beauté éthérée ; tout était trop brillant, et je suis resté là à la contempler comme un abruti, et j'observais aussi le bout de papier dans ma main. D'un air agacé, elle l'a pris pour me le fourrer dans la poche, avant d'ouvrir la porte d'un geste vif.

— Une heure, m'a-t-elle lancé en passant devant moi, je pense que tu as une heure avant qu'ils débarquent ici.

Elle est sortie de la pièce, et je suis resté seul.

CHAPITRE 22

Mon souffle restait bloqué dans ma poitrine. Une sueur aigre me picotait la peau. Je me suis rappelé ce que j'ai pu de mes vieilles leçons de yoga, en me concentrant sur l'inspiration et l'expiration, et en essayant de retrouver un peu de calme. Une fois parvenu en vue de cet objectif, j'ai décidé de regagner le salon par la porte latérale. Je ne sais pas pourquoi je ne suis pas simplement parti de chez Stowe.

Quand je suis entré dans le salon, personne n'a réagi, personne n'a paru me prêter la moindre attention. Un véritable essaim de mouches, très occupées à vivre leur vie de mouches, à faire des petits bonds çà et là pour se nourrir, se désaltérer, se bourdonner des choses à l'oreille. Niobé n'était pas là. Ni Jack. Ni Stowe ni McClellan, d'ailleurs ; ni personne que je connaisse un peu. Mais j'ai aperçu l'amie de McClellan, la secrétaire, en grande discussion avec un vieux qui paraissait bourré de fric.

Comme les rideaux étaient ouverts, je me suis approché de la fenêtre et j'ai regardé dehors, vers le bas. Qu'est-ce que je cherchais ? Niobé ?

La maison était construite à flanc de colline, de sorte que sur le devant, où était située l'entrée principale avec la grande allée circulaire, on était au rez-de-chaussée ; mais à l'arrière, là où je me trouvais, c'était le premier étage. Et il y avait encore un étage au-dessus de nous, réservé principalement aux chambres. Je pouvais voir par la fenêtre, devant moi, en contrebas, une cour intérieure pavée, à ciel ouvert, entourée par un mur formant un demi-cercle ; de ce patio rayonnaient trois chemins en direction des champs, des écuries, des granges, notamment celle qui était dévolue à la reproduction. Les chemins sinueux étaient éclairés de lanternes qui, par un effet de perspective, semblaient de plus en plus petites à mesure que le regard s'enfonçait dans ce tableau de prospérité champêtre ; elles scintillaient avec un optimisme qui n'avait rien à envier à celui des étoiles.

J'ai essayé de me mêler aux invités, mais je n'arrivais pas vraiment à parler. J'avais la bouche sèche, la langue nouée, l'esprit confus. Les poncifs à la mode flottaient à la surface du bourdonnement, le pétrole et la guerre, l'argent, les affaires, ceux qui les faisaient, ceux qui empêchaient d'en faire, un désastre pour la nation, il faut tenir bon, ils nous retireraient tous nos avantages, pire que les Clinton... Apercevant alors quelqu'un que j'ai reconnu sans pour autant le connaître personnellement, le chef de la majorité au Sénat, je me suis approché de lui, mine de rien. Il était en train de parler avec deux types, un membre du Congrès — un Texan — et quelqu'un qui bossait dans le pétrole. Une histoire d'oléoduc en Irak. Les yeux leur sortaient quasiment de la tête, et leurs visages avaient cette expression féroce qu'on observe chez les mouches sur les photographies prises au microscope.

Je n'avais plus qu'une envie, retourner d'où je venais. Retrouver la paix de la bibliothèque, au milieu de tous ces livres, de ces formules dûment pesées, de ces déclarations qui, si passionnées qu'elles paraissent, font un accueil paisible aux réponses mesurées — oui, de ces affirmations qui, si dogmatiques ou partiales qu'elles puissent être, attendent sereinement l'examen de leurs arguments et l'exposé des points de vue concurrents.

C'est donc ce que j'ai fini par faire : j'ai regagné la bibliothèque, par la porte latérale. Je m'y suis retrouvé seul et j'ai effleuré quelques bouquins, poussé quelques soupirs. Je me suis apitoyé sur moi-même et mon détachement du monde, en regrettant stupidement de n'être qu'un classificateur, un organisateur, un lecteur, le conservateur du témoignage des actions d'autrui, plutôt qu'un homme d'action, d'affrontements, de face-à-face musclés. Et je me suis écarté de ces ouvrages desséchés, poussiéreux, grouillant de mots trop fréquemment insignifiants, mal assemblés, stridents ou au contraire faiblards, sentencieux, prétentieux. J'ai tourné le dos à ces volumes surchargés de verbes, d'adverbes, d'adjectifs, ployant sous les débauches de métaphores et de comparaisons, croulant sous les démonstrations ostentatoires de l'intelligence et de l'érudition et de l'obscurité et de l'ésotérisme et du multilinguisme de leurs auteurs — prenez Ezra Pound et ses *Cantos*, par exemple, avec son « Δ _vas, tes yeux sont pareils à des nuages... *plura diafana*... Les Héliades dissipent la brume... la brillance de l'*hudor*... ».

Je suis allé me mettre à l'ordinateur, et j'ai commencé à parcourir les dossiers de Stowe que j'avais déjà scannés. Certains étaient mystérieux. Quelques listes de noms ne me disaient strictement rien. Une des techniques favorites de Stowe consistait à enquêter sur les gens avec qui il envisageait de faire des affaires. Il y avait donc des listes de noms, accompagnés d'un profil financier et, rarement, de la mention « marché conclu » ; dans la plupart des cas, de simples énumérations.

En effectuant une recherche à partir du nom de Scott, je suis tombé sur deux courriers de remerciement, remontant à l'élection précédente. L'un des deux était clairement une lettre type...

J'en étais là lorsqu'ils ont pénétré dans la pièce. Celui qui avait une cicatrice et des cheveux blancs est passé par la porte principale. L'autre, le vieux au look de flic crapuleux, est entré par la porte latérale, avec son nez de buveur et son étui de revolver qui faisait une bosse sous sa veste. Jack est arrivé derrière lui.

En voyant leurs visages, en percevant leur détermination, leur assurance de gestapistes, j'ai connu une expérience de conversion instantanée. Je croyais maintenant dur comme fer à tout ce qu'avait raconté Niobé. Le gars au visage marqué par une cicatrice depuis l'œil jusqu'à la mâchoire arborait à ma vue l'air heureux du sadique qui aperçoit une victime potentielle.

— Hé, hé, qu'est-ce qui se passe ? j'ai demandé.

— Vous allez devoir nous suivre, m'a annoncé Jack.

— Quoi, vous avez un mandat d'arrêt, ou quelque chose ?

— Suivez-nous, c'est tout, a insisté Jack.

— Écoutez, je ne sais pas si Alan Stowe sait ce que

vous êtes en train de faire, mais en tout cas, moi, je me tire.

Je m'étais déjà retourné sur mon siège. Je me suis levé, en me disant que j'aurais peut-être un peu plus de chances contre le méchant aux cheveux blancs. Après tout, il était seul dans son coin et la porte était tellement large que j'arriverais peut-être à le contourner. Les deux autres bloquaient presque la porte latérale, il faudrait que je bouscule Morgan et... J'ai essayé de me rappeler le nom que m'avait indiqué Niobé. Tout ce qui m'est venu à l'esprit, dans l'état légèrement hystérique où je me trouvais, c'est Spaghetti. Je savais que c'était faux, que c'était Spinnelli, mais elle avait dit que je ne verrais jamais Spinnelli, l'homme aux électrons. Non, celui-là, c'était... Ryan ? Celui qui tuait des gens ?

Un peu de culot, un peu de bravade. Je parie qu'ils pouvaient flairer ma trouille, comme des dobermans. Mais pour l'instant, personne d'autre que moi ne bougeait, alors je me suis avancé vers « Scarface » Parks, et hop, un petit pas de côté pour l'esquiver — et vlan, sa main armée est sortie de sa poche pour m'électrocuter.

Je me suis retrouvé instantanément transformé en personnage de dessin animé. Métamorphosé en cri inaudible. Les cheveux se sont dressés sur ma tête, mon cœur s'est mis à brailler : « Ouah ouah ouah... », j'avais les doigts des mains et des pieds en marguerite, et j'avais mal. Je suis tombé par terre. Le type à la cicatrice s'est penché au-dessus de moi. Je me faisais l'effet d'un poisson qui s'affale sur le pont d'un bateau de pêche, sauf que je ne bougeais pas. Je ne pouvais pas bouger. Le type m'examinait, comme s'il était en train de réfléchir à ce qui pourrait me faire encore plus mal. Du coin de l'œil, je l'ai vu lever un pied. Il a attendu que je comprenne qu'il s'apprêtait à me frapper, il a attendu d'en être sûr ; c'est dans de tels échanges d'information que s'élabore l'intimité de la torture. Il allait me faire mal jusqu'à ce que je lui appartienne.

Et je me suis demandé si j'allais pouvoir trouver la force de résister à ça, en plongeant assez profondément en moi-même. Mais pourquoi ? Pourquoi me battre ? Et eux, pourquoi se battaient-ils ? Cette incertitude creusait en moi un espace de larmes et d'impuissance, un foyer de reddition, d'humiliation, d'avilissement spirituel. Mais sur quel autre refuge aurais-je pu compter ?

Il m'a balancé un grand coup de pied dans les côtes. J'ai eu mal, mais elles ne se sont pas fêlées et aucun organe n'a été atteint.

Puis, Parks a détourné les yeux de ma carcasse pour jeter un regard derrière lui. J'ai essayé de soulever la tête. Rien à faire, j'étais encore en état de choc. Ce qui ne m'a pas empêché de reconnaître la voix.

— Pas ici, protestait Stowe.

— On l'a juste anesthésié, s'est défendu Morgan.

— Pas ici, a répété Stowe. Que les invités ne voient rien, surtout. Vous auriez dû attendre qu'il ait quitté le haras, pour le cueillir.

La réprimande n'appelait aucune réplique.

— Qu'est-ce que vous allez en faire ?

Je pense que Stowe avait voulu dire : « Comment comptez-vous le faire sortir d'ici ? », mais Jack a compris : « Quel sort est-ce que vous lui réservez ? », et il n'a pas répondu. Pendant ce temps-là, mon corps revenait à un semblant de normalité ; je me suis rendu compte que j'avais recouvré la maîtrise de mes membres.

Le silence s'est prolongé, et plus il se prolongeait, moins il y avait besoin de me faire un dessin. Si Jack avait répondu quelque chose comme « On va juste l'interroger », ou bien « On l'emmène au QG de la Sûreté du territoire, histoire de vérifier quelques infos », ou encore « On va le mettre à l'ombre jusqu'à ce qu'on soit certains », certains de quoi, peu importe, je me serais simplement laissé faire, comme tant des miens quand on leur avait annoncé : « Montez dans ces jolis wagons, on vous emmène dans des camps de reclassement. » Mais les réticences de Jack, incapable de mentir directement à Stowe, m'ont fait comprendre ce qui m'attendait. Pas moyen de me bercer d'illusions.

Des larmes ont commencé à rouler sur mes joues. Je les sentais s'écouler, humiliantes, obscènes. Je savais aussi que ce n'était qu'un début, et qu'elle allait s'aggraver considérablement avant que je ne sois autorisé à mourir. Mon humiliation, je veux dire. Quand Stowe est sorti de la pièce, j'ai vu Parks se détourner de moi pour regarder le patron s'en aller.

C'était le moment ou jamais. Je me suis levé d'un bond. Enfin, j'ai essayé de me lever. Le résultat était du genre chancelant et bancal. Parks s'est retourné. Il m'a jeté un regard curieux, comme on pourrait en jeter à un poisson doué de parole. J'avais lu un article dans le journal, peu de temps auparavant, sur un poisson parlant. Une carpe. Dans une halle aux poissons *hassidim* de Brooklyn, un employé latino était sur le point de couper la tête de la carpe, quand elle s'était adressée à lui en hébreu. Ne reconnaissant pas la langue, le Latino avait poussé les hauts cris ; il était allé chercher son patron, qui avait identifié l'idiome pratiqué par cette carpe. Quand je suis stressé, les idées les plus bizarres peuvent me traverser la tête et, en l'occurrence, j'ai repensé à cette histoire. Sur quoi, je me suis exclamé en hébreu : « Aujourd'hui, je suis bar-mitsvah ! » — ce qui signifie « Je suis soumis à la loi, je deviens un homme », et représente la somme totale des connaissances en hébreu qui me sont restées à l'âge adulte.

Ils me jetaient maintenant tous trois des regards curieux.

Je me suis élancé. Il n'y avait que deux portes, et elles étaient non seulement fermées, mais bloquées par ces types. Je me suis donc rué dans la direction opposée, vers les fenêtres masquées par les rideaux. C'étaient de très grandes fenêtres.

Ryan s'est avancé vers moi. Pour lui échapper, j'ai escaladé une table. Il y avait deux grandes tables de bibliothèque alignées, et j'ai couru sur la première, tout du long, avant de bondir sur l'autre.

Les gars me regardaient en riant. Ils me suivaient, mais sans se presser, en promeneurs. Parks brandissait son *stun-gun* dans ma direction, comme un voleur braque son couteau vers la personne qu'il a l'intention de dévaliser.

La fenêtre se trouvait devant moi. Je savais qu'une chute d'un étage et demi m'attendait de l'autre côté. Ce n'étaient pas des étages de maison de banlieue, de deux mètres et demi chacun maximum, non — c'étaient des étages d'homme riche, quatre mètres et demi sans compter le plancher, c'est-à-dire environ soixante centimètres en plus. Au haras de Stowe, on n'entendait jamais, au grand jamais, les gens qui se trouvaient à l'étage supérieur. Et pour l'atterrissage, donc, rien que de la bonne pierre.

J'ai sauté.

Aussi vigoureusement que j'ai pu, je me suis projeté dans les rideaux, en espérant passer au travers et tomber par la fenêtre. Je m'y suis empêtré, mais mon élan a continué à me porter en avant, enveloppé du lourd tissu — qui a étouffé le fracas du verre, ainsi que l'alarme que je déclenchais. J'ai dépassé le rebord de la fenêtre. Évidemment, dès que je me suis rendu compte que j'étais dehors et en train de chuter, je me suis accroché aux rideaux dans un réflexe de survie. Ils ne se sont pas déchirés mais, sous mon poids, la tringle s'est détachée de son support. Et je suis tombé, mais lentement. De nouveau, il m'est venu des idées étranges... Ça s'est déroulé très vite en temps réel, très lentement en temps subjectif... Il y a tous ces Juifs coriaces et cinglés en Israël, par exemple dans le Mossad ou l'armée, mais la dernière et unique fois que je me rappelais avoir vu un Juif comme moi, un Juif bibliothécaire et soi-disant poète, réussir une cascade de ce genre, c'était dans *Le bouffon du roi*, quand Danny Kaye s'enfuit du château en se balançant à une corde.

Le rideau m'a parachuté jusqu'à une cinquantaine de centimètres du sol. Arrivé là, je l'ai lâché avant de rouler par terre. En levant les yeux, j'ai aperçu le vieux au gros pif ; il avait sorti son flingue. J'ai couru vers la zone la plus obscure, je me suis propulsé au sommet du mur qui formait un demi-cercle, j'en suis redescendu d'un bond. La pelouse a amorti le choc de ma roulade. Des cris me sont parvenus, mêlés au hurlement de la sirène d'alarme. Je me suis remis à courir en m'éloignant des lumières. La sirène a cessé de retentir. Je cherchais le refuge de l'ombre et mes pieds volaient sur le beau gazon ; et je savais que, derrière moi, la poursuite avait commencé.

CHAPITRE 23

Après avoir envoyé Bill éteindre l'alarme, Stowe lui ordonna d'appeler la société de surveillance pour qu'ils viennent remettre le mécanisme en état, de telle sorte qu'il fonctionne même avec les vitres brisées. Il demanda également au majordome d'appeler les vitriers, afin qu'ils réparent la fenêtre.

— Évidemment, *ce soir*. Maintenant !

Il voulait aussi que la bibliothèque soit nettoyée. Jack fit remarquer qu'il faudrait d'abord la faire inspecter par l'équipe du labo.

Stowe ne se mit pas à hurler, mais une grimace de furie déforma les traits de son visage à la fois si vieux et si jeune. Morgan comprit qu'il avait affaire à un enfant de huit ans sur le point de piquer une colère implacable, et que cet enfant possédait le corps d'un vieillard doté du pouvoir d'acheter les gouvernements et de dévaster la terre.

— Le labo, répéta Stowe, en crachant chaque syllabe.

Il était prêt à admettre que les choses ne se passent pas toujours comme prévu, mais pas à supporter des idiots qui se croyaient obligés de faire du zèle.

— Le labo ? Vous avez vu ce qui s'est passé. Vous savez qui a fait quoi. Le labo ? Ha !

— On va le rattraper, répondit Jack.

— Et limitez les dégâts, cette fois-ci, menaça Stowe d'un ton hargneux.

Ryan et Parks s'étaient précipités dans l'escalier, pour sortir du bâtiment par la porte de derrière. Le bibliothécaire avait une petite avance, mais où pouvait-il espérer aller ? S'il montait dans sa voiture, Spinnelli l'entendrait et pourrait suivre la trace du véhicule. Un jeu d'enfant, vu qu'une seule route permettait d'accéder au haras de Stowe, et que Whittaker avait bloqué cette unique voie d'accès avec son véhicule ; et que, par ailleurs, les vigiles de Stowe se tenaient en alerte à la barrière.

Ryan s'avança vers la gauche et Parks vers la droite, selon un mouvement tournant. Ryan avait sorti son Glock et le tenait à la main. Le flingue non déclaré. Il avait l'impression d'avoir passé son existence à effectuer des patrouilles de nuit. Ça remontait au moins à ses dix-sept ans, dans la jungle, quand il cherchait des ombres d'ombres. Quand il écoutait comme un Sioux les soupirs qui ne venaient pas du vent, et flairait l'air comme un chien pour détecter l'odeur du riz, des épices, de la sauce de poisson.

Son odorat n'était plus ce qu'il avait été, ni son ouïe, ni même, bien qu'il ait du mal à l'admettre, sa vision nocturne. Mais ce qu'il avait toujours, ce que le temps n'avait pas émoussé, c'était son instinct. Le jaguar chasse à minuit. Même si son nez ne pouvait plus sentir la proie, tout son être pouvait la sentir.

Le chasseur a besoin de savoir ce que veut le gibier.

C'est ainsi qu'il faut s'y prendre : pénétrer dans les territoires de la peur et du désir, de l'habitude et des instincts, ah, oui — entrer dans les ténèbres. Suivre les ténèbres, car c'est là qu'ira la proie.

Ryan se déplaçait sans hésitation, guidé par l'ombre comme d'autres par la lumière. Il pistait David Goldberg. À mesure que croissait sa certitude, les écailles et les croûtes des années sordides se détachaient de lui, et l'âme de l'enfant-soldat renaissait, bien que son ventre ait perdu de sa fermeté et que ses genoux émettent des craquements. Le sens de l'odorat lui revenait à tel point qu'il avait la certitude d'être sur la bonne voie. Il pouvait sentir l'odeur de l'herbe fraîchement froissée, là où le bibliothécaire l'avait piétinée en courant.

Randall Parks était surpris que ce petit mec se soit relevé. Plus coriace qu'il ne l'aurait cru. Et cette évasion — étonnant. Ils avaient à peine prêté attention aux fenêtres, masquées derrière les rideaux, et nullement pensé à en bloquer l'accès. De toute façon, qui aurait pu s'attendre à voir ce *bibliothécaire* s'échapper par là ?

Parks se dit que le colonel Morgan n'était peut-être pas sorti de la merde. On le payait justement pour qu'il anticipe et prévienne ce genre de pépin, c'était son job. Et maintenant, c'était aussi son problème — et pas celui de Parks, songea ce dernier, à qui la situation convenait parfaitement. Pour lui, il ne faisait aucun doute qu'ils allaient finir par avoir Goldberg, mais c'était comme cette histoire qu'un prof d'anglais lui avait fait lire au collège ; on en avait tiré un film, qu'il avait vu mais trouvé décevant, moins bon que l'histoire, parce que ce qui était génial dans cette histoire, c'était l'*idée*. Un millionnaire, aussi riche qu'Alan Carston Stowe, qui possédait une île privée, et ce type était passionné de chasse, mais il avait fini par se lasser de la stupidité des bêtes et il avait eu envie de chasser quelque chose d'intelligent et de rusé ; alors, il chassait des hommes.

Pour Parks, c'était comme si le haras de Stowe était brusquement devenu sa réserve de chasse privée. Il décida de ne pas utiliser le *stun-gun* lorsqu'il rattraperait le bibliothécaire. Juste ses mains, ses pieds, ses couilles — son art. Pour l'amour du sport.

Voyant que Stowe était en train d'engueuler Jack, Niobé vint s'interposer.

— Qu'est-ce qui s'est passé ? demanda-t-elle d'un ton innocent.

Stowe prenait Niobé pour une de ces bonnes épouses que l'on maintient dans l'ignorance et avec qui l'on se reproduit — enfin, pour ceux que ça intéresse. Ah, oui, c'est vrai que maintenant elles avaient aussi des professions. Stowe offrait des emplois aux femmes des types qu'il voulait influencer, posséder, mais ce n'étaient à ses yeux que des jobs fictifs, des moyens détournés de rétribuer des personnes à qui la loi interdisait de donner ouvertement, publiquement de l'argent. Outre Niobé, il employait les épouses de McClellan et d'un autre juge de la Cour suprême, de quatre ou cinq juges fédéraux, et l'épouse du président de la Chambre des représentants, entre autres.

Un monsieur vieux jeu ne critique pas un mari devant sa femme. Stowe réussit à se contenir et marmonna quelques phrases au sujet du bibliothécaire, comme quoi celui-ci avait trop bu ou avait eu un coup de folie, peu importe, et il était passé par la fenêtre.

— Il a disparu dans la nature, j'ai peur qu'il soit blessé. On est en train d'essayer de le retrouver.

— Oh, mon Dieu, fit Niobé en hochant la tête.

Stowe se rappela que le bibliothécaire en avait pincé pour elle ; mais, bon, qui n'en pinçait pas pour Niobé ? Oh, merde, il s'en foutait ; trop compliqué, trop fatigant.

— Occupez-vous de ça, grommela-t-il à l'adresse de Jack avant de se détourner.

Jack ne remercia pas Niobé de l'avoir débarrassé de Stowe. Il n'en eut pas besoin ; un regard et un mouvement de tête, même pas un hochement, suffirent. Puis il l'interrogea :

— Qu'est-ce que tu lui as dit ?

Il voulait parler de Goldberg, et c'était moins une question qu'une demande de rapport. Jack aurait dû en réclamer un à Niobé avant qu'ils ne s'attaquent au bibliothécaire, il s'en rendait parfaitement compte en passant en revue le cours des événements.

— Je lui ai dit de s'enfuir, répondit-elle.

— Quoi ? Pourquoi ?

— Je n'arrivais pas à en tirer quoi que ce soit. J'ai pensé que si je lui disais de s'échapper et qu'il ne le faisait pas, c'est qu'il était aussi innocent et idiot qu'il en avait l'air. Mais il s'est enfui par la fenêtre ?

— Oui.

— Eh bien, l'autre possibilité, c'est que ce type soit une espèce de super-pro. Dans ce cas, il doit avoir des couvertures pour protéger sa couverture... et

177

Parks le descendra sans doute en essayant de le faire parler.

— Qu'est-ce que tu sais de Parks ?

Elle n'était vraiment pas censée être au courant des activités de son équipe d'opérations spéciales.

— Ce que tu m'en as dit, répliqua-t-elle. Un gars qui a tendance à devenir incontrôlable, dont tu ne sais pas quoi faire, mais trop précieux pour que tu te passes de lui.

— Oui. Seulement, je ne t'ai jamais dit qu'il s'agissait de Parks.

— Mais je le connais. Et ça se voit. Tôt ou tard, ce type finira par aller trop loin.

Morgan hocha la tête. Il pouvait accepter ces explications, ça tenait debout ; Niobé savait juger les gens, elle en était vraiment capable.

— Alors, reprit-elle, la meilleure solution était que le bibliothécaire prenne la fuite, pour qu'on le prenne en filature. De cette manière, tu sauras pour qui il travaille.

— Et s'il nous glisse entre les doigts ?

— J'ai pensé que notre équipe était trop douée pour que ça se produise, rétorqua-t-elle d'un ton léger.

La réponse de Jack fut brève et brutale :

— Tu n'aurais pas dû prendre ce risque.

En effet, c'est une vérité élémentaire qu'un type en cavale, s'il ne se trahit pas en courant se réfugier chez sa mère, peut disparaître dans le chaos du monde. Le profane peut trouver cela improbable, invraisemblable, impossible, et penser qu'il y a trop de flics, trop de systèmes de poursuite et de localisation, trop de traîtres et d'indicateurs. Qu'on mette le

FBI sur le coup, la CIA, qu'on offre une récompense de cinq millions de dollars pour un fuyard, mort ou vif, et l'on doit forcément retrouver n'importe qui — non ? Dans ce cas, où sont le mollah Omar, et Oussama Ben Laden, et ce mystérieux taré qui envoyait de l'anthrax par la poste ? Et comment est-ce qu'Abbie Hoffman avait fait pour échapper aux recherches pendant vingt ans sans même se cacher, et pourquoi est-ce que l'Unabomber [1] n'avait pas été trouvé avant que son propre frère ne le livre, et comment font cent mille enfants ou plus pour disparaître chaque année, à jamais, de ce pays ?

Une vérité élémentaire : un type en cavale se fond dans le chaos.

— Et puis, en avertissant Goldberg, j'ai renforcé sa confiance en moi, conclut Niobé. Je lui ai donné mon numéro de téléphone, en lui disant de m'appeler quand il saura quelque chose, quand il aura trouvé un endroit sûr.

---

1. Theodore Kaczynski, surnommé Unabomber par le FBI, mathématicien fou, arrêté le 3 avril 1996 après avoir bombardé le public de colis piégés et de textes de propagande pendant dix-huit ans.

CHAPITRE 24

Je savais qu'ils s'étaient lancés à mes trousses. Je ne pensais pas qu'aucun d'entre eux s'était risqué à sauter par la fenêtre ; ils avaient donc été obligés de passer par l'escalier, ce qui me donnait un peu d'avance. N'ayant jamais été terrible à la course, j'espérais que la peur et l'adrénaline me grefferaient des ailes aux talons et empêcheraient mes poumons de me lâcher.

Une question évidente m'est venue à l'esprit. Est-ce qu'ils allaient me tirer dessus ? Une balle peut rattraper le meilleur des coureurs.

Les bois, il y avait les bois... Si seulement je pouvais atteindre les bois, j'avais une chance de m'en sortir. Le vieux Stowe abattait des forêts entières et baptisait des rues chemin de la Chênaie, rue de l'Érable, route des Bouleaux, boulevard des Hêtres — allées goudronnées et maisons de pacotille entourées de mottes de gazon prédécoupées. Cependant, son propre domaine était entouré par une forêt privée, qui faisait office de zone tampon entre sa personne et la laideur qu'il avait infligée aux alentours.

Là où je me trouvais, la pelouse était magnifique, formidable pour courir, les chevaux devaient adorer.

Quelques minutes seulement auparavant, non, une heure ou deux, peu importe, je m'y trouvais en compagnie de Niobé.

Ah, ouais — eh bien, ce n'était donc pas une psychotique dissimulant la gravité de son cas derrière une inoffensive névrose. Et moi, finalement, je ne me plantais pas tant que ça en matière de femmes, ça me remontait le moral. Il faudrait qu'on reprenne cette relation là où on l'avait laissée. Plus tard, une fois que j'aurais survécu. Mais qu'est-ce que j'étais en train de me raconter, bon Dieu ? J'étais crevé, j'avais les poumons en feu et mon tendon d'Achille, au talon gauche, me faisait un mal de chien. Pour ne rien arranger, je portais des chaussures ordinaires, quel abruti, j'aurais dû m'équiper. C'est ça, et puis quoi encore ? N'oubliez pas d'apporter vos chaussures de sport à cette fête, vous aurez peut-être à vous enfuir au beau milieu de la soirée.

Je savais où je me trouvais. J'arrivais au bas d'une pente et le terrain allait non seulement s'aplanir mais ensuite remonter, ce qui n'était pas la meilleure nouvelle du jour. Je n'avais peut-être jamais été pourchassé comme du gibier auparavant, mais je savais qu'il suffit de se tenir sur une crête pour devenir une *silhouette*, un de ces découpages noirs qui servent de cibles au tir à la carabine, dans les foires.

Quand ? Dans combien de temps ? Encore combien d'enjambées avant d'entendre *bam*, *bam* — *paf !* Descendu.

Quelle situation absurde. Est-ce qu'il n'y avait pas moyen de s'asseoir ensemble pour discuter ? Qu'on me laisse m'expliquer ! Mais non, ils m'avaient bien fait comprendre que cette possibilité n'était pas envisageable.

Continuer à courir, même si ça faisait mal.

J'ai regardé par-dessus mon épaule et vu les lumières de la grande demeure. Des formes à la fenêtre ; quelques-uns des invités, sans doute. On regarde le sport sur la pelouse, hein ?

De nouveau, j'ai jeté un coup d'œil par-dessus mon épaule. Une tête dansait entre la maison et moi. Merde, un de mes poursuivants était déjà sur mes talons. J'ai espéré que c'était le vieux, le gros, le lent. Ouais, celui qui se contenterait de me tuer. Il y a une merveilleuse nouvelle de Jack London sur... Oh, merde, ce n'était peut-être pas le moment. Pense utile. Pense pertinent. Ne te maudis pas de ne pas avoir fait ce stage de survie. Ne te maudis pas de ne pas t'être enrôlé dans un corps d'élite, parmi les durs de durs, quels qu'ils soient, peut-être les Rangers aéroportés. Pense utile. Mais ça voulait dire quoi, penser utile ? C'est à ce moment-là que j'ai mis le pied dans du crottin. J'ai glissé, dérapé, et me suis retrouvé à genoux.

Je me suis relevé comme j'ai pu, en perdant plusieurs précieuses secondes dont mon poursuivant a profité pour se rapprocher.

Je savais que je remontais maintenant une pente, parce que la gravité se faisait sentir. Elle m'aspirait par les semelles, les collait au sol, elle m'empoignait par les chevilles, essayait de m'empêcher de soulever les genoux, me saisissait les épaules, me tirait vers le bas. Penser utile, ça voulait dire... Ah, voilà... C'était plus obscur que l'obscurité du ciel. Un coup de chance, ces nuages là-haut, pas de lune, pas d'étoiles...

Voici la crête... Penser utile, ça voulait dire penser à rester courbé, et puis plongeon et roulade, plongeon par-dessus le sommet et roulade de l'autre côté, histoire de mettre cette élévation de terrain entre mon corps et les balles qui auraient envie de s'y loger. Excellent plan.

Il ne me restait plus qu'à le mettre à exécution. J'ai couru plié en deux, presque à quatre pattes ; et, dès que j'ai senti que ma tête, ayant dépassé le point le plus élevé, offrait une cible à mon poursuivant, j'ai plongé vers l'avant.

J'avais deviné juste. Il y a eu un *bam !* Dans les livres, les gens sentent toujours passer la balle, il y a un souffle, un sifflement, quelque chose, mais je n'ai rien senti de tel. Ce que j'ai senti, c'est que je n'avais pas été touché.

Et ce que j'avais deviné de travers, c'est ce qu'il y avait de l'autre côté. Je m'étais attendu à sauter par-dessus le sommet d'une véritable crête puis à me laisser rouler à flanc de coteau, et j'ai découvert que, pour l'instant, la butte continuait à s'élever — bien que de manière moins abrupte. Le terrain devenait presque horizontal, mais pas tout à fait. Mon plongeon s'est donc terminé en plat sur le sol, ce qui n'avait rien d'agréable. C'était mieux que de me faire tirer dans le dos par un calibre 9, mais ce n'était pas très marrant. Et il a fallu que je me remette aussitôt à bouger.

Roulade latérale. Roule, David, roule, encore, encore. J'entendais vraiment l'autre connard qui arrivait derrière moi, maintenant, et j'ai eu envie de pleurer. J'en avais salement envie. Je me retrouvais à court de plans. D'un autre côté, je ne tenais pas tellement non plus à ce que ce type me rattrape.

Je suis donc reparti à quatre pattes, en essayant de... d'avancer sans me faire tirer dessus... Et puis, comme une hallucination... ça m'est venu... comme une voix venue de l'autre monde... une voix qui répétait :

— Serpente, serpente !

La voix de Peter Falk, gueulant à Alan Arkin tandis qu'on leur tirait dessus sur une piste d'aviation, en Amérique du Sud. Cette méthode avait bien marché pour eux, et Alan jouait le rôle d'un *dentiste*.

Alors c'est ce que j'ai fait : j'ai couru en serpentant sur ce sommet quasiment plat, avant de commencer à dégringoler l'autre côté de la colline.

Bam ! Bam ! Encore deux coups manqués.

Ça payait, de serpenter. J'étais fou de joie, ça me regonflait — les jambes, tout mon être, mon énergie. Je galopais maintenant en zigzag avec un sentiment d'excitation, de plaisir, sans compter que je venais d'échapper à la morne, à la morose emprise de la force gravitationnelle. Quelle libération !

Et là, je suis tombé de Charybde en Scylla. Devant moi, les écuries, la grange et l'appentis formaient un grand arc de cercle. Ils étaient allumés, et sans doute surveillés par des vigiles. On ne possède pas des chevaux d'une valeur d'un, deux, trois, quatre millions de dollars chacun sans les faire protéger par des gardes. Voilà qui ne m'arrangeait pas. Mon envie de pleurnicher m'est revenue.

— Serpente, serpente ! m'a rappelé mon Peter Falk intérieur.

Avant cet instant, je ne m'étais jamais douté que

je disposais d'un Peter Falk intérieur, prêt à intervenir en cas d'urgence. Très pratique. Je me suis demandé qui d'autre il y avait là-dedans. Après tout, peut-être que Peter n'était pas le seul à pouvoir me filer un coup de main.

J'ai trébuché et dérapé, et je me suis étalé dans l'herbe. Oh merde, est-ce que ce mec allait me rattraper ? Je me suis retourné. C'était lui, maintenant, dont la silhouette se découpait en haut de la crête. Il était penché en avant, les mains appuyées sur les genoux, haletant. Ça t'apprendra, qui que tu sois — Ryan, j'ai deviné —, à entretenir ta forme. OK, tout n'était pas perdu. Courir, descendre la colline au pas de course jusqu'aux écuries... et puis quoi ? La dernière fois que j'étais monté sur un cheval, il s'agissait d'un poney. J'avais un chapeau de cow-boy, un insigne en plastique et un pistolet en plastique dans un étui en plastique, oui, ma dernière séance d'équitation remontait vraiment à cette époque-là. Il y avait un type qui tenait le poney par ce truc, cette bride, et qui le faisait avancer tout en me disant quel formidable petit cow-boy j'étais. Sûrement un pédophile. Il m'aurait sauté dessus si ma mère ne l'avait pas surveillé de son regard d'aigle.

Serpente, serpente ! D'accord, Peter, je serpente, je serpente.

Oh, merde, un vigile. Devant les écuries. Qui me regardait fixement. Une main sur l'étui de son flingue. Un type armé en face de moi, un autre qui arrivait par-derrière.

— À l'aide, à l'aide ! j'ai beuglé.

— Quoi ? Quoi ? a bramé le vigile.

185

— Y a eu un casse... Des gens sont entrés dans la maison...

Je soufflais comme un phoque.

— On a besoin de vous ! j'ai gueulé fièrement, quelle idée géniale. Il y en a un qui m'a suivi pour m'empêcher de vous prévenir, il arrive.

Le garde s'est approché de moi, avant de s'immobiliser.

— Je peux pas quitter les chevaux.

— Je vais les surveiller, ai-je répondu, hors d'haleine, en m'avançant d'un pas mal assuré.

J'avais intérêt à faire décaniller ce type avant que Ryan ne s'amène, ne lui montre son insigne ou je ne sais quoi, et ne le convainque que c'était moi le vrai délinquant. Par pitié, mon pote, crois-moi sur parole.

— On a besoin de vous !

Je me suis retrouvé à son niveau, puis derrière lui. Encore une excellente idée, ça, de l'interposer entre mon corps et le danger. Et ce vigile me croyait, parfaitement, il avait sorti son flingue de policier de location, un vrai flingue avec des vraies balles. Règlement de comptes à Stowe Corral ! Peut-être que le flic allait refroidir Ryan ! Il était tout frais, lui, pas à bout de souffle, il pouvait tirer droit. Le flingue qu'il avait dégainé était une sorte d'automatique. Je n'y connais pas grand-chose, mais ce truc avait une forme carrée et pas de barillet, contrairement au revolver du shérif Dillon dans la série télévisée *Gunsmoke*.

— Ne tirez pas, a ordonné une voix.

Une voix autoritaire.

— Sûreté du territoire.

Le garde et moi, nous nous sommes retournés dans la direction de cette voix. C'était Randall Parks, son visage cruel barré d'une cicatrice, ses cheveux blancs, son portefeuille ouvert qu'il tendait comme les agents du FBI dans les films, pour montrer sa carte.

Le flic de location s'est quasiment mis au garde-à-vous.

— Voilà le gars qu'il faut arrêter, derrière vous ! lui a crié Parks.

Il tenait ce putain de *stun-gun* à la main, il était sur le point de m'envoyer une décharge, et moi j'allais de nouveau m'affaler par terre comme un poisson. De mille manières, il allait me faire mal, m'humilier, me détruire.

— Retenez-le, a ordonné Parks.

Compte là-dessus, camarade. De toutes mes forces, j'ai bousculé le vigile, qui a roulé au sol. Et j'ai profité de la diversion pour ouvrir d'un geste brusque la porte de l'écurie, me précipiter à l'intérieur et la refermer violemment. Il y avait un gros verrou à l'ancienne, avec une tige de fer que j'ai fait glisser sans ménagement. Dehors, une détonation a retenti, puis j'ai entendu le garde brailler :

— Tirez pas, tirez pas, vous êtes fous, ils valent des millions, ces chevaux !

Ha ha. Parfaitement, des millions. Je me suis mis à ouvrir les portes des stalles, ouais, c'est ça, qu'ils prennent un peu l'air, ces millions de dollars ambulants. Le vieux Stowe, j'aurais parié que son envie de sauver ses chevaux était plus forte que celle de me tuer. Bon Dieu, ils étaient vraiment tarés. Ces animaux, je veux dire. Ils ont commencé à s'ébrouer, à ruer. Plusieurs étalons rivalisaient entre eux, ils avaient des problèmes de troupeau à régler, par exemple déterminer qui était le super-étalon, le gardien du harem. Et il y avait aussi des juments, là-dedans ; je les ai laissées sortir, elles aussi. L'une d'elles paraissait en chaleur, elle faisait son numéro en fouettant l'air de sa queue et en cambrant les reins. Oh, l'excitation montait chez les mâles.

Quelqu'un cognait sur la porte par où j'étais entré, et essayait de l'enfoncer. Le vigile gueulait toujours :

— Pas de coups de feu ! Pas de flingue !

Rien à redire à ça.

Juste à ce moment-là, à l'autre extrémité de l'écurie, une porte s'est ouverte à la volée. J'ai aperçu le grand balèze aux cheveux blancs.

— À l'aide ! j'ai appelé.

J'en appelais au ciel, à Dieu, à la force intérieure, à l'inspiration. En tout cas, ça a foutu les jetons aux chevaux, ils ont bondi et couru vers la porte ouverte, en renversant ce connard de Parks. Et en omettant malheureusement de le piétiner, au prix de grands efforts dont j'ai admiré l'humanité d'un point de vue général tout en déplorant son application à ce cas particulier. Au moins, il était par terre, et son *stun-gun* avec lui, ils le lui avaient fait lâcher. Décidé à m'en emparer, uniquement pour qu'il ne l'ait plus à sa disposition, je me suis avancé dans la direction de l'homme et de l'arme, en me faisant chahuter par les animaux au passage. C'était une scène de divine démence, et c'était moi qui l'avais provoquée. Je suis normalement un type plutôt ordonné. Qu'est-ce qu'une bibliothèque, sinon le royaume de l'ordre ? Étagères, catégories, précision, conservation d'archives. Place au chaos ! Lâchez les bêtes. Qu'elles galopent et que je m'échappe, pendant que le reste du monde essayait de sauver l'investissement de Stowe.

En ouvrant un dernier box, je suis tombé sur Tommy. Le Pauvre vieux Tommy. Il m'a regardé calmement, étranger à toute cette agitation. Apparemment, son palefrenier l'avait soulagé. Je me suis éloigné de lui tandis que ses congénères quittaient l'écurie en masse. Parks gisait toujours au sol, couvert de poussière, immobile. J'ai ramassé le *stun-gun*.

J'ai senti que quelqu'un me touchait par-derrière.

— Oh, non ! me suis-je écrié.

J'avais presque réussi à m'enfuir. Pas question que je me laisse faire. Le *stun-gun* à la main, j'ai pivoté. Mais non... C'était Tommy, qui frottait ses naseaux contre moi. En regardant aux alentours, j'ai aperçu un tabouret, que j'ai traîné jusqu'à Tommy pour lui monter sur le dos. Le pire qui puisse m'arriver, c'était qu'il me désarçonne, mais il a eu l'air de m'accepter. Il s'est mis à avancer, et je lui ai soufflé :

— Allez, mon gars, on se tire de là. Mais pas trop vite, hein ?

Il a poussé un hennissement, tout en continuant d'avancer. Je me suis accroché à sa crinière, j'ai pressé mes jambes contre ses flancs, le plus vigoureusement possible, et hop — c'était parti. J'espérais réussir à le mener dans les bois.

CHAPITRE 25

Calvin Hagopian avait son propre bureau au QG
de campagne d'Anne Lynn Murphy. Contrairement aux bureaux des autres responsables de cette
campagne, et à ceux de tous les responsables de campagne de l'histoire du monde, il était propre et sobrement meublé. La pièce contenait une table d'époque,
dans le style dépouillé de la secte des Shakers. Lorsque Hagopian avait des documents à traiter, son
secrétaire ou quelqu'un d'autre les lui apportait ;
puis, quand c'était fait, on les remportait. Il avait son
propre fauteuil, et deux fauteuils pour les visiteurs.
S'il en fallait davantage, on les apportait, et on les
remportait une fois que le besoin ne s'en faisait plus
sentir. Par ailleurs, Hagopian avait ses propres sta-
giaires ; il ne les sautait ni ne les pelotait jamais, s'abs-
tenant même de flirter avec elles. Par moments, la
campagne avait pris des allures de cause perdue,
d'expédition dans le désert destinée à sombrer sous
les assauts de la sécheresse et de la soif. Il avait alors
semblé que l'oasis dans laquelle Hagopian plongeait
ses seaux n'était qu'un mirage, et que ceux qui espé-
raient y trouver de l'eau claire et fraîche entourée de
palmiers-dattiers finiraient par se voir contraints de

bouffer du sable. Même dans ces terribles moments-là, il y avait eu un afflux continuel de main-d'œuvre bénévole de qualité, impatiente de se mettre au service du maître zen des médias.

Les murs immaculés de son bureau étaient totalement nus, à l'exception d'un unique cadre, d'un mètre de large sur soixante centimètres de haut. Ce cadre était vide, ou plutôt, il entourait un graffiti au feutre noir épais proclamant que le mur était réel. En y regardant de très près, on s'apercevait que la peinture sur laquelle s'étalait le graffiti était plus récente que celle du reste du mur. En observant encore plus attentivement, on pouvait se rendre compte qu'il y avait eu une autre inscription, là où se trouvait maintenant celle-ci ; mais pour la déchiffrer, il aurait fallu recourir à la technique de décollement utilisée par les professionnels de la restauration de tableaux.

À ce stade, si votre sens de l'observation était tel qu'il vous avait permis de remarquer ces détails, il ne vous était pas interdit de songer que Hagopian aurait pu faire repeindre tout le mur, ou même toute la pièce, pendant qu'il y était ; et que, s'il avait voulu le faire, c'est certainement ce qu'il aurait fait. Hagopian n'était pas Hagopian pour rien, après tout. Donc, si ce n'avait pas été fait, ça devait être délibéré ; et il devait y avoir une bonne raison à cela.

Trois personnes seulement avaient observé la subtile décoloration, et y avaient réfléchi avant d'interroger Hagopian. À la première, il avait répondu : « Aah », avec un sourire amical. C'était une jeune femme sortie de l'Université de Californie, à Los Angeles, très séduisante et très intelligente, à qui le fait que Hagopian ne la drague pas avait posé un problème. À la deuxième de ces personnes douées du sens de l'observation, Hagopian avait déclaré : « Changement » — de toute évidence, le sommet d'un iceberg qu'il n'avait pas cru bon d'explorer plus avant. Mais à son troisième interlocuteur, un reporter qui travaillait pour *Harper's* et *The Atlantic Monthly*, mais aussi parfois pour les magazines en ligne, il avait soutenu :

— J'essaie de faire en sorte que mes actions soient claires, transparentes.

Et le reporter avait répondu :

— Aah.

Le ton du reporter pouvait signifier tout simplement qu'il avait bien entendu ; ou alors, plus zen, qu'il n'était pas dupe des conneries que l'autre était en train de lui raconter. Quel qu'ait été le sens de sa réaction, elle avait fait rire Hagopian, d'un rire joyeux, et le reporter l'avait imité, et ils avaient ri tous les deux pendant un bon moment. Le reporter, hors d'haleine, avait lancé :

— C'est la réalité.

Hagopian avait claqué des mains, une seule fois, avant de répliquer :

— Oui, c'est ce qui était marqué avant.

Le journaliste redevint soudain sérieux, curieux, prêt à prendre des notes. On voyait qu'il préparait déjà son article. Il demanda :

— Toujours ?

Il voulait savoir si ç'avait été la seule inscription sur le mur avant celle-ci, ou bien s'il y en avait eu d'autres.

— Vous savez, lui assura Hagopian, on va gagner cette élection.

Le jeudi soir, après le débat, Hagopian répéta cette phrase devant une meute de quinze reporters. Pas de caméra, et seulement deux photographes, qui étaient tenus de mettre leurs photos en commun.

— On va gagner cette élection ! leur annonça-t-il.

Pour la première fois, ils envisageaient l'éventualité de ne pas le retrouver le 3 novembre, lendemain de l'élection, complètement desséché dans les dunes du désastre auprès du cadavre de son chameau. Et ils se bousculaient, rivalisaient, gueulaient afin d'attirer son attention.

Ils le bombardaient de ces questions dont sont coutumiers les reporters :

— Est-ce que tout était prévu ?

— Est-ce que vous saviez que ça allait marcher ?

— Vous ne craignez pas que ça puisse se retourner contre vous ?

— Les derniers sondages donnent Murphy à quarante-quatre pour cent et Scott à quarante-trois. C'est très léger, comme avantage, est-ce que vous pensez que vous allez le conserver ?

— Pensez-vous pouvoir conserver cet avantage ?

— Treize pour cent d'indécis, c'est énorme, treize pour cent qui pourraient basculer dans un camp comme dans l'autre. Voulez-vous faire un commentaire ?

— Quelle initiative comptez-vous prendre, concernant les indécis ?

— Qui sont les indécis ?

— Comment pensez-vous que l'autre camp va réagir ?

Chacun des reporters était pénétré de l'importance capitale de sa propre petite question.

— Si vous continuez comme ça, les avertit Hagopian, autant arrêter la séance tout de suite.

Évidemment, il en aurait fallu bien plus pour les faire taire. Ils continuèrent donc à le harceler, chacun craignant que l'un de ses voisins n'obtienne une réponse à sa question particulière et, par là, un supplément de reconnaissance, de crédit.

Hagopian se leva de son siège et se dirigea vers un coin de la pièce, où il s'assit en tailleur face au mur, position qu'il n'appréciait pas particulièrement, car sa souplesse laissait à désirer. Il se concentra sur sa respiration, en faisant semblant de ne pas entendre les cris, les remarques qui fusaient :

— Qu'est-ce que vous faites ?

— Mais qu'est-ce qu'il fout ?

— C'est quoi, ce bordel ?

— Allez, enfin...

— Je croyais qu'on était à une conférence de presse.

— J'ai un article à envoyer...

Hagopian songeait que, depuis le temps, ils auraient pourtant dû être habitués à ce genre de réaction de sa part. Il y avait belle lurette que des expressions comme « faire son Hagopian » auraient dû passer dans la langue, peut-être même sous une forme verbale telle que « hagopianiser ».

Il se releva et déclara :

— Ce que j'avais pensé faire avec vous, c'est parler librement sur des sujets de fond et pour une fois vous pourrez me citer, à condition que les citations reflètent vraiment ce que j'ai voulu dire — et si vous ne comprenez pas ce que je veux dire, n'hésitez pas à me poser des questions. Ça vous donnera l'occasion d'entendre une ou deux choses intéressantes. Si quelqu'un est à la bourre, si vous avez une heure limite pour remettre votre copie, Anne Lynn donne une conférence de presse officielle, et il y a plusieurs personnes que vous pouvez consulter pour obtenir des extraits enregistrés.

Il énuméra une liste de noms : l'attaché de presse, les directeurs de campagne des côtes Est et Ouest, le coordinateur des États du centre, et encore quatre ou cinq autres.

— Une campagne présidentielle, aujourd'hui, se résume à ce que vaut le candidat à la télévision. Certains intellos, certains spécialistes y trouvent à redire. Pas moi. Le problème, pour la plupart des gens, c'est l'excès d'information et la pléthore de thèmes. La plupart des gens comprennent aussi qu'il est trop facile de mentir en politique.

« Gus Scott se fait appeler "le président de l'éducation", puis il réduit les programmes scolaires, après quoi il continue à se faire appeler "le président de l'éducation". Il se fait appeler "le conservateur écolo", ce qui sonne bien ; et pourtant, comme vous le savez, "l'anti-écolo radical" lui conviendrait nettement mieux. Nous allons tous payer le prix fort en termes d'atmosphère polluée, cancérigène et Dieu sait quoi d'autre — réchauffement de la planète, élévation du niveau de la mer, déchets toxiques... Vous le savez tous parfaitement, et vous en parlez ou non en fonction de...

Hagopian haussa les épaules. Qui pouvait savoir

ce qui déterminait les médias à parler de certaines choses plutôt que d'autres ?

— L'autre problème qui peut se poser avec une politique, c'est qu'il est parfois souhaitable d'en changer. Roosevelt fait sa campagne comme candidat de la paix, et Pearl Harbor se produit. Clinton est favorable au recrutement des homosexuels dans l'armée, et puis, quand il se rend compte qu'en continuant comme ça il va perdre tout le reste, il s'adapte. La dérégulation est un cheval de bataille de Scott, qui avait l'intention de laisser les grands groupes de médias acheter autant de points de vente qu'ils le pourraient ; mais il s'est finalement retrouvé dans une impasse, et je pense qu'il a eu raison de faire marche arrière. Les électeurs ont été du même avis. Ils savent qu'on vit dans le monde réel, et que le monde réel change.

— Eh bien, comment est-ce que les électeurs choisissent ?

— Ce qu'il nous faut vraiment, comme président, c'est quelqu'un qui puisse gérer la surcharge, gérer l'inattendu, gérer le chaos. Parce que c'est en ça que consiste ce job. Et c'est précisément ce que teste la campagne, par une sorte de processus naturel, de synchronicité, comme la *main invisible* d'Adam Smith, si vous voulez.

« Est-ce que les candidats peuvent tenir seize heures par jour, sept jours par semaine, et survivre à leurs rencontres avec des journalistes dans votre genre qui n'arrêtent pas de leur crier dessus, de leur balancer les questions les plus provocantes qu'ils osent poser ? Est-ce qu'ils peuvent supporter les enquêtes dont ils sont l'objet ? Est-ce qu'ils savent résister à l'opposition qui les attaque de toutes les manières possibles ? Est-ce que, par-dessus le marché, les candidats peuvent rester en bonne santé, calmes, raisonnables, de bonne humeur, intelligents, équilibrés ?

« Quand des électeurs déclarent, ou ne déclarent pas — mais nos groupes témoins sont là pour leur tirer les vers du nez — voter pour quelqu'un qu'ils ont aimé à la télé, ils ont l'air de sortir une vraie connerie, comme quoi ils seraient prêts à choisir n'importe quelle andouille dotée d'un bon "quotient télévisuel". Ils disent en fait, tout au moins dans une certaine mesure, qu'ils savent que cette personne revient de loin, qu'elle s'en est pris plein les gencives et qu'elle est toujours dans la course. Ils savent que cette personne est toujours debout, comme Phil Donahue, toujours présente et débordante de vitalité humaine, comme Oprah Winfrey. Et cette approche intuitive n'est pas si mauvaise pour rendre un jugement.

« Vous autres, s'il y a des intellectuels parmi vous...
Rires.
— ... Vous vous demandez peut-être : « Et si un candidat ou une candidate est vraiment bon dans tous les domaines, s'il est meilleur que son adversaire sur tous les plans, sauf quand il s'agit de passer à la télé ? » Ma réponse est que la manière dont les choses apparaissent à l'écran est devenue la clef du pouvoir. Si un politicien ne le comprend pas, s'il est à ce point déconnecté du réel, il ne devrait pas être président. Ça ne présente strictement aucun intérêt d'avoir raison si l'on n'est pas capable de convaincre

les autres qu'on a raison. Il faut laisser cela aux... aux poètes.

« Tout notre travail, au cours de cette campagne, a donc consisté à encourager le président Scott à révéler au peuple américain qui il est vraiment...

Hagopian écarta les mains.

— ... Et c'est ce qu'a fait ce pauvre abruti.

Les reporters se mirent à rire, plus franchement, cette fois. Il était plus amusant de se moquer de Scott que d'eux-mêmes. Mais Hagopian leva une main pour les arrêter.

— Hé, les gars, poursuivit-il, on ne lui a pas tendu de piège. Depuis combien de temps est-ce que je vous dis, et que je lui dis, et que je dis au monde, qu'Anne Lynn joue à rebondir dans les cordes ?

« Il était donc averti de ce qui lui pendait au nez, et pourtant il n'a pas su le gérer. Ensuite, quand il s'est rendu compte qu'il avait dérapé, il n'a pas réussi à se rétablir. La nation ne peut pas se permettre d'avoir un président qui a les nerfs en pelote. La nation ne peut pas se permettre d'avoir un président qui oublie à quel moment il est filmé et à quel moment il ne l'est pas. La nation ne peut pas se permettre d'avoir un président incapable de réagir rapidement et posément en cas de revers inattendu.

« Et donc, ce n'était pas un coup bas, et il ne s'agit pas seulement de télévision, mais d'une méthode d'évaluation très performante et très précise de la force de caractère d'un président. Scott a eu l'occasion de montrer s'il avait cette force de caractère ou s'il ne l'avait pas. Et il ne l'a pas.

Le zen, songea Hagopian, non sans arrogance, c'est l'art de présenter les choses.

CHAPITRE 26

Le vendredi matin, le président Scott était dans les airs.

Le président Scott adorait *Air Force One*, son avion de fonction. Lorsqu'il se trouvait à bord, il savait qu'il était président, qu'il détenait des pouvoirs redoutables et pouvait tout maîtriser. À commencer par les sondages, ces putains de chiffres qui se croyaient autorisés à s'agiter fiévreusement, après être restés bloqués pendant deux mois sur un différentiel de sept points. Avec une belle unanimité, analyses et prévisions avaient reconnu l'existence d'un plafond de verre ; elles avaient conclu qu'un carré compact d'Américains ne voudrait tout simplement jamais d'une femme à la présidence, et qu'Anne Lynn Murphy était vouée à perdre de quatre points contre N'importe Quel Mec. Le président avait donc cru pouvoir compter sur ses trois points d'avance personnels, plus quatre points de garantie inconditionnelle. Puisqu'il était théoriquement impossible que Scott se retrouve à la traîne, comment expliquer sa situation actuelle ?

Ce jour-là, il devait faire la tournée de quatre villes : Tallahassee, Tampa, La Nouvelle-Orléans et

Dallas. Entamer la descente vers l'aéroport, atterrir, monter dans une limousine, rouler au milieu du cortège de véhicules, descendre de la limousine, prononcer pendant quinze minutes de belles paroles bien optimistes devant les fidèles, encourager les troupes, obtenir les voix à l'arraché, remonter dans la limousine, les flics en tête du cortège sur leurs Harley-Davidson Electroglide, les hélicoptères de surveillance au-dessus de la tête, les voitures des services secrets devant, derrière et sur les côtés, le Président de l'Amérique s'amène, l'Empereur du Monde, écartez-vous de son chemin !

Ç'aurait dû être une sinécure, les pieds sur le bureau, une partie de plaisir passée à badiner, rire et plaisanter entre les étapes, une croisière triomphale jusqu'à la ligne d'arrivée. Au lieu de quoi, c'était la panique. Pas moyen d'annuler ou de modifier leurs plans, de se cloîtrer dans la Maison-Blanche pour comploter, s'organiser, se reprendre. Ce genre de réaction aurait donné l'impression qu'ils étaient en difficulté, et ils ne pouvaient pas se permettre de donner l'impression qu'ils étaient en difficulté, précisément parce qu'ils étaient en difficulté.

L'avion était bondé, on y avait fait monter du personnel de campagne supplémentaire. En temps de crise, tout le monde veut se faire un peu mousser, grappiller un peu de gloire. Chacun veut être entendu et voir ses idées retenues et son nom mentionné dans les chroniques instantanées de la campagne.

Le directeur de campagne de Scott s'appelait Roger Wallace. Ce vieux de la vieille allait en politique comme Colin Powell allait en guerre. Pour aplatir l'ennemi, il croyait aux vertus d'une supériorité écrasante. En politique, une supériorité écrasante s'exprimait en billets verts.

Wallace avait dirigé la première campagne de Scott. Pour les primaires, il s'était assuré que son candidat dispose d'au moins trois fois plus de fric que ses plus proches rivaux. Ils avaient acheté du temps d'antenne, matraqué, bombardé, rematraqué, et ça avait marché.

La campagne pour la réélection reposait sur la même tactique — non, c'était plus qu'une tactique, plus qu'une stratégie, c'était une vision du monde. Une supériorité écrasante permet de triompher de tous les obstacles.

Scott avait trouvé du fric, des montagnes de fric, presque le double du montant le plus élevé qu'on ait jamais collecté auparavant. Depuis ses amis républicains jusqu'aux Démocrates impressionnés, en passant par les experts, la presse, les admirateurs et les ennemis, le monde entier était apparemment persuadé que la collecte de fonds de Scott avait décidé par avance du résultat de l'élection.

Mais Murphy avait su se servir des funérailles, après l'accident d'avion des candidats démocrates. Elle s'était débrouillée pour exploiter son capital de compassion jusqu'à la dernière goutte, et ce con machiavélique, Hagopian, encore un Juif, ou un Arménien, ou les deux, avait fait de l'argent un des thèmes de la campagne. « Une voix pour Scott, c'est une voix pour l'argent » — comme si l'argent était quelque chose de mauvais en soi. L'hérétique ! Et ledit Hagopian avait transformé Murphy en une espèce de Jeanne d'Arc, descendue de sainte Thérèse par l'intermédiaire de sainte Rita.

Ça n'avait pas eu d'importance, en fin de compte. Le fric avait triomphé, et la campagne de Scott avait avancé comme les Hummer et les Bradley et les Abrams et l'artillerie lourde autopropulsée. C'était exactement ainsi qu'il la visualisait. Après tout, il savait vraiment conduire un tank, et il adorait mettre les gaz et faire vroum-vroum au milieu des champs. C'était réel, ce n'était pas juste pour la photo. Bon, il n'avait pas conduit de tank sur le front, et alors ? Il s'y était préparé, il avait été prêt à se jeter dans la mêlée, à mitrailler, à cracher des explosifs, à foutre le feu à la jungle. Comment est-ce qu'il aurait pu deviner que certaines personnes verraient dans son enrôlement dans la Garde un stratagème pour éviter de se battre ? Peut-être que la solution c'était une nouvelle guerre, le plus vite possible. Plus que quatre jours avant l'élection et il pourrait tenter le coup. Cette fois, il conduirait personnellement les troupes au combat, comme Napoléon ou Guillaume le Conquérant, ce genre de mec.

Putain, on était déjà vendredi, et ils étaient là, au-dessus de l'Atlantique, en route vers Tallahassee. Puis ils avaient le samedi, cinq autres villes, et le dimanche, retour à la maison pour l'église, une séance de photos en famille, le stade où il fallait qu'on le voie regarder un match de football. Ensuite ils avaient le lundi, encore cinq villes, et enfin mardi — l'ouverture des bureaux de vote. En résumé : vendredi, le lendemain, le surlendemain et lundi. Scott était largué dans les sondages et voilà le délai qui leur restait. S'il ne remontait pas, c'était la fin des haricots.

Le président Scott était en réunion, à bord de son

avion, avec Wallace et les principaux membres de son état-major de campagne.

— Nous allons gagner, gronda Wallace d'une voix sombre et déterminée, la voix de George C. Scott dans *Patton*.

Son grondement tira Scott des réflexions où il était plongé. Wallace se leva. Il n'avait pas de cravache, sinon il aurait probablement cravaché quelque chose, peut-être le haut de ses propres bottes de cavalerie, s'il les avait portées.

— C'est la bataille des Ardennes, poursuivit-il. L'ennemi a effectué une unique tentative, une tentative désespérée, pour percer nos lignes. Mais il n'est parvenu à s'avancer que jusqu'à un certain point, et il n'ira pas plus loin. Son offensive est stoppée.

« Dès que le ciel s'éclaircira, il sera évident que nous en avons la maîtrise. Nous allons contre-attaquer leur contre-attaque. On a l'avantage du nombre et des armes. On a des ressources supérieures. Telle est la leçon durable de la guerre à l'américaine : la supériorité des ressources et la volonté de les mettre en œuvre, voilà la clef de la victoire — voilà la certitude de la victoire.

Plus la campagne coûtait cher, plus Wallace gagnait d'argent ; ses propos n'étaient évidemment pas désintéressés. Personne n'émit d'objection, non que personne n'ait rien remarqué, mais tout le monde était d'accord. Gagner de l'argent, quoi de plus moral ?

— Mobilisons toutes nos ressources, reprit Wallace, en vue de ce dernier coup de collier. On va saturer les ondes, écrabouiller l'ennemi sous un tapis de bombes, semer la terreur et la confusion. Nous nous battrons jusqu'à la victoire !

La porte s'ouvrit et le secrétaire d'État, Edward Hoagland, vieux et gris, entra lentement.

Dans les royaumes de brume qui s'étendent au-delà de la cordillère des Faits Fumeux, il existe des choses qui Doivent Être Ainsi Mais Ne Peuvent Être Criées Sur Les Toits. Tout s'est passé sous forme d'accords informels, de hochements de tête, de clins d'œil. Et si, à un moment donné, ces accords devaient être révélés, aucune des parties concernées ne les reconnaîtrait, parce qu'ils sont de nature clandestine et fréquemment criminelle, et doivent être protégés par le silence.

Pourtant, s'il y a de la fumée, il faut bien qu'il existe un feu quelque part.

Par exemple, voici une histoire dans sa version plus ou moins officielle, celle que les médias retiennent. Gus Scott, homme politique jeune, vigoureux, séduisant, avait été élu au Sénat dès sa première tentative. Il avait des relations, et ses idées étaient en accord avec la vague montante du conservatisme aux États-Unis. Il avait le don de faire passer ce message, particulièrement auprès des gens riches, qui l'avaient soutenu avec enthousiasme et l'avaient encouragé, verbalement et financièrement, à se présenter à la présidence. Il avait accepté d'être candidat et, une fois élu, appliquait la politique à laquelle, tous en chœur, ils croyaient.

Naturellement, il s'était entouré de gens dont il se sentait proche, comme Edward Hoagland. Hoagland n'avait pratiquement aucune expérience en politique étrangère, mais il travaillait dans le pétrole et connaissait beaucoup d'étrangers, surtout dans les pays producteurs de pétrole.

Il y a une autre façon de raconter l'histoire, en conservant les mêmes faits et les mêmes protagonistes.

Edward Hoagland dirigeait l'une des grandes sociétés pétrolières surnommées « les Sept Sœurs ». Avec ses collègues et ses pairs du pétrole, du charbon et de l'électricité, des industries chimique, pétrochimique et pharmaceutique, des télécommunications, sans oublier les fabricants d'armes, il avait conclu un accord ; non pas un accord écrit, ni même un accord verbal excessivement explicite, et cependant un véritable accord, comme quoi il leur fallait quelqu'un à la présidence. Un type à leur botte.

Scott avait été un sénateur relativement insignifiant. L'examen attentif de son mandat sénatorial montrait que l'importance du travail de Scott avait été exagérée, et les faits parfois carrément falsifiés. Il se trompait de mots, se servant par exemple de « est » à la place de « sont », ou bien de « nous » au lieu de « eux ». Cela dit, on avait vu pire. Lui, au moins, il ne se cassait pas la figure sur des mots compliqués tels que « pomme de terre », ni n'exprimait sa joie en tombant sur une poupée anatomiquement correcte, comme l'avait fait Dan Quayle en Amérique du Sud. Il avait un certain culot, une certaine énergie, et ne se débrouillait pas mal à la télévision.

Scott était venu à Hoagland, à moins que Hoagland ne l'ait choisi au départ, peu importe.

Ce qui importe, c'est qu'une fois qu'Edward Hoagland eut donné sa bénédiction à Scott et l'eut désigné solennellement comme leur représentant, à lui et à ses amis, les vannes du fric mondial s'ouvrirent et les billets verts commencèrent à pleuvoir sur la campagne du candidat républicain.

Puis, lorsque le candidat Scott fut devenu le président Scott, Ed Hoagland voulut se réserver un poste de choix à ses côtés, afin de le tenir à l'œil, et il sélectionna les Affaires étrangères. Et Gus Scott leur fit cadeau, à lui et à ses bailleurs de fonds, de réductions d'impôts qui leur permirent de rentrer instantanément dans leurs frais de campagne. Après quoi, le président leur offrit déréglementation et privatisation, et assouplit ou supprima les normes environnementales. Pour faire bonne mesure, il alla mener trois petites guerres et conquérir trois pays au profit de ses amis. L'un de ces pays s'étant révélé moins riche que prévu en pétrole et en gaz, on le laissa plus ou moins retomber dans sa sauvagerie islamique. Les deux autres, en revanche, étaient extrêmement juteux, et Scott y avait stationné des forces semi-permanentes, à grands frais, couverts par ces idiots d'Américains incapables d'esquiver l'impôt. Il avait accordé les principaux droits d'exploitation du pétrole à un consortium à la tête duquel se trouvait la société qu'Edward Hoagland, tout vieux, tout gris, avait dirigée naguère. Avant de diriger Gus Scott.

La fumée doit bien provenir d'un feu, et cette histoire doit bien faire partie des histoires qui Doivent Être Ainsi.

Seulement, les médias ne la raconteront pas, ni même les chroniques instantanées censées rendre compte de l'histoire contemporaine, parce que le journalisme est étranger à la réflexion. Le journalisme consiste à effectuer des couper-coller à partir des communiqués et des citations, et ni Hoagland ni

Scott ne risquent de fournir cette version, de sorte qu'il n'existe et n'existera sans doute jamais aucun témoignage permettant de relier cette fumée-ci à ce feu-là.

À moins... à moins, peut-être, qu'un Éléphant d'Or vieillissant, et absurdement inquiet de sa place dans l'histoire plutôt que dans l'actualité, ne se soit stupidement confié à ses journaux ou à ses notes. Et qu'il ne souhaite à présent voir ces confidences conservées pieusement dans sa bibliothèque à financement privé, dans l'espoir qu'un futur chercheur pousse un jour des oh ! et des ah ! en découvrant les contributions dudit Éléphant à la manipulation de la chose politique.

Ce vieil Homme Gris, Edward Hoagland, qui avait le titre de secrétaire d'État, pénétra dans la section centrale de l'avion, aménagée en salle de conférences. Tout le monde se tut, dans l'expectative, y compris le président, qui finit par s'éclaircir la gorge avant de déclarer :

— Heureux que vous puissiez vous joindre à nous, Ed. Je vais vous briefer. Roger, demanda-t-il à son directeur de campagne, tu veux briefer Ed ?

— Ça se ramène à une question de fric, résuma Roger. Nous allons saturer les ondes, doubler nos dépenses. En avant, les « En avant ! ».

Préalablement au lancement de l'offensive terrestre en Irak, Roger Wallace avait fait installer d'immenses écrans vidéo dans les cantonnements de l'armée, en plein désert. Le genre d'écran utilisé pour les concerts de rock ou les épreuves sportives, ou à Times Square. Depuis Washington, Scott avait ainsi pu adresser aux troupes, quelques instants avant l'assaut, un message diffusé en même temps à la radio et à la télévision. Le président avait parlé, gravement et sérieusement, mais brièvement, avec une spontanéité bien répétée, des risques et des horreurs de la guerre, et expliqué en peu de mots pourquoi *il fallait la faire*. Puis il avait conclu du ton optimiste et déterminé des héros de cinéma, de John Wayne à Ronald Reagan : « En avant ! »

Les troupes avaient applaudi. Wallace les avait filmées en train d'applaudir.

Grâce à un montage habile, Wallace avait produit des spots publicitaires où l'on voyait que le président s'adressait aux troupes, et que celles-ci réagissaient avec enthousiasme — mais pas que c'était par écrans vidéo interposés. Du fait de cette simple omission, on avait l'impression que Gus Scott s'était trouvé là, dans le désert, au milieu de ses soldats, prêt à se ruer au combat avec eux.

Wallace avait différé la diffusion de ces spots « En avant ! ». La manipulation était tellement évidente qu'il craignait une réaction violente des médias, dans lesquels ils risquaient d'être qualifiés de ce qu'ils étaient, c'est-à-dire trompeurs et mensongers. Qui sait, un retour de bâton suffisamment brutal pourrait peut-être même influencer négativement les électeurs. Mais maintenant qu'il ne restait plus que ce jour-là, puis le samedi, le dimanche et le lundi, et, à la rigueur, dans une certaine mesure, le mardi, jour de l'élection, ces images pouvaient être diffusées. Les gens des médias ayant, de l'avis de Wallace, l'esprit plutôt lent, un délai de trois jours ne leur suffirait pas pour orchestrer une réaction digne de ce nom.

— On va dépenser, reprit Wallace, dépenser massivement. Régner sur les ondes.

Il entendait par là qu'il fallait acheter tout le temps d'antenne disponible, à n'importe quel prix.

— En avant, les « En avant ! » — un vrai tapis de bombes médiatiques !

Hoagland se mit à tousser. Cette toux était une admonition pédagogique, un rappel à l'ordre, car la classe faisait fausse route.

— Voilà ce qu'il faut faire, conclut Wallace.

— Eh bien... eh bien... objecta Ed avant de leur jeter un regard circulaire. Le problème... le problème, c'est qu'il ne reste pas beaucoup de temps d'antenne à acheter.

Les « Quoi ? » et les « Pourquoi ? » fusèrent autour de la table. Plusieurs participants prirent des notes ; le numéro un des acheteurs de temps d'antenne employés par Wallace prit son téléphone et multiplia les appels frénétiques afin de confirmer ou d'infirmer ce que venait de déclarer Hoagland, bien que personne ne mette vraiment en doute la véracité des propos du secrétaire d'État.

— Hagopian, lança ce dernier en guise d'explication.

Mécontent de se voir contrecarré, irrité d'avoir été mal secondé, Scott interrogea :

— Comment ça ? Comment se fait-il que nous n'ayons pas été avertis ? Et que nous n'ayons pas su ce que cette garce manigançait ? On m'a dit que nous avions leurs manuels de préparation. Est-ce que les manuels avec lesquels je me suis préparé aux débats n'étaient pas ceux de Murphy ? Alors ils étaient à qui, ces putains de manuels ? Nom de Dieu, les gars, quand vous vous procurez les plans de l'ennemi, vous êtes censés vous procurer *les bons*... et...

Hoagland ne prêta aucune attention à la rogne et à la grogne du président. C'était devenu très clair au cours des quatorze dernières heures environ, Hagopian savait que des espions de Scott avaient infiltré sa campagne. Et il avait fait le mort. Il les avait laissés espionner tout leur saoul, et voler des documents valables — les manuels des deux premiers débats avaient été parfaitement authentiques —, car cela faisait partie du piège.

— ... et... glapit Scott, glapissement directement adressé à son secrétaire d'État. Qu'est-ce que vous voulez dire, « Hagopian » ?

— Il a acheté...

— Acheté ? Acheté quoi ?

— La moindre fichue minute de publicité disponible jusqu'à la clôture des bureaux de vote.

— Comment ? Comment ? C'est impossible. Ils n'ont pas le fric !

— Ils ont menti, répondit l'Homme Gris à sa manière sombre et grise.

— Ils ne peuvent pas mentir, protesta Scott.

Sa colère avait quelque chose de curieusement naïf, étant donné sa situation et sa carrière.

— Ils ont rédigé une déclaration. On l'a vue !

— Ils en ont fourni une autre depuis, soupira Hoagland.

Sa main effectua de vagues mouvements circulaires dans l'espace.

— Modifications... erreurs de comptabilité... distraction...

— Il y a des règles à respecter. Ce n'est pas juste ! s'écria Scott. Ils vont le payer.

Il se tourna vers son ministre de la Justice.

— Foutez-leur un procès au cul, et faites-leur fermer boutique.

— C'est la FEC[1], répondit le ministre de la Justice.

Ce qui n'appelait pas d'explications. Tout le monde savait que la Commission fédérale des élections était un vrai terrier de lapin à la Lewis Carroll : les choses tombaient dedans, disparaissaient pendant des laps de temps aussi variables qu'arbitraires, et il leur arrivait des aventures étonnantes. Lorsqu'elles finissaient par ressortir, c'était, oh, des années plus tard. Parfois, quelqu'un était théoriquement condamné à une amende ; mais on n'interdisait jamais à personne de faire quoi que ce soit, et personne n'avait jamais dû quitter sa fonction pour avoir violé les règles afin d'accéder à ladite fonction.

— Par ailleurs, intervint Hoagland, sous prétexte de faire réaliser une espèce de documentaire ridicule par un réalisateur insignifiant, à New York... euh...

Il consulta mentalement ses notes et retrouva sans peine le nom.

— ... un certain Mitchell Wood. Je disais donc, sous prétexte de documentaire, soi-disant sur les infirmières au Viêt-nam, ils ont produit toute une nouvelle série de spots. Mme Murphy en reine guerrière, l'infirmière au flingue, ce genre de truc. Très fort. Très très fort.

— Qu'est-ce que vous en savez ? Comment se fait-il qu'on n'ait pas découvert ça plus tôt ?

1. *Federal Elections Commission.*

L'Homme Gris ne se donna pas la peine de répondre. Il ne l'avait pas découvert plus tôt parce que ses espions avaient échoué. Et s'il avait fini par l'apprendre, lui, c'était seulement parce qu'ils avaient fini, eux, par faire leur boulot correctement. De cela, il était certain, parce qu'il avait vérifié leurs informations par recoupement, en appelant personnellement les chaînes de télévision. Et la raison pour laquelle ses espions avaient fini par faire leur boulot correctement, songeait-il avec mépris, c'était que Hagopian leur avait permis de le faire.

Hagopian était vraiment fort. Il leur avait expliqué, il avait expliqué au monde entier ce qu'il était en train d'accomplir. Il s'était servi des atouts de Scott, de son argent, sa fonction, son assurance, pour les transformer en handicaps et présenter le président comme un type bouffi de suffisance. Il avait laissé Scott cogner, cogner à tour de bras, s'épuiser, jusqu'à ce que le président soit à la fois trop confiant et sur les nerfs, par impatience de conclure, et qu'il finisse par faire une connerie.

La question qui se posait, maintenant, était de savoir jusqu'à quel point ils avaient sous-estimé Hagopian. Est-ce qu'il venait de donner son dernier coup en vache, ou bien en gardait-il encore en réserve ?

Il y avait aussi une question subsidiaire, portant sur la qualité des espions de Hagopian. Si l'Homme Gris en avait douté, étant donné la nature des choses, il était maintenant convaincu que la campagne de Scott avait été infiltrée par les espions de Hagopian. Il regarda autour de lui, en se demandant si quelqu'un de vraiment proche du président, à bord de cet avion, pouvait travailler pour l'ennemi.

L'Homme Gris se demanda ensuite si quiconque pouvait avoir eu vent de l'existence du plan Un-Un-Trois. Il secoua la tête en marmonnant, et les autres occupants de la pièce, qui l'observaient, ne virent là qu'une de ses éternelles manies. Non, il en avait la conviction, aucune des personnes présentes n'était au courant. Pas même Scott, un des grands talents de ce garçon étant de faire effectuer son sale boulot par les autres sans même « savoir » qu'ils le faisaient.

Scott avait merdé. Et maintenant, Ed Hoagland allait réparer les dégâts.

La voix du pilote résonna dans les haut-parleurs, comme à bord des vols commerciaux, pour annoncer que l'on arrivait à Tallahassee, qu'il fallait attacher sa ceinture, tout le rituel. Personne n'y fit très attention.

— Il doit bien rester un peu de temps, affirma Wallace. On va acheter ce qui reste, tout ce qui reste, et matraquer nos spots. Ils sont bons, ils sont hyper-bons.

— Bien sûr, approuva le secrétaire d'État.

Il se leva et repartit vers son fauteuil.

— Je vais descendre à Tallahassee, annonça-t-il.

Hoagland entendait par là qu'il comptait les laisser poursuivre sans lui leur tournée des quatre villes, et qu'il allait rentrer à Washington afin de prendre les choses en main. Sans cesser de pontifier pour autant, Wallace distribuait maintenant ses instructions. Il ordonnait à l'acheteur de temps d'acheter du temps. C'était trop tard pour le courrier, trop tard pour les opérations bancaires par téléphone ; l'informaticien de l'équipe se mit à pérorer sur les chaînes d'e-mails, les *spams* comportant le nom de Murphy, les photos pornos avec la tête de Murphy collée dessus. Au moment où Hoagland passait devant le président Scott, il lui posa sur l'épaule une main presque paternelle et se pencha pour lui murmurer à l'oreille :

— Vous allez conserver ce job.

CHAPITRE 27

Il y avait des mois qu'Anne Lynn Murphy ne s'était pas réveillée d'aussi bonne humeur. Ni aussi tard dans la matinée. Pour ce jour-là, le vendredi 30 octobre, Hagopian lui avait réservé un emploi du temps léger et flexible. Elle s'était d'abord cabrée. Il lui semblait évident qu'il fallait au contraire rassembler ses dernières forces, foncer vers la ligne d'arrivée, se montrer dans toutes les villes, serrer toutes les mains, ratisser le moindre vote.

— Non, avait répliqué Hagopian. Jeudi soir, on joue le tout pour le tout. Si ça ne marche pas, vous avez perdu et c'est fini. Dans le cas contraire, il faudra être disponible, le téléphone n'arrêtera pas de sonner.

Si elle avait dormi aussi longtemps, c'était uniquement parce que le téléphone n'avait pas sonné, Anne Lynn s'en rendait compte. Il devait y avoir un problème. Elle avait pourtant été certaine... Ce vieil Hagop, les sondages, tout le monde lui avait assuré qu'elle était parvenue à envoyer son adversaire au tapis à la douzième reprise, la veille au soir. Que tout ce qui lui restait à faire, désormais, c'était de rester debout ; elle avait réussi le seul knock-down de tout

215

le combat, et la victoire lui appartenait... Seulement, les téléphones ne sonnaient pas.

Anne Lynn Murphy s'enveloppa d'un peignoir et sortit en chancelant de la chambre à coucher, le cœur palpitant. Il y avait un énorme problème, et cette idée lui donnait le vertige. Elle trouva son mari et son conseiller assis à table, sirotant respectivement un café et un thé. Hagop avait l'air si impudemment zen qu'elle se sentait tentée de lui renverser sa tasse sur les genoux, rien que pour le voir s'énerver ; mais en même temps, il la rassurait. Elle avait l'impression d'avoir un sorcier à son service. C'était effrayant, parce qu'il fonctionnait dans des sphères de certitude situées au-delà de la logique. Enfin, non, pas au-delà de la logique. Son mode de fonctionnement résultait de sa vision du monde singulière — qui, une fois qu'on l'adoptait, devenait parfaitement logique. Il était parfaitement logique, par exemple, de se contenir, de laisser Scott prendre de l'avance, de patienter jusqu'à cinq jours avant l'élection et, là, de se risquer à porter le coup décisif. Pour y parvenir, il lui avait fallu se persuader qu'elle irait droit à l'échec si elle ne renonçait pas à ce qui lui avait réussi jusque-là dans chacune de ses autres entreprises, si elle se battait et griffait pendant tout le combat, de toutes ses forces, en donnant le maximum à chaque reprise, comme elle l'avait fait sa vie durant dans tous les domaines. Il lui avait fallu rester calme sans rien faire d'autre que de regarder le temps passer et se raréfier, de regarder l'avance de Scott ne pas se réduire d'un millimètre, de regarder Scott lui-même apparaître de plus en plus invincible — tactique extrêmement périlleuse, car l'apparence du pouvoir conférait au favori la réalité du pouvoir, tandis que l'argent déferlait sur lui en vagues de plus en plus irrésistibles.

Avant que Murphy ne se décide à tout parier sur ce coup décisif, il lui avait fallu se convaincre qu'une autre stratégie serait nécessairement synonyme de défaite. Il lui avait fallu se convaincre que Scott réagirait comme Hagopian l'avait prédit, et qu'il ne se contenterait pas de lui rire au nez et de lui répondre que c'était du réchauffé : Hé, je me suis engagé, j'ai fait ce que j'avais à faire et c'est l'armée qui a décidé à quoi il fallait m'employer, vous y avez été, dans l'armée, vous savez comment ça fonctionne. Si Scott avait eu cette réaction, rien n'aurait pu l'empêcher de conserver ses sept points d'avance.

Quel coup de poker. Et trois mois d'attente avant de pouvoir le jouer, avec Hagopian qui racontait à tout le monde qu'ils étaient en train d'imiter son héros, Muhammad Ali. L'ennemi aurait donc pu et dû savoir.

Alors, pourquoi est-ce que les téléphones ne sonnaient pas ?

— On les a décrochés, lui expliqua son mari. Pas littéralement, mais nous avons fait transférer les appels vers le QG.

— Mais ils ne sont... Est-ce que...

Elle mit une main en coupe devant son oreille : est-ce qu'ils n'étaient pas sur écoute ?

Ils l'étaient sûrement, Hagopian en convint d'un hochement de tête aimable avant de lui lancer :

— Tout le monde veut vous avoir.

Elle sourit. Un sourire juvénile et charmant, comme on n'en voyait plus souvent éclairer son visage. Son mari et elle avaient compris ce que Hagopian voulait dire, GMA et *Meet the Press* et Conan et Montel et Oprah, eh oui, encore Oprah, désiraient une interview de Murphy ; mais la phrase l'avait renvoyée à son enfance, à l'enfance des filles en général, d'où ce sourire. Hagopian avait laissé à un planificateur et à un conseiller le soin de s'arranger avec les émissions de télévision et de radio afin que la candidate passe de studio en studio, à Washington presque toute la journée, à New York le soir et la matinée suivante, puis à Los Angeles le lendemain soir. Ça marchait parce que l'avion volait avec le soleil : sur un vol de cinq heures, on en gagnait trois. On en était donc au samedi, retour à Washington dans la nuit du samedi, en dormant dans l'avion, pour de nouvelles émissions le dimanche matin. Puis, re-New York le soir. Lundi, reprise de la tournée électorale en Louisiane et en Floride, les États décisifs. Et mardi, la candidate rentrait enfin dans son État d'adoption, l'Idaho, afin de se rendre aux urnes. L'Idaho avait voté massivement pour Scott à la dernière élection, et ce serait sans doute pareil cette fois-ci. Murphy étant considérée comme une aberration dans ce bastion du conservatisme, mieux valait ne pas y perdre de temps, juste descendre de l'avion pour accomplir son devoir électoral et puis repartir aussitôt pour les tout derniers efforts de la campagne.

— Non, protesta Anne Lynn. Que je gagne ou que je perde, je veux être dans mon État. Et puis, je crois que ça me portera chance.

— Ah, si ça doit porter chance...

Dans ce cas, Hagopian était entièrement d'accord.

Son mari se leva et alla lui chercher du café à la cuisine. Elle avait beau le boire toujours noir, à cause de son régime, elle détestait cette lavasse bleutée. Il y versa du lait entier, comme pour dire : Je t'aimerais même si tu étais grosse ; ou encore : Allez, ce n'est pas tous les jours dimanche ; ou bien : Faire ce qu'on aime vraiment, au moins une fois de temps en temps, voilà le secret de la vie ; ou peut-être une combinaison de tout cela — enfin, c'était une façon de lui dire quelque chose. Quand elle goûta le breuvage, et qu'elle sentit la différence, instantanément, avec plaisir, un plaisir légèrement coupable, elle sourit à son mari pour le remercier. Elle lui était reconnaissante, sachant que ce n'était pas une sinécure d'être l'époux de la candidate à la présidence. Il avait joué son rôle d'apprenti prince consort avec toute la grâce et toute la dignité possibles. La dignité dans l'adversité...

Tandis qu'elle buvait son café, Hagopian se dirigea vers cet absurde lecteur de CD qu'il lui avait imposé, et il passa du chant grégorien. Anne Lynn en était venue à détester le chant grégorien, en partie par goût, ou dégoût, et en partie par réflexe conditionné. Le chant grégorien voulait dire que Hagopian s'apprêtait à lui confier certaines choses que ne devaient pas capter les micros dont il était persuadé que la maison était truffée. Personnellement, elle n'était pas sûre qu'il y ait vraiment des micros ; mais il en était intimement convaincu. Cela dit, pourquoi du chant grégorien ? Parce qu'il jugeait la fréquence vibratoire de cette musique non seulement thérapeutique, mais accordée à celle de sa propre voix — ce qui était censé rendre ses propos inintelligibles pour les systèmes électroniques.

Il lui fit signe de la rejoindre devant un des haut-parleurs. Quand elle se fut approchée, il lui annonça :

— Ils mijotent quelque chose.

— Quoi ?

— Je n'en sais rien.

— Eh bien ?

Elle voulait dire : Comment le savez-vous, alors ?

— J'en suis certain, parce que c'est dans leur nature.

— Mais nous ne...

Au début, lorsque Hagopian avait insisté pour recruter des espions dans le personnel de campagne de Scott, ainsi qu'à la Maison-Blanche, elle s'était montrée extrêmement réticente. Il avait cité Sun Tsu et Lao-tseu, ainsi qu'une histoire de l'ordre des Jésuites récemment publiée.

Elle répliqua que pas une fois, depuis le temps qu'elle faisait de la politique, elle n'avait eu recours à des espions, et qu'elle s'en était très bien passée. Il fit valoir qu'elle venait d'un État tellement petit que personne ne pouvait rien y faire sans que tout le monde soit aussitôt au courant. Et c'était vrai : dès que quelqu'un levait le petit doigt, quelqu'un d'autre appelait Murphy pour l'en informer. Il arrivait que l'information doive passer par deux ou trois ou même quatre personnes avant de lui parvenir, mais elle lui parvenait toujours.

— Si vous devenez présidente, ajouta Hagopian, il faudra bien que vous utilisiez des espions.

— Mais c'est différent...

Elle perçut la naïveté de sa propre réponse, une naïveté à l'ancienne, du genre, un gentleman n'ouvre pas le courrier d'un autre gentleman. Une naïveté ridicule.

— Ce sont vos ennemis. Et...

C'était avant la convention, avant le crash de l'avion.

— ... et si vous êtes nommée candidate pour le parti, ou s'ils se rendent compte que vous êtes sérieusement dans la course, ils vous considéreront comme leur ennemie. Ils corrompront, achèteront, mentiront et feront tout le nécessaire pour avoir des informateurs dans votre entourage.

— Mais est-ce que notre projet n'est pas justement d'être meilleurs qu'eux ?

— Meilleurs qu'eux à leur propre jeu, répliqua Hagopian. Meilleurs pour mener une campagne électorale, meilleurs pour obtenir des votes, meilleurs pour diriger un gouvernement.

— Vous êtes complètement amoral !

— Non, répondit-il, imperturbable. Je suis différent, consciemment différent.

— Allons bon.

— Si vous êtes présidente, vous utiliserez des espions. Vous dépendrez de vos espions. Vous regretterez de ne pas en avoir plus — de plus en plus. Sonder les reins et les cœurs de vos ennemis avant qu'ils ne passent à l'action, voilà qui est efficace, économique, intelligent. En écoutant vos espions, vous devrez faire preuve de sagacité. Si l'actuel président s'était montré capable d'écouter ses espions avec sagacité, il n'y aurait sans doute pas eu d'attaques terroristes sur notre sol. Ce n'est pas évident. Il y a beaucoup trop de choses à écouter, et toutes ces voix deviennent pareilles aux gouttelettes d'eau qui s'agglutinent pour former des vagues sur la plage — à moins que vous ne sachiez *comment* écouter. Un des principaux talents que doit posséder un président, c'est celui de pouvoir apprendre à filtrer toutes ces voix qui crient, supplient, cajolent, exigent, espèrent, complotent, manipulent... tout ce bruit. Et comment écouter ces précieux alliés, vos espions ?

« Quelqu'un qui monte sur le ring sans s'être jamais entraîné avec un sparring-partner est certain de perdre, je peux vous le garantir. Même contre un adversaire plus petit, plus faible, moins en forme, pour peu que cet adversaire se soit entraîné et connaisse la loi du ring. Vous avez l'occasion de vous entraîner, d'apprendre, et si vous ne la saisissez pas, vous ne serez pas apte à être présidente. Mais ça n'aura pas d'importance, parce que vous n'aurez pas réussi à le devenir, de toute façon.

— Au lycée catholique, on m'aurait dit qu'un homme qui raisonne comme vous était le serpent du jardin d'Éden.

— Pas du tout, ma chère. On m'aurait enrôlé chez les Jésuites.

Fatigué de faire le malin, il continua plus sobrement :

— Si je considérais une campagne politique comme autre chose qu'une épreuve du feu, au cours de laquelle les électeurs ont l'occasion de voir lequel des candidats résiste le mieux à la chaleur, c'est alors que je serais immoral, ou amoral.

« Mes adversaires à moi, Wallace et Hoagland et quelques autres, voient à peu près les choses de la même façon. Pour eux également, si quelqu'un ne gagne pas, c'est qu'il ne méritait pas de gagner. Est-ce qu'il y a des différences entre eux et moi ? Oui. Leurs armes de choix sont la moralité et la force brute. De bonnes armes, des armes efficaces. Je me plais à penser que les miennes sont l'intelligence et l'intuition, et que je saurai trouver le moyen, à un moment donné, de me servir de leurs forces pour les retourner contre eux.

« Ne pas recourir à des espions, ce serait comme se battre les yeux bandés. Pour se battre les yeux bandés, il faut avoir décidé qu'il est plus important de se battre ainsi, les yeux bandés, que de gagner. Ce qui peut être très intéressant chez un adepte des arts martiaux ou même un candidat, mais qui est inacceptable chez un président. Un président, le dirigeant d'un pays, une personne responsable du destin, de la vie et de la mort des autres, ne peut pas se permettre ce luxe élégant, ce luxe merveilleusement élégant de déclarer qu'il lui est plus important de se battre les yeux bandés que de gagner.

« Comme je l'ai souligné, une partie de la force de l'actuel président, Gus Scott, est fondée sur sa moralité. Il s'est dit que son prédécesseur était immoral et que, par conséquent, tout ce que cet homme avait accompli devait être méprisé et dénigré. Lorsqu'il lui a transmis des avertissements concernant les terroristes d'Al-Qaida et leur projet de se servir d'avions comme de bombes volantes, Scott s'est drapé dans sa grande moralité. À cet instant, sa force est devenue une faiblesse, et plus de trois mille personnes ont péri d'une mort terrible, terrifiante. Par la suite, bien sûr, beaucoup d'autres sont mortes au cours des guerres qu'il a menées.

« Maintenant, vous me dites que vous voulez vous offrir le même luxe. C'est peut-être exprimé un peu différemment, mais vous voulez vous complaire dans votre vertu, vous sentir moralement supérieure à vos adversaires, au besoin en vous bandant les yeux.

« Et ce que je vous réponds, c'est que, du point de vue de ma morale à moi, cette attitude vous rend inapte à la présidence. Quand vous êtes président, vous devenez un des maîtres du jeu ; seulement, si vous vous trompez, ce sont de vraies personnes qui meurent, pas des pièces sur un échiquier ou des icônes générées par ordinateur.

— Avec ce genre de logique, riposta rageusement Anne Lynn Murphy, on pourrait justifier n'importe quoi.

— Ce que je dis, en tout cas, c'est qu'il y a une chose qui ne se justifie jamais, c'est le manque d'intelligence. J'affirme que lorsqu'on occupe un poste de responsabilité, il est immoral de se tromper alors qu'on aurait pu avoir raison. Il est immoral de rester ignorant alors qu'on aurait pu être lucide. Voilà tout ce que j'affirme. Et, pour utiliser les instruments du pouvoir, il faut apprendre à les utiliser, comme n'importe quels autres instruments.

Il avait donc vaincu les réticences de la candidate, et l'avait persuadée d'utiliser des espions. Elle craignait de s'en trouver corrompue, d'en venir à aimer cet accès à des informations confidentielles, secrètes, cet accès à la connaissance anticipée de certaines choses. Effectivement, elle en vint à aimer cela. Particulièrement pendant les jours sombres, au cours de cette longue période où Anne Lynn devait paraître faible afin que l'arrogance de Scott puisse croître et mûrir. Si elle avait été obligée de fonctionner à tâtons, sans rien d'autre que sa foi dans les estimations de Hagopian... Non, la foi était réservée à Dieu, et peut-être aux principes de la science — mais à un producteur de téléréalité ? Les rapports de leurs espions étaient devenus sa source secrète de réconfort. Parfois, lorsque la tension devenait trop forte et qu'il lui paraissait impossible de continuer à patienter, elle se sentait dévorée par la soif de rapports et de renseignements, et les nouvelles adéquates lui apportaient autant d'apaisement que si elle avait pris du Valium.

Et maintenant que Hagopian lui affirmait être persuadé que leurs adversaires préparaient une contre-attaque, elle supposait que ses espions avaient des informations, que Hagopian les avait contactés et qu'il allait pouvoir lui transmettre ces données.

Au lieu de quoi il avoua :

— Personne ne sait rien.

— Qu'est-ce que vous voulez dire ? lui demanda-t-elle.

Le chœur de moines gémissants les enveloppait dans une étrange cape sonore, tissée de latin liturgique.

— Je veux dire, répondit Hagopian, qu'aucune de mes sources n'a capté le moindre signal sur ce qu'ils peuvent être en train de préparer.

— Eh bien, s'ils n'ont rien entendu...

Leur réseau s'était révélé excellent, bien meilleur que ce à quoi elle s'était attendue. Hagopian, ou quelqu'un à sa solde, avait un don pour détecter et exploiter la souffrance et le mécontentement, et ils étaient parvenus à recruter des informateurs parmi les proches collaborateurs de Scott.

— ... c'est peut-être qu'il n'y avait rien à entendre.

Son conseiller se tourna vers elle. Son attitude, son comportement, et même le grain parcheminé de sa peau, rappelaient ceux du vieux moine, dans ce feuilleton télévisé idiot qui avait eu tellement de succès... Quand est-ce que c'était, déjà, avant qu'elle n'aille au Viêt-nam, ou après son retour ? *Kung-fu*. De temps en temps, des flash-backs évoquaient la jeunesse du héros dans le monastère de Shaolin. Lorsqu'il commettait une erreur, son vieux maître lui jetait un regard signifiant : Tu es un gamin, tu ne sais rien, je me suis donné tout ce mal pour t'enseigner quelque chose et pourtant tu ne sais rien et tout ce que ton aveuglement mérite, c'est une bonne tape derrière la nuque. Évidemment, Hagopian ne donna pas de tape à Murphy, et son regard ne refléta cette expression que fugitivement. Quand on voit quelque chose qui ne dure que quelques instants, il y a souvent, après coup, une persistance de l'image sur la rétine qui permet de distinguer des détails que l'on n'avait pas remarqués sur le moment. Ainsi, dans l'image rémanente du vieux moine de ce feuilleton télévisé, on pouvait toujours percevoir l'amour qu'il portait au garçon. Il était comme un père pour ce singulier enfant ; et, s'il se montrait dur avec lui, ce n'était que pour le préparer à sa singulière destinée, qui promettait d'être très pénible et que l'enfant allait sans doute devoir affronter bientôt — trop tôt. Ce qu'Anne Lynn venait de percevoir sur le visage de son propre maître, comme une révélation, c'était que sa peau avait pris l'aspect du parchemin, et que son professeur était rongé par l'âge, ou bien par la maladie, et un frisson de peur la parcourut. Elle avait besoin de lui, et elle l'aimait vraiment, pas d'un amour romantique, ni sexuel, ni rien de ce genre. Il n'avait pas seulement dirigé cette campagne en

226

jouant à ses petits jeux médiatiques et en étant la vedette de son propre film, de sa propre émission de téléréalité — ce qui était le jour sous lequel elle le voyait d'habitude. Non, il avait été son professeur. Pendant tout ce temps, il avait été Merlin l'Enchanteur. Il avait vu en elle ce que Merlin voit en Arthur : une graine de leader à former pour le rendre capable d'affronter les fardeaux, les difficultés, les tragédies du pouvoir.

Se rappelant qu'elle était médecin, elle l'observait maintenant d'un œil professionnel. Qu'est-ce qu'il pouvait bien avoir ? Est-ce qu'elle avait mal évalué son âge ? Aurait-il pu mentir à ce sujet ? Il était peut-être seulement fatigué. Est-ce qu'il avait un cancer ? Ou le sida, ou quelque autre agent de mortalité, un de ces assassins venus des royaumes du chaos ?

Avant que le médecin en elle n'ait eu le temps de jongler avec ces débuts de pistes, ou même d'examiner son patient de plus près, l'instant s'était enfui et le visage de Hagopian était redevenu normal, sérieux, calme, pensif.

Néanmoins, ils demeurèrent tous deux silencieux. Pour la première fois, le chant grégorien toucha son âme ; elle ne savait pas où au juste, ni comment, mais elle se sentait gagnée par un trouble spirituel. Il y avait de la peur sur son chemin — de la peur devant, de la peur derrière. Elle qui craignait de perdre, en toutes circonstances, et qui était motivée par cette peur de perdre, elle comprenait vraiment, pour la première fois, qu'il lui fallait craindre de gagner. Et, à un niveau plus subtil, qu'il lui fallait accepter cette crainte, et la surmonter. Le Roi Guerrier, la Reine Guerrière ne pouvaient se permettre le luxe de redouter la victoire. Responsables devant la tribu, ils étaient tenus d'endosser le fardeau de la culpabilité, de la souffrance et de l'échec. Murphy comprenait mieux le succès et la popularité de Scott. Il assumait la responsabilité du meurtre des ennemis de l'Amérique avec la bonne humeur insouciante d'un supporter de football, apparemment sans difficulté, ni angoisse, ni remords pour le sang des innocents, ni aucune ambivalence. Son attitude rendait les choses plus faciles pour ceux qui croyaient à la nécessité de ces guerres et de ces meurtres. Lorsqu'une procédure s'impose, par exemple une procédure médicale, il est inutile de rajouter une couche de stress en se disant que les microbes que l'on est en train de détruire sont autre chose que des microbes.

— Que disent nos espions ? finit-elle par demander.

— Ils ne disent rien, répondit Hagopian.

Et son regard exigeait d'elle qu'elle comprenne.

Ce qu'elle fit.

— Ils doivent préparer quelque chose, parce que telle est leur nature. Ils ne veulent pas lâcher le pouvoir, hein ? Pas aussi facilement, en tout cas. Et, si nous n'avons aucune information sur ce qu'ils préparent, c'est parce qu'il s'agit d'un secret très obscur, si obscur que seuls quelques-uns doivent le connaître. C'est pour ça qu'on n'en a pas entendu parler, et c'est ce qui vous inquiète.

Il hocha la tête, presque imperceptiblement. Et, presque imperceptiblement, elle vit scintiller le sourire du vieux, très vieux moine caché à l'intérieur du producteur de téléréalité, secrètement satisfait du jeune « scarabée ».

— Tout ce que l'on peut faire, tout ce que vous pouvez faire, expliqua-t-il, c'est rester en équilibre. De cette façon, quand le coup viendra, vous pourrez l'accompagner avant de le rendre.

En fait, Hagopian avait recueilli une information — et une seule. Un soupçon d'irrégularité dans le rythme de marche de l'ennemi, un frémissement de la toile d'araignée. Il s'était laissé dire qu'il y avait eu du rififi au haras de Stowe, parmi les Éléphants d'Or. Un type avait sauté par la fenêtre, poursuivi par de vrais durs, des gens de la Sûreté du territoire, peut-être aussi des flics privés ; et des chevaux affolés s'étaient enfuis. Mais il n'y avait pas eu de rapport de police. La police n'avait même pas été appelée, tout du moins d'après les renseignements que Hagopian avait pu vérifier pour l'instant. Une altercation, mais pas d'appel au commissariat. Il y avait donc quelque chose à étouffer. Et une intervention de la Sûreté du territoire, cela voulait dire que c'était politique, rien à voir avec le terrorisme international. Alan Carston Stowe ne représentait strictement rien pour les Abdallah et les Mohammed. Ce qui plaisait à ces gens-là, c'étaient les grandes cibles symboliques.

Cela voulait dire, plus précisément, que la politique dont il s'agissait était celle des ânes et des éléphants[1], Hagopian en était sûr. Qui sait, il y avait peut-être un rapport avec le grand secret dont l'existence ne faisait pas de doute à ses yeux.

1. Voir note page 37.

CHAPITRE 28

Pendant le débat et juste après, l'Homme Gris s'était dit que Murphy avait joué son va-tout à vingt, trente secondes de la fin, et qu'elle avait eu de la chance.

Hoagland comprenait maintenant qu'ils s'étaient fait avoir. Ils étaient tombés dans une embuscade, dont Hagopian projetait certainement d'exploiter le succès. Il avait prévu une défense pour bloquer la contre-attaque.

Il revenait donc à Stowe de donner le feu vert, de mettre en place le plan Un-Un-Trois, même si cela exigeait de prendre une initiative visible. Sinon, il ne paraissait pas impossible que Murphy remporte la présidence, et rien n'aurait pu être plus abominable.

La veille au soir, Hoagland s'était éclipsé dès la fin de leur brève réunion, et il n'avait aucune idée de ce qui s'était passé ensuite : le saut du bibliothécaire par la fenêtre, les coups de feu dans la nuit, la grande émeute chevaline...

En arrivant chez Stowe, il eut sa première vague impression que quelque chose sortait de l'ordinaire quand Bill lui annonça que Monsieur se trouvait aux écuries en compagnie des responsables de ses bêtes de race, de plusieurs avocats, et des propriétaires d'une jument nommée Kool Karine.

— Je suis resté trop longtemps assis, bon sang. Je vais y aller à pied, Bill, merci.

L'Homme Gris prit plaisir à cette promenade. La beauté de la propriété de Stowe l'émerveillait toujours, et il ne voulait même pas penser au coût de l'entretien. Il se demandait ce qui se passerait à la mort du vieux. Est-ce que le domaine serait livré à un quelconque promoteur, et aussitôt transformé en lotissement ?

Lorsqu'il pénétra dans l'écurie, la première personne qu'il aperçut fut une femme élégante d'une cinquantaine d'années, portant des vêtements de cheval rustiques, à l'anglaise. Elle s'élançait vers une jument alezane. Derrière elle courait un type soufflant et haletant, de toute évidence son mari, lui-même suivi par plusieurs avocats dont l'habillement — costume, cravate, chaussures en cuir noir adaptées aux salles d'audience — ne faisait aucune concession à l'univers des chevaux. Ils s'avançaient à grands pas, tout en discutant ; et dans leur sillage s'avançait Alan Stowe.

La femme entoura de ses bras la vaste encolure luisante de la jument et s'écria :

— Karine, Karine, ma chérie ! Qu'est-ce qu'ils t'ont fait ? Oh, ces bêtes, ces horribles bêtes !

La vétérinaire sortit du box, retira ses gants de caoutchouc et, en glissant un échantillon dans sa poche, annonça :

— Elle s'est fait monter par quelqu'un.

— On a payé cent trente-cinq mille dollars !

Toujours pendue au cou de l'animal, la femme

braillait comme si elle s'était crue au comptoir du service clientèle du grand magasin Bloomingdale's. Elle braillait le prix pour prouver qu'elle avait le *droit* « de faire saillir Kool Karine par Glorious Morning et maintenant vous dites qu'elle s'est fait monter par *quelqu'un*. On va vous coller un procès ! Un procès ! ». Deux des avocats hochaient la tête en rythme avec elle, tandis que le troisième se tenait prêt à réagir.

— Par qui elle s'est fait monter ? demanda le mari.

— Eh bien, ça pourrait être Glorious Morning, répondit la vétérinaire. On va faire un test d'ADN.

Elle tapota la poche dans laquelle elle avait glissé l'échantillon de sperme.

— Tu vois, Martha, commenta le mari. Si ça se trouve, tout est bien qui finit bien. On devrait attendre le résultat de ce test.

Martha parut réfléchir. C'était peut-être une bonne idée d'attendre.

Mais la vétérinaire poursuivait déjà :

— C'est-à-dire, en admettant qu'il y en ait eu un seul...

— Qu'est-ce que vous voulez dire, un seul ? s'écria Martha.

— Eh bien...

— Une tournante ! Ma chérie a été victime d'un viol collectif ! On va intenter un procès ! Un procès pour obtenir des dommages-intérêts. Nous avons subi un dommage moral. Mais qu'est-ce que c'est que ces chevaux ? cria-t-elle à Stowe, à la vétérinaire et aux palefreniers, dont la plupart étaient noirs. Une bande de gangsters nègres ?

— Si votre jument a un poulain de Glorious Morning, trancha Stowe, un poulain vivant, nous garderons la somme. Dans le cas contraire, vous serez remboursée. Telles sont les dispositions du contrat.

Il s'exprimait d'un ton sans réplique.

— Nous respecterons scrupuleusement ces dispositions. Votre jument est en bonne santé, et elle n'est pas blessée. Quant à la question du viol, une jument ne peut pas être violée. Soit elle est en chaleur, soit elle ne l'est pas.

Stowe tourna les talons et sortit de l'écurie à grands pas. En apercevant Hoagland, il lui adressa un clin d'œil.

Hoagland le suivit dehors et cligna des paupières dans la lumière plus vive. Ils marchèrent lentement ensemble.

— Qu'est-ce que c'est que cette histoire ? demanda Hoagland.

— Bah, fit Stowe.

Ayant écarté la question d'un geste, il en posa une à son tour :

— Alors, vous avez décidé qu'il était temps d'agir ?

Stowe se montrait bien impatient. Hoagland avait besoin de savoir que le projet pouvait être annulé à tout moment.

— J'ai encore quelques tours dans mon sac.

— Vraiment ?

— Oui, répondit Hoagland.

Il avait résolu le problème des achats de temps d'antenne. Au moment même où il parlait, trois des plus grandes sociétés pétrolières étaient en train de revendre leur temps aux collaborateurs de Scott ; et ce, dans leur propre intérêt. Leurs dirigeants savaient pertinemment qu'il suffirait de moderniser le réseau électrique, et de faire passer les quatre-quatre de la catégorie camions dans celle des voitures, pour réduire de vingt pour cent la consommation de pétrole des États-Unis. Par ailleurs, le transfert d'une infime partie des réductions d'impôts des grandes sociétés pétrolières vers la production d'énergie solaire et éolienne rendrait cette production parfaitement compétitive. Murphy s'était engagée à promouvoir ces mesures pour mettre fin à la dépendance nationale par rapport au pétrole étranger. Les résultats de leur application étaient garantis.

Les sociétés pétrolières avaient procédé avec la plus grande discrétion, mais si jamais cela s'ébruitait et posait des problèmes, chacune publierait de son côté un communiqué expliquant qu'elle agissait au nom de l'équité : ayant appris que, lors de ces derniers jours de campagne, les collaborateurs de Murphy avaient acheté tout le temps d'antenne disponible, ces sociétés pétrolières regrettaient qu'une telle initiative empêche Scott de faire passer son message, et elles jugeaient essentiel que le peuple américain puisse entendre les arguments des deux camps. Le fait que Scott ait dépensé trois fois plus que Murphy à la télévision au cours des trois mois précédents serait tranquillement escamoté.

Hoagland avait également contacté Milton Futter, gouverneur de l'Ohio, et Fred Arbusto, gouverneur de la Floride, États voués à jouer un rôle déterminant en cas d'élection très serrée. Connaissant leurs ambitions présidentielles à tous les deux, et sachant qu'ils se disputaient déjà la succession de Scott, l'Homme Gris leur avait fait comprendre que, s'ils ne se montraient pas capables de mettre au pas leurs États respectifs lors de cette élection, ils ne devraient pas s'attendre à être considérés comme des candidats sérieux lors de la prochaine occasion, dans quatre ans. Ils savaient donc ce qui leur restait à faire, et ils avaient tous deux promis leur aide.

— Pourtant, vous êtes ici, remarqua Stowe.

— En effet.

— Eh bien ?

— Oui, Alan, on va agir. Mais vous comprenez que tout pourrait être annulé au dernier moment.

— Bien sûr, répondit Stowe aimablement.

Il était satisfait, de toute évidence.

Trop satisfait, songea le secrétaire d'État. Beaucoup trop satisfait.

— C'est ce que vous souhaitez ? Qu'on agisse ? demanda-t-il d'un ton sec.

— Eh bien, si ce n'était pas indispensable...

— C'est *vraiment* ce que vous souhaitez, hein ?

Stowe marchait lentement depuis le début de cette promenade, et il avait encore ralenti l'allure lorsque le terrain avait commencé à s'élever. Il se força à effectuer quelques pas supplémentaires pour atteindre un replat qui interrompait la pente. Sa respiration laborieuse vibrait et sifflait. Il s'arrêta pour inspecter ses possessions du regard. Admirant leur beauté et leur parfait entretien, il songea que bientôt, très bientôt, il ne serait plus que poussière, contrairement à toutes ces choses, et qu'elles ne signifieraient plus rien pour lui. Puis il se tourna vers le secrétaire d'État qui le suivait péniblement, et ne se montrait guère plus alerte que lui, bien que Hoagland soit de dix-sept ans son cadet.

— Oui. Je souhaite agir.

— Et pourquoi donc ?

— Parce que je le peux.

— C'est tout ?

— Vous ne ressentez pas la même chose ? Prenez une petite ville quelconque, une petite ville sur le déclin, entourée de broussailles anarchiques. Vous vous dites : je pourrais faire un profit de trois millions de dollars là-dessus. Je vaux près de deux milliards de dollars, je n'ai pas besoin de trois millions supplémentaires — pas vraiment, n'est-ce pas ? Mais quand j'aperçois une de ces petites villes, un peu à l'écart d'une grande zone de développement...

Hoagland le dévisagea. Il n'y avait pas que cela. Il sentait que le vieux bouillonnait d'énergie et de vitalité, et que c'était dû à autre chose qu'à l'idée de la transformation d'un village en banlieue tentaculaire.

— L'histoire, répondit Stowe à la question muette. On va faire l'histoire.

C'était bien ce que pensait Hoagland. C'était bien la réponse qu'il craignait d'entendre. Après tout, « histoire secrète », quel bel oxymoron. L'histoire, ce n'est pas une suite d'événements, c'est leur description.

— Il ne faut pas que ça se sache, décréta Hoagland d'un ton cassant.

— Pas de notre vivant.

Pas de leur vivant ? C'était comme dire « pas avant l'année prochaine » le soir d'un 31 décembre. Et soudain, il comprit : ça expliquait la bibliothèque, et le bibliothécaire. Qui pourrait bien se soucier de la bibliothèque d'Alan Carston Stowe, ou même de la collection de ses papiers personnels, à moins qu'il ne soit l'Homme Qui Vola la Présidence ? Il n'était rien, sans cela — juste quelqu'un qui avait gagné des tonnes et des tonnes de fric, pas même celui qui en avait gagné le plus, à une époque où beaucoup de monde avait ramassé des tonnes et des tonnes de fric. Un tas de gens lui léchaient peut-être les bottes chaque jour ; mais, un an après sa mort, presque personne ne se souviendrait de lui.

— Qui d'autre est au courant, au sujet de Un-Un-Trois ? l'interrogea Hoagland.

— Personne, répondit Stowe.

Il voulait dire, personne à part ceux dont ils savaient tous les deux qu'ils connaissaient le plan — ceux qui devaient nécessairement le connaître afin de le mettre en application.

— Le bibliothécaire ?

— Il ne sait rien.

— Comment comptez-vous entrer dans l'histoire, alors ?

— Je n'ai pas l'intention d'entrer dans l'histoire, répliqua Stowe. Seulement de la manipuler.

Hoagland n'en croyait pas un mot, mais ce n'était pas le moment de s'engueuler, et ils étaient tous les deux assez vieux jeu pour penser que traiter un homme de menteur est une grave provocation. Il se contenta donc de noter le problème au passage, en se rendant compte qu'il allait devoir décider du sort d'Alan Stowe, de ses rêves d'histoire et de son bibliothécaire. On avait besoin de Stowe pour sauver la république, mais seulement pendant quelques jours de plus.

L'Homme Gris n'arrivait pas à croire lui-même au tour que prenaient ses pensées. C'était ce maudit Scott qui l'avait placé dans cette situation. Il ne serait sûrement pas nécessaire que les choses aillent aussi loin. Hoagland trouverait le moyen d'enrayer les efforts d'Alan, ou de s'assurer que sa bibliothèque soit scellée pendant un siècle. Il trouverait bien une solution. Mais entre-temps, il restait une difficulté, juste un risque à écarter :

— Où est le bibliothécaire ?

— Après un pareil grabuge, fit Stowe, c'est étonnant qu'il n'ait pas encore été retrouvé.

CHAPITRE 29

Gary J. Hackney, professeur de droit, se montre généralement plein de pétulance quand on le rencontre par hasard sur le campus. Mais je me suis laissé dire que c'est une impression trompeuse. Les étudiants se plaignent de ses exigences brutales pendant les cours, et il se comporte, dit-on, avec sauvagerie, en ces rares occasions où il consent à descendre le long escalier en spirale de sa tour d'ivoire pour aller plaider dans le bruit et le tumulte des vrais tribunaux.

Son crâne en forme d'œuf, quasiment chauve, est cerné d'une frange de cheveux gris qui démarre sur les tempes, juste au-dessus des oreilles, qu'il a plutôt grandes. Quand ils sont secs, ses cheveux très fins se soulèvent dans la brise. À ce moment précis, ils étaient humides et pendaient comme des nouilles de riz.

Hackney est un homme mince, ce que j'avais toujours su, aux épaules maigres, et cela je le savais également, mais je ne m'étais pas rendu compte à quel point elles étaient osseuses. Je n'avais jamais remarqué non plus sa petite bedaine, qui donnait l'impression de lui avoir été collée sur le devant du corps. Il pratique le squash pour s'entretenir, et je savais qu'il y jouait tous les matins à dix heures.

Il était onze heures et sept minutes, et j'étais en train de rôder autour des vestiaires des hommes. Dès que le partenaire de Hackney, un étudiant anglais de troisième cycle en chimie organique, s'est éclipsé, je me suis déshabillé — avec un certain soulagement, je dois dire, car j'étais crasseux, puant, contusionné, et l'état de mes vêtements était pire encore. Puis, je me suis dirigé furtivement vers les douches.

— Gary, Gary, ai-je appelé d'une voix sifflante.

— Hon, hon, a-t-il fait en se tournant dans la direction d'où provenait ma voix.

Il a essuyé l'eau qui lui coulait dans les yeux et m'a regardé en clignant. Sans ses lunettes, il était quasiment aveugle.

— C'est moi, David Goldberg. Le bibliothécaire.

— Ah, David, je ne t'avais encore jamais vu aussi flou.

— Ouais, j'ai fait en m'avançant sous la douche voisine de la sienne.

Rien de tel que les douches des salles de sport, avec ces tonnes d'eau qui se déversent et ce jet qui part de très haut. J'ai poussé un soupir de plaisir.

— Une bonne séance ? s'est enquis Gary.

— J'en avais besoin, bon Dieu.

— Je vois ce que tu veux dire.

— Et toi, une bonne partie ?

J'essayais d'être poli, pour établir le contact.

— Et comment ! Ce petit con d'Anglais a quarante balais de moins que moi, et je lui ai botté son petit cul blafard. C'est bon de botter des culs, David. Très bon.

— Il faut que je te parle, Gary.

— Exprime-toi, exprime-toi ! m'a-t-il encouragé en

frottant avec enthousiasme les parties de son corps qui voyaient rarement le soleil.

— Je crois que j'ai un problème juridique.

— Et du pognon, tu en as ?

— Je n'en sais rien. Je dois avoir une vingtaine de dollars sur moi. Une trentaine.

— David, mon garçon, quand j'enlève ma casquette d'universitaire ahuri pour mettre celle de conseiller juridique, je demande quatre cent cinquante dollars de l'heure. C'est scandaleux, je le sais, mais ça me fait tellement plaisir.

— Bon Dieu, bon Dieu, je t'en prie, Gary, j'ai besoin d'aide.

— Quoi, quel genre d'aide ? m'a-t-il demandé avant de se mettre à fredonner un petit air et à se frictionner vigoureusement les organes génitaux.

Par quoi commencer ? Comment expliquer ? Qu'est-ce que je pouvais dire ? Les mots sont sortis tout seuls :

— Je me retrouve dans le mauvais film.

J'ai ajouté que je m'étais cru dans un film de Woody Allen, une histoire d'amour névrotique, mais que c'était devenu un thriller halluciné, où j'étais poursuivi par des sadiques.

— Chaque fois que je vois un de ces films, Gary, il y a un moment où je pense : Mais enfin, espèce d'abruti, qu'est-ce que tu attends pour appeler police secours ? Et donc je me suis dit : Hé, pourquoi je n'irais pas voir les flics ? Mais c'est *eux*, les flics, ou en tout cas la Sûreté du territoire, et ces mecs, enfin certains d'entre eux, c'est vraiment la police, la police fédérale. D'ailleurs, Niobé me l'a dit, que c'est eux. J'ai pensé que, dans ce cas, le mieux qui me restait à faire était de consulter un avocat. C'était même mieux de toute façon, puisqu'on ne devrait jamais parler aux flics sans son avocat. Mais les seuls avocats que je connaisse sont dans l'immobilier. Ils étaient à la signature du contrat quand j'ai vendu ma maison. Quant à l'avocat de mon divorce, il a ramassé tout l'argent de la vente et l'a remis à l'avocat qui représentait ma femme. Aide-moi, s'il te plaît.

— Eh bien, on peut certainement en discuter, m'a répondu Gary avec un certain intérêt, en clignant des yeux.

Sur quoi, il s'est retourné pour se rincer enfin sous la douche.

— Viens me voir au bureau.

— Je ne peux pas, ai-je répondu d'une voix désespérée. On me surveille !

Je devais vraiment avoir l'air d'un fou.

— En tout cas, il est possible qu'on me surveille — et ton bureau est situé juste en face de la bibliothèque. Je pense qu'elle est sous surveillance.

— Très bien.

Je reconnaissais ce ton, pour l'avoir moi-même employé en m'adressant au professeur honoraire de physique qui se sentait obligé de s'asseoir sous les poutres en acier de la bibliothèque, parce qu'elles faisaient obstacle aux ondes radio des extraterrestres.

Une fois essuyés, nous avons commencé à nous habiller. Gary a jeté un coup d'œil à mes vêtements, et fait la grimace. J'ai expliqué :

— Je te l'ai dit, on me surveille. Mon domicile aussi. Enfin, peut-être pas, mais je ne peux pas courir de risque.

— Attends-moi ici, m'a-t-il enjoint en enfilant son pantalon.

— Combien de temps ?

Je sentais déjà la panique m'envahir.

— Deux minutes.

Je me suis planqué dans les toilettes jusqu'à son retour. Il n'a pas tardé à me rapporter un tee-shirt, un pantalon de survêtement et un sweatshirt à capuche. Gary avait piqué le tee-shirt et le pantalon aux objets trouvés ; le sweat était neuf, c'était un sweat universitaire qu'il venait d'acheter à l'accueil. J'ai revêtu l'ensemble avec gratitude.

Puis, j'ai jeté à la poubelle mon pantalon déchiré et ma chemise crasseuse, avant d'expliquer à Gary :

— J'ai eu peur d'utiliser mes cartes de crédit, ou même un guichet automatique. On peut se faire repérer, avec ça.

— Probablement, David, si telle est leur intention, a-t-il commenté d'un ton toujours très paternaliste.

Mais il a ajouté beaucoup plus aimablement :

— On devrait peut-être aller casser une petite graine.

— D'accord.

Bon Dieu, mon dernier repas remontait au sachet de cacahuètes que j'avais acheté dans un distributeur automatique, à l'aube.

— Oui, oui, oui...

Plus moyen de m'arrêter, on aurait dit Molly Bloom dans cette scène orgasmique, à la fin de l'*Ulysse* de James Joyce.

— Mets ta cagoule, m'a conseillé Gary d'un ton de conspirateur.

On a roulé sur quinze, vingt kilomètres, jusqu'à un petit restau. Tout affamé que j'étais, ma parano était encore plus forte et je me suis soudain écrié :

— Si la situation est aussi grave que... Je veux dire, si c'est de la folie, d'accord, c'est de la folie — mais dans le cas contraire, tu n'as pas intérêt à ce qu'on te voie avec moi.

— Eh bien, si j'allais nous chercher des sandwiches ? On les mangera dans la voiture.

— Bonne idée, ce sera très bien. Avec un milk-shake.

— Une boisson réconfortante, a-t-il commenté.

Nous avons pris l'autoroute pour aller nous garer sur un site panoramique, ce qui m'a paru une excellente idée. Quoi de plus naturel ? Les flics ne risquaient guère de s'arrêter pour poser des questions du genre : Il y a un problème ? Qu'est-ce qui se passe ? Qu'est-ce que vous faites ici ? Et là, j'ai raconté toute l'histoire à Gary, telle qu'elle s'était déroulée. Et la nourriture m'a tranquillisé, mieux que ne l'aurait fait n'importe quelle benzodiazépine.

Quand j'en ai eu fini, il m'a regardé dans les yeux :

— Admettons que tout ça soit vrai, ce... ce scénario catastrophe... Il me semble que si tu survis jusqu'à mardi, ce qui n'est pas très éloigné, mardi soir, disons mercredi matin, eh bien, dès que l'élection sera terminée et que quelqu'un aura concédé la victoire, tu seras sauvé. Ça ne devrait pas être trop difficile.

— Je n'ai pas d'argent, et j'ai peur d'essayer de m'en procurer.

— Mmm. J'aime autant ne pas te filer de fric, au cas où ça ferait de moi ton complice... Une banque...

244

Non, ils doivent t'avoir sur une liste... Hé, tu es membre de l'association coopérative de l'université ? L'association d'épargne et de crédit ?

— Oui.

— Va à leur siège. Encaisse un chèque, tu peux aller jusqu'à deux mille, ils feront ça pour toi. Raconte-leur des salades si ça te met à l'aise, n'importe quoi, une affaire en or à ne pas rater, un bateau ou une bagnole ou ce que tu voudras, mais il te faut du liquide, plus que ce que tu peux retirer au guichet automatique. On est vendredi. Ça n'apparaîtra pas dans leur système informatisé avant au moins lundi, et ta banque ne sera pas avisée avant mardi au plus tôt, peut-être mercredi. Je t'aiderai à entrer dans le campus et à en ressortir. Ça, je peux le faire. Après, monte dans un autocar. Paie cash. Va quelque part. Va te planquer chez un ami.

« De mon côté, a poursuivi Gary, je vais porter plainte de ta part. Je laisserai le document sur mon bureau, afin que ma secrétaire le poste, mais elle ne le trouvera pas avant lundi. Et je ne pense pas qu'il y aura du courrier mardi. De cette façon, tu as le mérite d'avoir porté plainte immédiatement, ce qui te donne de la crédibilité. Tu es allé voir un représentant de l'autorité judiciaire, c'est-à-dire moi, encore une petite louche de crédibilité. Tu ne t'es pas enfui, blablabla, mais ta plainte n'arrivera nulle part avant au moins mercredi. Et toi, tu étais tellement secoué, tu m'as dit que tu voulais aller quelque part en villégiature, tu m'as parlé d'un lac, quelque chose de ce genre. Tu peux mentionner un lac ?

— Un lac, j'ai répété.

— Ben, voilà.

245

— Pour nager.

— La saison est un peu avancée pour ça.

— Un peu de bateau, et aussi de pêche.

— Excellent, m'a félicité Gary. Voilà où tu es allé, en me disant que tu reviendrais bientôt, et je n'avais pas de raison d'en douter. Pour ce que j'en sais, tu n'es pas du tout en fuite, c'est toi la partie lésée.

— Tu sais, il est vraiment extra, ce milk-shake.

Nous avons réuni les récipients et l'emballage et remis le tout à l'intérieur du sac, que je suis allé jeter dans la poubelle. Après avoir rejoint Gary à bord de sa voiture, il a démarré et nous sommes repartis vers le campus. Il semblait pensif, et a fini par me dire :

— L'autre chose que tu aurais intérêt à faire, c'est trouver en quoi consiste ce secret. J'ai le sentiment qu'en dernière instance, ça pourrait bien s'avérer ta seule ligne de défense.

— Gary, me suis-je écrié, de nouveau submergé par la panique, comment veux-tu que je fasse ça ?

— Tu es bibliothécaire. Fais des recherches.

Ce n'était pas évident pour moi, de retirer autant d'argent d'un seul coup. La somme paraissait excessive. J'étais là, à tergiverser devant l'entrée, lorsque j'ai vu s'approcher Randall Parks. Il était en train de jeter le mauvais œil à une tendre adolescente. Jamais encore je n'avais vu un homme regarder une femme de cette façon — comme s'il voulait la baiser jusqu'à ce qu'elle saigne à mort, et que ce soient le sang et la mort qui fassent l'intérêt de la chose. Cette vision était aussi claire qu'un effet spécial au cinéma, le genre d'effet où la chair se détache du squelette pour le révéler dans toute son horreur. Et j'ai conclu à une hallucination induite par le stress, la peur, le manque de sommeil.

Je me suis engouffré dans les locaux de l'association d'épargne et de crédit de l'université, avant que Parks ne détourne les yeux de l'étudiante et ne m'aperçoive. Une fois à l'intérieur, je me suis dirigé tout droit vers la femme assise derrière le bureau et je lui ai lancé la première et unique phrase qui m'est venue à l'esprit :

— Un prêt à court terme, deux mille dollars.

Tout allait beaucoup trop vite et sortait beaucoup trop de la norme pour que je me montre capable de prendre des initiatives. Je me suis contenté de répéter ce que m'avait dicté Gary J. Hackney. Et cette femme qui travaillait là et dont je connaissais le nom depuis des années, bien qu'à cet instant précis j'aie été totalement incapable de m'en souvenir, cette femme m'a fait signer des papiers et m'a donné tout cet argent en échange.

Une fois en sa possession, je me suis senti accablé par l'incertitude. Était-ce trop ? Trop peu ? Et où est-ce que j'allais bien pouvoir aller, bon Dieu ?

Impossible de rester, mais difficile de partir. J'étais terrifié à l'idée que Parks puisse se trouver là, dehors. Terrifié à l'idée de devoir prendre des décisions. De l'autre côté de cette porte m'attendaient cent mille possibilités, une infinité de possibilités. Comment choisir ?

J'ai entendu la voix de la caissière, comment est-ce qu'elle s'appelait, déjà, qui me demandait si je me sentais bien. J'ai répondu :

— Ouais, bien sûr... Juste, euh...

Quelque chose de cet ordre, et j'ai compris qu'il

fallait vraiment que j'y aille. J'ai donc ouvert la porte, lentement, avant de passer la tête au-dehors pour inspecter les alentours. N'apercevant ni Parks ni Ryan, j'ai continué sur ma lancée, franchi le seuil, tiré la porte derrière moi pour la refermer. Et j'ai entendu la femme qui me lançait :

— Au revoir, David !

Après avoir relevé ma capuche, je me suis dirigé vers l'arrêt d'autobus, devant lequel attendaient une demi-douzaine de personnes.

Quand le bus est arrivé, je me suis avancé en me tenant courbé au milieu de la file — quelques personnes devant moi, deux derrière. La grande marche, et ensuite deux petites pour arriver devant le conducteur. En examinant le fond du véhicule, j'ai aperçu ce gros bonhomme aux cheveux blancs qui me regardait dans les yeux. Il y avait trois personnes sur les marches, derrière moi. Je ne pouvais plus avancer ni reculer. J'étais pris au piège.

Pour échapper au regard du vieux, j'ai laissé tomber ma monnaie par terre. Mon intention était de me mettre à quatre pattes en faisant semblant de la chercher, puis de reculer en rampant entre les jambes des gens qui me suivaient. Mais ces abrutis se sont mis à m'aider, à ramasser mes pièces de monnaie pour moi. Là-dessus, un jeune étudiant d'une force tout à fait agaçante a glissé sous mes aisselles ses doigts d'acier, de vrais crochets, et m'a soulevé à la façon d'une grue. En remontant à la surface, j'étais convaincu que le vieux barbouze s'avançait simultanément vers moi pour me mettre la main au collet, et que nous allions nous retrouver nez à nez. Il allait m'embarquer en brandissant un mandat émis en application de la loi

USA PATRIOT Act II. J'allais disparaître sur notre base de Guantánamo, à Cuba, et l'on n'entendrait plus jamais parler de moi. La puissance de la grue humaine était irrésistible ; le mouvement qu'elle imprimait à ma personne, inexorable. À peine remis sur mes pieds, j'ai écarquillé les yeux. Effectivement, il y avait bien là un type aux cheveux blanchâtres. Il avait au moins soixante-dix-huit ans, ou plus vraisemblablement quatre-vingt-huit, et il me regardait fixement, mais d'un regard n'exprimant que la vacuité étonnée de la maladie d'Alzheimer, tandis que l'esprit logé derrière ces yeux se demandait : Qu'est-ce que je suis en train de regarder, là ? Est-ce que j'ai déjà vu ça ?

— Merci, j'ai fait.

— Pas de problème, mec, a grogné la grue.

Après avoir payé mon dû, je suis allé m'asseoir côté fenêtre. La place voisine était libre. Le bus a démarré. Je me suis tassé sur mon siège, en regardant à l'extérieur par le bas de la vitre. Nous roulions lentement, vitesse limitée à vingt-cinq kilomètres/heure dans les rues du campus ; il y avait même des ralentisseurs. Je n'ai vu ni Parks ni Ryan. J'ai aperçu plusieurs autres personnes que je connaissais, un bon nombre, en fait, et j'avais envie de leur faire signe. De leur faire savoir ce qui m'arrivait. De leur dire au revoir, au cas où. Il y a encore eu quelques arrêts. Quelqu'un est venu s'asseoir à côté de moi. Je me suis endormi alors que nous quittions le campus.

— Hé, mon vieux, mon vieux...

Une main me secouait pour me réveiller.

— Où est-ce qu'on est ?

— Terminus, mon vieux, tout le monde descend.

J'ai paniqué un instant. Mais ce n'était que le conducteur, et non, il n'avait pas dit : On descend tout le monde.

— Merci, j'ai bafouillé.

Comme gare routière, ce n'était pas terrible : une vieille baie vitrée minable, un parking sur le côté, un autre derrière, pour cinq, peut-être six bus à la fois ; et une ligne jaune au bord du trottoir avec l'inscription « STATION DE TAXIS — STATIONNEMENT INTERDIT », devant laquelle s'attardait un chauffeur isolé. Le prochain car démarrait dans neuf minutes, c'était un express pour Washington. Le suivant, à destination de l'ouest, ne partirait pas avant une bonne heure. Je n'étais pas d'humeur à traîner dans le coin. Le car pour Washington coûtait dix-neuf dollars l'aller simple — trente-sept pour l'aller-retour, ce qui représentait une économie ridicule, alors je me suis contenté d'acheter l'aller simple. Dans une gare routière, ça n'a rien de suspect de prendre un aller simple. Beaucoup de gens prennent l'autocar sans avoir l'intention de revenir à leur point de départ.

CHAPITRE 30

Le pager de Morgan se mit à sonner. Après avoir lu le numéro de téléphone qui s'affichait sur les diodes, il l'appela au moyen de son mobile. Une voix électronique agaçante lui apprit qu'il venait de joindre le centre commercial de Pleasant Valley. C'était tout ce qu'il avait besoin de savoir, et il eut le plaisir de raccrocher avant que la voix ne se mette à lui réciter la liste des choix disponibles.

Une fois parvenu au centre commercial en question, Morgan se mit à la recherche d'un magasin de chaussures Footlocker. Lorsqu'il l'eut trouvé, il jeta un coup d'œil à l'intérieur ; n'apercevant personne qui ressemble, même vaguement, à l'homme qu'il cherchait, il repartit en quête du siège le plus proche — un muret, un banc, une terrasse devant un fast-food, peu importe. À une trentaine de mètres sur sa gauche, là où le couloir du Footlocker rejoignait le suivant pour contribuer à la composition d'une étoile à cinq branches, des tables et quelques chaises étaient disposées autour d'une cage d'escalier, d'un escalator et d'un ascenseur ; cette cour intérieure miniature s'élevait sur trois niveaux, jusqu'à une verrière. Il y avait une boutique de bonbons, un café, un marchand de bretzels. Une demi-douzaine de personnes étaient assises sur cette terrasse ; un vigile demandait à des adolescents turbulents de cesser de rôder dans le coin.

Morgan jeta autour de lui un regard exercé, et repéra aussitôt les caméras de surveillance. Il était certain qu'elles étaient en train de filmer. Mais cela n'aurait eu de l'importance que si quelqu'un, déjà au courant de cette rencontre, avait su où elle avait lieu et avait seulement eu besoin d'une confirmation, d'une preuve. Or, personne n'était au courant, à part Jack Morgan lui-même et l'homme qui l'attendait.

Personne n'écarquillait les yeux, ni même ne paraissait reconnaître ce grand-père en veste de golf et casquette de base-ball, dont le sac posé sur le sol était gonflé par le parallélépipède rectangle d'une boîte à chaussures ; c'était pourtant le secrétaire d'État, numéro trois sur la liste des Dix Personnes les Plus Controversées publiée deux mois à peine auparavant dans le magazine *People*.

Néanmoins, Jack ne voulait prendre aucun risque. Après être allé s'acheter un café pour bobos, un double espresso au lait écrémé parsemé de poudre de cacao, il regarda autour de lui comme s'il cherchait une place où s'asseoir. Il fit semblant d'en découvrir une auprès de ce vieil homme à l'air fatigué, assis seul à une table, à demi dissimulé derrière la visière de sa casquette de base-ball marquée au nom d'une société quelconque.

— Vous permettez ? demanda-t-il en désignant l'une des chaises libres.

— Absolument, Jack, absolument, répondit

l'Homme Gris, d'une voix plus claire et compréhensible que d'habitude. Asseyez-vous.

— Qu'est-ce que vous avez pris ? s'enquit Jack.

— J'ai essayé la marque Asic.

— Les New Balance n'étaient pas bien ?

— Pour les pieds, ça allait à peu près...

Les pieds du secrétaire d'État lui causaient des problèmes. Ils lui faisaient mal, très mal. Sa fonction, son statut social exigeait qu'il porte des chaussures de P-DG, et encore, pas de P-DG de start-up, non, des souliers de P-DG à l'ancienne, en cuir, aux semelles de cuir qui fassent bonne impression avec un costume gris en laine peignée. Mais chaque fois qu'il pouvait le faire sans attenter à la décence, il enlevait ses pompes officielles et plongeait ses pieds douloureux dans des chaussures de jogging. Ses pieds étaient protégés par de fines chaussettes noires ou grises, généralement décorées de petits dessins amusants évoquant le monde du golf, ou les animaux de la ferme. Ces chaussures de sport étaient préférables, mais loin d'être parfaites, et Hoagland était perpétuellement à la recherche des tennis idéales à porter dans sa vie privée. Or, la seule façon de les trouver était de les essayer, pas seulement de les essayer en magasin, mais de les acheter et de les porter pendant une ou deux semaines, vu que certains problèmes n'apparaissaient qu'au bout d'un moment, comme avec les New Balance.

— ... mais je me suis fusillé un genou.

— Fusillé ?

— Oui, il est devenu tout boursouflé. Ce n'était pas que ça fasse tellement mal, mais c'était affreux...

Morgan se demanda qui pouvait bien regarder les genoux de Hoagland, de toute façon.

— ... affreux, ce qui laissait présager le pire.

— Et vous pensez que c'était dû aux chaussures ?

— Sans l'ombre d'un doute. J'en ai parlé à l'une des jeunes femmes...

Hoagland esquissa un geste vague en direction de Washington, et Morgan comprit qu'il faisait allusion à une employée du ministère des Affaires étrangères, et non du magasin de chaussures.

— ... Elle m'a confirmé que les New Balance sont confortables, mais instables, et que c'est cette instabilité qui m'a fusillé le genou.

— Ça se pourrait bien, commenta Jack.

— On va exécuter le plan, fit l'Homme Gris.

Aucun changement de ton ou de volume sonore pour signaler qu'il passait de son genou au vol de l'élection.

— Très bien, acquiesça Jack avec ardeur.

— Vous êtes paré ? demanda le secrétaire d'État.

— Oui, monsieur.

— J'arrive juste de chez Al. Alan Stowe.

— Oh.

— Quel cirque.

— Oui, monsieur.

— Vous avez retrouvé le bibliothécaire ?

— Non, répondit Morgan. Personne ne s'attendait...

L'Homme Gris écarta l'explication d'un geste. Il s'en fichait, il ne voulait pas le savoir.

— Dites-moi plutôt ce que vous faites pour le retrouver.

Morgan lui répondit qu'il avait fait émettre en

application de la loi USA PATRIOT Act II des mandats de perquisition électronique concernant toute transaction bancaire effectuée par Goldberg, et notamment l'utilisation de toute carte de crédit ou carte bancaire sans paiement différé. Si jamais le bibliothécaire essayait d'acheter quoi que ce soit par l'un ou l'autre de ces moyens, ou s'il essayait de se procurer de l'argent liquide, les services de Morgan seraient alertés instantanément. Le colonel ajouta qu'il avait fait mettre sur écoute le domicile de Goldberg, ainsi que son bureau, et que des agents sillonnaient le campus afin de l'alpaguer.

— Bon, je n'ai pas donné l'alerte à tous les commissariats du pays. Je ne tiens pas à ce qu'il soit arrêté par un quelconque flic de province et dûment averti de ses droits, pour qu'on le voie refaire surface avec un type de l'Union américaine des libertés civiles qui se mettrait à déconner sur Stowe et sur nous tous et sur Dieu sait quoi.

— Donnez l'alerte générale, ordonna l'Homme Gris.

Le ton de sa voix ne laissait subsister aucun doute : ça devait être fait *sans délai*.

— Oui, monsieur... obtempéra Jack.

Le « mais » inexprimé n'avait pas échappé à l'Homme Gris, qui se fit un plaisir d'y répondre :

— Discréditez-le, Jack. Discréditez-le avant qu'il ne parle.

Hoagland avait un don pour la diffamation, qui l'avait aidé à s'élever dans le monde des affaires, puis de la politique — une aptitude à la calomnie qu'il avait su peaufiner au fil des ans. C'était l'occasion de faire à Jack une démonstration impromptue de la manière de s'y prendre, en empruntant divers éléments à ses expériences de la journée, et en les transposant avec un peu d'imagination :

— Dites qu'il est recherché pour avoir refusé de se laisser arrêter, pour avoir agressé un agent de la police fédérale.

C'était vrai, ou presque vrai ; mais ça ne suffirait pas. Le secrétaire d'État avait compris depuis très longtemps que la vérité n'avait aucune importance ; et, une fois franchie cette barrière, il avait découvert que même la vraisemblance était inutile. Ce qui comptait réellement, c'était une certaine indéfinissable viscosité de l'accusation, qui devait être à la fois mémorable et difficile à réfuter, de sorte que l'accusé se retrouve éternellement sur la sellette, et que tout ce qu'il dise paraisse automatiquement suspect et intéressé. Hoagland cherchait présentement quelque chose de cet ordre. La scène ridicule de l'écurie lui revint à l'esprit... Oui, certainement, avec quelques modifications, de simples modifications de pronoms, cette scène ferait très bien l'affaire.

— Euh, oui, euh... tentative de viol... oh, pourquoi pas... viol, euh, zoophilie...

Cette idée lui arracha un sourire. Après tout, le bibliothécaire avait vraiment trafiqué quelque chose avec les chevaux, et il pourrait toujours courir pour essayer de le nier.

— ... cruauté envers des animaux...

Voilà qui ferait assurément de lui un paria.

— ... sodomie et actes contre nature...

Hoagland se sentait gagné par un certain enthousiasme.

— Et précisez qu'il est armé, et dangereux. Le pire

qui puisse arriver, c'est qu'il se fasse descendre. Mais sinon, personne ne croira un mot de ce qu'il racontera, de toute façon.

Content de lui, Hoagland émit un halètement qui était le cousin éloigné, et rhumatisant, d'un gloussement ; ses traits furent brièvement éclairés par un de ses rares sourires. Décidément satisfait de sa trouvaille, il répéta les accusations, en savourant chaque mot :

— Cruauté envers des animaux... zoophilie...

CHAPITRE 31

J'avais toujours espéré, attendu le transfert de la collection de Stowe à l'université. Cela n'aurait certes pas fait de nous la bibliothèque d'Oxford ou du Congrès ; néanmoins, une collection spéciale confère inévitablement du prestige et de l'importance à une bibliothèque. Tout naturellement, pour préparer le terrain et me faciliter la vie, et parce qu'il faut toujours sauvegarder son travail — de préférence, pour des raisons évidentes, à un endroit complètement différent —, l'intégralité de ce que j'avais entré dans l'ordinateur de Stowe avait été téléchargée par Internet sur mon propre ordinateur, à la bibliothèque de l'université ; et, à partir de là, sur la principale base de données de la bibliothèque. Je ne l'avais pas mentionné au vieux parce que, techniquement, et même plus que techniquement, *réellement*, cela constituait une infraction à l'accord de confidentialité que j'avais signé. Si cette infraction était découverte, Stowe risquait d'engager des poursuites. Peu importe que je ne possède pas grand-chose, il pouvait me faire un procès, et sans doute le gagner, en réduisant au passage mon « pas grand-chose » à « moins que rien ». Il pourrait également se tourner vers des poches mieux garnies, et poursuivre mon employeur, l'université ; là encore, il avait toutes les chances de gagner. Mais même au cas improbable où il aurait perdu son procès, j'étais absolument certain, moi, de perdre mon travail, et probablement toute chance d'être employé ailleurs comme bibliothécaire, « maintenant et à jamais, sur la Terre, dans le système solaire ou n'importe où dans l'univers » — selon les termes exacts de l'accord.

Je m'étais dit, je suppose, que ce transfert de données ne pouvait faire de mal à personne ; que, par ailleurs, personne ne procéderait jamais à la moindre vérification ; et que si jamais l'on vérifiait, il était peu probable que l'on découvre quoi que ce soit, à moins d'être déjà au courant de l'infraction.

J'éprouvais à ce sujet des sentiments contradictoires, à présent que quelqu'un pouvait mettre son nez dans mes affaires et découvrir ma petite manœuvre, ce qui ne manquerait pas de me faire perdre mon emploi, de me rejeter hors de la catégorie des travailleurs, « maintenant et à jamais ». D'un autre côté, ladite manœuvre allait peut-être aussi se révéler mon unique planche de salut.

Bien entendu, j'avais parcouru les textes, mais seulement en diagonale, au fur et à mesure que je les traitais. C'était ma mission. Et j'avais eu des discussions fréquentes avec mon client, afin qu'il m'explique la signification de ce que je venais de lire. Nombre de ces documents consistaient en de simples notes, sans aucune structure narrative ; et même lorsqu'il s'agissait de récits, ils avaient en général été rédigés à l'intention d'un unique lecteur : leur auteur. Quand on se parle à soi-même, évidemment, références et allusions ne posent en général pas trop de problèmes.

L'ordre dans lequel j'avais téléchargé les fichiers m'avait été dicté en partie par la chronologie, et en partie par l'emplacement, la nature et le format des documents concernés. Certains, parmi les plus récents, étaient déjà sauvegardés sur disque dur ou sur un quelconque support de données ; une bonne partie des documents papier traditionnels était empilée au-dessus des documents plus anciens, ou devant.

Mais c'étaient ces documents les plus anciens que j'avais examinés en premier. Parce que la physique a beau dire, c'est le mouvement naturel de la vie. Et, quel que puisse être ce grand et terrible secret auquel mon sort était désormais lié, il devait sans doute se trouver parmi les documents récents, ceux auxquels je n'avais pas encore touché.

Une vraie jungle, dans laquelle j'étais censé retrouver un arbre, un seul.

Qui se présentait probablement sous l'apparence de n'importe quel arbre.

Pour me livrer à cette tâche, il me fallait un endroit sûr, bien chauffé, où je puisse m'asseoir devant un ordinateur connecté à Internet. Pas un autocar, pas une chambre de motel. Comme la plupart des Américains, je suppose, j'ai des amis dispersés un peu partout dans le pays, que je n'avais pas vus depuis un an, cinq ans, dix ans. L'un d'entre eux devait bien avoir une chambre libre, et... Je pouvais aller voir Larry Berk, dans le nord de l'État de New York... Sandra Drew, qui se trouvait à Pensacola, en Floride, la dernière fois que j'avais eu de ses nouvelles... Eddie Gottlieb à Scranton, en Pennsylvanie...

À Washington, le terminus des cars Greyhound se dresse derrière les quais de Union Station, au bas de la colline du Capitole. J'avais un plan d'action. Sortir de la gare routière, repérer un drugstore, m'acheter une brosse à dents, du dentifrice, une carte téléphonique, peut-être même des lunettes genre Terminator pour me déguiser, puis trouver une cabine téléphonique... Il y avait de bonnes cabines téléphoniques à Union Station, des endroits où l'on pouvait s'asseoir pour multiplier les appels, tout à fait ce qu'il me fallait. Je pourrais même prendre un train pour... pour l'endroit où je devais aller, quel qu'il soit. J'adore les trains.

Une fois sorti du car, je me suis rendu de la zone des départs au terminus principal. Du coin de l'œil, j'ai aperçu des écriteaux placardés près des guichets. En m'approchant afin d'en lire un, j'ai appris qu'il fallait des papiers d'identité avec photo si l'on voulait acheter un billet. Eh bien, pour l'instant... pour l'instant, je ne savais pas si mon nom avait été porté sur une liste, ou si quelqu'un était à ma recherche, à part Jack Morgan et ses joyeux compagnons. En tout cas, si des papiers d'identité étaient obligatoires ici, ils étaient de toute évidence exigés aussi par la société de transports ferroviaires Amtrak, organisme quasiment gouvernemental et nettement plus pointilleux que Greyhound.

Je devais donc d'abord décider quelle direction prendre. Une seule chose à la fois.

Il y avait pas mal de flics dans le coin. Ils traînaient ou flânaient, mais tous jetaient autour d'eux des regards méfiants.

Un fugitif expérimenté est peut-être capable de passer devant des policiers sans leur lancer un regard, mais en tant que novice, la chose m'était impossible et je me surprenais à les observer fixement.

J'ai fait de mon mieux pour me raisonner : David, tu es un petit-bourgeois blanc de sexe masculin et d'âge moyen, tu as tout à fait l'habitude de regarder des policiers droit dans les yeux sans avoir peur ni te sentir mal à l'aise. Après tout, ce sont tes centurions à toi, la mince barrière bleue fermement dressée entre le chaos et ta petite vie bien ordonnée — enfin, bien ordonnée jusqu'à une date récente, et destinée à le redevenir prochainement. Malgré ces encouragements, et ce que j'imaginais être mon retour à la nonchalance d'un représentant du type ethno-sexuel dominant, l'un des flics m'observait avec un intérêt beaucoup trop prononcé.

Que faire, bon Dieu ? Détourner le regard ? Accélérer le pas ? Comment aurais-je réagi dans la vie normale, ma vie antérieure caractérisée par la confiance et l'innocence ? Un hochement de tête et un petit signe de la main, histoire de dire : Heureux que vous soyez là pour défendre le Territoire, ouais. C'est donc ce que j'ai fait, un hochement de tête et un petit signe : Salut, le flic. Il m'a rendu mon salut d'un air un peu interrogateur avant de se tourner vers son partenaire, éloigné de quelques pas, pour lui dire quelque chose. Pour lui suggérer de me jeter un coup d'œil, je suppose, étant donné la réaction immédiate du collègue.

Mais je me détournais déjà, d'un air que j'espérais naturel, comme si j'avais à faire dans une autre direction. Une direction qui m'a ramené vers les cars, quel abruti, tout en m'éloignant de la sortie. Je me suis retrouvé devant un arrêt d'autocar — la ligne Peter Pan, pour Wilmington. J'apercevais un peu plus loin, derrière trois emplacements vides, la zone réservée aux cars Greyhound ; le prochain devait quitter Washington à destination d'Atlanta, en passant par une ribambelle de villes du Sud.

Mon système nerveux n'arrêtait pas de me harceler : *Regarde, retourne-toi pour voir si les flics te suivent.* Et, comme je persistais à l'ignorer sciemment, il modulait en permanence le ton de son injonction, passant de la simple inquiétude à la panique, du couinement au geignement, pour culminer dans un gémissement irritant, insistant.

À moins d'un mètre derrière la file qui attendait l'autocar d'Atlanta, j'ai repéré un stand mobile de nourriture et de boissons. L'endroit idéal pour faire une pause et me retourner d'un air naturel, comme si tout ce que je désirais, c'était m'envoyer une petite douceur. En regardant discrètement, j'ai aperçu les deux flics qui s'avançaient vers moi. Sans hâte, sans précipitation ; n'empêche qu'ils s'approchaient.

J'ai suivi un couloir et tourné à droite. Il y avait deux autres files d'attente un peu plus loin, je pouvais donc très bien me rendre là-bas, c'était plausible. Pas de panique. Homme blanc, classe moyenne, âge moyen. Bibliothécaire. Bosse dans une université. Honorable. Inoffensif. Les bibliothécaires sont inoffensifs. Je me suis orienté insensiblement vers la droite, de manière à dissimuler mon mouvement tournant derrière les passagers de la ligne d'Atlanta. Il y avait des portes, des tas de portes, qui menaient aux divers autocars. Étaient-elles verrouillées ?

J'étais près de l'une d'elles, que j'ai poussée. Elle s'est ouverte. Après l'avoir franchie, je me suis retrouvé dans un parking couvert, étroit et long, avec des emplacements d'autocars. À ma droite, un car se dirigeait vers la sortie. L'air était chargé des vapeurs de gazole caractéristiques de notre civilisation pétrochimique. Le véhicule arrivait, je me suis précipité au-devant de lui. Aucun danger, il se déplaçait lentement et pesamment.

En apercevant le conducteur, j'ai remarqué que lui aussi m'avait vu, et qu'il fronçait les sourcils d'un air désapprobateur. Il m'avait reconnu. C'était le car à bord duquel je venais d'arriver. Sa destination était inscrite en grandes lettres sur son front d'éléphant, et il repartait directement vers son point de départ.

Une porte s'est ouverte bruyamment, celle par laquelle j'étais entré dans le parking, puis il y a eu un cri, peut-être « Hé, vous ! », pas moyen d'être sûr avec le gargouillement des intestins de ce car, mais au moment où il arriverait à mon niveau, les flics allaient me découvrir et il ne me resterait nulle part où aller. Prenant brusquement la direction opposée à celle que je suivais jusque-là, je me suis mis à courir à côté du véhicule, pour qu'il fasse écran entre les flics et moi. Mais où est-ce que ça allait me mener ? Est-ce que j'allais pouvoir maintenir cette allure jusqu'à ce qu'on ait quitté le terminal ?

À peu près à mi-longueur du mastodonte, je cavalais toujours en aspirant péniblement l'air corrosif. Je n'allais pas pouvoir tenir longtemps. Les compartiments à bagages se trouvaient juste à mon niveau. Voyons, c'était trop absurde. Mais après tout... Qu'est-ce que ça coûtait d'essayer ? J'ai attrapé la poignée du milieu, je l'ai soulevée tout en courant, j'ai tiré. La portière s'est ouverte.

Il y avait beaucoup de place libre là-dedans, malgré l'amoncellement de bagages. J'ai plongé au beau milieu des valises, des sacs de voyage, des boîtes en carton mal fermées par du ruban adhésif, et la portière s'est rabattue sur moi.

CHAPITRE 32

Dexter Hudley était sur le point de se rendre à « une réception importante », lorsque Jack Morgan s'engouffra dans son bureau après avoir agité sa carte de la Sûreté du territoire sous le nez de Taneesha, la secrétaire du recteur. Ce dernier avait déjà enfilé la moitié de sa veste, une manche lui arrivait à l'épaule et l'autre au coude, et il se figea dans cette position incommode.

— Un de vos employés a été impliqué dans une altercation, au haras d'Alan Stowe, lui lança Morgan.

— Qui ? Quoi ?

— David Goldberg.

— Notre bibliothécaire ? Au domicile de M. *Stowe* ?

Un recteur d'université, ce mendiant affublé d'une toge, est jugé d'après le montant des fonds qu'il est capable de réunir. Stowe n'était pas seulement fabuleusement riche, sa dernière heure approchait et il habitait dans les environs.

— Ce Goldberg ! Depuis le temps que j'essaie de le virer, s'exclama Hudley avec ferveur.

En réalité, David ne lui avait jamais posé le moindre problème. Néanmoins, dans la perspective d'un legs de Stowe, la valeur de ce garçon venait d'être ramenée, approximativement, à celle d'un stylo jetable.

— Mais c'est un malin. Ils ont des syndicats, vous savez. Voilà un des nombreux points sur lesquels je suis d'accord avec M. Stowe. Les syndicats mènent ce pays à sa ruine. Quand on ne peut plus virer quelqu'un qui doit être viré, comme Goldberg, c'est que la situation est devenue incontrôlable. Incontrôlable. Vous auriez dû me contacter, messieurs. Je vous aurais mis en garde contre Goldberg. Qu'est-ce qu'il a fait ?

— Il a agressé un agent de la Sûreté du territoire.

— Mon Dieu ! Qu'est-ce qu'on peut faire pour vous ?

— Si vous pouviez alerter le service de sécurité du campus...

— C'est comme si c'était fait !

Hudley pressa le bouton de son interphone et s'adressa à sa secrétaire :

— Taneesha, passez-moi le responsable de la sécurité. Tout de suite.

Sur quoi il se retourna vers Morgan, pour lui certifier, de sa voix la plus doucereuse :

— Nous sommes ici pour vous aider.

Il secoua ensuite la tête d'un air incrédule, consterné.

— La Sûreté du territoire, mon Dieu, mais où va-t-on ? Est-ce qu'il y a autre chose que je devrais savoir ?

— On dirait qu'il a pété les plombs.

— Pété les plombs ?

— Eh bien, oui. Comme vous le savez, M. Stowe possède des pur-sang d'une grande valeur...

— Bien sûr. C'est un des plus grands haras de notre pays. Un des plus grands du monde. Mon Dieu, est-ce que Goldberg a fait du mal à un cheval ? Est-ce qu'il aurait fait souffrir une bête ?

— Aucun des animaux n'a subi de dommages permanents.

— Nous avons donc de la chance dans notre malheur, loué soit Dieu.

— Il s'est également produit un incident de caractère sexuel.

— Taneesha, appela le recteur à travers la porte, en délaissant l'interphone. Taneesha ! cria-t-il plus fort.

Taneesha entra, épaules larges, hanches larges, large sourire, et un teint couleur de caramel mou.

— On vire Goldberg ! s'écria Hudley.

Taneesha parut désorientée. Elle était à peu près certaine que le recteur Hudley ne pouvait pas renvoyer un bibliothécaire, particulièrement du rang et de l'expérience de Goldberg, rien qu'en en parlant à sa secrétaire. Est-ce qu'il s'agissait encore d'une de ses imitations ? Dans ce cas, elle ne reconnaissait pas de qui il s'agissait. Elle décida d'attendre que la situation se décante un peu.

— Appelez les avocats !

Oh, il était donc sérieux.

— Un méfait gravissime. Un comportement déplacé !

Il se tourna vers Morgan.

— C'était quoi, cet incident à caractère sexuel ?

— Quelque chose qu'il a fait à un cheval.

— Il l'a fait à cheval ? Comme un Cosaque ? Comme une espèce de Cosaque ? David...

— Non, l'interrompit Morgan, pas à cheval. *À un* cheval.

À un cheval ? Taneesha était incrédule. Elle aurait juré que Goldberg avait une petite bite. Qu'est-ce qu'il pouvait bien fricoter avec un cheval ? Comme quoi l'habit ne fait vraiment pas le moine.

— Cessez donc de ricaner, lança sèchement Hudley à sa secrétaire.

Il était scandalisé, n'ayant encore jamais eu affaire à un cas de zoophilie à l'université. Et il estimait qu'elle aussi, elle aurait dû être scandalisée. Très scandalisée, même.

— Appelez les avocats. Alertez notre service de sécurité. Qu'il ne remette jamais les pieds sur ce campus ! aboya le recteur avant de se tourner vers Morgan. On va s'assurer qu'il ne retrouve pas de travail ailleurs, non plus. Nous n'avons pas besoin de voir un type dans son genre tourner autour de nos jeunes. C'est l'avenir de l'Amérique, ces gosses. Goldberg ne retrouvera plus jamais d'emploi ! En tout cas, pas dans une bibliothèque, c'est sûr.

CHAPITRE 33

Deux choses ont fini par se produire en même temps : ma claustrophobie dans le compartiment à bagages a atteint un degré d'hystérie insoutenable, et l'autocar s'est arrêté. J'ai ouvert la portière d'un coup de pied et me suis laissé rouler sur la chaussée. Quelques personnes m'ont observé avec curiosité ; d'autres ne m'ont prêté aucune attention.

La luminosité de l'air s'est altérée tandis que l'autocar gargouillait en crachant des vapeurs de gazole maléfiques, avant de se remettre à rouler en tanguant. Est-ce que Woody Harrelson et les écolos auraient raison ? Est-ce qu'on devrait adapter tous nos moteurs Diesel pour qu'ils puissent consommer de l'huile végétale ? De l'huile de chanvre, notamment ? Est-ce que ça ferait vraiment une différence ?

Personne n'a hurlé ou gueulé ou crié haro, pourtant je me trouvais dans un des périmètres les plus sécurisés du monde, à quelques rues seulement du quartier général du FBI. Je me suis essuyé les mains sur mon pantalon. J'avais intérêt à me bouger, à m'éloigner des passants qui avaient assisté à mon atterrissage de passager clandestin, et à prendre un air occupé, déterminé.

J'ai regardé autour de moi. Cette géographie m'était très familière.

J'avais sauté du car dans la Troisième Rue Nord-Ouest, c'est-à-dire IS 395 sur le plan, à deux rues du Mall, cette magnifique oasis de verdure. Si je remontais directement la Troisième, je me retrouverais en face du Capitole, siège du Congrès américain.

Et, si je me tenais en face du Capitole, j'aurais à ma droite, sur Independence Avenue, les trois immeubles de bureaux de la Chambre et, juste derrière, dans le même alignement, le James Madison, un des trois bâtiments qui abritent la bibliothèque du Congrès.

Situé derrière le Capitole, à côté de la Cour suprême, le building Thomas Jefferson se trouve en face du James Madison, de l'autre côté de la rue. Quant au bâtiment John Adams, en retrait derrière le Thomas Jefferson, il forme une diagonale avec le James Madison.

Le Jefferson, bâti en 1897, est le plus ancien de tous. Conçu sur le modèle de l'Opéra de Paris, il est coiffé d'un dôme plaqué or à vingt-trois carats. Le Madison, lui, remonte aux années 1930 ; il était « moderne » pour son temps. On y observe des éléments d'Art déco ; mais au fond, c'est une grande boîte toute simple, une construction musclée, très proche des bâtiments administratifs que Mussolini faisait ériger à Rome vers la même époque.

Mes pas m'ont porté vers le James Madison. Je savais, sans avoir à y penser, que les deux autres fermaient à dix-sept heures trente, mais que le Madison, le plus vaste et le plus récent, restait ouvert jusqu'à vingt et une heures.

Les architectes du Madison se sont efforcés de

décliner des thèmes classiques en les remettant au goût du jour. Sa façade consiste en une rangée de colonnes, comme celle du Parthénon, mais elle est dépouillée de toute ornementation, allant jusqu'à renoncer à la douceur des courbes ; partout, ce ne sont que lignes droites, sévères rectangles, et cette façade atteint à l'élégance par la longueur et l'étroitesse de ces rectangles, autant que par la pureté de ses matériaux de construction.

L'unique décoration autorisée consiste en mots, à l'extérieur comme à l'intérieur — des citations de James Madison, un des artisans de notre Constitution. Ces Virginiens étaient très amoureux de leur propre création : « L'heureuse union de ces États est une merveille ; leur constitution, un miracle ; leur exemple, un espoir de liberté pour le monde. » Et, si l'on fait abstraction de la dissonance cognitive inévitablement impliquée par leur cohabitation avec les esclaves, c'étaient de grands humanistes, amoureux de ces choses dans lesquelles ils voyaient les racines de leur création, amoureux de la raison, du savoir, de l'érudition, des livres — amoureux des *bibliothèques*. On peut ainsi lire, parmi les citations : « L'essence du gouvernement, c'est le pouvoir ; et, le pouvoir se trouvant nécessairement entre des mains humaines, il sera toujours susceptible d'abus. » Ou encore : « Les institutions savantes devraient être prisées par tous les peuples libres. Elles répandent sur l'esprit de la communauté une lumière qui offre la meilleure garantie contre tous empiètements retors et dangereux sur la liberté de la communauté. »

Il y avait un vigile à la porte, et j'ai dû lui montrer ma carte de bibliothèque. Je ne m'étais toujours pas rasé. Mes vêtements avaient l'air de ce qu'ils étaient, c'est-à-dire de fringues d'occase portées par un type qui s'était fait transbahuter dans le compartiment à bagages d'un car Greyhound avant de se ramasser sur la chaussée. Le stress m'avait fait transpirer à grosses gouttes. La transpiration est parfois presque sucrée, et elle peut être très saine, parfois même attrayante et sexy ; mais la sueur du stress, c'est une autre affaire. Elle émet une vilaine odeur, qui pousse les prédateurs à attaquer et sème la zizanie parmi les amants. Néanmoins, lorsque j'ai montré au garde ma carte de la bibliothèque du Congrès, il s'est contenté de lui jeter un regard paresseux, indifférent, avant de me laisser entrer.

À peine enfermé dans l'ascenseur, j'ai commencé à me sentir mieux, plus calme, plus à l'aise. Je me retrouvais dans un environnement familier. Cette histoire de poursuite paraissait ridicule. Elle n'avait après tout aucun motif valable. C'était une erreur. Elle était fondée sur une hypothèse fausse. Je verrais mon avocat mercredi, il contacterait les autorités, et nous ferions le nécessaire pour que je puisse reprendre mon train-train comme si de rien n'était.

Au troisième étage, j'ai repéré un ordinateur libre, dans l'angle sud-ouest, et suis allé me connecter. En prenant une profonde inspiration, je me suis dit qu'il y avait peut-être moyen de découvrir si j'étais recherché. J'ai tapé mon nom dans Google, et je suis tombé sur un tas d'homonymes, mais il n'y avait rien sur moi. Après quoi, j'ai essayé « recherché police », et le moteur de recherche m'a proposé divers choix, des sites privés, un site national, plusieurs sites consacrés à des États spécifiques. Enfin, comme l'incident s'était produit en Virginie, j'ai tapé « recherché police Virginie ».

Quelle pitoyable galerie de portraits ! Huit noms seulement, et huit petites images rectangulaires, genre photos de permis de conduire. Un certain Hector Garcia-Gonzalez, recherché pour meurtre et vol à main armée ; un certain Daniel Innsbrook, recherché pour quatre meurtres commis dans la ville de Norfolk, décrit comme un « tueur à gages » venu de Brooklyn. Et là, en sandwich entre les deux, selon l'ordre alphabétique, ma bobine. La photo de ma carte de l'université.

— David Goldberg ! a appelé une voix.

Une voix de femme. Une voix grinçante, funeste. J'aurais trouvé Suzanne Cohen-Miller beaucoup plus séduisante si sa voix avait été différente. Je crois qu'une voix différente aurait complètement changé sa vie.

— Qu'est-ce que tu fiches ici ?

Cela faisait des années que je connaissais cette bibliothécaire. Et que je l'évitais chaque fois que possible. À l'entendre, sa vie était un drame permanent, chacune de ses relations amoureuses une histoire racontée par un idiot, pleine de bruit et de fureur, et qui ne voulait rien dire — histoires dont Suzanne régalait son auditoire, décennie après décennie, devant des cafés au lait écrémé et des salades diététiques, ou dans les toilettes des femmes. C'était déjà assez difficile de l'écouter, mais j'avais toujours l'impression que cela ne lui suffisait pas. Elle aurait sans doute souhaité que je vienne la rejoindre à bord d'une histoire idiote, pour que nous ayons une relation à base de larmes et de grincements de dents. Une recharge de bruit et de fureur à emporter dans les toilettes...

J'ai levé les yeux. Elle s'approchait à toute vitesse, et j'ai prononcé son nom en retour.

Puis, j'ai reporté mon regard vers l'écran. Il fallait que je ferme cette fenêtre, ou que j'en ouvre une autre avant que Suzanne n'arrive à mon niveau. Mais il fallait aussi que je sache pourquoi j'étais recherché. Juste un petit coup d'œil furtif. Agression. Cruauté envers des animaux. Et zoophilie.

Zoophilie ? Qu'est-ce que c'était que cette histoire, bon Dieu ?

Sur l'instant, j'ai cru à une blague. Il s'agissait d'une réaction spontanée, naturelle, pas du tout utilitaire.

C'est peut-être une question de peuple, de culture. Les Juifs ont des blagues. Ils pensent en termes de blagues. Si Freud avait été un gentil, il ne se serait jamais interrogé sur la nature des blagues. Jung, ce psy goy, ne s'est jamais posé de questions sur les blagues ; il a postulé l'existence d'archétypes universels, dont pas un seul n'est délibérément comique.

La blague à laquelle j'avais pensé a même un titre : « Pierre le constructeur de ponts ». Le Pierre en question déclare :

— Vous voyez ce pont, j'ai construit ce pont, mais est-ce qu'on m'appelle Pierre le constructeur de ponts ? Non ! Vous voyez cette maison, j'ai construit cette maison, mais est-ce qu'on m'appelle Pierre le constructeur de maisons ? Non ! Regardez cette route, j'ai construit cette route, mais est-ce qu'on m'appelle Pierre le constructeur de routes ? Non ! Mais si on a le malheur de baiser un seul mouton...

Ces individus avaient fait de moi quelque chose de

pire qu'un criminel : un idiot, un crétin, une sorte de pervers pathétique. Voilà qui allait me coûter mon emploi, je le savais.

J'ai tapé Contrôle/Q, et la fenêtre s'est figée. Cette putain de fenêtre s'est *figée*. J'ai pressé les touches, encore et encore. La malédiction de Microsoft s'abattait sur moi.

Et Suzanne aussi s'abattait sur moi.

Je me suis levé d'un bond pour la saluer, afin de la tenir à distance de l'écran. Mais je savais que je n'allais pas m'en sortir. Je la connais, Suzanne. Si l'on essaie de la diriger vers l'est, elle va à l'ouest. Pour peu que l'on essaie de jouer au plus fin et qu'on lui dise d'aller à l'ouest, dans l'espoir que son esprit de contradiction lui fasse prendre la direction de l'est, c'est vers l'ouest qu'elle partira. Elle sait toujours intuitivement où elle n'est pas la bienvenue, et s'y rend immanquablement. Telle est la clef de sa vie émotionnelle ; telle est la méthode infaillible au moyen de laquelle elle va de rencontre en rencontre, sans fin, en dévorant les âmes.

— Qu'est-ce que tu cherches, David ? a-t-elle glapi, de cette malencontreuse voix perçante.

Je me suis demandé si elle se rendait compte que toutes les têtes contenues dans la salle silencieuse de ce sanctuaire voué à la lecture pivotaient vers elle chaque fois qu'elle ouvrait la bouche. Comme elle se trouvait à environ un mètre cinquante de moi, quiconque la regardait me regardait forcément, moi aussi.

J'ai mis un doigt sur mes lèvres en disant « Chuuuut ! », et en me faisant l'effet d'être devenu ma propre caricature.

C'était également l'impression de Suzanne, qui s'est mise à rire, « Ha ha ha ! », on aurait dit un battant de fer frappant une cloche fêlée.

Pour l'encourager à chuchoter, je me suis approché d'elle, à une distance intime.

Déjà, elle me contournait en me demandant :

— Un problème d'ordinateur, David ?

— Non.

— OhmonDieuuuuu ! s'est-elle exclamée.

— Moins fort, Suzanne, moins fort, c'est une bibliothèque !

Pas un visage qui ne soit tourné vers nous au moment où elle a jappé :

— Zoophilie, David ?

À ce stade, tous les curieux se sont désintéressés de l'incident auquel était mêlée cette bibliothécaire. Il y a eu des ricanements et des petits sourires en coin, mais les gens se sont replongés dans leur lecture en se disant sans doute : Encore une vieille fille qui vient de surprendre un visiteur en train de mater des sites pornos.

— Écoute-moi, parle moins fort, d'accord ? Tu peux parler moins fort, Suzanne ?

— Oui !

Le monosyllabe a retenti dans toute la salle.

— Est-ce qu'on peut aller discuter quelque part ? Ne réponds pas, j'ai murmuré. Tu bouges simplement la tête pour dire oui ou non.

Elle a fait oui de la tête.

— Ne parle pas, emmène-moi juste où tu veux.

Suzanne a paru hésiter.

— Je ne suis pas un zoophile, enfin, peu importe

277

le nom. Je n'ai pas de relations sexuelles avec des animaux.

Elle m'a jeté un regard dubitatif. Elle m'a *vraiment* jeté un regard dubitatif. J'étais devenu Pierre le constructeur de ponts, sans même avoir niqué le moindre mouton.

— Je ne vais pas t'attaquer, ou te violer. Il faut qu'on trouve un endroit où parler, s'il te plaît, s'il te plaît. Bouge simplement la tête.

Suzanne a compris que si l'on pouvait se retrouver entre quat'z-yeux, j'accepterais de lui en dire plus, et que là, elle allait pouvoir s'offrir une indigestion d'émotions. Elle a hoché la tête, j'en ai fait autant, et nous nous sommes dirigés furtivement vers une des salles situées derrière les rayonnages, ces espaces que hantent les bibliothécaires lorsqu'ils sont seuls.

CHAPITRE 34

Le téléphone sonna à l'instant où Inga prenait son sac à main.

Ce n'était pas rien, d'être vieille. La plupart du temps, elle acceptait les ravages de l'âge qui était monté du sol à la façon d'une vapeur humide, d'un lierre invisible, pour s'enrouler autour de ses jambes, ses cuisses, son pubis, son ventre, ses seins, son cou. On ne pouvait discerner le lierre lui-même, mais on apercevait les rides qu'il imprimait dans la chair, et l'on voyait comment il tirait celle-ci vers le bas, vers le sol.

Elle regarda passer les étudiantes.

Inga avait été tellement jeune, jadis, tellement intrépide, et sa chair avait été aussi ferme que celle de n'importe laquelle de ces étudiantes. Elle pouvait danser, danser toute la nuit, faire bander les garçons qui tendaient vers elle des mains brûlantes, les faire danser. Ils essayaient de tenir le plus longtemps possible, car chacun voulait être le dernier à se retrouver avec Inga quand elle déciderait de rentrer à la maison, en espérant pouvoir la raccompagner ; et parfois elle en emmenait un, en riant, et se jetait sur lui avec une faim égale à la sienne, et le chevauchait autant qu'il la chevauchait... Des souvenirs de vieille femme se demandant où s'était enfuie sa sève. Encore heureux que la sève se soit enfuie, après tout, se disait-elle ; il n'aurait plus manqué qu'elle escalade le comptoir de la bibliothèque pour sauter sur un garçon de dix-huit ans.

Quand elle avait rencontré l'amour, elle s'y était abandonnée. Elle avait brisé le foyer de son professeur, puis remporté la compétition et conservé le prix ; mais ç'avait été pour elle, Inga le comprenait maintenant, le commencement de la fin, le commencement de sa dégringolade du haut de sa situation de jeune Viking à celle de femme mariée, modèle XXᵉ siècle, format civilisation occidentale. Un jour, il avait tout détruit, il avait brisé leurs deux existences. Il s'était suicidé et elle ne s'en était jamais remise. Elle n'avait jamais été jeune un seul jour depuis ce jour-là, elle avait gaspillé le reste de sa vie en chagrin, en regrets, en colère, en culpabilité.

Elle prit le téléphone. C'était Taneesha. La secrétaire du recteur commença à lui raconter que David avait eu des relations sexuelles avec un cheval. Ni l'une ni l'autre n'y croyait. Enfin, Taneesha apportait un semblant de crédit à cette histoire. Peut-être pas exactement du crédit, mais, en tout cas, ça paraissait beaucoup l'amuser.

Taneesha ajouta que la Sûreté du territoire et le FBI allaient venir chercher tous les papiers de David. Ils allaient confisquer son ordinateur, fermer son bureau à clef, appliquer la procédure habituelle. Tout le monde était averti que si l'on apercevait David, il fallait appeler aussitôt le service de sécurité.

Inga sentit que son cœur commençait à marteler

dans sa poitrine. Ces flics qui débarquaient dans les bibliothèques la rendaient furieuse. Les bibliothèques, c'était la liberté. Des torches dans l'obscurité, des bastions dressés contre la fascination fasciste du pouvoir qui guettait n'importe quel gouvernement.

— Il faut que j'y aille, lança-t-elle à Taneesha, à la grande déception de celle-ci. Il faut que j'y aille.

Elle s'engouffra dans le bureau de David. Peut-être qu'il avait des relations sexuelles avec des animaux, après tout. Dans ce cas, son ordinateur devait contenir des images ou des textes compromettants. Inga trouvait odieux de criminaliser la pensée.

Même si ce n'était qu'un tissu de mensonges, l'ordinateur de David contiendrait des documents concernant sa vie privée. Il contiendrait... Dieu seul savait quoi, et cela ne regardait personne.

Elle ne connaissait pas grand-chose aux ordinateurs. Mais elle en savait tout de même assez pour débrancher l'appareil de David, le déconnecter de l'écran et du clavier, le soulever et l'emporter pour aller le dissimuler sous son propre bureau. Ensuite, elle retourna dans le bureau de David et plaça l'écran sur une table, dans un coin, comme s'il s'agissait d'un objet mis de côté, défectueux, à envoyer en réparation ou quelque chose de ce genre. Elle prit le clavier et l'emporta également pour le déposer dans la réserve, parmi les fournitures de bureau.

Quand le gros bonnet de la Sûreté du territoire se pointa, avec ses cheveux coupés en brosse et son regard digne d'un État policier, elle le fixa droit dans les yeux et mentit, mentit — et mentit encore.

Ce fut extrêmement agréable.

CHAPITRE 35

— Je suis dans la merde, ai-je confié à Suzanne.

— Ben, je vois. Raconte-moi tout, s'est-elle impatientée. Il faut que tu me racontes tout.

C'est ainsi que, debout dans une cage d'escalier, derrière un panneau proclamant « ENTRÉE INTERDITE — RÉSERVÉ AU PERSONNEL », je lui ai tout raconté, en commençant par le commencement, c'est-à-dire par Elaina.

— Je pense que je l'ai rencontrée, m'a interrompu Suzanne. Le genre un peu éthéré. Elle parlait doucement — et rarement, en fait.

— C'est elle, ai-je acquiescé, en pensant : Tout le contraire de toi.

— Tout le contraire de moi, en somme ! s'est exclamée Suzanne. Ha ha ha !

Elle a éclaté d'un rire si énorme que j'ai craint qu'on ne l'entende jusque dans les salles de lecture.

— Je me souviens, maintenant, elle cherchait du travail. Mais elle avait presque peur de le demander. Je voulais l'aider, je voulais lui trouver du boulot, mais il n'y en a pas, bien sûr.

Je suis donc parti de là. Ça a pris un bon bout de temps, parce que le moindre détail inspirait à

Suzanne des réflexions, des sentiments, exigeait une analyse ou appelait une anecdote. J'ai eu droit à une critique en règle de notre système patriarcal et hiérarchique, et de l'héritage, la théologie et l'histoire de la civilisation occidentale. Ce thème était enrichi et renforcé, à l'occasion, par des informations à caractère personnel. Elle ne s'appelait plus Suzanne Cohen-Miller, mais Susie Bannockburn. « Suzanne » faisait vraiment trop Hollywood, trop bourge prétentieuse, beurk ; quant au nom Cohen-Miller, elle y avait renoncé deux mariages plus tôt. Elle n'avait pourtant que, quoi, trente-trois ans ? Trente-six ? Dans ces eaux-là. Susie était passée par deux autres noms avant d'adopter, disait-elle, le nom de jeune fille de sa mère, parce qu'il ne suffisait pas de reprendre son propre nom de jeune fille : ce serait encore le nom de son père. Le problème était que les racines du patriarcat s'enfonçaient très loin, à des générations de profondeur. Elle n'avait pas particulièrement aimé son père, elle ne l'aimait toujours pas, et avait fait enrager le vieux en le court-circuitant ainsi pour adopter le nom de sa mère — en bravant, en vengeant, en effaçant le mal qu'il avait fait à cette dernière quand il l'avait obligée à renoncer à son propre nom.

Ce tourbillon de féminisme m'a fait espérer que ma cote allait remonter lorsque j'arriverais finalement à la partie de mon récit où j'expliquais que le but de toutes ces manigances était apparemment d'assurer l'élection de Scott, en faisant échec à Murphy.

— Ha ha ! s'est écriée Susie.

— Oui, j'ai approuvé.

— Ce serait la pire chose qui puisse nous arriver.

— Quoi ?

— Il est temps que ce pays soit secoué par une crise, une vraie crise. Scott va nous apporter la ruine, je veux dire la ruine totale. En ce moment, il serait encore temps, probablement, de renverser la vapeur, mais s'il reste en place, ouah, tout le château de cartes va s'effondrer, se volatiliser. Sans compter que Scott mettra un autre juge à la Cour suprême, boum, adieu *Roe versus Wade*[1], fin du droit à l'avortement, ho ho ha ha ha, si tu n'as jamais vu de filles en colère, bonjour le spectacle, ho ho ha ha ha ! Et la répression, ce ministre de la Justice, et tous ces tarés religieux... Tu crois vraiment que Scott s'imagine que c'est Jésus qui l'a fait président ?

« Encore deux années de Scott et tout va se casser la gueule, on aura des émeutes dans les rues, des pillages, des incendies, le grand soir, une vraie révolution. Et Murphy risquerait d'empêcher tout ça de se produire.

— Oh, bon Dieu, j'ai gémi en m'asseyant sur une marche. Oh, putain de bon Dieu.

— Qu'est-ce qui se passe ? m'a interrogé Susie Bannockburn.

— Susie... Ils ont essayé de me descendre, ou au moins de me démolir le portrait, je me suis fait électrocuter par un *stun-gun*, tu veux savoir quel effet ça fait ? Hein ? Tu veux le savoir ?

— Ne t'avise pas de te montrer violent avec moi ! J'en ai assez, des hommes violents !

---

1. Jugement jurisprudentiel rendu le 22 janvier 1973 par la Cour suprême des États-Unis, autorisant une Texane, Jane Roe, à avorter malgré l'interdiction des lois de son État.

— Ne crie pas !

— Je ne crie pas !

— Si, tu cries. Déjà, quand tu parles normalement, tu cries !

— Tu me détestes, n'est-ce pas ?

— Je ne te déteste pas, Susie. Absolument pas. Je suis fatigué, j'ai la trouille, ma photo est sur le Net et je n'ose pas sortir. Tous les flics et les vigiles et ces tarés de la Sûreté du territoire sont après moi ! J'ai les jetons, Susie, j'ai les jetons.

— Mon pauvre garçon.

— Oui, j'ai reniflé.

— Ne t'en fais pas, maman Susie va s'occuper de tout.

Dès que j'ai compris, et ce n'a pas été long, j'ai levé vers elle un regard stupéfait. Elle a dû prendre ma stupéfaction pour du soulagement, ou du plaisir, ou de l'impuissance, car elle s'est penchée pour attirer ma tête contre elle. Comme j'étais assis sur une marche et qu'elle était debout, mon front s'est retrouvé au bas de son ventre et ma bouche dans une telle position que, si je me mettais à parler, la situation allait tourner au cunnilingus tout habillé.

— Ne t'en fais pas, ne t'en fais pas, Susie est là.

Elle se balançait doucement d'un côté à l'autre, tout en faisant rouler ma tête d'avant en arrière.

Une fois de plus, les objets trouvés sont venus à ma rescousse. Susie m'a dégotté un bonnet de laine, pour recouvrir mes cheveux bouclés, et aussi une veste en cuir plutôt classe, trop grande pour moi, ce qui était mieux que l'inverse.

Ensuite, elle m'a emmené chez elle. J'ai pris une

douche, et elle m'a prêté la brosse à dents et le rasoir destinés aux invités. Je m'en suis servi avec gratitude. Elle possédait un tee-shirt trop grand, qu'elle m'a donné, et un caleçon d'homme que quelqu'un avait oublié chez elle. Elle a manifesté une réserve inhabituelle concernant l'identité de ce porteur, ou alors elle ne savait plus très bien, mais elle m'a assuré que le caleçon avait été lavé, et qu'il était très propre.

Susie a fait du thé, et nous avons commandé un repas à un restaurant chinois. Elle n'arrêtait pas de parler, et ses phrases partaient à tout instant dans toutes les directions, au risque de s'égarer dans la stratosphère. Tant qu'elle ne pétait pas complètement les plombs, j'étais en sécurité.

— Il me faudrait un déguisement, j'ai suggéré en buvant mon thé.

— Je pourrais te teindre en blond.

— Tu saurais faire ça ?

Ce n'était pas une question particulièrement brillante, puisqu'elle s'était visiblement décolorée elle-même.

Après m'avoir traîné dans la salle de bains, Susie m'a fait enlever mes vêtements. Comme j'hésitais, elle m'a jeté un regard qui voulait dire : Arrête tes conneries, je suis une grande fille, j'en ai vu d'autres. Non, je retire ça. C'était plutôt un regard du genre : Je suis une femme, j'aide d'autres femmes à accoucher, je coupe les couilles des sangliers pour les transformer en cochons, il n'y a rien que je n'aie déjà vu. Je me suis donc déshabillé et, une fois de retour sous la douche, je me suis mouillé les cheveux. Susie m'a donné un produit à verser dessus, en me révélant avec un de ses gros éclats de rire, enfin, plutôt moins gros que d'habitude, mais gros quand même :

— C'est ce que j'utilise moi-même. Je ne suis pas une vraie blonde !

Après m'être mis ce machin dans les cheveux, je l'ai laissé mariner sous un bonnet de douche pendant qu'on dégustait nos crevettes *moo shu* et nos feuilles de vigne thaïlandaises farcies, servies avec une sauce au curry et à la noix de coco. Susie mangeait avec appétit et, tout en m'observant, se pourléchait les lèvres et se suçait les doigts. Je n'y ai pas prêté attention sur le moment, me trouvant remarquablement peu appétissant avec ce bonnet en plastique semi-transparent sur la tête, et cette serviette de bain ornée d'un motif de gouttes roses et lavande dont j'étais enveloppé.

Vers la fin du dîner, j'étais devenu blond. J'ai rincé mes cheveux avant de les peigner ; mais je me ressemblais toujours.

— Une petite coupe en brosse ? a suggéré Susie.

— J'ai peur de sortir.

— Je peux m'en occuper, David. J'ai des ciseaux et une tondeuse, tout ce qu'il faut.

En jouant des ciseaux et en coupant à tour de bras, Susie continuait à bavarder comme une pie, et les mèches de cheveux s'amoncelaient autour de nous. Elle a parlé sans interruption pendant toute la durée de l'opération. De sa souffrance. De l'iniquité, de l'infidélité et de l'ambiguïté de ses premier, deuxième et troisième maris, respectivement. Côté sexe, ç'avait été moyen avec l'inique, pas terrible avec l'infidèle, spectaculaire mais imprévisible avec l'ambigu. Elle comprenait qu'il restait des conflits en suspens entre son père et elle ; c'était lui le fautif, puisqu'il refusait de considérer les agressions de Susie comme des tentatives de réparation de leur lien affectif. Le président Scott lui rappelait son père ; ce serait une bonne idée de contribuer à sa destruction. Susie a expliqué que cette tondeuse était destinée à son usage personnel, et qu'en ce moment elle était complètement rasée, et même piercée, c'était le look tendance.

— Tu as un ordinateur, ici ? lui ai-je demandé.

— Oui.

Elle a allumé la tondeuse et a commencé à la faire remonter, toute bourdonnante, le long de ma nuque.

Sur le dessus et l'avant de mon crâne, ma chevelure se résumait dorénavant à quelques touffes jaunes ébouriffées, dans lesquelles elle a passé les doigts en plaisantant, sur un ton érotico-névrotique :

— Me voilà complice d'un fugitif...

Susie a sorti un peigne et l'a utilisé en conjonction avec la tondeuse, afin de me couper les cheveux à environ un centimètre du crâne. Ce faisant, elle se pressait contre moi et m'interrogeait sur ma vie amoureuse.

— Ce que je dois faire, j'ai répondu, c'est me connecter et essayer de tirer cette affaire au clair, avant d'être envoyé en taule pour...

Pas moyen de prononcer le mot « zoophilie ».

— ... pour je ne sais quel motif, ou bien d'être descendu par un flic à la gâchette facile, ai-je conclu en me trouvant moi-même follement mélodramatique.

Pendant ce temps-là, Susie peignait et coupait et faisait bourdonner sa tondeuse, sous laquelle j'ai vu émerger dans la glace un nouveau visage à mesure que les plans et les lignes devenaient plus distincts.

Mes yeux avaient maintenant plus d'éclat, le regard avait gagné en intensité ; mais ce n'était peut-être dû qu'à la fatigue et à la peur.

Quand elle a eu terminé, je suis encore retourné sous la douche afin de me débarrasser de tous ces cheveux coupés, sous le regard attentif de Susie avec qui j'étais bien déterminé à ce que rien ne se passe. Pourquoi pas ? Parce qu'elle était tout bonnement trop névrosée ? Parce que... parce que j'étais à moitié amoureux d'une autre femme, une femme mariée à un autre homme, et que je voulais rester fidèle à un espoir, celui de devenir l'amant de Niobé !

Qui sait ? Je me suis séché et habillé aussi rapidement que possible, et j'ai demandé à Susie de me montrer son ordinateur. Elle avait Roadrunner, le système d'Internet par câble de Time Warner. Je me suis frayé un chemin à travers le système de l'université et j'ai essayé de me connecter à mon ordinateur personnel, mais sans succès. Il était apparemment éteint, ou déconnecté, pour une raison ou pour une autre.

Est-ce qu'ils étaient venus le prendre ? Est-ce qu'ils l'avaient emporté ? Est-ce qu'ils étaient en train de l'examiner, à cet instant même ?

Pourraient-ils retrouver les noms sous lesquels j'avais dissimulé les dossiers de Stowe ? Et s'ils les retrouvaient, feraient-ils disparaître ces fichiers ? En installant des pièges, au cas où j'essaierais d'y pénétrer ? De combien de temps est-ce que je disposais avant qu'ils n'aient fait le tour de la question ? Deux jours ? Un seul jour ?

CHAPITRE 36

La Sûreté du territoire avait suivi la piste d'Elaina Whisthoven. La jeune femme était allée s'installer à l'angle nord-ouest du Massachusetts, à environ cinq cents mètres de la frontière du New Hampshire, l'État à la fameuse devise, « Vivre libre ou mourir ». Elaina avait cherché à faire des vacations dans un établissement scolaire, mais n'avait obtenu que deux jours d'enseignement par semaine. Ses cours particuliers d'anglais, de maths et de français lui rapportaient quelques dollars. Il lui arrivait aussi de faire des ménages ; et elle ne se rendait jamais à la bibliothèque.

C'était un de ces bleds situés au milieu de Nullepart, et remarquablement mal desservis. Tous les vols pour s'y rendre avaient au moins deux escales, dont une de trois heures à l'aéroport de Trifouilly-sur-Perpète. Une fois débarqué à l'aérodrome le moins éloigné de Nullepart, Parks devrait encore louer un véhicule et conduire pendant une heure, une heure et demie, montrer ses papiers d'identité, laisser à chaque étape de son parcours des traces aussi profondes et indélébiles que des empreintes de mains dans le ciment.

Il paraissait plus simple de faire le trajet en bagnole et de régler chaque dépense en liquide, les péages, l'essence, la bouffe. De passer sous les radars du système.

Ce serait aussi plus rapide : en prenant l'itinéraire direct et en conduisant d'une traite, pendant toute la nuit, il serait chez Whisthoven à l'aube. Encore une petite dose de cristaux et il pouvait rester éveillé la nuit entière, pas de problème, la deuxième nuit d'affilée, pas l'ombre d'un problème, c'était précisément pour ça que la Wehrmacht fabriquait des amphétamines.

Il rentra chez lui pour prendre une douche et sniffer le speed versé au creux de son poing. Une sensation agréable, qui donnait envie de se mettre au volant. Vivement l'asphalte, vivement la nuit trouée par la lumière des phares... Le point de fuite — foncer droit vers le point de fuite.

Parks parvint à l'aube devant la maison d'Elaina, située sur une petite route de campagne.

La gelée marbrait les pelouses jonchées de feuilles mortes ; des mousses de brouillard s'accrochaient aux branches ; les rayons du soleil s'avançaient à tâtons parmi les nappes de froid translucides que la nuit avait abandonnées derrière elle. Il n'y avait pas eu de circulation pendant la nuit et l'atmosphère en avait profité pour se décanter, pour se laver dans le brouillard ; et, une fois toute fraîche, toute propre, elle s'était aspergée du parfum des arbres vivants et des feuilles mortes.

Cet instant ne pouvait durer, il ne durerait pas, et cette fugacité lui conférait une délicatesse particulière.

Dans la tête de Parks, ce n'étaient que rugissements. Il avait le cerveau enroué par une nuit entière de rock'n'roll, de DJ, de nègres shootés au hip-hop, d'interviews blablatantes, de divagations, de plaintes, des sermons d'un certain Howell, toutes ces voix fortes et rauques à bord de cette bagnole qui filait dans la nuit. Le point de fuite. Toujours là-bas, devant, droit devant, toujours au-delà du prochain virage, le point de fuite, pleins phares, ces longs faisceaux brillants qui éclairaient l'autoroute vers le nord, la qualité BMW, la meilleure sur le marché.

Parvenu à environ cinq bornes de chez Elaina, Parks éteignit ses phares. Il faisait maintenant assez clair pour pouvoir s'en passer, y compris du point de vue des flics. Ayant baissé les vitres et senti la caresse de l'air frais, humide, sucré, il se força à ralentir, tout en crevant d'envie de foncer. Le rythme de la nuit, de la conduite de nuit, du moteur V6 au grondement inexorable, limiteur de vitesse bloqué à cent vingt-cinq kilomètres/heure, lui battait inlassablement dans les veines. Aux frontières froissées de son être, il ressentait de la lassitude, et une sécheresse putride lui barrait les dents. Il s'arrêta sur le bord de la route et se rinça la bouche à l'eau minérale, avant de cracher par sa vitre baissée. Sur quoi il sniffa encore un peu de méthédrine et le *rush* survint aussitôt, fidèle au rendez-vous, parcourant sa colonne vertébrale et ses canaux d'énergie vitale. Des fils d'araignée s'entre-croisèrent dans son dos et se rejoignirent par-devant et s'étirèrent jusqu'au bout de ses doigts, et des décharges de sang et de pure puissance vinrent le frapper au bas-ventre, oh oui, il pouvait sentir sa queue se mettre à enfler et à vibrer, à vibrer comme le moteur sous le capot de sa bagnole, d'un noir étincelant.

La voiture négociait ces virages de campagne moelleusement, magistralement, elle les avalait, et lui, toutes vitres ouvertes, il recevait en pleine gueule le vent sucré chargé d'un peu de givre, un petit avant-goût vivifiant des mois d'hiver à venir, des mois glacés à venir — des mois de mort.

Arrivé en trois minutes, qui ne semblèrent durer qu'un instant, devant la maison d'Elaina Whisthoven, il coupa le moteur et laissa la voiture s'arrêter un peu plus loin, sur le bas-côté. C'était une baraque minuscule. On avait du mal à croire que quelqu'un puisse y vivre. Une vraie maison de poupée, entourée d'arbres ; il y avait aussi un ruisseau coulant au fond d'une ravine — un simple ruisselet, pas plus évasé, à son endroit le plus large, que des hanches de jeune fille. D'après la forme et la profondeur de la ravine, Parks supposa qu'à l'époque de la fonte des neiges, ou même lors des violents orages d'été, quand la pluie pouvait s'abattre implacablement, jour après jour, le ruisseau devait grossir et dévaler dans son lit. Il devait faire déferler ses flots boueux, en charriant des branches, des brindilles et tout ce qui était susceptible de se détacher des rives et de flotter. Une vraie ruée, un *rush* comparable à celui des amphétamines, emportant les détritus de son existence laide et dure au fil de ses veines et de ses artères.

Randall Parks s'avança doucement. Il pouvait marcher d'un pas remarquablement léger, pour un type de son gabarit. La porte d'entrée se trouvait à l'arrière de la maison, c'est sans doute pourquoi la bibliothécaire n'avait pas entendu arriver la voiture.

Car elle ne l'avait pas entendue, il le comprit aussitôt en l'apercevant par la fenêtre ; de toute évidence, elle se croyait seule. Elle était en chemise de nuit, guindée comme une allégorie de cette bonne vieille Nouvelle-Angleterre, et néanmoins sexy, le charme des vieilles filles — une vierge non pas mûre et impatiente d'être cueillie, mais frêle, effrayée, languissante. Parks se trouvait du côté ouest de la maison, ce qui était une excellente chose puisqu'il ne projeta aucune ombre vers Elaina Whisthoven quand, sans la quitter des yeux, il passa devant sa fenêtre.

La lumière de l'aurore pénétrait dans la maison par les fenêtres du fond, cette jeune lumière friable, cette singulière clarté refroidie par la brume, où se devinaient en suspension les ultimes réminiscences de la nuit, aussi évanescentes que des rêves.

Parks fit le tour de la maison.

Il ouvrit la porte d'un coup de pied. En le reconnaissant, Elaina se figea de terreur. Elle se souvenait très bien de lui, comme il s'y était attendu. Parks se dit qu'elle avait dû rêver de lui, en se tordant de peur quand ça lui arriverait. Il était là, maintenant. Le rugissement des cristaux de méthédrine s'amplifiait dans son cerveau, et sa queue était devenue tellement dure dans son froc qu'elle lui faisait mal, elle palpitait et lui faisait mal. La fille demeurait parfaitement immobile. Sa terreur alimentait l'excitation de Parks. Elaina devinait et flairait cette excitation, ce qui augmentait sa terreur. De plus en plus excité, il parvint à la frontière qu'il était venu franchir, comme il l'avait su tout du long.

Il s'avança vers la fille, et franchit cette frontière.

CHAPITRE 37

J'avais sauvegardé dans le système informatique de la bibliothèque la quasi-totalité des documents de Stowe entrés dans mon ordinateur personnel, sauf peut-être mon travail des cinq derniers jours. Après m'être introduit à l'intérieur dudit système, j'ai ouvert les fichiers concernés. Je ne voulais pas utiliser mon nom, ni mon mot de passe. Il y a une douzaine d'usagers de la bibliothèque qui perdent et oublient leurs mots de passe si souvent que j'ai fini par les mémoriser ; j'ai donc décidé de m'en servir. J'entrais dans un fichier, je le parcourais ; si je repérais quelque chose d'intéressant, je cliquais sur « Imprimer » ; et, dès que j'avais accumulé une pile de feuilles à lire, je me déconnectais. Quand je me reconnectais, j'utilisais l'un des autres noms.

Le chasseur et la proie, mutuellement invisibles, chacun ignorant ce que savait l'autre, ignorant ce que l'autre pouvait voir et percevoir.

Depuis mes années de fac, je n'avais plus essayé de comprimer une année de lecture en un seul week-end. J'ai lu toute la nuit. Enfin, presque toute la nuit. Je m'endormais dans mon fauteuil et, lorsque je me réveillais en clignant des paupières, les yeux rougis,

Susie était tout près de moi et elle me grondait : « Va te coucher, tu as besoin de te reposer. » Je répondais régulièrement non. La première fois, j'ai demandé :

— Tu as du café ?

Elle m'a répondu :

— Ça t'empêchera de dormir.

— C'est le but recherché.

Et elle a cédé :

— Je vais t'en faire.

Je lui ai dit merci, soulagé de la voir s'éloigner.

Bien sûr, ce que j'aurais voulu, ce qu'il m'aurait fallu, ce dont n'importe quel bibliothécaire ou biographe ou chercheur un peu sérieux aurait souhaité pouvoir disposer, c'étaient trois à cinq années afin de pouvoir me familiariser avec le matériau à l'état brut, puis au moins un an de plus pour classer l'ensemble, et encore un an pour le confronter à des sources externes permettant de le confirmer, de l'éclairer, ou du moins de le mettre en perspective au sein d'un contexte donné. Ne disposant pas de ce genre de délai, j'ai dû faire des choix drastiques, en ignorant par exemple tout ce qui concernait les contrats immobiliers d'Alan Stowe.

Il y avait des milliers de lettres lui réclamant du fric, et je regrettais qu'il ne les ait pas jetées. Apparemment, il n'existait pas une seule fondation ou organisation caritative, pas une institution persuadée de faire le bien, pas un individu pourvu d'un projet et surtout de la capacité à le présenter comme une bonne action à accomplir, qui n'ait demandé de l'argent à Stowe par courrier, par fax, par e-mail. Chacun, en outre, avait fait jouer ses amis et ses relations pour qu'ils mendient en sa faveur.

De son côté, Stowe avait collecté des sommes énormes auprès d'autrui. Mais lui, il ne mendiait pas. Il soudoyait et intimidait. Par exemple, un promoteur immobilier possédait dans la baie de Chesapeake, en Virginie, des terrains qui ne valaient strictement plus rien depuis que les éco-nazis avaient décrété que les huîtres comptaient plus que les gens et les emplois. Stowe avait écrit à ce promoteur que, pour une modeste contribution de cent mille dollars, ses terres pourraient être déclarées non marécageuses, ce qui en ferait aussitôt un front de mer de vingt-sept millions de dollars — une sacrée affaire, personne ne pouvait prétendre le contraire.

Il y avait aussi beaucoup de documents concernant des juges et le système judiciaire. La conception que Stowe se faisait du droit était exclusivement celle d'un homme d'affaires : la responsabilité financière devait être limitée ; les avocats spécialisés dans les préjudices individuels étaient les agents du Mal ; la législation des droits civils représentait un danger pour la liberté, parce qu'elle violait le droit de l'employeur d'embaucher et de débaucher à volonté ; l'obligation de verser des indemnités pour les accidents du travail et les maladies professionnelles des employés était d'origine diabolique ; toute réglementation relevait nécessairement de l'impiété la plus flagrante, puisqu'une économie de marché libre exprime la volonté de Dieu. Envers ces questions, Stowe avait adopté une approche à la fois visionnaire et missionnaire. Il favorisait, dès la faculté de droit, le recrutement de jeunes conservateurs brillants qu'il encourageait à poursuivre des carrières juridiques. S'ils acceptaient, il les aidait financièrement en leur trouvant des conférences à donner, des possibilités d'investir, des facilités d'emprunt, des emplois pour leur épouse ou autres membres de leur famille ; et il les aidait politiquement grâce à son réseau de contacts. À tous les niveaux du système juridique, jusques et y compris celui de la Cour suprême, il avait maintenant des juges à lui, convertis à son credo politique et avec lesquels il entretenait des relations personnelles. Et il savait un tas de choses sur eux, il surveillait leurs finances aussi bien que leur vie personnelle. D'après ses dossiers, non seulement les accusations de harcèlement sexuel qui avaient été portées contre McClellan, le juge de la Cour suprême, étaient justifiées, mais ce n'était que le sommet de l'iceberg. Le juge avait modéré son comportement pendant un moment ; cependant, depuis l'arrivée du Viagra, il avait repris ses activités et se montrait particulièrement friand de femmes afro-américaines.

Une grande partie de la documentation provenait de l'Institut octavien. Tout le spectre de la vie politique américaine était couvert. J'ai laissé de côté ces analyses, peut-être parce qu'elles semblaient contenir beaucoup de théorie. Le mot *théorie* est souvent utilisé dans un sens péjoratif, comme si une théorie ne pouvait présenter qu'un intérêt théorique. J'aurais pourtant dû savoir que les idées sont plus puissantes que les balles.

Susie m'a m'annoncé que je pouvais, que je devais dormir dans son lit. Je craignais que la situation ne devienne trop compliquée pour moi. Mais en lui disant non, je risquais de perdre mon refuge. Je me suis allongé sur le canapé pour lire, et j'ai fini par m'endormir en tenant des feuilles à la main, tandis que d'autres se répandaient à côté de moi, sur le plancher. À un moment, Susie est venue m'apporter des couvertures et m'a embrassé sur le front.

CHAPITRE 38

La police d'État de la Floride effectua une série de descentes dans le quartier ouest de Palm Beach.

Palm Beach, petite ville célèbre habitée par des riches, presque tous blancs, est construite sur l'eau. Comme dans de nombreuses agglomérations américaines, la voie ferrée fait office de ligne de démarcation entre les beaux quartiers et les faubourgs défavorisés. West Palm Beach, qui est située à l'intérieur des terres, du mauvais côté des rails, se divise elle-même en deux parties, le nouveau quartier et l'ancien. Le nouveau ressemble à la nouvelle Floride : c'est un quadrillage de rues ensoleillées construites à la gloire de la société de consommation. Mais il y a l'ancien quartier, et c'est là que vivent les pauvres. Beaucoup d'entre eux travaillent à Palm Beach. Femmes de ménage, agents de nettoyage, commis de restaurants, grooms, grouillots, hommes à tout faire, ce genre de boulot. Beaucoup d'entre eux sont au chômage. Ils sont presque tous noirs.

C'était un samedi soir. Beaucoup de gens étaient en train de boire. Beaucoup de gens étaient défoncés. Les flics n'y allèrent pas par quatre chemins. Ils démolirent des portes, ils semèrent la panique dans des fêtes, à grand renfort de projecteurs éblouissants, de gros flingues, de sirènes hurlantes, de sonos assourdissantes.

Tout le monde est armé, en Floride. Des coups de feu furent... entendus ? tirés ? imaginés ?... Les flics canardèrent. Les premiers ? Pour se défendre ? Une fillette de huit ans fut abattue. Les policiers soutinrent que la petite avait été tuée par un criminel, un dealer de crack qui refusait de se laisser arrêter. Mais ils ne purent donner son nom, ni même retrouver son arme.

La rumeur se répandit que c'était la police qui avait descendu la gosse.

Des émeutes s'ensuivirent. Pas seulement à West Palm Beach, mais aussi à Liberty City, la face sombre de Miami. L'agitation gagna ensuite la côte du golfe de Floride, pour exploser dans les grandes banlieues noires de Tampa et de St. Pete.

Tout cela paraissait extrêmement intelligent à Hagopian.

Ces événements allaient mobiliser l'électorat latino, déjà anti-Blacks et plutôt pro-républicain, et effaroucher les Juifs, faire vaciller leurs convictions de gauche, peut-être même les rendre assez nerveux pour les inciter, sinon à changer leur fusil d'épaule, du moins à rester chez eux au lieu d'aller voter.

Mais la cerise sur le gâteau, et Hagopian était prêt à parier que ça allait se produire, que ce n'était qu'une question d'heures et que l'on serait fixé avant l'aube, c'était que... le très républicain gouverneur de Floride allait faire appel à la Garde nationale, si du moins les soldats n'avaient pas tous été envoyés se battre à l'étranger. À défaut, il allait recruter tous les

301

flics des États du Sud-Est, ou peut-être même l'armée, et poster des unités dans chaque quartier afro-américain de Floride. Il allait faire rouler des véhicules blindés dans les rues, imposer des couvre-feux et des contrôles de police, déterrer des mandats en souffrance et des contraventions pour stationnement interdit ; et, parmi les gens qui se risqueraient dans les rues le jour de l'élection, un Afro-Américain sur trois était sûr de se faire épingler sous un prétexte ou sous un autre.

La question, pour Hagopian, était de savoir s'il avait affaire à des voleurs et des profiteurs cyniques, ou bien si ses adversaires étaient plutôt des moralistes en croisade. Il aurait de beaucoup préféré le premier cas de figure, mais trouvait le second nettement plus vraisemblable.

Ces gens-là avaient deux prophètes. Le premier, bien entendu, était Jésus-Christ. Scott prétendait avoir été sauvé, et le noyau dur de ses partisans était constitué de fans de Jésus. Hagopian, même tout petit, n'était jamais tombé dans la marmite du salut. Tout en mesurant l'intérêt potentiel de cette expérience, il se méfiait des abus auxquels pouvait mener le monopole de la vérité revendiqué par ses bénéficiaires.

Leur second et, aux yeux de Hagopian, leur véritable prophète, était Adam Smith[1]. Ayant observé que chaque individu recherche son profit personnel, cet économiste et philosophe écossais du XVIIIe siècle s'était servi de l'image d'une « main invisible » afin d'évoquer les conséquences générales de toutes ces

1. Voir page 196.

302

recherches particulières — conséquences surprenantes, inattendues et souvent non souhaitées. Pour un esprit critique, il ne s'agissait là que d'une comparaison, d'un « comme si » ; mais, pour l'esprit littéral d'un croyant, cette « main invisible » était celle de Dieu, et Dieu voulait que chacun recherche le maximum de profit, afin que Sa main puisse réunir tous ces efforts et les guider vers le Bien.

Adam Smith avait également écrit : « La vertu est plus à craindre que le vice, car ses excès ne sont pas soumis aux prescriptions de la conscience. »

Hagopian trouvait cette observation extrêmement juste.

Si les partisans de Scott n'étaient qu'une bande de vicelards motivés par la cupidité, il y avait des limites à ce qu'ils étaient capables d'accomplir. S'il s'agissait d'hommes vertueux, il n'était pas d'extrémité à laquelle ils ne soient capables de se porter. Il n'y avait pas de mensonges qu'ils ne puissent débiter, pas de fraudes qu'ils ne puissent perpétrer.

Hagopian était-il prêt à soutenir que Scott, dans sa quête du pouvoir, était tellement dénué de scrupules qu'il avait ordonné au gouverneur de la Floride de lâcher les flics et de leur faire abattre une enfant ? Voire de leur désigner une gamine particulière, cette fillette de huit ans aux cheveux crépus noués en nattes par des rubans roses, qui aimait nager et lisait aussi bien qu'une élève de terminale ? Les médias avaient presque instantanément déniché des photographies et publié des éloges funèbres. Hagopian était-il prêt à soutenir que le président avait pu ordonner l'exécution d'une gosse pour déclencher des émeutes, dans le but de manipuler une élection ?

S'il était prêt à soutenir cela... à le penser, à le croire... est-ce qu'il devait alors... Eh bien, quelle initiative prendre ? Veiller à ce que cet homme soit arrêté, poursuivi, incarcéré ? Dans le monde réel, c'était évidemment impossible. Alors, quoi — le faire assassiner ?

Hagopian n'était pas un tueur. Il n'avait tout bonnement rien d'un tueur. Pas même pour défendre le monde et des milliers de gens, des soldats américains et étrangers et des civils d'autres pays, quel que soit le prochain endroit où l'autre enculé d'impérialiste avait l'intention de frapper, Hagopian n'aurait pu tuer. Pas même pour sauver toutes ces vies.

Regrettable, peut-être, mais vrai. C'était une de ses limites. Une de ses nombreuses limites.

Si Hagopian ne trouvait pas la parade au cours des prochaines quarante-huit heures, Scott allait remporter la Floride, et l'élection pour le même prix.

Il débrancha les téléphones, verrouilla les portes. Il alluma toutes ses télévisions, chacun des dix-sept postes étant branché sur une chaîne différente ; le son de chaque téléviseur était relativement bas, mais néanmoins audible. Puis, il s'allongea sur le dos sur un mince matelas posé à même le sol, et ferma les yeux. Histoire d'écouter, de rêver, de méditer, de sentir les forces à l'œuvre dans le monde des images, de chercher son équilibre parmi leurs vagues indisciplinées.

Au cours des heures suivantes, tandis qu'il se livrait à la réflexion et à la méditation, les machines l'informèrent que Fred Arbusto, le gouverneur de la Floride, faisait effectivement appel à la police de l'État, en demandant aux policiers d'effectuer des heures supplémentaires. Arbusto déclara l'état d'urgence et réclama une aide fédérale. Il appela le président Scott, qui prit personnellement son appel. Et mit l'armée à sa disposition.

Scott déclara qu'à trois jours de l'élection il était particulièrement important de faire respecter la paix et la sécurité. Entre les policiers sur leurs Harley et les soldats dans leurs Bradley, les nègres ne risquaient pas de sortir en masse pour aller voter. Scott ne mentionna pas explicitement ce détail, que pourtant Hagopian n'eut aucun mal à entendre.

CHAPITRE 39

Afin de comprendre les documents de l'Institut octavien, il était nécessaire de connaître le PNAC[1]. Voici la mission que s'assigne cette organisation :

Le Projet pour le nouveau siècle américain est une organisation éducative à but non lucratif, dédiée à la promotion de certaines propositions fondamentales : à savoir, que le leadership américain est bon pour l'Amérique mais aussi pour le monde ; que ce leadership requiert puissance militaire, diplomatie énergique, respect de principes moraux ; et que les mérites d'un leadership mondial sont défendus à l'heure actuelle par trop peu de nos dirigeants politiques.

Le Projet pour le nouveau siècle américain entend contribuer par divers moyens à une meilleure connaissance des enjeux d'un leadership américain au niveau mondial : dossiers spécialisés, rapports, journalisme militant, conférences, séminaires... Cette organisation s'efforcera également de rallier les volontés autour d'une vigoureuse et vertueuse politique d'intervention américaine sur la scène internationale, et de stimuler un débat public fécond sur les questions de politique étrangère et de

1. *Project for the New American Century*, Projet pour le nouveau siècle américain.

défense nationale, ainsi que sur le rôle de l'Amérique dans le monde.

En d'autres termes, ce projet vise donc essentiellement à déterminer comment les États-Unis vont pouvoir dominer le monde. Il n'a rien de secret, il est accessible à tous, amis et ennemis confondus, sur le site www.newamericancentury.org. Un des essais les plus significatifs que l'on peut trouver sur ce site s'intitule « Reconstruction des défenses américaines : stratégie, forces et ressources pour un nouveau siècle ».

Selon ce texte, à présent que l'Amérique est la seule superpuissance au monde, elle doit faire le nécessaire pour le rester. Ce qui veut dire, notamment, disposer de forces militaires supérieures à celles des cinq puissances suivantes réunies. C'est le cas.

Ce qui veut également dire établir une présence militaire mondiale, avec des forces stationnées stratégiquement dans le monde entier. C'est ce que nous avons fait.

Une partie du travail de l'armée consiste à garantir les ressources nécessaires à cette défense — c'est-à-dire le pétrole. Cette ambition implique de prendre le contrôle du Moyen-Orient, ce qui, suggère l'essai en question, pourrait nécessiter une ou deux guerres. Ou trois. Cela aussi, ç'a été fait.

Ces guerres doivent être brèves, pointues. Même si nous n'avions pas besoin du pétrole, elles auraient une valeur démonstrative, et donneraient une leçon salutaire à quiconque pourrait songer à défier la force de l'Amérique. Cette leçon, nous l'avons donnée.

307

Le ton de cet essai ne contient pas une once de cynisme. Il est idéaliste. Je n'ai aucun moyen de savoir si cet idéalisme est sincère, mais il a l'apparence de la sincérité.

La Pax Americana, ou la Pax Britannia et la Pax Romana qui l'ont précédée, ce n'est pas vraiment la paix, mais une forme d'ordre politique international à grande portée, fondée sur la domination militaire des peuples dotés d'une technologie inférieure, de sorte que toutes ou presque toutes les guerres sont effectivement brèves et pointues, et gagnées par les légions.

Ces Pax ont des vertus, de grandes vertus. Au fait, le pluriel latin de *pax*, c'est *paces*, mais je pense que lorsque le mot est utilisé de cette façon, il devient un nom propre et ne peut recevoir la marque du pluriel. Cela dit, je suis bibliothécaire, pas lexicographe.

Un empire doué de capacités technologiques et bureaucratiques apporte l'ordre, la stabilité, le commerce, des routes et des juges, des banques, de l'eau propre et des salles de bains, l'alphabétisation, l'instruction, toutes choses formidables dont une bonne partie du monde manquait du temps des précédentes Pax, et manque aujourd'hui encore. La thèse des bienfaits de l'impérialisme s'appuie donc sur des arguments convaincants. Par ailleurs, il est possible de soutenir que la vie dans un empire bien dirigé est nettement préférable à celle que l'on mène sous la houlette d'un assortiment varié de despotes et de théocrates, de seigneurs de la guerre corrompus et de colonels amateurs de chambres de torture : bref, il vaut mieux être gouverné par les bureaucrates et les légions de l'occupant américain que d'être « libre » et « indépendant » sous Saddam Hussein, Charles Taylor ou Slobodan Milosevic.

Cet essai était cosigné, entre autres, par le secrétaire d'État du président Scott, son ministre de la Défense, son chef d'état-major, son conseiller pour la Sécurité et le responsable de son Bureau des initiatives politiques. Leur thèse n'a rien de secret, tout le monde peut y accéder.

La déclaration la plus inquiétante de l'essai intitulé « Reconstruction des défenses américaines » est la suivante :

> [...] ce processus de transformation, même s'il provoque des changements révolutionnaires, risque de prendre du temps, sauf événement catastrophique tel qu'un nouveau Pearl Harbor, qui jouerait le rôle de catalyseur.

Ce fragment de phrase avait inspiré à son tour plusieurs essais aux chercheurs de l'Institut octavien, dont deux qui me paraissaient particulièrement importants. De nombreux auteurs avaient participé à l'élaboration de ces deux essais — des auteurs issus de disciplines variées, histoire, anthropologie, médiologie, statistiques, études militaires et ainsi de suite. Ils étaient rédigés, pour l'essentiel, dans un style très universitaire ; ils comprenaient des tableaux et des graphiques, ainsi que des projections mathématiques fort complexes. Pour autant que je m'en rende compte, aucun de ces deux articles n'avait été publié.

Le premier s'intitulait « Avec ou sans crise ? ».

Les auteurs citaient divers penseurs, à commencer par Platon, qui avaient jugé les démocraties « dangereusement instables », exposées à une « grande variété d'événements incontrôlables » et « indignes de confiance ». Les périodes de puissance, dans une démocratie, doivent être considérées comme temporaires et fugaces, et tout changement significatif doit donc être institué aussi rapidement et aussi intégralement que possible.

Selon cette théorie, un lent « processus de transformation » est une stratégie à haut risque, tandis qu'un « nouveau Pearl Harbor » représenterait la solution la plus sûre.

Si ce texte avait été distribué, était parvenu jusqu'aux échelons les plus élevés du gouvernement de Scott et y avait été jugé convaincant, cela voulait dire qu'au cours des onze mois qui s'étaient écoulés entre l'élection de ce président et le 11 septembre 2001, les États-Unis avaient été une nation en quête de crise, une nation en attente d'un « nouveau Pearl Harbor ».

Si l'on accepte la thèse de ce premier essai, la question posée dans le second coule de source. Ce second essai était intitulé « Préparation active/passive ».

Les auteurs commençaient par spéculer sur les types de catastrophes auxquelles le pays risquait d'être confronté, depuis les cataclysmes naturels et autres désastres écologiques jusqu'à la guerre et au terrorisme, en passant par les débâcles financières. En conclusion, le terrorisme représentait à la fois la plus plausible de ces menaces et le domaine susceptible d'être « le mieux exploité ».

Une fois déterminés la nécessité d'une crise et le type de crise le plus souhaitable, la seule question qui

310

se posait encore était de savoir comment produire ladite crise.

Les possibilités, comme l'indiquait le titre de l'essai, se répartissaient en deux catégories : Préparation active et Préparation passive. Dans le premier cas, le gouvernement déclencherait lui-même la crise. Un agent fédéral en burnous flottant se chargerait d'aller faire sauter un avion et laisserait derrière lui un passeport du Moyen-Orient qui serait trouvé par d'autres agents fédéraux. Préparation passive, en revanche, cela voulait dire que le gouvernement attendrait l'attentat sans intervenir, en se tenant prêt à l'exploiter dès qu'il se serait produit.

L'avantage d'une Préparation active à l'événement était que le timing, la durée et le niveau des dommages pouvaient être contrôlés ; l'inconvénient, c'était qu'un attentat préfabriqué risquait non seulement de ne pas avoir l'authenticité d'un vrai, mais encore de mener à la découverte d'un document compromettant pour le gouvernement, tel que communiqué, courriel, appel téléphonique, ou même le témoignage d'un traître.

Le principal risque d'une Préparation passive, c'était qu'il fallait faire confiance aux terroristes pour agir de manière opportune et spectaculaire.

La majeure partie de l'essai était consacrée à l'examen de cette question.

Il faisait l'historique des attentats terroristes, et citait des renseignements bruts fournis par les services secrets, ainsi que des évaluations de ces renseignements — tous documents sans doute classés secrets d'État, mais auxquels les Octaviens avaient accès. Ensuite, les auteurs s'efforçaient de prévoir ce

311

que les terroristes pourraient tenter de faire à l'avenir.

Enfin, ils suggéraient des mesures à prendre pour encourager les terroristes à agir... et pour assurer leur réussite.

Je me suis levé brusquement et j'ai commencé à arpenter le salon de Susie, en débloquant à voix haute.

Susie a jailli de sa cuisine.

— Qu'est-ce qu'il y a ? Qu'est-ce qu'il y a ?

— Je suis cinglé, j'ai fait.

— Quoi ? Quoi ?

— Écoute, j'étais en train de lire un truc... Je viens de basculer dans le monde de l'Unabomber, là où les pistes les plus insensées convergent. Il y a une grande conspiration et ils sont tous dans le coup, ils sont *tous* dans le coup — ils sont tous *dans le coup* !

— David, du calme, du calme, explique-moi.

— Regarde ces papiers !

Je les ai poussés vers elle en vrac.

— Ces types, j'ai bredouillé en marchant de long en large, ces types qui sont avec Scott... Ils veulent un nouvel empire romain. Ils ne voient rien de mal à ça. Leur seul problème avec cette idée, c'est de réussir à la vendre au public. Eh bien, ils ont décidé que le meilleur moyen, ce serait encore d'avoir un nouveau Pearl Harbor. Tu me suis ?

— Je te suis.

— Non, tu ne piges pas.

J'ai respiré à fond.

— Ce que je viens de dire jusqu'ici, c'est de notoriété publique. Putain, ils affichent ça sur le Net, ce

312

n'est pas plus secret que *Mein Kampf* ne l'était à l'époque. Mais ces mecs, là...

Je voulais parler de l'Institut octavien. J'ai tapoté du doigt les paperasses qui se trouvaient maintenant entre les mains de Susie.

— ... ces mecs sont passés à la vitesse supérieure. Ils sont tous tombés d'accord qu'il nous *fallait* un nouveau Pearl Harbor. La seule question qu'ils se posent, c'est : Est-ce qu'on lâche la bombe nous-mêmes, ou bien est-ce qu'on reste sur la touche pour laisser les terroristes marquer un but ?

Même moi, je trouvais que j'avais l'air complète-ment hystérique.

— Regarde-moi ça ! La putain de page dix-sept ! Il y a deux modèles statistiques. Le premier, c'est : quelles sont les chances pour que des terroristes fassent une nouvelle tentative au World Trade Center ? Le deuxième modèle, c'est... c'est... quelles sont leurs chances de réussite, si la CIA et le FBI les laissent faire ? S'ils les laissent simplement faire, sans essayer de les arrêter...

— Mais comment est-ce que...

Susie s'est interrompue avant de reprendre d'une voix apaisante, pour son propre bénéfice comme pour le mien :

— D'accord, du calme, David, du calme. Écoute, je veux bien que les agents fédéraux ne soient pas comme à la télé, des espèces de super-flics, mais enfin, il y a quand même des gens corrects chez eux, vrai-ment. Mon frère est dans les services secrets de la marine, et je trouve souvent que c'est un salé con, mais quand il s'agit de protéger les États-Unis...

313

Elle a placé sa main sur son cœur, comme pour le serment au drapeau.

— ... et tout ça, il est loyal, sérieusement, totalement loyal, et ça ne lui viendrait jamais à l'idée de fermer les yeux. Et il y en a des tas comme lui.

— Ouais, ouais, bien sûr, j'ai admis. Mais les autres ont les réponses. Un des *chercheurs* qui a pondu ce truc, c'est un enculé d'anthropologue spécialisé dans les « cultures bureaucratiques contemporaines ». Son analyse, avec ces modèles mathématiques informatisés, c'est que si le chef de l'organisation déclare que l'objectif d'hier n'est plus prioritaire aujourd'hui, et que tel ou tel nouvel objectif est devenu la principale priorité, eh bien, les cadres moyens, les lécheurs de bottes, les collectionneurs d'étoiles d'or[1], les types inquiets pour leur retraite, ils écarteront de leur chemin tout ce qui pourrait concerner cet objectif périmé. Un agent de base comme ton frère réagira peut-être encore, mais les cadres moyens enterreront tout ce qu'il pourra leur transmettre. Ils ne le montreront jamais au grand patron, parce que c'est comme ça que fonctionne la culture d'entreprise.

— Je ne comprends pas. Je ne comprends vraiment pas.

— Le gouvernement précédent avait fait du terrorisme une priorité. Ils ont arrêté toutes les attaques lancées sur le territoire des États-Unis. Il y en a eu une tapée, regarde, il y a une liste là-dedans. Les mecs voulaient faire sauter des ponts et des tunnels, voler

---

1. L'étoile d'or indique qu'un membre du groupe auquel on appartient (famille ou organisation) a été tué à la guerre alors qu'il servait dans les forces armées.

des avions. Les terroristes ont eu un certain succès en Afrique et au Moyen-Orient, mais que dalle ici, rien sur le sol américain, d'accord ?

— Ouais, d'accord. Tu sais que tu cries ?

— Oui, je crie, bordel ! Dans ce texte, il est écrit noir sur blanc que tout ce que Scott avait à faire, c'était ne pas intervenir, simplement ne pas intervenir, et il était inévitable qu'un attentat terroriste majeur se produise. Quand il se produirait, ils pourraient enfin rénover cette démocratie libérale, cette démocratie ramollie et ringarde, qui croit encore à l'indépendance du droit, et même du droit international. Ils pourraient envoyer les légions, et inaugurer le Véritable Empire Américain !

— Et alors ?

— Et alors... C'est ce qu'ils ont fait. C'est ce qu'ils ont fait.

Susie m'a regardé. Elle avait fini par comprendre. Par admettre que ce n'était pas un simple travail universitaire. Qu'il s'agissait d'une feuille de route pour les trois années de politique et de guerre qui venaient de s'écouler. L'existence d'une telle toile d'araignée était épouvantable, cela paraissait impossible. C'était une pensée intenable, insoutenable — impensable. Mais en même temps, bien sûr, Susie restait Susie, et une partie de sa personnalité était comblée. Ç'allait être l'apothéose dramatique de son existence, la mère de toutes les histoires, dont elle pourrait régaler les Gail et les Wendy et les Anne avec qui elle déjeunait, buvait, compatissait. Et ce qui manquait pour pimenter cette apothéose d'une pointe de romantisme, c'était une petite relation amoureuse bien tordue — c'est-à-dire *moi*. Et moi, pendant ce temps-là, je sentais que je perdais la tête, que je perdais totalement le contrôle de mes pensées.

Ainsi que l'usage de la parole.

Est-ce que c'était possible ? Une chose était de juger que le gouvernement avait simplement pris de mauvaises décisions ; une autre, d'imaginer que ces mauvaises décisions aient pu être prises délibérément. Ces essais avaient-ils seulement été lus par des gens fréquentant les allées du pouvoir ?

J'ai repris le dernier texte à Susie, afin d'en examiner la page de titre. Je ne l'avais pas regardée très attentivement, me contentant d'un coup d'œil rapide, car je me hâtais de parcourir ces documents pour essayer d'en extraire la substantifique moelle. Il y avait tellement à lire, c'était le réflexe naturel. On a tendance à ne pas faire attention à de petites choses comme la date, la liste de destinataires, les sources, ou le nom des auteurs. Mais il arrive que ces détails revêtent une importance capitale. En l'occurrence, je connaissais l'une des sept personnes qui avaient contribué à la rédaction du document intitulé « Préparation active/passive ». Elle avait un don pour le langage mathématique, et c'était elle qui avait réalisé les tableaux statistiques.

Niobé.

CHAPITRE 40

À son retour de la salle de sports, Jack se sentait gonflé à bloc. Pas de doute, il n'était plus un jeunot, un de ces officiers subalternes désœuvrés qui peuvent passer la moitié de leur temps à soulever de la fonte, une autre moitié à cavaler sur la piste cendrée, et la moitié restante à draguer des petits culs. C'était maintenant un homme chargé de responsabilités, croulant sous les responsabilités, à peine le temps d'aller aux chiottes, encore moins d'entretenir sa forme. Il prenait des stéroïdes. Pas des masses, juste ce qu'il fallait. En appoint, comme ça, c'était justifié. Il aimait la sensation de ses biceps gonflés et de son ventre ferme après une séance de mise en forme.

On était dimanche soir ; il y avait un dîner. La période était stressante, les sondages donnaient Murphy et Scott à égalité, mais tout le monde essayait de projeter une image de confiance et de sérénité, sentiments que bien peu éprouvaient réellement. Si Jack restait confiant et serein, c'est parce qu'il était au courant ; mais les autres étaient obligés de faire semblant, et ça se voyait.

Le secrétaire d'État était attendu. Il entrerait de son pas traînant, et repartirait du même pas. On pou-

317

vait savoir qui avait la cote dans les allées du pouvoir et qui, au contraire, était en perte de vitesse, rien qu'en voyant à qui l'Homme Gris adressait un hochement de tête ou serrait la main. Un dîner à ne pas manquer.

Jack avait quand même le temps de tirer un petit coup avant le début de la soirée, même si Niobé s'était déjà maquillée. Il aimait qu'elle ait les lèvres rouges, brillantes. Il aimait la voir barbouillée, décoiffée, chiffonnée ; le débraillé lui allait bien, d'autant qu'elle pouvait ensuite y remédier aisément. Elle était déjà habillée pour le dîner, et alors ? Elle n'aurait qu'à se déshabiller et se changer, voilà tout. Ou bien, qu'elle remonte sa robe et qu'elle se penche en avant ; ils resteraient tous les deux habillés, en n'exposant que leurs organes génitaux. Leur accouplement aurait quelque chose de bestial. De primordial. C'était une femme mince à la croupe généreuse, et la monter de cette façon, par-derrière, cela rappelait à Jack Morgan les étalons et les juments.

C'était une bonne épouse, qui ne disait jamais non. Sexe. Soirée. Ensuite, aussitôt après le dîner, il allait devoir filer dans le New Jersey, où il resterait jusqu'à mercredi. Sa valise était déjà prête. Oui, tirer un coup juste avant de sortir, quelle excellente idée.

Jack ouvrit résolument la porte de leur appartement et s'avança à grands pas dans l'entrée, les pieds martelant le plancher, afin que Niobé prenne conscience de la puissance, de la virilité de son mec. Il aurait aimé pouvoir lui dévoiler à quel point il était puissant. Lui annoncer ce qu'il s'apprêtait à faire afin d'assurer à Scott la présidence, afin d'assurer la sécurité de l'Amérique et la domination américaine au cours de tout le prochain siècle, une domination encore jamais vue dans l'histoire du monde.

Il était là, lui, Jack Morgan. « Donnez-moi un levier assez long, et un point d'appui sur lequel le placer, et je soulèverai le monde... » Jack avait la main sur ce levier. Si le monde retrouvait son cap, parfait, il ne s'en mêlerait pas ; mais, s'il continuait à s'écarter du droit chemin... oui, dans ce cas, lui, Jack Morgan, mettrait alors la main à la pâte, il actionnerait ce fameux levier, et il ferait bouger le monde.

Ces images le stimulaient. Jack s'empoigna l'entrejambe et se massa pour durcir — pour faire la démonstration de sa puissance. Il avait envie de tout révéler à Niobé, en sachant bien qu'il ne le fallait pas. Il était remonté à fond par la force explosive, au plan littéral autant que symbolique, de ce qu'il projetait de faire. À grands pas lourds, il traversa la maison en imaginant son épouse à ses pieds, tel un trophée guerrier dans une aventure barbare, étendue sur un butin de joyaux scintillants. Il l'imagina se mettant à genoux, dans une attitude de vénération. Parce qu'elle lui appartenait. Il était puissant, puissant au-delà de ce que l'on pouvait imaginer.

Il passa de pièce en pièce à pas pesants, comme s'il était une légion à lui tout seul, puis ouvrit d'un coup la porte de la chambre. Niobé était là, telle qu'il avait espéré la trouver, dans sa robe noire qui lui laissait les épaules nues. Elle avait une peau parfaitement lisse, tendue, éclatante. Et des épaules... Chaque fois qu'il les contemplait, ces épaules, Jack voulait en approcher sa bouche et poser dessus ses lèvres affamées, et entourer sa femme de ses bras. Il voulait refermer les mains sur ses seins fermes et les presser progressivement jusqu'à ce qu'elle se mette à gémir. Il aurait voulu lui arracher sa robe, mais il n'en était pas question, bien sûr ; ils n'étaient pas assez riches pour se permettre ce genre de folie, certainement pas avec la robe qu'elle allait porter à cette soirée truffée de manitous, d'huiles et autres grosses légumes. Non, ce n'était pas son habitude de déchirer des fringues valant dans les sept cents, mille, voire mille quatre cents dollars. Cela dit, Jack ne demandait jamais le prix. Il était heureux que Niobé soit aussi belle, qu'elle brille d'un tel éclat. C'était sa babiole vivante, la preuve, bien visible à son bras, qu'il était un gagnant, et un étalon par-dessus le marché. Oui, Niobé était un trophée. Elle méritait amplement qu'il cède à ses caprices, qu'il s'endette pour lui offrir des robes, qu'il l'autorise à poursuivre sa carrière. Qu'il lui laisse un peu la bride sur le cou.

À présent, il avait vraiment envie d'elle, assise là sur sa chaise. Il n'avait plus besoin de masser son pénis, qui continuait à grossir tout seul. Niobé avait fini de se maquiller, et elle était en train de se coiffer, comme si elle n'avait attendu qu'une chose, pouvoir se mettre au service de ses fantasmes.

Il se glissa derrière elle, plaça une main sur son épaule et l'autre sur ses cheveux fins et doux. Et il pressa son sexe gonflé contre le corps de Niobé. Le visage calme, à la limite de l'inexpressivité, elle lui rendit son regard dans la glace. Il aimait ce regard fier, presque hautain. Une femme-trophée, digne d'être violée. Jack enfonça son pouce dans l'épaule de sa femme et appuya contre elle son membre turgescent. Son autre main tremblait presque ; il aurait voulu la caresser doucement, mais il en fut incapable. Il enroula des mèches de cheveux autour de ses doigts, lui tira la tête en arrière et posa une bouche affamée contre le cou de Niobé, en enfonçant tellement ses dents dans la chair qu'elle risquait d'avoir des ecchymoses. Elle se dit que s'il mordait un petit peu plus fort, elle serait obligée de maquiller les bleus.

Puis, la main qui venait de presser si durement son épaule s'enfonça sous sa robe, à la recherche d'un sein. Trop fort, avait-elle envie de dire, mais elle n'en fit rien. Il faisait ce qu'il voulait. Il y avait eu une époque où elle avait aimé cela, où elle avait voulu cela — où, de cela, elle avait été reconnaissante. Avoir un maître, qui règne sur son univers. Elle avait eu désespérément besoin de suivre des ordres, elle avait eu besoin, à n'importe quel prix, de se protéger du chaos — elle avait réclamé des ordres contre le désordre.

Seulement, voilà, les choses changent.

En attendant, s'il fallait vraiment en passer par là, autant qu'on en finisse rapidement. Si elle l'arrêtait, ou lui disait non, il penserait qu'il y avait un problème, il serait grincheux et malheureux. Il s'était mis dans un tel état... Et ça n'arrivait pas tous les jours. Elle décida donc d'émettre quelques bruits de gorge et de poitrine. Quand elle s'était enfuie de chez ses parents, elle avait gagné du fric sans problème comme danseuse aux seins nus. Elle savait quels bruits il fallait faire, et quels gestes ; elle savait à quel point les besoins éjaculatoires des hommes sont faciles à gérer.

Jack était vraiment excité. Il la souleva de son

siège, et elle se laissa faire gracieusement. Elle devina qu'il voulait se presser contre ses fesses, si fraîches et si rondes, élastiques comme de la mousse de caoutchouc toute neuve. Les palper, les tâter, soulever sa robe, mettre son string hors d'état de nuire. En l'écartant ou en le baissant ? se demanda-t-elle vaguement. Elle tendit une main vers le bas et commença à se caresser. Niobé mouillait facilement, ce qui tombait bien ; ça facilitait les choses. Après avoir entendu son époux baisser la fermeture éclair de sa braguette, et l'avoir senti tâtonner, elle fut directement exposée à la chaleur de l'érection coincée entre ses fesses. Il ne recherchait pas encore la pénétration, mais réclamait d'abord, en quelque sorte, d'être maintenu là, histoire de vérifier que sa pression contre elle était la bienvenue. Les mains brûlantes de Jack la parcouraient avidement, de haut en bas. Elle se sentait coupable de son indifférence ; le moins qu'elle puisse faire, c'était émettre quelques bruits encourageants, tortiller un peu du cul. Il lui pinça un mamelon. Jadis, il y avait longtemps de cela, elle lui avait demandé d'être très doux au début et puis seulement plus tard, vers la fin, de les pincer fortement. Pas la peine de répéter cette demande maintenant. La douleur était tout à fait négligeable, si on la considérait dans son contexte.

À force de se frotter entre les fesses de Niobé, il était devenu encore plus dur, plus massif, plus brûlant. Il s'empara de son string et le tira vers le bas, avant de prendre un peu de recul pour admirer le spectacle. Et elle détourna le visage, pour qu'il ne puisse pas apercevoir ses traits dans la glace tandis qu'il la besognerait. Elle avait peur de se mettre à pleurer. Une telle réaction ne servirait à rien. Ni à personne.

Il y eut un bourdonnement. Un bruit de vibration.

— Qu'est-ce que c'est ? demanda Jack. Qu'est-ce que c'est que ça ?

Elle savait très exactement ce que c'était. Son téléphone mobile. Son *autre* téléphone mobile. Celui qui... Elle l'avait réglé afin qu'en cas d'appel il vibre au lieu de sonner, mais il était resté sur la commode, parce qu'elle changeait de sac à main. Il produisait ce son en vibrant contre le bois.

— C'est lui ?

Niobé voulait prendre le téléphone pour y répondre. Mais c'était à Jack de décider. Qu'est-ce qu'il voulait ? Trouver David Goldberg, ou avoir un orgasme ?

— Prends-le, lui ordonna-t-il.

Avec un hochement de tête, elle se redressa. Son string lui pendait sur les genoux. Ne souhaitant pas sautiller jusqu'au téléphone comme les concurrents d'une course en sac, et le cul à l'air, en plus, elle agita les hanches pour faire glisser la légère pièce de tissu et parvint ainsi à dégager une jambe. Mais le sous-vêtement resta coincé dans la lanière de sa chaussure, très haut sur la cheville de son autre jambe. Au moment où Jack avait parlé, le téléphone avait déjà sonné, ou plutôt vibré, à trois reprises, et Niobé n'avait plus maintenant qu'une dernière vibration devant elle avant de pouvoir répondre — peut-être une vibration et demie, avant que la voix du réseau n'intervienne et ne déclare que l'abonnée n'était pas disponible. Elle s'approcha du mobile en traînant son string derrière elle, et rabattit d'une main sa robe sur ses hanches et ses fesses tandis qu'elle tendait l'autre vers le téléphone. Tout en s'en emparant, et en pressant le bouton qui lui permettait de parler et d'écouter, elle jeta un regard à Jack par-dessus son épaule. Il l'observait attentivement, mais plus du tout érotiquement ; son pénis déjà flasque émergeait de son pantalon ouvert. C'est drôle, songea-t-elle. Quand elle était excitée, un pénis pouvait sembler intéressant, attrayant ; quand elle s'abandonnait à quelqu'un, son érection lui paraissait puissante, stimulante. Le reste du temps, on aurait dit une espèce de poignée mal placée, par laquelle on pouvait attraper un homme et le remorquer où l'on voulait, telle une grande valise qui aurait eu des pieds au lieu de roulettes.

— David, fit Niobé.

Il était à l'autre bout du fil, si impatient de parler que les mots se bousculaient.

CHAPITRE 41

Le meurtre d'Elaina Whisthoven était le premier que Parks puisse revendiquer à part entière.

Il avait déjà tué. Mais toujours dans l'exercice de ses fonctions, ou en mission ; ou alors, il s'était agi d'un dérapage, d'une bavure, d'une opération qui était allée un peu trop loin.

En réalité, il n'avait jamais cru un seul instant qu'Elaina puisse être autre chose qu'un pauvre papillon de bibliothèque. L'idée que cette créature fragile, effrayée, voletant à temps partiel parmi les livres de Stowe, aurait pu être un agent secret au service de qui que ce soit, lui paraissait complètement absurde. Il n'y avait pas de travail pour lui de ce côté, pas vraiment. Rien sur quoi enquêter, rien à découvrir. C'était donc entre elle et lui, désormais, exclusivement. Il tenait Elaina dans le creux de sa paume ; pour l'écraser, il ne lui restait plus qu'à refermer la main et serrer fort les doigts. Cette seule pensée lui avait causé une excitation aussi indéniable qu'irrépressible.

Quand il la tua, une grande, une interminable explosion retentit dans sa tête. Comme s'il n'avait plus été qu'un immense antre vide, et que cette détonation était venue le remplir, en se répercutant d'écho en écho, à l'infini.

Pendant tout le temps qu'il passa ensuite à maquiller la scène du crime pour faire croire à un suicide, cette euphorie, cette défonce continua à lui siffler aux oreilles et à lui résonner dans le crâne, en oscillant inlassablement du front vers l'occiput.

Il plaça le cadavre dénudé d'Elaina à genoux devant le four, en poussant la tête de la bibliothécaire à l'intérieur, puis il ouvrit le gaz. Il alluma une bougie dans la chambre à coucher. C'était une vieille maison de bois — un vrai fagot. Elle brûlerait vite, à très haute température. Les flammes effaceraient chaque trace du passage de Parks ; elles consumeraient toutes les chairs tendres et, en même temps, toutes les marques que Parks y avait imprimées en faisant pleurer la fille, en l'obligeant à le supplier, à hurler, à gémir ; les flammes réduiraient en cendres les chairs de son vagin et de son anus, et le sperme qu'il y avait laissé.

Parks avait fait une découverte. Quelque chose d'à la fois totalement ordinaire et totalement extraordinaire. Il avait découvert qu'il en était capable. Qu'il était capable de tuer pour le plaisir — puis de s'en aller en ne ressentant rien d'autre que de la satisfaction.

Et, maintenant qu'il se savait capable de le faire, il savait qu'il recommencerait.

Qu'est-ce qu'ils pouvaient avoir, dans cette cambrousse, des pompiers bénévoles ? Une gendarmerie ? Et qui faisait le coroner ? Un vétérinaire ? Qu'est-ce que ça pouvait foutre, ils n'allaient rien soupçonner, de toute façon. Et même s'ils avaient des soupçons, ils ne seraient ni assez malins ni assez bien équipés pour se démerder comme l'équipe de la série télé *Les Experts*. Tout allait se dérouler sans problème, pas de doute là-dessus. Mais Parks devait trouver quelque chose de vraisemblable à raconter à Jack Morgan.

Il fallait qu'il rapporte une histoire au colonel, une bonne histoire. Les types comme Randall Parks mentent à leur colon depuis l'époque lointaine où l'armée inventa le concept de grade. Est-ce qu'il pourrait prétendre que Whisthoven s'était montrée coriace ? Il ne put s'empêcher de rire. Ouais, coriace, il pourrait inventer ça, qu'elle avait été coriace. Que c'était une vraie pro et que, pour la cuisiner, il avait été obligé de lui mettre une sacrée pression. Ouais, ça prendrait. Et puis, Parks ajouterait qu'il avait réussi à la faire passer aux aveux. À lui faire avouer qu'elle travaillait pour... Ce détail lui demanda pas mal de réflexion. Pour qui est-ce qu'elle aurait bien pu bosser ? Ah... pour l'équipe qui gérait la campagne de Murphy. C'est ça, il raconterait à Morgan qu'elle roulait pour Murphy. Et puis, croyant sa couverture éventée, elle s'était tirée, et les partisans d'Anne Lynn Murphy avaient introduit ce Goldberg à sa place dans la bibliothèque de Stowe.

Ouais, Goldberg était un agent de Murphy, lui aussi. Affirmatif.

Voilà donc ce que Parks raconta à Morgan. Morgan n'avait aucune raison de mettre en doute le rapport de son agent. Il savait en outre, par des sources indépendantes au sein de l'équipe de Murphy, que celle-ci disposait d'un espion dans leur camp, un proche de Stowe. Tout se tenait, c'était une confirmation. Quant aux raisons pour lesquelles il avait fallu qu'Elaina Whisthoven meure, Jack Morgan ne posa pas de question à ce sujet.

Jack devait admettre que Niobé s'était remarquablement débrouillée avec Goldberg. Il n'avait pas vraiment cru que le bibliothécaire appellerait et se laisserait piéger ; et pourtant, c'est bien ce qui venait de se produire.

Pas un instant à perdre avant de passer à l'action.

Goldberg avait donné rendez-vous à Niobé une heure plus tard, chez un buraliste au coin de M Street et de la Trente et Unième Rue Nord-Ouest. Il était resté très peu de temps en ligne, en ne laissant aucune marge de négociation ou de discussion. La rencontre allait donc se dérouler où et quand il avait dit.

Jack voulait l'enlever et le faire parler. Il savait maintenant que Goldberg était un espion, mais il ignorait d'une part si ce type avait découvert l'existence du plan Un-Un-Trois, et d'autre part, au cas où il l'aurait effectivement découverte, s'il avait communiqué cette information à ses supérieurs. L'idéal aurait été d'embarquer cette espèce de poète raté pour aller le débarquer dans une quelconque forteresse de solitude, et de le jeter dans une pièce insonorisée. Une fois là, de prendre deux pinces « alligator » et de lui en coller une au scrotum et l'autre sur sa bite circoncise de petit Juif. Enfin, de faire circuler un peu de courant entre les deux pinces. Cette méthode garantissait toujours une conversation franche et honnête.

Jack avait l'adresse, il pouvait y parvenir avec ses gars avant Niobé, de justesse. Il tenait à être présent, personnellement, pour la fin de la partie. Mais comment ? La camionnette de Spinnelli. Spinnelli et lui dans la camionnette, de l'autre côté de la rue... Whittaker et Ryan couvrant chacun un angle... Oui, il y avait moyen d'arriver jusqu'à Goldberg. Mais est-ce qu'ils pourraient l'enlever ?

L'angle de M Street et de la Trente et Unième Nord-Ouest était situé au cœur de Georgetown, et Georgetown, même un dimanche soir, était le lieu de rendez-vous où venait boire ou flirter toute la faune politico-people de Washington. Ses rues étroites et denses regorgeaient de piétons et les voitures roulaient au pas. Le pire endroit possible pour un kidnapping.

Descendre Goldberg, c'était jouable ; alors qu'une tentative de kidnapping pouvait facilement tourner à la cata. Seulement, avant de refroidir le bibliothécaire, Jack devait découvrir ce que ce type savait.

La seule solution, apparemment, était donc de laisser Niobé rencontrer Goldberg et lui parler, puisque celui-ci semblait y tenir. Est-ce qu'elle risquait quelque chose ? Jack ne le pensait pas. Elle était tout à fait capable de se défendre. Et puis, pourquoi est-ce que ce Juif voudrait lui faire du mal ? Le seul inconvénient de ce scénario, aux yeux de Morgan, c'est que Niobé n'était pas censée être au courant du projet Un-Un-Trois.

Mais il n'y avait pas vraiment le choix.

Dès que Niobé aurait fini de lui tirer les vers du nez, elle s'éloignerait du bibliothécaire. Ou alors, elle ferait signe à Jack et à son équipe. Il fallait qu'ils se mettent d'accord sur un signal très simple. À ce signal, ils se jetteraient sur Goldberg pour s'emparer de lui. S'il le fallait, ils le buteraient là, dans la rue ; Morgan pourrait toujours se débrouiller ultérieurement pour mettre cet assassinat sur le dos d'un voyou. Il avait des tas de contacts dans la police de Washington. Paresseux et corrompus dans leur grande majorité, les flics seraient ravis de faire disparaître l'incident de leurs registres, vite fait bien fait.

Morgan visualisa la scène. Niobé donne le signal ; ils s'approchent, formation en triangle. Goldberg aperçoit Morgan et se détourne pour s'enfuir. S'il pivote à cent quatre-vingts degrés, *paf*, il va directement s'emplâtrer contre Ryan. S'il part de côté, pour essayer de traverser la rue, Whittaker le stoppe, lui rentre dedans, lui fait un croche-patte, peu importe. Ryan vient le rejoindre. Ryan se rapprocherait suffisamment pour pouvoir danser un slow avec sa proie, c'est comme ça qu'il aimait procéder, pour être certain du résultat ; et puis, il enfoncerait carrément son flingue dans le bide de Goldberg avant de presser la détente.

Ce putain de Ryan, il voudrait une oreille.

CHAPITRE 42

L'Institut octavien occupait une maison dans le centre-ville, sur Dumbarton Street, entre Wisconsin Street et la Trente et Unième Rue. Une maison chère avec garage au rez-de-chaussée, dans un quartier très tendance, non loin de Georgetown University et de son vivier de chercheurs.

Je me rends à Georgetown au moins une fois par an. Il y a là-bas, sur M Street, près de la Trentième, à deux rues au sud et deux rues à l'est de l'Institut, un bar-restaurant appelé Tom's Place dont je connais le propriétaire, Tom Roncich.

C'est un grand et large gaillard bien en chair, qui transpire énormément. Il a presque toujours les joues rouges, comme s'il était gêné en permanence. C'est plutôt un homme de la fin du XIXe siècle que du début du XXIe. Sa place est dans les saloons, sa place est là où coule la bière ; il n'aurait pas détonné au milieu des journaleux qui martelaient jadis leurs phrases sur des Underwood et braillaient dans des téléphones bipartites.

J'avais rencontré Tom à la fac de journalisme, où je lui apprenais à utiliser les services d'une bibliothèque. Il était stupéfait de la masse d'infos à laquelle on pouvait accéder librement. Par la suite, au fil des années, il m'avait fait parvenir quelques-uns de ses articles, accompagnés d'une note du genre : « C'est toi qui m'as enseigné à dénicher ce genre de truc. » Je le trouvais bon, comme reporter. Un vrai petit Izzy Stone [1], ce qui n'est pas mal, vu que Stone était dans une catégorie à part ; mais Tom avait fini par laisser tomber le journalisme pour les relations publiques. Puis, dans des parties de cartes clandestines où l'on jouait pour du fric, il avait fait le compère qui poussait les joueurs à augmenter leurs mises. Enfin, étant entré en possession d'une certaine somme, il avait décidé de se lancer dans la restauration. Ce n'était pas une sinécure, mais il avait brillamment réussi. Il possède maintenant tout un immeuble de deux étages, avec le bar principal au rez-de-chaussée, une salle de restaurant plus calme, plus policée, au premier étage, et des appartements privés et des bureaux au second.

Chaque fois que j'allais à Georgetown, et presque chaque fois que je me rendais à Washington, je m'arrêtais au Tom's Place, histoire de dire bonjour et de vider un canon. C'est donc le premier endroit qui m'est venu à l'esprit, et s'il s'était juste agi de rencontrer Niobé pour prendre un verre, ou dîner, ou pour une mission de réflexion préparatoire à un adultère, je lui aurais demandé : « Hé, le Tom's Place, tu connais ? »

J'ai d'ailleurs failli le faire.

---

1. Izzy Stone (1907-1989). Journaliste politique de gauche, très méfiant vis-à-vis du gouvernement ; sa dénonciation de la couverture médiatique complaisante de la guerre du Viêt-nam a été redécouverte à l'occasion de l'invasion de l'Irak.

Le plus difficile, si l'on est amené à se comporter comme une sorte d'espion alors qu'on n'en est pas un, c'est d'admettre qu'on est vraiment obligé d'en passer par toutes ces simagrées. On est constamment tenté de dire aux personnes impliquées, à commencer par soi-même : Allez, merde, arrête ton char. Rien de plus bizarre que de rôder comme ça, de se déplacer furtivement — rien de plus embarrassant. Mais enfin, il y avait ma bobine sur le site Web des criminels les plus recherchés de Virginie, on m'accusait de zoophilie, j'étais censé être armé et dangereux, la logique et la raison s'étaient fait la malle depuis longtemps et je savais que je n'avais pas le choix. J'avais intérêt à jouer les James Bond, au diable l'embarras et les hésitations.

Arrivé au neuvième chiffre, je me suis brusquement arrêté de composer le numéro et j'ai reposé le combiné en fronçant les sourcils. Susie m'observait attentivement, agitée par toutes sortes d'émotions et de questions. Même quand elle la bouclait, elle réussissait à faire du bruit. J'avais vraiment besoin de réfléchir, et j'ai annoncé qu'il fallait que j'aille aux toilettes. Pour un peu, je me serais cru marié. Être marié, ça veut dire être obligé d'aller se percher sur le trône de porcelaine pour pouvoir trouver l'intimité nécessaire à un minimum de réflexion. Une fois assis, je me suis efforcé de visualiser les rues de Georgetown pour imaginer ce qui se passerait une fois que je serais arrivé sur place.

C'est donc là, bien installé sur la cuvette, que m'est venue cette idée du bureau de tabac, situé à une rue à l'ouest du Tom's Place, entre le bar et l'Institut.

Me trouvant beaucoup plus près de Georgetown que ne l'était Niobé, j'y suis arrivé de bonne heure. À peine entré dans le magasin, je me suis adressé au type qui tenait la caisse :

— Écoutez, j'étais censé rencontrer quelqu'un ici, mais je ne peux pas attendre, il faut que je m'en aille. Si je vous décris la personne et que je vous laisse un petit mot, vous pourriez le lui remettre ?

— Je sais pas si je la reconnaîtrais.

— Eh bien, si vous n'êtes pas sûr, vous pouvez lui demander si elle cherche un dénommé Dave.

— Ben, je sais pas, le type a marmonné. Je suis pas un club de rencontres.

— Est-ce que vous pourriez être un club de rencontres pour vingt dollars ?

— Ouais, je pourrais. Ça pourrait se faire.

Je lui ai remis l'argent et le message.

— Bonne affaire, a-t-il commenté.

— Encore une chose. Est-ce que vous pourrez m'appeler, une fois que vous lui aurez donné le mot et qu'elle sera repartie ?

— Pourquoi elle vous appelle pas, elle ?

— Je n'en sais rien. Je n'y ai pas pensé. Vous pouvez le faire ? Vous le ferez ? Je serai plus tranquille si vous le faites.

— Les vingt dollars, c'était pour lui remettre le message.

— Vous prendriez combien, pour m'appeler ?

— Vingt dollars, c'était pas mal pour le premier truc. Ce serait peut-être pas mal non plus pour celui-là.

On ne pense jamais aux dépenses que ça entraîne, de faire l'espion. Sans doute parce que d'habitude les espions travaillent pour le gouvernement et déclarent des frais de représentation gonflés pour leurs vodkas-martinis — et que leurs Aston Martin sont fournies par le ministère des Moyens de Transport exotiques.

— Ouais, bien sûr, j'ai fait.

Je lui ai redonné un billet de vingt dollars, un des nouveaux, ceux qui ont l'air un peu taché, sale. Après quoi, j'ai traversé la rue pour aller attendre dans un bar, le Southern Clipper Coffee Trader. Environ un quart d'heure plus tard, mon mobile se mettait à sonner.

— C'est moi, a marmonné le buraliste. C'est vous ?

— C'est moi.

— Elle est vraiment canon.

— Ça, vous pouvez le dire.

— Mais elle a l'air stressé.

— Ça ne m'étonne pas.

— Ben, bonne chance.

— Merci, j'ai fait.

J'étais surpris, et touché.

— Ouais, il a ajouté, vous en aurez besoin. Elle va vous en faire baver.

Il avait sans doute raison.

En sortant du café, j'ai aperçu Niobé qui prenait la direction de l'Institut octavien, comme je le lui demandais dans mon message. Elle ne s'est pas retournée. Même à cette distance, et sans voir son visage, je ressentais... tout ce que je ressentais pour elle.

Quand l'œil découvre une scène de rue, c'est d'abord un vrai chaos. Mais en regardant un peu plus longtemps, on commence à distinguer les trajectoires des éléments individuels et, à partir de là, à détecter des schémas, une logique.

Sur M Street, une camionnette s'avançait en tanguant vers l'intersection. Les vitres avaient été fumées pour qu'on ait du mal à voir ce qu'il y avait à l'intérieur ; le nom d'une société d'ordinateurs était inscrit sur la portière. La camionnette a coupé à travers le flot de véhicules afin de pouvoir tourner avant que le feu ne passe au rouge ; j'ai eu la nette impression qu'elle filait le train à Niobé et ne voulait pas se faire larguer. Niobé était également suivie à pied par un type qui la surveillait du coin de l'œil, en restant toujours à la même distance, comme s'ils étaient attachés ensemble par une ficelle psychique de la longueur d'un demi-pâté de maisons. Il jetait des regards à gauche et à droite tout en marchant, en essayant sans doute de me repérer. Je l'ai reconnu. C'était Ryan.

Ainsi, Niobé avait été filée. À moins qu'elle ne m'ait tendu un piège. La salope. Je n'arrivais pas à y croire. Arrivée à l'angle de la rue, elle a tourné. J'ai sorti mon mobile et composé son numéro, en retournant à l'intérieur du café.

Elle a répondu, et je lui ai dit :

— Il y a des gens qui te suivent.

— Oh...

— Mais il faut que je te parle, Niobé. Si tu es d'accord pour qu'on discute, fais demi-tour, repars vers où tu es venue, et dis-leur d'aller se faire foutre. Dis-leur de disparaître.

Je parlais bas, mais j'étais furieux, et les clients du café m'observaient.

— Ryan, et la camionnette, et l'autre con aussi.

Je n'avais pas vu d'autre con. Quant à la camionnette, je n'étais pas sûr de mon coup ; mais quand on
joue les espions, il faut avoir l'air d'en savoir plus que
l'on n'en sait vraiment.

— Dis-leur ! j'ai insisté.

Puis j'ai éteint le téléphone sans lui laisser le temps
de répondre. Je l'ai éteint complètement, afin qu'elle
ne puisse pas me rappeler.

Et je suis ressorti aussitôt pour voir ce qui se passait. Niobé est réapparue à l'intersection, et la
camionnette, qui remontait toujours la rue, a ralenti.
Après avoir hésité, Ryan a fait mine de rien et il a
continué d'avancer. Pendant cet instant d'hésitation,
sa main droite était venue toucher le côté de sa poitrine, un peu plus bas que pour le salut au drapeau,
comme on fait quand on veut s'assurer qu'on a le
nécessaire avec soi. Il portait donc son flingue dans
un étui d'épaule.

Niobé est descendue du trottoir pour s'approcher
de la camionnette. Le véhicule s'est arrêté, la vitre
s'est abaissée. D'où je me trouvais, je ne pouvais rien
distinguer à l'intérieur. Quelqu'un a dit quelque
chose à Ryan et il s'est arrêté, lui aussi, puis s'est
approché du véhicule. Je suppose qu'elle leur a
annoncé qu'ils étaient repérés. Ryan s'est mis à regarder tout autour de lui pour essayer de me localiser.
La portière de la camionnette s'est ouverte et Morgan en est sorti, athlétique, coriace, furieux. On
voyait que j'étais en train de lui gâcher son dimanche
soir. Lui aussi regardait partout, en s'efforçant de
découvrir où je pouvais me trouver.

Une fois de plus, je suis rentré dans le café et j'ai
rappelé Niobé.

— C'est pas la peine de vous emmerder à me chercher, j'ai grondé. Il y a quelqu'un qui vous surveille pour moi. Il vient de m'appeler, et il me dit que tes copains sont en train de jouer aux cons et qu'ils essaient de me repérer. Tout est annulé, va te faire foutre.

— Attends ! elle s'est exclamée.

— Dis-leur de se barrer. J'ai un autre guetteur.

Pure improvisation.

— À l'angle des rues Wisconsin et Whitehaven, d'accord ? Si la camionnette se pointe là-bas, avec Jack et Ryan et le conducteur à bord, mon guetteur m'appellera, et moi je te rappellerai.

Est-ce que ça avait vraiment des chances de marcher ?

Je suis ressorti du troquet. Deux filles fumaient sur le trottoir, devant la porte. Je leur ai demandé si je pouvais leur taper une cigarette, ou leur en acheter une, en me disant que c'était une bonne idée, de fumer — excellent prétexte pour traîner dehors. Elles m'ont donné une cigarette et du feu. Je savais que si j'avalais la fumée, j'étais certain de me payer une quinte de toux incontrôlable et d'être démasqué comme non-fumeur, et les filles penseraient que j'essayais de les draguer. Il y aurait de l'agitation, qui attirerait l'attention sur moi. J'ai dû faire semblant de tirer sur ma clope, tout en surveillant Niobé et la camionnette.

Morgan se tenait toujours à côté du véhicule, balayant la rue d'un regard furieux qui m'a traversé sans exprimer l'ombre d'un commencement d'identification. Des cheveux blonds, ça peut faire beaucoup pour un mec, c'est un truc que je recommande.

J'ai bavardé un peu avec les filles. Elles travaillaient toutes les deux à la librairie d'à côté. Je leur ai révélé que j'étais bibliothécaire. On a parlé bouquins, et commerce de bouquins. Tout en parlant, je n'arrêtais pas de regarder derrière elles, vers la camionnette.

Je ne pouvais pas distinguer les expressions, seulement les mouvements et, dans une certaine mesure, les attitudes corporelles.

Niobé avait l'air de fournir des renseignements à Jack, mais respectueusement. Ryan, de son côté, attendait ses ordres.

Jack Morgan a jeté un ultime regard circulaire, et Ryan a fait de même. Ma main qui tenait la cigarette s'est attardée devant mon visage. Jack s'est retourné et a ouvert la portière de la camionnette. Il a dit quelque chose à Ryan, qui est monté à bord, puis Jack l'a rejoint. Le véhicule a démarré et s'est dirigé vers le nord, et Niobé est restée là, à attendre. J'ai remercié les filles pour la clope et le brin de conversation, avant de suivre le trottoir en direction de l'est jusqu'à l'angle de la rue. Arrivé là, j'ai tourné et rappelé Niobé. Je lui ai dit de redescendre sur M Street et de se diriger vers le triangle, de l'autre côté de la Vingt-Neuvième, là où Pennsylvania Avenue arrive en biais. J'ai conclu avant de raccrocher :

— Ensuite on ira parler dans le parc, on verra.

Pour modifier à nouveau mon apparence, je me suis mis une casquette sur la tête, un de ces trucs irlandais en tweed, et j'ai chaussé une paire de lunettes achetées dans un bazar. Cela fait, j'ai appelé Tom. Il ne se trouvait pas à proximité du téléphone, et sa réceptionniste a dû aller le chercher.

Je supposais que Niobé était en train de remonter

M Street, depuis la Trente et Unième, en direction de la Vingt-Neuvième. Me trouvant juste au coin de la Trentième, je me suis préparé à la regarder passer et à m'assurer que personne, cette fois, ne la suivait plus. Tom était censé sortir de son restaurant pour faire signe à Niobé et lui demander de me retrouver à l'intérieur. Je n'étais pas sûr que ce scénario tienne parfaitement debout ; en revanche, il faisait tout à fait film d'espionnage. Et tout à fait parano. Mais j'avais beau regarder, pas de Tom. Si elle dépassait le restau, il allait falloir que je galope sur Pennsylvania Avenue pour la rattraper.

Ah ! Elle était là, juste en face de moi. Tandis qu'elle traversait la Trentième, je me suis glissé derrière un lampadaire et j'ai fait semblant de renouer un lacet — d'une seule main, vu que de l'autre je tenais le mobile contre mon oreille. Où est-ce que Tom avait bien pu passer ?

À l'instant où Niobé disparaissait de mon champ de vision, j'ai entendu la voix de Tom dans le téléphone.

— Vite, j'ai grogné, elle arrive. Elle sera devant chez toi dans deux secondes. Elle porte un jean, une veste courte en cuir marron clair, des chaussures de sport noir et vert.

— Noir et vert ?

— Va juste la chercher, tu veux ?

Je me sentais devenir fébrile.

— Relax, vieux, relax. Ça y est, je la vois ! Salut...

J'ai attendu dans les trois minutes, ce qui paraît très, très long quand on est en pleine parano, pleinement justifiée qui plus est. Une véritable éternité. Je n'ai aperçu personne qui me paraisse familier, ni personne qui me donne l'impression d'avoir suivi Niobé.

J'ai tourné à droite sur M Street et me suis dirigé vers le Tom's Place. Je suis passé devant le restaurant, l'air de rien, pour continuer jusqu'à mi-chemin du croisement suivant, avant de m'arrêter et de revenir sur mes pas. Tout avait l'air correct. Je suis entré dans le restaurant de Tom.

Il est venu à ma rencontre, tout sourires, exhalant des effluves de houblon fermenté et de fumée de tabac, et m'a accueilli en me passant un bras autour des épaules.

— Voyez-vous ça ! J'ai toujours su que tu en étais capable ! Putain, David, quel morceau de roi. Où est-ce que tu l'as dénichée ? Elle s'est enfuie de chez son mari ? Elle est au deuxième, derrière mon bureau, deux portes plus loin sur la droite.

Tom s'est cru obligé d'ajouter, en rigolant :

— Je vous ai donné une chambre avec un grand lit, ha ha !

Pour un type de sa corpulence, c'était un rire de petit gamin.

— Tu peux verrouiller la porte, et tu peux aussi te tirer par la fenêtre, au cas où. Elle donne sur l'escalier de secours, si jamais le mari se pointait — mais t'inquiète, je le laisserai pas passer.

— Merci, Tom. Écoute, ce n'est pas seulement... Ce n'est pas juste une question de sexe.

— T'inquiète, vieux, t'inquiète. Les adultères sont les bienvenus au Tom's Place, le palais de la luxure.

— Ce n'est pas du sexe, c'est de la politique.

— C'est Washington.

Voilà qui pouvait passer pour de l'esprit, je suppose.

— Merci, Tom.

J'étais impatient de rejoindre Niobé.

— Écoute-moi, le rat de bibliothèque, va faire ce que t'as à faire, et fais-le en grand. T'es un type bien, David. Depuis combien de temps on se connaît, dix, quinze ans ?

— Eh ben, à ce sujet, faut que je...

Tom m'a conduit vers l'escalier sans cesser de parler :

— Et pendant tout ce temps, moi, je disais : Il devrait sortir, ce mec, émerger un peu de ses rayonnages poussiéreux.

— Ça me plaît, d'être bibliothécaire, ai-je objecté.

Simultanément, je m'efforçais de contourner Tom. Pas évident, vu sa corpulence. Et plutôt grossier. Mais nous autres espions, nous avons le droit de nous montrer grossiers. Nos vies sont tellement plus *urgentes* que celles des gens ordinaires.

— Je le sais, que ça te plaît. Et t'as réussi à en faire quelque chose.

Un passage s'est ouvert dans la foule ; j'en ai profité pour serpenter autour de Tom. Sans se laisser démonter un seul instant, il a enchaîné :

— La plupart des gens font leur boulot en somnambules.

En lui adressant un hochement de tête, j'ai commencé à monter rapidement les marches. Et lui, en grimpant derrière moi, mais plus lentement, et en haletant quelque peu, il continuait à me parler :

— T'as fait quelque chose de ton boulot, t'as su transmettre aux autres ce que tu savais. Tu leur as vraiment montré comment accéder au savoir. Tu me l'as montré, à moi. Je t'en suis redevable.

Je me suis arrêté sur le palier du premier étage. Tom n'avait encore escaladé que la moitié des marches.

— Ta dette est remboursée, maintenant ! lui ai-je lancé.

— Non, David.

Alors que je me tournais déjà pour entamer l'ascension de la volée de marches suivante, j'ai entendu sa voix s'estomper dans mon dos :

— Certaines dettes peuvent être remboursées, mais d'autres ne le seront jamais. Tout ce que tu donnes et qui contribue à former un homme, ça ne pourra jamais t'être rendu. Jamais. Monte cet escalier. Elle t'attend. Personne te suivra là-haut. T'as ma parole...

L'immeuble était ancien, l'escalier étroit et irrégulier, les murs sales, tachés. Après avoir facilement trouvé la chambre, j'ai ouvert la porte à la volée. La lumière était allumée. Une ampoule nue, une unique ampoule suspendue au plafond. Soixante-dix watts, et dépolis, encore. Le résultat était simultanément cru et romantique.

J'étais amoureux. J'étais en colère. Quelle connerie, l'amour. J'étais effrayé. J'étais trahi.

— Espèce de garce ! j'ai accusé. Tu m'as tendu un piège.

— Dis-moi, dis-moi. Tu es au courant ?

— C'est moi qui pose les questions, ai-je riposté d'un ton hargneux. Et c'est toi qui vas répondre.

Et j'ai tendu la main pour attraper Niobé.

Je n'ai pas la moindre idée de ce qui s'est passé, mais je me suis retrouvé étendu par terre, et Niobé se dressait au-dessus de moi.

— Dis-moi, tu es au courant ?

Je me suis mis à quatre pattes.

— Au courant de quoi ?

Et je me suis jeté sur elle. Elle m'a esquivé habilement et m'a fait un truc élégant, invisible, qui m'a envoyé valdinguer de l'autre côté de la petite chambre, vers le lit — sur lequel j'ai atterri moitié sur le flanc, moitié sur le dos. Le lit a émis un craquement et un grondement. J'ai imaginé Tom, en bas, écoutant ces effets sonores avec une concupiscence avunculaire, en se trompant complètement sur leur origine.

Niobé était peut-être très douée, mais en attendant, j'avais réussi à lui agripper la ceinture d'une main, et je m'y étais accroché de toutes mes forces, de sorte qu'elle a été entraînée dans ma chute. Elle m'est tombée dessus, et s'est mise à se débattre pour essayer de se redresser. Je l'ai entourée de mes bras, elle s'est contorsionnée et m'a balancé un coup de poing dans le dos, près des reins. Ça m'a fait un mal de chien. Pour me protéger, j'ai roulé afin de me retrouver au-dessus d'elle, et nous avons dégringolé ensemble sur le plancher. Niobé était toujours coincée sous moi, à se débattre et à frétiller. Elle a essayé de remonter un genou vers mon aine, mais je serrais désespérément les cuisses et elle n'avait pas d'espace pour manœuvrer. Alors, elle a encore essayé de me cogner. J'ai resserré mon étreinte, en lui maintenant les bras de chaque côté du corps, et en pesant sur elle de tout mon poids.

J'ai redressé la tête pour l'observer. Elle me regardait aussi, et nos regards sont restés scotchés. Nous nous sommes embrassés. Aussi furieusement et maladroitement que nous venions de nous battre. C'était de la folie. Je ne savais pas si elle essayait de m'avoir, ou si elle me trahissait encore, ou si elle m'aimait. Des sortes de miaulements s'échappaient de sa gorge ; quant à moi, je n'avais encore jamais connu une telle faim.

Puis, on s'est calmés.

— Nous n'avons pas beaucoup de temps, a-t-elle fait remarquer.

— Parle-moi de l'Institut octavien.

Ma voix n'était plus qu'un croassement échappé d'une gorge trop sèche.

— Parle-moi de ce rapport, « Préparation active/passive ».

Je l'ai cherché dans la poche arrière de mon pantalon, mais il était resté de l'autre côté de la chambre, par terre.

— C'est un rapport, a répondu Niobé d'un ton indifférent.

— Juste un rapport, mon cul.

J'étais toujours allongé sur elle, à portée de sa bouche, ce qui ne m'a pas empêché d'aboyer :

— C'est un putain de manuel d'instructions qui indique comment s'y prendre pour tuer trois mille Américains innocents, afin qu'un fils de pute puisse s'en servir comme excuse pour conquérir le monde ! Et faire du fric avec le pétrole.

— Tu as découvert ce qu'ils préparent ?

Elle avait posé cette question comme si je venais de lui parler de la pluie et du beau temps, comme si

je lui avais juste demandé : Bonjour, comment ça va ?
Tu as bien dormi, ma chérie ?

— Qu'est-ce que tu veux dire, est-ce que j'ai découvert ce qu'ils préparent ? C'est plutôt à moi de te
poser la question, puisque tu fais partie des auteurs
de ce texte. Ça veut dire que tu es dans le coup !

— Non, c'est faux, c'est faux. Et ôte-toi de là !

— Non !

Et je l'ai maintenue encore plus fort.

— Ôte-toi de là ou je vais te faire mal. J'en suis
capable. Tu peux me croire, j'en suis capable.

Je me suis écarté d'elle, avant de me remettre
debout.

— Qu'est-ce que ça veut dire, bon Dieu, tu n'es
pas dans le coup ? Il y a ton nom, sur ce rapport. Il
porte ton nom ! j'ai gueulé en me tenant au-dessus
d'elle. Tu es l'un des auteurs de l'exposé qui a indiqué
au président des États-Unis comment commettre un
massacre.

J'ignorais si Scott ou quelqu'un de haut placé avait
jamais lu ce texte, et s'il avait vraiment pu devenir
leur manuel d'instructions, ou s'il ne s'agissait que
des spéculations délirantes d'un groupe de réflexion
qui avait pété les plombs. Dans le premier cas, c'était
énorme ; et dans le second... rien. Niobé s'est relevée
sans me regarder. Je me suis efforcé de la contourner,
pour me retrouver en face d'elle.

— Un massacre ! Si j'étais un putain de procureur,
hein, je t'accuserais de meurtre et je réclamerais la
peine de mort.

— C'est pour ça que tu m'as appelée ?

— Oui. Je veux savoir ce qui se trame à l'Institut
octavien.

— C'est du réchauffé, David.

— Qu'est-ce que tu veux dire, du réchauffé ?

— Du passé. De l'ancien. C'est terminé.

— Mais quel genre de monstre es-tu donc ?

Niobé m'a jeté un regard dont j'ai eu du mal à déchiffrer l'expression, et encore, j'étais certain que je me trompais, sur les détails et sur le fond. Je voyais qu'elle s'efforçait de garder son calme, de conserver un semblant de maîtrise sur sa rage et son chagrin. Mais pourquoi ce chagrin ? Contre qui, cette rage ? Je n'en savais rien. Elle m'a réprimandé :

— On n'a pas le temps de jouer à ça.

— Vraiment ? On n'a pas le temps d'essayer de déterminer si tu es impliquée dans le crime du siècle ?

— David, dis-moi seulement si tu as découvert ce qu'ils ont l'intention de faire concernant cette élection.

— Qui ? Qui a l'intention de faire quelque chose ? Scott ? Les Républicains ? Stowe ? Jack, ton mari ? Qui ? Qui ?

— Alors, tu ne sais pas. Tu n'en as aucune idée.

— Non, je n'en sais rien. Mais je parie que ça a un rapport avec toi et avec l'Institut octavien.

— C'est pour cette raison qu'on se retrouve à Georgetown ? Afin de n'avoir que deux pas à faire pour aller s'y introduire en douce ? Il n'y a que de la paperasse, là-bas, de la paperasse et un tas de sornettes.

— Un tas de sornettes ?

J'ai ramassé son rapport tombé par terre, « Préparation active/passive », pour le lui agiter sous le nez.

— Un projet de trahison ! Un manuel de meurtre !

On a entendu crier dans l'escalier, des bruits, une

galopade. Je me suis retourné vers la porte, je l'ai ouverte, j'ai aperçu Tom dans l'escalier. Il s'accrochait désespérément à un type que je ne connaissais pas. Il y avait un policier de Washington, en uniforme. Le flic tenait son pistolet automatique dans une main et sa radio dans l'autre. Après avoir crié des numéros de code, il a indiqué l'adresse du Tom's Place. Morgan et Ryan arrivaient derrière lui. Le colonel Morgan se déplaçait avec aisance et assurance, une vraie photo pour dépliant publicitaire de centre de remise en forme. Brandissant son portefeuille à l'intérieur duquel on apercevait son insigne, il a annoncé : « Sûreté du territoire ! », comme si les caméras étaient en train de tourner. Juste devant lui, s'avançant d'un pas plus laborieux qu'une toux de fumeur, Ryan, lui aussi, tenait son flingue à la main.

D'autres personnes les suivaient, certaines au pas de course, d'autres jouant des coudes pour aller plus vite. Au milieu de cette bruyante bousculade, j'ai cru reconnaître Susie.

Juste à ce moment, il y a eu un bruit sourd. Tom a été agité d'une secousse, et sa figure pâle est devenue carrément blême.

Tandis que Tom continuait à enserrer fermement le type entre ses bras, ils ont tournoyé ensemble lentement au milieu de l'escalier, dans une parodie de danse amoureuse. Ils ont effectué un tour complet sur eux-mêmes, le visage de Tom s'est tourné dans ma direction, son regard a croisé le mien et il a crié :

— Barre-toi, David ! Barre-toi !

Je pouvais voir que le type essayait de se dégager, comme au ralenti, de l'étreinte d'ours de Tom. Tom avait noué ses mains dans le dos du gars et il allait rester dans cette posture, même si c'était la dernière chose qu'il doive jamais accomplir.

Il y a eu une pause, un instant privilégié d'immobilité, quand ils ont cessé de tourner — juste avant qu'ils ne commencent à tomber. Ils ont culbuté en se cognant contre le mur, ont rebondi pour aller tamponner la rampe. Et ils ont continué à chuter, un vrai plongeon. Le mec glissait sur le dos et Tom était au-dessus de lui, la tête vers le bas, les pieds vers le haut, le chevauchant à la manière d'une luge, ou d'une maîtresse ; mais au lieu de l'entourer de ses bras, il s'accrochait maintenant à sa figure. Tous deux poussaient des gémissements, des cris stridents, des jurons. Le policier braillait dans sa radio, gueulait : « Pas un geste ! », agitait son flingue. Ryan et Morgan, eux, tentaient de grimper l'escalier, mais ça leur était impossible tant que Tom et le type qu'il chevauchait ne s'étaient pas arrêtés au terme de leur dernier rebond.

Et là, soit il y a eu de l'écho, soit Tom s'est écrié une dernière fois :

— Barre-toi !

CHAPITRE 43

Hagopian était étendu sur son matelas. Les écrans de télévision se lançaient mutuellement leur baratin à la figure. Inutile de proclamer que les descentes de police avaient constitué une provocation délibérée, qui avait produit le résultat désiré, à savoir les émeutes, et que le tout n'avait été qu'un stratagème électoral. À moins que l'on ne retrouve un mémo compromettant de Scott, un mémo réel et concret adressé à Arbusto, le gouverneur de la Floride, les médias traiteraient cette accusation comme ils avaient traité la déclaration de Hillary Clinton sur « une vaste conspiration de la droite » — déclaration fondée, mais qui avait valu à son auteur une image de parano pleurnicharde.

Étendu sur son matelas, entouré de ses téléviseurs qui bourdonnaient comme des cigales par une nuit d'été, Hagopian respirait en s'écoutant respirer. Toutes les ondes vidéo le pénétraient pour se reconstituer en lui selon des arrangements inédits, et il eut une vidéo-vision sur l'écran de son esprit : Sharpton, Jackson père et fils, des leaders et des pasteurs noirs convergeant de tout le pays vers la Floride, du jamais vu depuis l'époque de Martin Luther King en Alabama. Qu'ils proclament leur refus de laisser ces tactiques scandaleuses priver les Noirs de leurs droits électoraux, qu'ils proclament leur refus de laisser les abus des forces de police monter les Noirs contre les Bruns contre les Blancs, diviser les chrétiens, les juifs, les musulmans. Qu'ils demandent à leurs partisans de rester calmes. Qu'ils leur demandent d'intimider les flics, par la non-violence, au moyen de caméras vidéo, afin que le monde entier puisse voir si les policiers se livraient à des provocations, s'ils essayaient de déclencher des émeutes — puisque le monde est devenu un événement médiatique. Qu'ils fassent venir aussi quelques prêtres catholiques et quelques rabbins.

Hagopian allait créer un mouvement. Un mouvement spontané, qui n'allait durer que trois jours, dimanche-lundi-mardi, et néanmoins un vrai mouvement. Il se leva, frais et vigoureux comme s'il avait dormi.

Après avoir éteint tous les postes de télévision, il savoura un moment le silence puis se dirigea vers son bureau, où il ouvrit son portable et commença à dresser une liste.

À onze heures, sa liste était terminée. Il passa le reste de la journée au téléphone. Ça marchait. Les leaders de la communauté afro-américaine comprenaient que les émeutes avaient été déclenchées délibérément par des agents provocateurs du gouvernement ; ils étaient furieux et impatients de réagir.

Ce soir-là, à vingt et une heures quarante-sept, on frappa à la porte de Hagopian et l'un de ses assistants entra pour lui apporter le *New York Times* du lendemain matin, lundi.

Un informateur anonyme, travaillant pour une agence de sécurité nationale dont le nom n'était pas divulgué, avait eu connaissance de rumeurs selon lesquelles une des principales organisations terroristes comptait lancer des attaques contre les États-Unis au cas où Anne Lynn Murphy remporterait l'élection. D'après l'article non signé, ces mystérieux terroristes étaient persuadés qu'un pays dirigé par une femme serait « faible » et incapable de se défendre.

L'article aurait pu s'intituler : « À court d'idées, le gouvernement de Scott répand de fausses informations concernant la sécurité nationale, afin d'effrayer les électeurs ».

Au lieu de quoi, le titre annonçait : « Des terroristes prévoient d'attaquer la nation si elle est gouvernée par une femme ». Et l'article faisait la une du journal.

CHAPITRE 44

Niobé tenait un flingue.

Un joli flingue, plutôt petit, délicat, soigné comme Niobé elle-même, avec une finition impeccable, une solidité évidente, une élégance fonctionnelle, une puissance concentrée, raffinée. Rien à voir avec le monstrueux bazooka phallique d'un Dirty Harry.

Et ce flingue allait me descendre.

— Eh bien, descends-moi, bordel ! Descends-moi et qu'on en finisse, espèce de garce !

Je n'aurais sans doute pas dû la traiter de garce, mais je commençais à trouver toute cette histoire très déroutante et irritante. Je me suis avancé résolument vers Niobé, droit sur le pistolet, jusqu'à ce que le canon s'enfonce dans mon ventre.

Des coups ont été frappés à la porte, que j'avais fermée à clef derrière moi, et des cris ont retenti.

Pour une fois, Niobé semblait irrésolue, déconcertée. J'ai placé une main sur le pistolet et l'ai détourné de ma personne ; et, puisque Niobé n'offrait apparemment aucune résistance, je lui ai enlevé l'arme des mains. Elle me regardait toujours d'un air absent, perdu, comme si elle attendait que je prenne une décision. C'est ce que j'ai fait. J'ai carrément pointé le flingue vers elle, en lui ordonnant :

— La fenêtre ! On va se tirer par la putain de fenêtre.

Niobé a fait comme je lui disais.

Je n'en revenais pas. Elle a levé la fenêtre à guillotine, posé un pied sur le rebord, tout en se ramassant sur elle-même comme une chatte afin de pouvoir passer. Je l'ai suivie, beaucoup plus maladroitement, en me servant de mon genou pour accéder au rebord puis en basculant sur l'escalier de secours.

Niobé, silencieuse et vive, était déjà en train de descendre, comme si elle avait passé sa vie à s'entraîner pour ce genre de fuite.

Nous avons dégringolé la volée de marches à toute allure. Le temps que j'arrive en bas, Niobé avait déjà entrepris de détacher l'échelle de son support. L'échelle a grincé en se décrochant, avant de produire un fracas métallique en atteignant le sol. « Allez, allez ! », j'ai gueulé, et Niobé a commencé à descendre, aussi gracieusement que tout ce qu'elle avait fait jusque-là. Il y a eu du bruit au-dessus de nous, et j'ai levé les yeux en suivant Niobé. J'ai aperçu des visages et des flingues à la fenêtre par laquelle nous venions de nous enfuir, et par où l'un de nos poursuivants essayait de passer. Il bloquait le passage des autres et les empêchait de nous tirer dessus ; sa maladresse nous a accordé un bref répit, une paire de secondes.

À peine a-t-elle eu touché le sol que Niobé a filé vers la gauche. Je lui ai emboîté le pas, en tenant toujours le flingue à la main. Je me suis demandé si, vu de là-haut, je donnais l'impression de la kidnapper ou de m'enfuir avec elle. Nous nous sommes retrouvés dans une allée étroite et sombre ; je voyais la rue devant nous, un peu plus loin, brillamment éclairée par les lampadaires. Une fois que nous l'aurions atteinte, qu'est-ce que j'allais bien pouvoir faire, bon Dieu ? On entendait déjà des hurlements de sirènes, provenant de différentes directions.

CHAPITRE 45

Mike, le producteur de télévision de l'Idaho, la première personne à avoir vraiment pris la mesure des capacités d'Anne Lynn et à lui avoir offert du temps d'antenne avant de lui passer la bague au doigt, se sentait envahi par le désespoir.

Son instinct lui disait que cette prétendue fuite, cette info concernant des terroristes déterminés à passer à l'attaque si une femme devenait présidente, allait redonner l'avantage à Scott. Et l'équipe du président avait eu la main heureuse en choisissant le *New York Times* pour la poignarder dans le dos.

Les opinions de Mike s'étaient radicalisées pendant la campagne, ce qui peut paraître curieux, étant donné que la campagne elle-même, comme toujours, avait tendance à se rapprocher du centre. Ce n'était pas que les positions évoluent nécessairement, mais on les retouchait sans cesse pour parvenir à la formulation la plus consensuelle possible, à l'énoncé qui paraissait susceptible d'attirer le plus possible d'électeurs potentiels sans pour autant effaroucher ceux dont le vote était déjà assuré. Il s'agissait d'un processus laborieux, au cours duquel il n'était pas évident de demeurer fidèle à sa vision initiale. Mike admirait sa femme d'avoir su s'adapter à ce processus tout en préservant son intégrité.

Il n'était pas moins curieux que ses fonctions de producteur de télévision l'aient maintenu plongé aussi longtemps dans une pareille naïveté. Il connaissait personnellement des centaines de professionnels de l'information, et il n'y en avait pas un seul qui ne se serait décrit comme une bonne personne, une personne honnête, équitable, objective, idéaliste. Raisonnablement idéaliste, certes, pas de manière autodestructrice ; disons, d'un idéalisme réaliste.

Mike pensait maintenant qu'ils se trompaient tous, comme lui-même s'était trompé — comme il s'était *trompé lui-même*. En fait, la capacité d'un journaliste à survivre et à prospérer dans une des grandes sociétés qui servent les informations à la télévision sous forme ludo-éducative est directement liée au potentiel d'auto-aveuglement dudit journaliste.

La droite stigmatisait depuis tant d'années le *New York Times* en tant que vaisseau amiral des médias de gauche que tout le monde avait fini par y croire, y compris la gauche elle-même, y compris les propres collaborateurs du *Times*. Mais la vérité, c'est que le *Times* était le bulletin interne, le journal d'entreprise de la classe dominante et de l'ordre établi. Sa ligne éditoriale, sa présentation des nouvelles servaient les intérêts de l'establishment : continuité, sécurité, légitimité. Le *New York Times* soutenait donc en général les affaires et la finance, la conception américaine de l'impérialisme, le gouvernement et le président, sauf abus tellement flagrant que la continuité, la sécurité ou la légitimité auraient risqué d'être menacées — auquel cas le journal criait haro sur le baudet, comme il avait fini par le faire pour la guerre du Viêt-nam, pour Nixon, pour Enron, afin de contribuer à la restauration de la continuité, de la sécurité, de la légitimité.

Au fond de son cœur pétri de conservatisme, le *New York Times* s'était décidé en faveur de Scott et lui avait fait un magnifique cadeau : jeter un voile d'objectivité sur sa dernière magouille de campagne, en lui conférant toute l'autorité du quotidien de référence. Cette magouille était maintenant assurée d'être présentée dans tous les médias comme une véritable révélation, à prendre pour argent comptant.

Mike jeta un coup d'œil à Hagopian, qui s'était montré si content de lui et de ses contre-stratagèmes concernant la Floride. Il se rendit compte que Hagopian était fatigué, malade, et qu'il n'était peut-être et même certainement pas capable de l'ultime étincelle de génie nécessaire pour retourner cette situation-là.

La campagne se précipitait vers sa conclusion avec une soudaineté terrifiante.

De ces inquiétudes qui l'agitaient, Mike ne montra rien, conservant en toutes circonstances une expression de bonne humeur éclairée par un grand sourire.

Le plan était que la candidate à la présidence et son époux prennent l'avion ensemble pour l'Idaho le lundi soir, afin de pouvoir se rendre aux urnes le mardi. Mais, ce dimanche soir-là, Mike annonça à Anne Lynn qu'il souhaitait partir en éclaireur pour tout préparer, ce qui était la pure vérité. Il voulait qu'elle goûte un peu de tranquillité, de repos, et soit entourée uniquement des amis qu'il fallait, et que ses plats favoris soient prêts, quand arriverait le mardi — quand arriverait la fin.

CHAPITRE 46

Au moment où nous émergions de l'allée, un taxi a surgi de la Trente et Unième. Il s'est arrêté avec une secousse, la portière s'est ouverte brusquement, et j'ai entendu la voix prodigieusement insupportable de Susie qui continuait à hurler :

— Arrêtez, arrêtez ! Je vous ai dit d'arrêter !

Le chauffeur noir lui a répondu, avec un accent du Sud épais comme un sirop :

— On s'est arrêtés, on s'est arrêtés.

Ce qui était exact.

Mais Susie était déjà passée à la phase suivante, qui consistait à bondir hors du véhicule pour nous crier :

— Montez, montez !

Niobé, arrivée la première, est montée à bord avant moi. Je l'ai rejointe d'un bond tandis que Susie se jetait sur le siège du passager, à l'avant, puis claquait violemment sa portière.

— Roulez, roulez ! j'ai gueulé.

— Je suis désolée, tellement désolée, s'est excusée Susie en se retournant sur son siège.

— Je sais pas qui vous êtes, vous autres, a remarqué la voix langoureuse du Sud, mais je veux pas être mêlé à ce bordel, pas question.

J'avais un flingue à la main. Je ne m'étais jamais retrouvé en société avec un flingue à la main, mais ça ne m'empêchait pas de savoir ce qu'il me restait à faire — je l'avais vu assez souvent à la télé. J'ai appuyé le canon contre la tempe du chauffeur en grondant :

— Roulez, roulez !

— Meeerde...

Il avait étiré le mot sur trois syllabes, mais au moins il avait redémarré.

— Où on va ? Où vous voulez aller ?

— Est-ce que tu crois que tu pourras me pardonner ? m'a demandé Susie.

Qu'est-ce qu'elle racontait ? Et où est-ce qu'on allait, en effet ?

— L'Institut octavien, j'ai lancé.

— Non, ça va grouiller de monde, a objecté Niobé.

— Pourquoi vous prenez pas juste mon argent ? a gémi le chauffeur. Et puis vous pourrez vous tirer.

— S'il te plaît, s'il te plaît, dis-moi que tu me pardonneras, suppliait Susie.

— Roulez, roulez ! j'ai répété.

— Je roule, je roule, a protesté le chauffeur, mais je sais pas où aller.

— Où est ta bagnole ? j'ai demandé à Niobé.

— Chez moi.

J'ai aussitôt lancé au chauffeur :

— À Bethesda !

— C'est au bout du monde, mec.

J'ai mis la main à la poche et j'en ai retiré trois billets de vingt dollars. C'est dingue ce que les billets de vingt partent vite, dans le monde de l'espionnage.

Le chauffeur s'en est emparé de ses longs doigts habiles.

— Je ne voulais pas ! a braillé Susie. Je veux dire, je voulais, sur le coup, mais pas du fond du cœur.

— Mais qu'est-ce que tu racontes ?

— J'ai prévenu les flics.

— Quoi ? Comment ? Quand ? Et qu'est-ce que tu fais ici ?

— Je savais que tu allais au Tom's Place, parce que je t'avais entendu au téléphone. Alors j'y suis allée aussi, directement, et j'ai attendu, et puis...

— Et puis ?

— Et alors je l'ai vue, elle, et j'ai cru que tout ça n'était que des mensonges, que c'était pour elle, et alors là, je... j'ai un peu pété les plombs et je... j'ai appelé la police.

— Quoi ?

En la regardant, j'ai vu du coin de l'œil que le chauffeur allait profiter de ma distraction pour tenter quelque chose, alors j'ai pressé le canon du flingue contre sa nuque en émettant un grondement.

— Je suis mariée, a annoncé Niobé à Susie.

— Oh, mon Dieu ! s'est exclamé le chauffeur.

— Eh ben, et alors ? a demandé Susie. C'était lui, ce type ? Et c'est pour ça que tu rasais les murs, David ? C'était son mari ?

— C'est de la politique, pas du sexe, ai-je répliqué.

— C'est Washington ! est intervenu le chauffeur.

Je l'ai rembarré :

— Et ça, c'est l'humour local ?

— Je disais ça pour causer.

— Voilà donc comment ils nous ont retrouvés, a

conclu Niobé. Tu vois, David, je ne t'ai pas trahi, tu vois bien.

Le chauffeur a estimé que c'était le bon moment pour émettre une suggestion :

— Si vous voulez bien écarter ce flingue, je vous ferai tous passer à la télé dans l'émission de Jerry Springer[1]. J'ai des contacts, sans déconner.

Le taxi nous a déposés au coin de la rue où habitait Niobé. Elle a annoncé qu'elle devait monter chercher ses clefs de voiture ; quant à Susie, elle avait besoin de se rendre aux toilettes. Je leur ai dit à toutes les deux d'y aller, que je les rejoindrais une minute plus tard, et j'ai encore sorti une centaine de dollars.

— Je n'ai pas l'habitude de ce genre de situation, ai-je avoué au chauffeur.

— Eh ben, vous vous débrouillez très bien, mon garçon.

— Merci, j'ai fait. Ce qui m'ennuie, c'est que, bon, vous aurez remarqué qu'on est un peu dans la merde, là.

— Oh, ouais.

— Et je ne veux pas que vous alliez voir les flics.

— Je vous reçois cinq sur cinq.

— Je suis en train de me dire que je devrais vous descendre.

— Non, non, mon frère, vous pouvez pas vous engager sur cette pente.

— Ben, effectivement, je ne peux pas.

— Très bien, ça, c'est raisonnable. Ça, c'est tout à fait raisonnable.

1. Voir page 151.

— Je suis en train de chercher une histoire que je pourrais vous raconter, pour vous convaincre que c'est nous les gentils — ou au moins pour vous embrouiller tellement les idées que si vous alliez chez les flics, vous ne leur raconteriez que des conneries. Mais je n'y arrive pas. Vous comprenez ce que je veux dire ?

— Non, pas parfaitement. Pas parfaitement.

— Je me demandais si, en plus du prix de la course et de votre pourboire, ces cent dollars pourraient acheter votre silence ?

— Oh, mais ce serait vraiment très bien.

— Seulement, là, je me dis, hé, il pourrait prendre les cent dollars et nous balancer quand même. Je crois qu'on a un peu trop parlé devant vous. Finalement, j'aurais plutôt intérêt à vous refroidir.

— Je pense que les cent dollars feront parfaitement l'affaire.

— Eh bien, je vais courir le risque. Mais si je me rends compte que je me suis trompé, je connais votre nom, je sais où vous bossez, je vous retrouverai.

J'ai ouvert la portière et je suis sorti.

— Excusez-moi, a-t-il appelé comme je commençais à m'éloigner.

— Qu'est-ce qu'il y a ?

— Pour un gentleman comme vous, avec vos bonnes manières et deux dames aussi splendides, je me disais comme ça que vous pourriez peut-être faire un peu mieux que cent dollars.

— Cent dollars, pour ne rien vous cacher, ça représente un paquet pour moi.

— Vraiment ?

— Ouais. Mon boulot normal, c'est bibliothécaire.

— Ça paie pas des masses, je suppose ?

— Non.

— Bordel. J'adore les bibliothèques, sans déconner. On a une jolie petite bibliothèque dans notre quartier, tout le monde est toujours bien accueilli, on a l'Internet gratos et, pour ne rien vous cacher non plus, je suis un lecteur vorace.

— Vraiment ?

— J'ai un faible pour Montaigne, et j'adore Alexandre Dumas.

— Formidable. Écoutez, si vingt dollars de plus peuvent faire une différence, je suis d'accord pour aller jusque-là.

— Ça pourrait pas faire de mal. Non, ça pourrait vraiment faire aucun mal, c'est sûr.

CHAPITRE 47

Quel foutu bordel.

Niobé enlevée. Disparue. Le bibliothécaire envolé. Et Jack Morgan n'avait plus que deux heures devant lui avant de partir pour le New Jersey, pas moyen de retarder cette mission.

Jack ne s'était pas rendu compte que Goldberg avait toute une équipe derrière lui. Il aurait dû s'en douter. Mais ils n'avaient quand même pas si mal géré le changement de plan. Les équipiers de Goldberg n'avaient pas réussi un sans-faute, ils n'avaient pas repéré Whittaker. Celui-ci avait filé le train à Niobé sans se faire remarquer, du beau boulot, bravo, après quoi il avait recontacté Morgan. Ensuite, hélas, lorsqu'ils avaient chargé, il y avait eu ce mec en uniforme bleu avec sa radio et son flingue qui leur avait bloqué intégralement le passage. Tout leur travail saboté par ce connard.

Niobé kidnappée. Où est-ce qu'elle pouvait bien être ? Entre les mains de ce...

Il fallait alerter le Com-Net, le réseau de communications connectant toutes les agences de sécurité, tous les organismes responsables du maintien de l'ordre. Mais dire quoi ? Armé et dangereux ? Ne s'approcher qu'avec précaution ? Tirer à vue ? Qu'est-ce qu'il pouvait avoir comme expérience, ce Goldberg ? Est-ce qu'il avait la gâchette facile ? Il ne fallait surtout pas qu'il se sente acculé et se force un passage à coups de pétoire — et que Niobé se retrouve prise au milieu des tirs croisés. Morgan ne se racontait pas d'histoires, il savait que les opérations de police se déroulent rarement avec une précision d'horlogerie. Dans l'armée, ça s'appelle le « brouillard de la guerre » ; il n'y avait pas d'expression spéciale dans le monde réel, dommage, et même tout à fait regrettable, vu que le monde réel est encore plus embrumé que le champ de bataille. *Niobé*. Il devait se retenir pour ne pas crier son nom. *Niobé !* L'appeler et l'appeler encore, hurler, que sa voix remonte et descende les fleuves, traverse les vastes plaines qui avaient été, autrefois, des marécages, que sa voix porte loin, très loin, toujours plus loin, jusqu'à ce que Niobé l'entende et lui revienne.

Il l'avait d'abord recrutée, puis épousée.

Jack Morgan était intimement persuadé qu'il y avait une place pour les femmes, et une autre pour les hommes. Il connaissait des tas de types qui s'aventuraient dans le monde et y commettaient des actes meurtriers, des actes dangereux et dérangeants. Puis, ces types rentraient à la maison et s'y comportaient en bons pères de famille, qui sortaient les poubelles, tondaient la pelouse, lavaient leur voiture. Oui, ces types se montraient bons pères, ils aidaient leurs filles à faire leurs devoirs, jouaient au ballon avec leurs fils, leur enseignaient la différence entre le bien et le mal. Et ils se montraient bons maris, ne levaient jamais la main sur leur épouse, rarement un mot plus haut que l'autre, et fidèles avec ça, de bons chrétiens menant des vies normales, vertueuses, la messe le dimanche, tout le bazar. Des vies d'hommes.

Niobé avait voulu travailler, elle aimait la stimulation des opérations clandestines ; elle aimait flirter pour aller à la pêche aux informations, et prétendait que ce qui est bon pour le mâle de l'espèce l'est également pour la femelle — opinion apparemment raisonnable mais en fait, aux yeux de Morgan, erronée. Tout simplement erronée. Un des mensonges répandus par cette propagande de gauche qui était en train de saper la famille et la morale, et risquait bien plus d'entraîner la chute de l'Amérique que n'importe quelle troupe de terroristes amateurs et bordéliques avec des serpillières sur la tête.

Il avait donc opté pour un compromis. Il l'avait infiltrée dans l'Institut octavien en tant que statisticienne. C'était une bonne couverture ; elle avait la bosse des maths, et avait suivi deux ou trois cours de statistiques en fac. Une affectation très sûre, avec des horaires de bureau, la plupart du temps. Elle faisait ses rapports à Jack, ainsi qu'à Hoagland et à ses associés rarement nommés, par l'intermédiaire du GIAP, *General Intelligence Applications Program, Inc.*, un sous-traitant auprès duquel on externalisait les missions de renseignement. C'était curieux qu'en matière d'espionnage intérieur le gouvernement soit soumis à plus de restrictions que les sociétés privées. L'avenir du renseignement, c'était la privatisation.

Et puis, il y avait eu cette histoire de bibliothécaire. Vu le niveau de confidentialité régnant dans l'entourage de Stowe, Jack n'avait voulu impliquer personne qu'il ne puisse tenir à l'œil en permanence, et Niobé était tellement douée pour obtenir des aveux en soumettant les suspects à la tentation... Il n'y avait pas plus doué qu'elle pour ce genre de mission, et il avait décidé de faire appel à elle.

Et maintenant, il comprenait à quel point il avait eu tort.

Aviser toutes les agences. Un homme considéré comme armé et dangereux. Ne s'approcher de lui en aucune circonstance. Aviser uniquement la Sûreté du territoire. *Et uniquement aviser.*

Ajouter une nouvelle description de Goldberg, mise à jour. Cheveux blonds, coupés court. C'était vraiment un pro, cet enculé. Cette simple mesure avait complètement modifié son apparence, et Morgan se rendait maintenant compte qu'il avait aperçu le fuyard, plus tôt dans la soirée, à l'angle de la rue. Il fumait une cigarette en compagnie de deux nanas, et Morgan ne l'avait absolument pas reconnu.

Quant au propriétaire du café-restaurant, il avait fallu conduire ce gros con à l'hôpital. Les mecs du SAMU avaient sué sang et eau en l'emmenant sur un brancard. Ils avaient presque failli le renverser dans l'escalier. Morgan aurait voulu qu'ils le laissent saigner à mort sur le palier, cette espèce de cachalot. Dire qu'il s'était servi de Whittaker, dans l'escalier, comme d'une vulgaire luge. Pauvre Whittaker, bassin fêlé, bon pour l'hosto, plus question de faire crac-crac pendant un bout de temps. Enfin, on pouvait toujours espérer que sa queue soit assez longue pour traverser l'épaisseur du plâtre.

Morgan devait effectuer d'autres appels, s'approprier l'affaire, lancer une enquête officielle au motif de terrorisme. Il brûlait de passer à l'action et de faire le nécessaire pour récupérer Niobé.

Il y avait des témoins, de nombreux témoins, même s'ils ignoraient de quoi ils avaient été témoins. Peut-être que ce Tom Roncich, le gars du restau, savait quelque chose. Eh bien, dès que les médecins en auraient fini avec lui, Morgan s'occuperait personnellement de son cas. Il l'interrogerait, et pas en présence d'un avocat. Enquête sur une affaire de terrorisme. Morgan se sentait d'une humeur suffisamment massacrante pour le désigner comme combattant ennemi et le faire disparaître ; ça lui apprendrait à entraver une opération de la Sûreté du territoire. Ouais, ce Roncich allait parler.

Lorsque Tom Roncich sortit de la salle des urgences, au bout d'une heure, le colonel Morgan était là, à l'attendre. L'infirmière lui déclara qu'il devait d'abord obtenir l'autorisation du médecin. Celui-ci commença à émettre des réserves sur l'opportunité de soumettre à un interrogatoire un homme dans l'état de Roncich, qui souffrait beaucoup et que l'on avait bourré de médicaments, toutes ces conneries larmoyantes et gauchisantes dont ce mec s'était probablement imprégné en regardant trop la télé. En plus, Morgan remarqua d'après son badge que ce toubib était encore un putain de « berg » — Ginsberg, en l'occurrence. À bout de nerfs comme il l'était, Morgan se sentait sur le point de coller ce Berg contre un mur, histoire de le sensibiliser aux subtilités d'une enquête sur le terrorisme, lorsqu'un appel retentit dans les haut-parleurs : « Docteur Ginsberg en salle

d'urgences, docteur Ginsberg en salle d'urgences. »
Un instant plus tard, le médecin s'était esquivé.

Après s'être débarrassé de l'infirmière d'un regard foudroyant, Morgan se mit à interroger Roncich. À son avis, ce type faisait seulement semblant d'avoir trop mal pour répondre. Soudain, le mobile du colonel sonna. Désespérément inquiet pour Niobé, il décida d'y répondre.

— C'est moi.

C'était elle. Un miracle vocal.

— Où es-tu ? lui demanda-t-il d'une voix pressante.

— Je n'ai que quelques instants, murmura-t-elle sur le même ton. Je l'ai laissé m'emmener, c'était le seul moyen de ne pas perdre sa trace. Tes gars ont vraiment merdé. En tout cas, il n'a pas l'air d'être au courant de quoi que ce soit.

Morgan poussa un soupir de soulagement. Niobé poursuivit en chuchotant :

— Ça ne me ferait pas de mal de savoir de quoi il s'agit...

— Impossible, répliqua Morgan. Et...

La ligne fut coupée un instant.

— ... besoin de connaître, mais tu peux me croire, s'il tombe dessus, tu le sauras, tu le sauras sans l'ombre d'un doute. Écoute, écoute-moi. Je veux que tu rentres.

— Je peux m'occuper de lui, protesta Niobé. De cette façon, tu pourras être sûr de ton coup, ce type sera sous surveillance et...

— Ça n'a déjà que trop duré. Reviens ! lui ordonna-t-il. Laisse-nous gérer cette affaire.

— Faut que j'y aille, lança-t-elle avant de raccrocher.

Le ton de Niobé ne laissait aucun doute à Morgan, elle avait été à deux doigts de se faire surprendre. Malgré tout, il se sentait soulagé. À la fois pour elle et pour le projet. Ce qui tombait bien, car il n'avait plus de temps à perdre à cavaler après Goldberg. Il fallait qu'il aille rejoindre les autres et qu'ils se préparent à passer à l'action. Il avait un avion à prendre.

CHAPITRE 48

En poussant la porte d'entrée de l'appartement de Niobé, j'ai appelé : « Allons-y ! » Je ne faisais pas vraiment confiance à ce chauffeur de taxi et je n'avais qu'une hâte, foutre le camp le plus vite possible.

Susie m'a fait signe de me taire. Après m'avoir attiré à l'intérieur, elle m'a conduit jusqu'à la porte d'une pièce contre laquelle j'ai collé mon oreille, juste à temps pour entendre « m'occuper de lui ». Après quoi, Niobé a parlé trop doucement pour que je puisse distinguer ce qu'elle disait, à part « sera sous »... Elle a dû nous entendre, car elle a conclu : « Faut que j'y aille. »

J'ai ouvert la porte d'une poussée. Niobé se tenait là, dans sa chambre, près de la commode. Un des tiroirs était ouvert, comme si elle était en train de l'inspecter, mais nous l'avons surprise juste au moment où elle y rangeait son mobile.

— Qu'est-ce qui se passe ? j'ai demandé.

— Rien, je cherche mes clefs de voiture.

— Arrête.

— Tu peux peut-être le rouler, lui, a accusé Susie, mais avec moi ça ne marche pas.

— Qu'est-ce que c'est censé vouloir dire ?

— Ça veut dire que je t'ai entendue.

372

— À qui tu parlais ? j'ai interrogé.

— À Jack. Je parlais à Jack.

— Je le savais ! s'est exclamée Susie.

— Il fallait que je lui dise quelque chose. Pour le tenir à distance. Pour te sauver, David.

Susie m'a lancé un avertissement :

— Ne lui fais pas confiance !

— C'est toi qui lui as collé les flics sur le dos, a riposté Niobé.

Vers qui je me suis tourné.

— En attendant, c'est toi qui t'es pointée avec Jack, et aussi Ryan, et puis qui encore, Spaghetti, Spinnelli, c'est quoi déjà son nom ? Et puis cet autre mec, celui dans l'escalier.

— Whittaker.

— Quand tu es venue au rendez-vous, tu t'es ramenée avec toute ton armée.

— Qu'est-ce que je pouvais faire d'autre, bon Dieu ? Quand tu as appelé, Jack était avec moi, on était en train de s'habiller pour une soirée. J'essaie d'ignorer le téléphone et il est là à me dire : Décroche, décroche, il a bien fallu que je le prenne. Je me suis dit que j'allais improviser et que je trouverais une solution une fois que je t'aurais rejoint. David, si j'avais voulu que Jack te rattrape, je l'aurais appelé de ce téléphone fixe, là. Le numéro de son correspondant se serait affiché sur l'écran de son appareil, il aurait su d'où je téléphonais et les flics seraient en train d'encercler l'immeuble en ce moment. Je veux être avec toi. C'est pour ça que je t'ai accompagné.

— Sous la menace d'une arme.

— Tu crois que j'avais peur que tu me descendes ?

Je sais que tu ne le ferais jamais. Je suis venue avec toi parce que je le voulais.

— J'aimerais beaucoup pouvoir te croire. Malheureusement, je n'ai pas l'impression que ce soit vrai. Tu joues à un petit jeu depuis qu'on s'est rencontrés, un petit jeu auquel je ne comprends rien, et si tu ne me dis pas ce que c'est, je vais m'en aller par cette porte et disparaître. Ou alors, je vais filer ce flingue à Susie... En fait...

J'ai sorti l'arme de la poche de ma veste afin de la tendre à Susie. Dès l'instant où elle l'a eue entre les mains, il a été évident qu'elle savait s'en servir. Elle a appuyé sur quelque chose, j'en savais assez pour supposer qu'il devait s'agir du cran de sûreté. Je me suis rendu compte que pendant tout ce temps j'avais brandi un calibre dont le cran de sûreté n'avait même pas été enlevé. Puis elle a tiré le haut vers l'arrière et il y a eu un cliquetis, une série de bruits bien nets, bien distincts. Un chargeur dans le magasin. Ce qui prouvait que Niobé avait eu de bonnes raisons de ne pas se sentir menacée quand j'avais tenu le flingue.

Les pieds écartés, en équilibre, Susie a pris l'arme à deux mains et l'a braquée vers Niobé, en l'informant :

— À cette distance, je mets neuf pruneaux sur dix dans une cible de la taille de ton cœur.

— Il y a une sorte de complot, a fini par déclarer Niobé, un complot pour détourner l'élection et faire gagner Scott. J'essaie de découvrir de quoi il retourne.

— Ouais, c'est ce que tu m'as dit. Mais pourquoi ? Pourquoi tu fais ça ?

— Je travaille pour Anne Lynn Murphy.

CHAPITRE 49

Si nous voulions obtenir des renseignements, il y avait trois endroits où chercher : le haras de Stowe ; mon ordinateur personnel à l'université, à moins que la Sûreté du territoire ne l'ait déjà confisqué ; et l'Institut octavien.

Le haras était sous haute surveillance, et la bibliothèque aussi, j'en étais certain. L'Institut paraissait la plus vulnérable des trois cibles.

On a pris la voiture de Niobé. Le chauffeur de taxi ne l'avait pas aperçue, il n'avait pas repéré son numéro d'immatriculation et ne savait même pas de quelle marque il s'agissait. Je me suis dit qu'elle ferait l'affaire pour nous ramener à Washington. Après quoi, on s'en débarrasserait et... on passerait à autre chose. Niobé était au volant. Assis à côté d'elle, je lui posais des questions ; Susie émettait des commentaires depuis la banquette arrière.

Dès l'instant où elle avait atteint la puberté, Niobé avait attiré les hommes. Elle avait tout de suite pris la mesure de son pouvoir, et compris intuitivement comment l'utiliser ; mais elle était trop jeune pour savoir s'arrêter à temps, et s'était mise à jouer avec le feu.

Niobé s'était beaucoup dévergondée ; puis, elle avait été sauvée. Elle avait rencontré un ancien du FBI qui fréquentait la même église qu'elle ; il lui avait trouvé un emploi dans la société de sécurité où il travaillait. La privatisation était en marche, à l'époque, et cette boîte sous-traitait des missions de renseignement. C'était comme le FBI ou la NSA, la *National Security Agency*, mais avec plus de liberté, moins de comptes à rendre — et sans la protection dont bénéficiaient les fonctionnaires. La plus grande partie de sa formation s'était néanmoins déroulée dans des locaux administratifs.

C'est là qu'elle avait rencontré Jack Morgan.

Jack était un type impressionnant. Il connaissait des gens à la CIA, au ministère des Affaires étrangères, dans les services de renseignements de l'armée et même, une fois que les Républicains étaient revenus au pouvoir, à la Maison-Blanche. Il croyait aux valeurs familiales, au drapeau, aux marines ; et il n'allait pas à l'église pour moins s'emmerder le dimanche, c'était du sérieux. Le jour où Jack lui avait demandé de l'épouser, elle avait été heureuse de blottir sa vie contre la sienne. Ce mariage lui avait apporté une assurance, une satisfaction presque égales à ce qu'elle avait ressenti en étant sauvée précédemment ; en fait, c'était comme l'accomplissement de ce processus, et quasiment la raison pour laquelle elle avait été sauvée. Entendre Jack définir les règles et expliquer comment le monde devait fonctionner lui donnait un profond sentiment de sécurité.

Susie était horrifiée qu'une femme puisse accepter avec autant de complaisance un tel rôle de subordination, et il était très difficile d'avoir cette conversation en sa présence. Nous avons eu une prise de bec pour qu'elle cesse d'interrompre Niobé et la laisse terminer son histoire.

Niobé ne s'était jamais intéressée à la politique. Elle ne lisait pas les journaux, ni ne regardait les informations à la télévision. Mais Jack Morgan était là, prêt à arracher le pays aux griffes de tous ces gens déguisés en Démocrates, les féministes et les homosexuels qui voulaient détruire la famille, les athées qui voulaient détruire notre Dieu, les marxistes qui voulaient détruire la liberté en s'emparant de tout ce que l'on possédait. Jack était prêt à sauver le monde, parce que l'Amérique représentait le dernier espoir du monde et qu'elle avait été choisie pour apporter le salut au monde.

Ces croyances rassuraient Niobé ; le fait de les partager avec d'autres lui donnait un sentiment de sécurité.

Susie n'arrivait pas à écouter cela sans s'agiter physiquement. Elle ne cessait de tousser, de lever les yeux au ciel, de se tortiller sur son siège. J'ai dû la supplier de montrer un peu de patience, en lui suggérant de faire comme si elle regardait un film.

Tous les gens que fréquentaient Jack et Niobé partageaient leurs idées. Il y en avait de plus extrémistes.

Niobé ne savait pas où et quand les choses s'étaient mises à déraper. Jack avait changé. Elle pensait que c'était après être devenu proche de Hoagland et de Stowe. Ils lui avaient offert des raccourcis. Au lieu de prendre l'itinéraire long et difficile, il y avait moyen, si l'on savait se débrouiller, de grimper d'un, deux, trois, quatre niveaux d'un seul coup. Stowe avait posté le mari de Niobé auprès de Hoagland, qui pouvait l'introduire directement à la Maison-Blanche, où Jack se voyait très bien devenir un nouvel Oliver North. Ollie n'avait été que colonel, lui aussi, ce qui ne l'avait pas empêché de se retrouver aux côtés de Ronald Reagan à courir le monde en jet, à manipuler des millions de dollars, à remplir des missions secrètes.

C'est aussi vers cette époque-là que des gens comme Parks, Ryan, Whittaker, Spinnelli avaient commencé à faire leur apparition. Ils étaient différents des précédents amis, connaissances et collègues de Jack. Ils semblaient enveloppés de ténèbres. Dès que l'un d'entre eux se trouvait dans une pièce, même s'il se montrait parfaitement décent et poli, c'était comme si une ombre moqueuse et grimaçante se profilait sur le mur. Niobé avait surpris certaines de leurs conversations, mais Jack lui-même ne s'était pas privé de rapporter des anecdotes à leur sujet, d'évoquer des choses qu'il avait l'air de trouver admirables et passionnantes — comme les deux colliers d'oreilles de Ryan.

Quelques jours après que l'avion de Swenson s'était écrasé avec Davidson à bord, Niobé était allée trouver Jack dans son bureau. Il y avait là Parks et Ryan et deux autres types, et ils étaient en train de parler de l'accident.

— Je suis sûr que c'était une erreur du pilote, avait déclaré quelqu'un.

— Ouais, avait fait Parks en rigolant.

Ryan avait commenté :

— Anne Lynn Murphy a eu une sacrée veine.

Parks avait émis une remarque que Niobé n'avait pas bien comprise, avant d'ajouter :

— L'astuce, c'est de savoir *créer* sa chance.

Niobé en avait conclu que Murphy avait dû être impliquée dans l'accident, d'une manière ou d'une autre. Étant donné ce qu'elle entendait raconter tous les jours, dans son entourage comme à la radio, à savoir que Murphy était une féministe et que le programme politique des féministes n'avait en réalité rien à voir avec l'égalité des droits pour les femmes, que leur mouvement d'inspiration socialiste avait déclaré la guerre à la famille et encourageait les femmes à quitter leur mari, à tuer leurs enfants, à pratiquer la sorcellerie, à détruire le capitalisme et à devenir lesbiennes, elle s'était dit que, décidément, cette Murphy devait être une sorte de monstre.

Poussée par la curiosité, Niobé s'était mise à regarder les informations télévisées pour suivre tout ce qui concernait Anne Lynn Murphy, et elle était même allée sur son site Web. Murphy n'avait pas l'air si monstrueuse, après tout. Elle paraissait même plutôt raisonnable. Niobé savait que si elle en parlait à Jack, il accuserait Murphy d'être une diablesse qui cachait bien son jeu en essayant de se faire passer pour une « femme de gauche responsable » ou ce genre de connerie, alors que si jamais elle était élue, on ne tarderait pas à voir son naturel revenir au galop.

Pour juger les gens, Niobé se fiait plus à son intuition qu'à leurs prises de position officielles et à leurs communiqués de presse. Après s'être fait inviter à une soirée de collecte de fonds en faveur de Murphy, elle parvint, une fois dans la place, à tromper la vigilance des agents des services secrets et à suivre la candidate jusque dans les toilettes. Là, elle se dirigea droit vers elle et lui déclara :

— Je voulais juste vous rencontrer, et vous regarder dans les yeux.

Quelque chose se produisit au cours de cette rencontre. Ce n'était pas lié aux paroles qu'Anne Lynn avait prononcées, mais à son comportement, son équilibre, sa façon d'écouter. Lorsque Niobé s'éloigna, elle était totalement et absolument convaincue qu'Anne Lynn Murphy était le genre de personne qui n'aurait jamais pu être impliquée dans l'accident d'avion de Swenson. Seul quelqu'un pour qui la souffrance et la mort violente n'étaient que de lointaines fictions pouvait avoir ordonné une chose pareille.

— Elle sait ce que c'est que d'avoir les mains trempées de sang, nous a déclaré Niobé pour essayer d'expliquer d'où lui venait sa certitude. Elle a soigné les blessés et fermé les yeux des morts.

Pourtant, Parks et Ryan s'étaient montrés tellement sûrs que cet accident n'en avait pas été un. Il n'avait pas du tout semblé s'agir d'une simple fanfaronnade de chambrée. En repensant à cette conversation, Niobé se rendait compte qu'ils avaient souligné à quel point Murphy avait été surprise d'avoir eu autant de chance. C'est quelqu'un d'autre qui était du genre à savoir « créer sa chance ».

Voyons, c'était impossible, Niobé devait se tromper. Et cependant...

Une fois rentrée à la maison, tout lui sembla différent. Les convictions de son mari lui apparaissaient désormais comme de l'arrogance ; sa noblesse d'âme, comme de l'étroitesse d'esprit ; son patriotisme, comme une excellente excuse pour se livrer à des actes que la morale réprouvait. Elle ne se sentait plus rassurée par les règles auxquelles il souscrivait ; au contraire, elle en éprouvait de l'irritation, de l'oppression. Il multipliait les allusions à des initiatives destinées à saper la campagne de Murphy, et affichait sa certitude qu'elle n'arriverait jamais à se faire élire, « même en couillonnant les électeurs avec ses salades ».

Après avoir étudié l'emploi du temps de la candidate, Niobé parvint de nouveau à l'approcher. Chose remarquable, Anne Lynn Murphy se souvenait d'elle, et accepta de lui parler.

Plus encore que la fois précédente, Niobé trouva que cette femme dégageait un incroyable magnétisme. C'était une authentique source d'inspiration.

Niobé parlait de Murphy avec une ferveur que Susie a fini par trouver insupportable.

— Ce n'est pas une sainte ! a-t-elle laissé échapper depuis la banquette arrière.

Je crois pourtant qu'elle l'était aux yeux de Niobé. Elle représentait en tout cas une cause, un nouvel ordre capable de remplacer celui que Jack lui avait apporté jusque-là et qui ne faisait plus son affaire, maintenant que la confiance ne régnait plus. Les talents dont elle avait fait profiter son époux en remplissant des missions variées, Niobé voulait dorénavant, en vraie petite sainte guerrière, les mettre au service de la vision d'un monde meilleur qui animait Anne Lynn Murphy.

Voilà qui pourrait passer, à première vue, pour de l'hyperbole. Mais afin de vivre un mensonge en toute conscience, en faisant l'amour à au moins deux hommes, certes de différentes manières et à des degrés différents, et afin de se sentir à l'aise avec cette malhonnêteté, une femme doit être, soit une salope, soit la prêtresse d'une cause supérieure. Susie ne serait pas d'accord avec moi, elle me répondrait que les femmes sont coutumières de ce mode de fonctionnement, qu'il permet aux mariages de tenir le coup, et que tromperies et mensonges sont les accoutrements nécessaires et naturels de l'hypocrisie ; pareil pour la honte de notre nudité, que l'on dissimule en s'habillant.

Avec le zèle d'une néophyte renonçant à sa vie de pécheresse, Niobé avait confessé à Anne Lynn que son mari complotait contre elle. Anne Lynn l'avait invitée à venir la voir à l'hôtel où les Démocrates élaboraient leur campagne ; là, Niobé avait rencontré Calvin Hagopian, qui avait passé du chant grégorien pendant toute la durée de leur entretien. Il avait tenté de la recruter comme espionne.

— Non, s'était interposée Anne Lynn, ne l'encouragez pas à espionner son mari.

Plus tard, en la raccompagnant dans le hall de l'hôtel, Anne Lynn lui avait demandé si elle était d'accord pour leur fournir des renseignements, et Niobé avait répondu oui.

— Bien, avait fait Anne Lynn. J'ai besoin de votre aide. Si vous découvrez quelque chose qu'il faudrait vraiment que je sache, appelez-moi. Appelez-moi personnellement.

Elle lui avait laissé un numéro de téléphone et une adresse électronique.

Niobé en avait assez entendu pour savoir que Jack et Stowe avaient un plan destiné à assurer la victoire à Scott, même s'il ne gagnait pas l'élection. Dès qu'elle avait su cela, sa mission avait été de découvrir en quoi exactement consistait ce plan.

— C'est quoi ? je lui ai demandé. Un coup d'État ?

Les États-Unis étaient en train de devenir le Paraguay, mais quand même pas à cette vitesse. D'ailleurs, c'était déjà ce que disait Gore Vidal, bien longtemps auparavant, quand il expliquait pourquoi Ronald Reagan ne pourrait jamais être élu président.

Niobé possédait tous les codes et les clefs, et nous avons pu pénétrer dans l'Institut sans trop de mal. Situé au centre-ville, c'était une maison de trois étages reconvertie.

J'ai calculé qu'on avait sept heures devant nous, peut-être huit. Il y avait au moins dix-huit bureaux distincts, plus une salle de conférences, une salle de matériel audiovisuel, des salles d'attente, des espaces de rangement, des toilettes et une cuisine. Tout le monde avait son propre ordinateur. Partout des ordinateurs, encore des ordinateurs, toujours des ordinateurs... La quantité d'information stockée, générée, communiquée et recréée a été multipliée au sein de la société contemporaine dans des proportions inédites, colossales, et qui ne cessent de croître.

Chacun de nous s'est attaqué à des pièces différentes. Deux heures plus tard, nous nous retrouvions dans la cuisine.

Niobé a parlé la première :

— Comme tu m'avais demandé, j'ai vérifié s'il y avait une liste de distribution pour les deux essais, « Avec ou sans crise ? » et « Préparation active/passive ». Quatre copies ont été réalisées, toutes adressées à Alan Stowe.

J'ai répondu à Niobé :

— Et j'ai trouvé un seul exemplaire de chaque, ce

qui veut sans doute dire que Stowe a transmis les autres à quelqu'un, de la main à la main. À qui ? Il y a peut-être une note quelque part qui pourrait nous l'indiquer.

— Merde, a lancé Susie à Niobé, vous vous êtes intéressés à de drôles de trucs, dans cet Institut. Tu savais qu'il y avait tout un projet de recherches sur les malédictions ? Sans blague. Quelqu'un a réalisé une étude très sérieuse sur la malédiction du Bambino[1]. Et il y a aussi un truc sur le vaudou haïtien, et sur la santería cubaine. D'accord, d'accord, c'est hors sujet, c'est même complètement déplacé par rapport à tout ce qui se trame dans cet endroit.

Je me suis mis à penser à voix haute.

— Admettons que le plan qu'on recherche concerne l'élection, c'est-à-dire l'actualité la plus brûlante, et que Stowe joue un rôle important dans ce plan, un rôle assez important pour que le seul fait de voir un bibliothécaire fourrer le nez dans ses papiers ait suffi à faire perdre les pédales à Jack. Dans ce cas, notre meilleure chance de trouver quelque chose de juteux, c'est d'examiner les papiers de Stowe les plus récents. Ils se trouvent au haras, où nous ne pouvons pas aller, et dans mon ordinateur, auquel apparemment je ne peux pas accéder. Ce qu'il faudrait savoir, c'est s'il est seulement éteint, ou déconnecté, ou bien si les mecs de la Sûreté du territoire ont mis la main dessus.

---

1. Les Red Sox de Boston ont mis quatre-vingt-cinq ans à gagner le *World Series* de base-ball, déjouant ainsi la « Malédiction du Bambino » (un des surnoms de Babe Ruth) qui était censée les accabler depuis 1918, date à laquelle ils avaient « vendu » leur champion aux Yankees de New York.

« Le seul moyen de s'en assurer, évidemment, ce serait de se rendre à la bibliothèque. Mais je ne peux pas. Je pourrais vérifier auprès d'Inga, la bibliothécaire en chef. Je lui fais confiance, mais je n'ose pas l'appeler. Ils ont tout mis sur écoute, hein ?

— Oui, m'a répondu Niobé.

Je me suis tourné vers Susie.

— Toi, tu pourrais lui parler. Tu pourrais aller la voir. Ne te sers pas du téléphone, vas-y en personne. En fait, ce serait encore mieux si tu allais la voir chez elle.

Susie a hoché la tête.

— Il faut que tu y ailles seule. Sans nous. Parce que moi, je suis recherché, et parce que Niobé doit être sur une liste de surveillance quelconque, à l'heure qu'il est.

Là encore, Susie était partante.

— Et tu devrais sans doute y aller maintenant. Inga quitte son domicile à sept heures du matin. Et il faut qu'on soit sortis d'ici vers, quoi, six heures ? Il faudrait que tu te rendes chez elle, puis que tu reviennes nous chercher ici.

Susie hésitait. Son regard oscillait entre Niobé et moi. On aurait dit qu'elle essayait de résoudre une devinette, comme celle du fermier qui possède un chou, une chèvre et un loup, et qui doit traverser une rivière à bord d'un bateau qui, en plus de lui, pourra transporter une seule de ses possessions à la fois. Mais pas question de laisser la chèvre avec le chou, ni le loup avec la chèvre.

C'est une devinette relativement simple, par rapport à la situation dans laquelle nous nous trouvions. Susie essayait de gagner du temps, de trouver un moyen quelconque d'échapper à cette corvée. Pourtant, elle se rendait compte que c'était logique, et nécessaire, et qu'elle n'allait pas y couper.

Elle a fini par s'en aller. Enfin, Niobé et moi, nous sommes restés seuls.

J'ai reporté mon attention vers les dossiers, mais je ne pouvais empêcher mon regard de dériver constamment vers Niobé. Quand je l'ai surprise en train de m'observer à la dérobée, elle s'est hâtée de détourner les yeux. Une ou deux minutes plus tard, comme ce petit jeu se reproduisait, je lui ai lancé :

— Ne détourne pas les yeux.

— On a un travail à faire.

— Je sais, on a le monde à sauver.

— Ce n'est pas une plaisanterie ! a-t-elle répliqué.

Pas trace d'humour, en effet, dans sa voix, son expression ou son attitude. Je me suis redressé et me suis approché d'elle, conciliant.

— Non, d'accord, ce n'est pas une plaisanterie. Mais ce n'est pas une raison non plus pour s'abstenir de plaisanter sur le sujet.

— On n'a pas le temps.

Elle était parfaitement sérieuse, parfaitement décidée, parfaitement belle.

— Je voudrais savoir quelque chose, Niobé. Est-ce que tu m'as tendu un piège ? Est-ce que tu t'es servie de moi ?

— Oui, a-t-elle répondu brutalement.

— Depuis le premier jour, quand on s'est rencontrés ?

— Oui. J'étais là pour aider Jack à déterminer si tu étais dangereux.

— Et la soirée au centre Kennedy ?

— J'avais été avertie que tu y serais. Ils voulaient confirmation.

— Le recteur de mon université travaille pour eux ? Ils peuvent l'appeler et lui dire : « Hé, on veut que tu refiles à quelqu'un un billet pour un concert », et il le fait ? Est-ce que tout le monde travaille pour eux ?

J'ai ajouté :

— Et toi, ensuite, tu as décidé de m'utiliser ?

— Ils avaient l'air de penser que tu savais quelque chose, ou que tu pouvais le découvrir, alors...

— Alors tu t'es servie de moi, et je suis tombé dans le panneau.

— Je t'avais averti.

— C'est vrai. Un point pour toi. Et les baisers, les caresses, tout ça, tu as ressenti quelque chose ? Tu as ressenti la moindre chose pour moi ?

— Oui, a répondu Niobé. J'ai ressenti quelque chose pour toi.

— Et nous, alors ? Il y a un « nous » ?

— Ce qu'il y a, c'est une conspiration pour saboter l'élection. Voilà ce qui est important.

— C'est dans un jour et demi. Et après, qu'est-ce que tu feras ? Tu iras retrouver Jack ?

— Je ne crois pas que ce soit possible.

— Tu as l'intention de rompre ?

— Oui, a-t-elle admis, non sans mal. C'est ce que je dois faire.

— Et une fois que ce sera fait, où est-ce qu'il en sera, le « nous » ? Est-ce que tu auras envie de m'embrasser, par exemple ?

— Je pense que ça pourrait m'intéresser.

— D'accord, j'ai fait. Je te reposerai la question après l'élection.

Nous nous sommes remis à éplucher cette masse monstrueuse de documents.

CHAPITRE 50

Lundi matin. Le gosse à la carabine entendit la Jeep arriver, à des kilomètres et des kilomètres de distance. Il était tôt, et la lumière rasait les Sawtooth. Rien que parmi les ombres de ces montagnes en dents de scie, on aurait pu se cacher pendant une centaine d'années.

Peut-être que c'était juste la voiture d'un putain de touriste. Sans doute. Les gens friqués avaient commencé à découvrir l'Idaho. D'accord, il y avait toujours eu des riches qui venaient dans les montagnes, ou dans Sun Valley, ou qui remontaient les rivières pour pêcher, le genre sportif, ça faisait des années et des années qu'ils s'amenaient. Mais depuis quelque temps, avec les téléphones mobiles et Internet et cette nouvelle habitude de rester en contact avec le reste du monde depuis n'importe où, ils s'étaient mis carrément à acheter des portions de l'État, à faire construire des maisons, à occuper des terres, hectare après hectare, des milliers d'hectares de terres. Ils se rapprochaient. Un peu trop au goût de l'enfant, et au goût des siens.

L'Amérique touchait à sa fin, comme son père le disait. En tout cas, son Amérique à lui, la vraie, celle où des gens indépendants et débrouillards bâtissaient leur maison de leurs propres mains, tiraient l'eau de leur puits, coupaient eux-mêmes leur bois et abattaient leur gibier avant de fumer la viande ou de la mettre à geler sous la neige pendant l'hiver.

Il ne resterait bientôt plus rien, aucun endroit où un homme puisse vagabonder à sa guise, se sentir chez lui. Ces Californiens qui avaient fait fortune dans le cinéma ou l'informatique, ils débarquaient, avec les services administratifs dans leur sillage. La vaccination. La scolarité obligatoire. Le mélange des races obligatoire. Ils vous disaient ce qu'il fallait penser, ce qu'il fallait dire, comment vivre ; on n'était plus chez soi.

L'enfant détestait ces gens-là et leurs façons de faire. Il se demandait si le conducteur de la Jeep était un de ces étrangers, un de ces nouveaux venus. La carabine du gosse était chargée. On n'en viendrait sans doute pas là. Pas aujourd'hui. Mais un jour, peut-être.

Ce gamin était un jeune chasseur, un homme des bois. S'il était né un peu plus tôt, il aurait accompagné Davy Crockett dans la passe de Cumberland, à la jonction de la Virginie, du Kentucky et du Tennessee. Il s'enfonça à longues foulées parmi les arbres, un pas de course léger et infatigable, le genre d'allure qu'on n'observait plus beaucoup depuis que tout le monde restait assis sur son cul à regarder la télé en redoutant la vie au grand air ; mais le gosse ne savait pas ce qu'il avait de si original, parce qu'il ne vivait pas dans les cités des hommes. Il ne rencontrait pas les gamins de son âge au centre commercial, ces enfants trop gros pour pouvoir s'asseoir sur un siège normal, trop habitués à passer d'une bagnole à un jeu vidéo ou réciproquement, trop gros pour pouvoir franchir une quinzaine de bornes en courant, même si c'était le seul moyen de se rendre d'un point à un autre.

En l'occurrence, il avait à peine un kilomètre à parcourir à travers les champs et la forêt de grands arbres espacés, et largement le temps d'avertir son père. Et son père saurait ce qu'il fallait faire : se battre, ou s'enfuir. Son père savait toujours. Un type barbu aux mèches grises, dur comme du fer, bruni et rugueux tel un noyer. Il ne s'emportait pas facilement, mais son ventre était dévoré par quelque chose ressemblant à une veine de charbon souterraine qui se serait consumée intérieurement.

Son père était en train de fendre des bûches. Un travail assez pénible pour qu'il ait enlevé sa chemise, et le gosse pouvait apercevoir les vieilles cicatrices tordues, là où les balles des agents fédéraux l'avaient touché. Les salopards. Les enculés de salopards. Il détestait le gouvernement, et les hommes du gouvernement. Ils avaient essayé de descendre son vieux. De l'abattre comme un chien.

Mais son père ressemblait plutôt à un loup. Et, tel un vieux loup plein de ruse, il avait réussi à se réfugier en rampant sous le couvert des arbres, dans l'ombre des bois profonds, et s'était recroquevillé sur ses blessures. Il avait pressé de la paille et de la mousse contre son ventre pour étancher l'écoulement du sang, il avait résisté au choc et combattu la fièvre, et il avait survécu. La cicatrice était froncée, et tendue, et blanche.

— Y a une bagnole qu'arrive ! brailla le gosse.

Son père posa la hache. Pas de précipitation. Il la posa juste, s'étira et but un peu d'eau à la bouteille posée sur une souche, à côté de lui.

— Va chercher les jumelles, petit.

Le gosse passa devant son père pour se rendre à l'intérieur de la cabane. Ils l'avaient construite de leurs propres mains, lui et surtout son père, avec l'aide du grand frère qui purgeait une peine de douze ans dans un pénitencier fédéral. À eux trois, ils avaient tout fait, mis en place toutes les planches, planté tous les clous, installé tous les bardeaux et les poutres et la tuyauterie et la plomberie. La plomberie intérieure était pratiquement neuve, ils l'avaient terminée huit, neuf mois plus tôt. Au-dessous de la cabane, ils avaient creusé à la pelle une cave où ils entreposaient les fruits, les légumes, les munitions.

Il y avait un sacré arsenal, là-dessous. De quoi soutenir un siège si quelqu'un s'avisait jamais de venir leur chercher des noises. En tout cas, c'est ce que le gosse aimait dire. Il répétait ça par bravade à la manière touchante des gosses, mais en craignant, au fond de son cœur et de sa tête, que ce ne soit peut-être pas totalement vrai. Le gouvernement avait tellement de tours dans son sac, des hélicoptères, des missiles, des lasers et des tas de choses comme ça. Peut-être que si les autres débarquaient en force, lui et son vieux ne seraient pas vraiment capables de les tenir en respect ; mais bon, tous les deux, ils pourraient se fondre parmi les arbres, filer vers les passes profondes qui balafraient la roche, se réfugier dans les cavernes. Si ce putain de gouvernement n'était pas fichu de retrouver l'autre con d'Oussama Ben Machin, ça devait quand même être des sacrés nuls,

392

trop nuls pour retrouver un vrai *mountain man* de l'Idaho et son fils.

En plus des jumelles, le gosse apporta le fusil à lunette longue portée, avec les munitions qui se chargeaient à la main. Son père lui indiqua d'un geste qu'il n'avait pas besoin de l'arme pour l'instant, mais il prit les jumelles et alla se poster au sommet du grand affleurement de roche, pour avoir un meilleur champ de vision. Un meilleur champ de tir, aussi, le cas échéant.

Une quarantaine de minutes plus tard, un aigle plane au-dessus de leurs têtes, simple mais belle coïncidence, lorsque Neil Carllson, un vieil ami du père, arrive devant la cabane en compagnie d'un inconnu. L'étranger conduit la voiture de Neil, qui a un fusil sur les genoux. Sur un mot de Neil, l'étranger arrête le véhicule, coupe le contact et met le frein à main. Et, sur un geste de Neil qui le couvre de son flingue, le type met pied à terre.

Cet inconnu vient de la ville. Il a beau porter des bottes, un jean, une chemise en tissu écossais, une veste en jean bordée de laine qui a vu des jours meilleurs, on devine que c'est un gars de la ville. Le gosse ne l'a jamais vu, mais de toute évidence, ce n'est pas le cas de son père ; les deux hommes se reconnaissent sans avoir à échanger beaucoup de paroles.

Il y a quelque chose dans les manières de son père, une incertitude que le gosse a rarement observée. La plupart du temps, le vieux ne montre pas plus d'hésitation que les forêts ou les ours ou les forces naturelles. Bien sûr, un ours peut partir dans une direction puis changer d'idée en cours de route et obliquer, et le plus furieux des orages peut éclater en quelques minutes dans un ciel ensoleillé, mais ce genre de changement ne s'accompagne pas de la confusion et de la perplexité qui caractérisent les êtres humains, avec leur moi divisé.

— Tu veux quelque chose ? demande son père.

— Je veux te parler, répond l'homme de la ville.

Le père du gosse paraît réfléchir à cette réponse, l'examiner, comme il étudie l'horizon pour pouvoir prédire le temps.

— D'accord, Michael, finit-il par répondre. Viens, tu peux entrer.

Il s'est déjà retourné, et a commencé à se diriger vers la cabane. Il s'arrête au bout de deux pas pour jeter un regard à son vieil ami Carllson par-dessus son épaule.

— Merci, Neil. Je le redescendrai.

— C'est ça, d'accord, approuve Neil.

Neil tient son fusil comme s'il était né avec cet objet entre les doigts. Il remonte à bord de sa vieille Cherokee, desserre le frein à main, appuie sur la pédale d'embrayage, tourne le volant et laisse la bagnole partir vers l'arrière, en demi-cercle. Ensuite, il braque dans l'autre sens et commence à dévaler la colline.

Le père du gosse pénètre à l'intérieur de la cabane, suivi de Michael, le gars de la ville. Quant au gosse, il ferme la marche, puisqu'on ne le lui a pas interdit et qu'il est bouffé par la curiosité.

Il fait sombre dans la cabane, les objets sont indistincts et ça sent la fumée, la fumée de bois, la fumée de tabac, la fumée des lampes à pétrole. Le petit a le chic pour se fondre parmi les ombres, que ce soit à l'intérieur ou en plein air, et il trouve une ombre où se réfugier, parce qu'il ne veut pas qu'on le renvoie. Ce n'est pas que son père lui fasse souvent le coup, mais le gosse sent que, cette fois-ci, il se passe quelque chose de tout à fait inhabituel.

— Je te sers à boire ? demande son père à l'étranger.

— Avec plaisir.

Le père ouvre un placard. Ce meuble aussi, ils l'ont fabriqué eux-mêmes, et le gosse en est fier. Il est bien net, carré, les portes tournent parfaitement sur leurs charnières et elles se ferment à la perfection. Le père sort une bouteille, deux verres et pose le tout sur la table. Alors, et seulement alors, les deux hommes s'assoient. Son père verse dans chaque verre deux doigts de liquide clair.

L'étranger lève son verre pour trinquer.

Il y a cette hésitation, cette réserve si curieuse de la part de son père qui n'agit jamais avec réserve ; puis ils choquent leurs verres. L'étranger porte le sien à ses lèvres, boit une petite gorgée, goûtant le breuvage avec la curiosité d'un homme qui cherche à comprendre. Il lève ensuite son verre et le vide d'un trait. Le père du gamin en fait autant.

L'étranger est parcouru d'un frisson, pas trop exagéré, avant de commenter d'une manière comique, en étirant les syllabes :

— Moelleux...

Le père du gosse sourit, non pas que ce soit tellement drôle, mais plutôt comme si ça l'avait été à une certaine époque, il y a longtemps.

— Un genre de vodka, explique-t-il. J'ai appris ça des Russkofs, c'est à base de patates.

395

— Hé, c'est l'Idaho.

— Ouais, c'est l'Idaho.

Ils restent assis un moment sans rien dire, à se regarder. Le père remplit de nouveau leurs verres, dans le silence — on dirait qu'il verse l'alcool dans la substance même du silence. Après avoir levé leurs verres, cette fois sans trinquer, ils les vident.

— Je ne sais pas comment cette élection va tourner, lâche Mike. Anne Lynn a abattu un boulot incroyable.

Le père du gosse hausse les épaules. Pas ses oignons.

— J'ai vraiment cru qu'elle avait ses chances. Maintenant, je pense qu'elle risque d'être battue. Mais je ne voudrais pas qu'elle soit humiliée, qu'elle perde l'Idaho. Je voudrais qu'elle gagne au moins dans son propre État. Tu vois ce que je veux dire.

Le père du gosse a une expression sévère, presque furieuse.

— Merde ! s'exclame l'étranger.

— Je suis contre.

— Je voudrais que tu dises à tes gars, et à tous ceux qui les écoutent, qu'il faut voter pour Anne Lynn. Je te le demande personnellement, Kevin.

— Tu peux aller te faire foutre, Michael. Je suis contre, je te dis. Je suis contre tout ce qu'a un rapport avec ce gouvernement. En ce qui me concerne, c'est un gouvernement illégal, une saloperie qui se sert de sa force pour nous piquer notre blé et nous priver de nos droits, et je suis complètement contre, et je veux rien avoir à faire avec ça.

— Je te le demande personnellement.

— T'as aucun droit et aucune raison de venir ici me demander aucun putain de service.

— Sans blague ?

— Sous prétexte qu'on est frangins ? interroge le père du gamin, d'un ton moqueur.

Si c'est tout ce que l'étranger a trouvé comme excuse pour lui demander un service, il faudra qu'il imagine autre chose.

Frangins ? Le gosse n'en revient pas. Il n'a jamais entendu parler d'un frère quelconque. Ce gars, alors... c'est son oncle ?

— Je ne t'ai encore jamais rien demandé.

— La candidature de ta femme à la présidence, ben, je sais pas, je serais plutôt contre de toute façon. D'après la Bible, la place de la femme, c'est au-dessous de l'homme. Ça ferait de toi la première dame du pays, qu'est-ce que c'est que ces histoires ? Je suis contre.

Le petit a envie d'intervenir, mais il n'ose pas. Il serait vraiment parent avec Anne Lynn Murphy, la première femme candidate à la présidence ?

— T'es pas contre la connerie, apparemment, réplique l'étranger d'un ton hargneux.

Le gosse est étonné. Cet oncle Michael qui lui tombe du ciel a l'air bien trop doux pour employer ce ton avec son paternel, qui est plus dur qu'un manche de hache.

— T'as pas le droit de me parler comme ça, déclare son père.

On dirait que son visage est sculpté dans la pierre. Même sa barbe a l'air d'avoir été taillée dans le granit.

— On est peut-être parents, du fait que notre vieux

s'amusait à semer ses petites graines de ville en ville, mais on a pas été élevés comme des frères. Faut plus que le sang pour créer des liens.

— Ce n'est pas au nom de ça que je fais appel à toi.

— Ça peut être au nom de ce que tu veux, pour ce que j'en ai à foutre.

L'étranger bondit soudain de son siège, la main droite tendue vers la poitrine de Kevin. Celui-ci se lève aussi. Sa main gauche s'abat violemment sur le bras de Michael. Vif et dur comme un repris de justice, il lui imprime une violente torsion, et l'homme de la ville est projeté par terre. Mais il s'est accroché à la chemise de Kevin, il serre désespérément le tissu dans son poing et la chemise se déchire tandis qu'il roule au sol et se reçoit sur le flanc. Déjà, Kevin le suit, se dresse au-dessus de lui, on dirait qu'il s'apprête à piétiner son frère, ou son demi-frère.

Puis ils s'arrêtent. Ils s'immobilisent, là, tous les deux, et la cicatrice de l'homme des montagnes paraît briller dans la pénombre.

L'étranger se relève.

— À moi, tu me dois que dalle, gronde-t-il. C'est à elle que tu dois quelque chose, et tu le sais mieux que personne, bordel.

Kevin McCullough effleure sa cicatrice de la main. Il s'est fait tirer dessus lors d'un hold-up de banque qui a foiré, à Coeur d'Leon. Trois morts, deux de son côté, un de l'autre, un flic. Ça fait un bail. Il est toujours recherché pour les événements de ce soir-là. Pour meurtre. Cambriolage de banque. Terrorisme. Association de malfaiteurs. Un tas de choses... Il a été touché au ventre. Il a failli y passer. Sa femme,

Esther, un beau nom biblique, Esther a fait de son mieux, elle a essayé de le soigner. Et elle a compris qu'elle n'y arriverait pas, que Kevin allait mourir. Elle connaît une doctoresse, à Ketchum, et elle est allée la voir, cette femme appelée Anne Lynn Murphy. Esther a pris ce risque, il a fallu qu'elle le prenne, pourtant Kevin le lui aurait interdit s'il avait su. Il aurait mieux aimé crever que de terminer sa vie en taule. Vivre libre ou mourir, bordel. Il n'a pas changé. Kevin n'a pas changé et, si on venait le chercher maintenant, il se battrait jusqu'à la mort. Il éloignerait le petit et tomberait en combattant.

Esther a donc fait venir cette femme médecin. Qui a nettoyé la plaie. Elle n'a pas bronché, d'après ce qu'Esther a raconté plus tard à son mari ; elle s'est comportée comme si elle avait déjà vu beaucoup de blessures, et des bien plus vilaines. Anne Lynn Murphy est venue, elle a lavé la plaie, extrait les fragments de balles, les petits bouts de tissu, les éclats d'os. Après avoir nettoyé le pus, et appliqué des antibiotiques locaux sur la chair, elle a donné à Kevin des antibiotiques à avaler, et aussi des médicaments antidouleur. Jamais elle n'a signalé cet incident. Elle n'en a jamais rien dit, à personne.

Voilà pourquoi Kevin a une dette envers elle. Évidemment, elle ne lui demande rien.

Quel drôle de tour du destin, que ce soit Mike qui vienne lui demander ce service. Ils sont du même sang. Bien qu'ils aient été élevés séparément, et différemment ; bien qu'ils ne se soient jamais rencontrés avant que Kevin ait presque trente ans et que Mike vienne juste d'en avoir vingt et un.

Esther est morte. Oh, ça fait douze ans, maintenant. Elle est morte deux années après la naissance de leur deuxième fils. Elle manque à Kevin. Andrew, le second fils, se tient là, planqué dans un coin de la pièce, à observer la scène. C'est le nom le plus proche d'Anne qu'Esther ait pu trouver pour un garçon : Andy. C'est dire à quel point elle était reconnaissante.

Kevin est contre le gouvernement. C'est un cambrioleur de banques et un terroriste. Mais payer ses dettes, il n'est pas contre ; et il sait reconnaître une dette lorsqu'il en voit une. Peu importent ses idées politiques, à cette doctoresse. Elle pourrait être une putain de communiste, et une taliban pour le même prix. Ça n'aurait pas l'ombre de la queue d'un commencement d'importance. Kevin McCullough paie ses dettes.

CHAPITRE 51

Susie s'est rendue chez Inga à bord d'une Buick louée à la société Budget.

Il était tard, mais quand Susie a annoncé à Inga qu'elle venait de ma part et qu'elle était elle-même bibliothécaire à la bibliothèque du Congrès, Inga lui a fait bon accueil et lui a préparé du thé. Susie s'est enquise de mon ordinateur.

Après que l'agent de la Sûreté du territoire s'était pointé à la bibliothèque, et qu'Inga lui avait menti avec une telle délectation, elle s'était dit que quelqu'un de plus minutieux et de plus intelligent risquait de lui rendre une nouvelle visite et de rechercher activement mon ordinateur, et elle avait décidé de l'emporter chez elle. Où il se trouvait présentement.

Susie est revenue nous chercher à Washington, Niobé et moi, juste avant l'aube, et on s'est rendus tous trois chez Inga.

J'étais sur le point d'accéder enfin aux ultimes documents de Stowe. Mais étaient-ce les dernières pièces du puzzle ?

Un type pas très éloigné de la mort. Un type plus riche que Dieu lui-même, bien que pas tout à fait autant que Bill Gates ou Warren Buffet. Un type capable d'être ému aux larmes par le récit, en vers rimés et rythmés à l'ancienne, des aventures héroïques et de la mort tragique de jeunes garçons. Un type qui s'inquiète des malédictions, et de son absence d'héritier, et qui se demande si quiconque se souviendra, un quart d'heure après sa disparition, qu'il a jamais été autre chose que de la poussière... On pourrait imaginer que ce genre de type souhaiterait passer ses derniers jours à réaliser quelque chose d'épique, de mémorable.

Son désir de créer une bibliothèque pouvait laisser supposer que Stowe était animé par ce genre d'aspiration.

En fait, pas du tout. Au contraire, il semblait vouloir récapituler en miniature, avec frénésie, ce qu'il avait fait pendant toute sa vie. Encore récemment, il s'était immergé dans un nombre prodigieux de nouvelles affaires, presque toutes d'une importance dérisoire, pour autant que je puisse en juger. Beaucoup d'entre elles paraissaient même carrément insignifiantes ; par exemple, il était devenu commanditaire d'un magasin de matériel de jardinage à Ellis, dans l'Ohio, ou encore il s'était impliqué dans le rachat d'un emprunt-logement dans le Missouri, par l'intermédiaire d'une société de crédit hypothécaire possédée en copropriété par un consortium de trois banques, dont deux contrôlées par Stowe lui-même.

Il se lançait dans chacune de ces transactions à vingt, cinquante ou cent mille dollars avec toute la minutie et le souci du détail qui avaient jadis caractérisé sa participation à des affaires de vingt, cinquante ou cent *millions* de dollars, notamment en se procurant des rapports financiers complets et des dossiers personnels sur toutes les personnes, sans exception, avec qui il avait affaire. Cette méthode ne me surprenait pas ; il l'appliquait depuis près de soixante-dix ans, bien avant les ordinateurs, les services d'informations financières, les cartes de crédit et les rapports de solvabilité, à une époque où il était beaucoup plus difficile d'obtenir ce genre de renseignements. Mais c'était le montant médiocre des enjeux qui faisait la différence avec ce qu'il avait accompli au cours de toutes les années précédentes.

L'exemple type, c'était Ward Martucci, de Hiawatha, dans l'Iowa. Ce contremaître d'une entreprise de conditionnement disposait d'un revenu annuel brut de 64 500 dollars, et payait des traites mensuelles de 998 dollars pour rembourser son emprunt-logement, de 493 dollars pour son assurance-maladie complémentaire, et de 326 dollars pour sa voiture.

Son épouse, Greta Martucci (Gunter, de son nom de jeune fille), était assistante sociale à temps partiel, sans aucune espèce d'avantages sociaux. Ils avaient trois enfants, l'un en CM2, et deux au collège qui avaient entre douze et quatorze ans. L'un des deux grands était en section d'éducation spécialisée.

Côté crédit, leur situation était mitigée. Ward avait toujours payé scrupuleusement les traites de son emprunt-logement, mais il avait été six fois en retard pour celles de sa voiture ; quant à tous les trucs qu'il avait achetés avec ses cartes de crédit, il payait tellement d'intérêts dessus qu'il n'arrivait pas à rembourser le principal. Il avait par ailleurs des relations sexuelles avec un parent éloigné, à savoir le fils d'un cousin de son père — un certain Oswald Finelli, routier au long cours.

Désireux de créer sa propre entreprise de vente de véhicules d'occasion, Ward avait proposé à sa banque un projet commercial qui avait été rejeté. Il était en négociation avec une société de crédit pour PME, avec qui il était censé passer un contrat le 10 novembre. Cette boîte était gérée par une société d'investissement qui se trouvait elle-même sous la coupe du *Fiduciary Trust Management*, une société privée appartenant à Alan Stowe.

De toute évidence, il ne s'agissait pas seulement d'un investissement parmi d'autres dont la direction du FTM s'occupait dans son coin, et dont Stowe n'aurait vérifié que les résultats généraux. Cette affaire était en effet classée dans un dossier à part, et pas du tout avec les autres contrats du FTM ni même avec une sélection de leurs contrats ; de plus, les papiers originaux portaient la signature de Stowe.

Au cours des six mois précédents, Stowe avait été mêlé à une soixantaine de transactions d'un ordre de grandeur comparable. Pensant qu'il essayait peut-être de rassembler diverses propriétés pour pouvoir créer des centres commerciaux ou des lotissements, je me suis mis à examiner leurs emplacements géographiques. Dans l'Iowa, il y avait six autres projets similaires à celui de Martucci ; mais, après les avoir localisés sur des cartes fournies par Internet, je me suis rendu compte que mon hypothèse ne tenait pas la route. Ces affaires étaient trop éloignées les unes des autres. Pareil pour les cinq projets du Nouveau-Mexique, et les onze de l'Ohio. Bref, je n'y comprenais rien du tout. Apparemment, Alan Stowe continuait à faire ce genre d'affaires parce que c'était devenu compulsif, un point c'est tout.

Nous avons travaillé là-dessus jusqu'à sept heures du matin, heure locale, le mardi 2 novembre. Les bureaux de vote étaient ouverts. Les gens commençaient à voter. On n'avait pas trouvé une seule putain d'information intéressante.

On avait échoué, quoi.

CHAPITRE 52

J'ai réussi à dormir un peu le mardi matin. Un somme nerveux sur le canapé, speedé à la caféine, enroulé dans une couverture qui me grattait ; mes membres étaient agités de soubresauts, et je n'arrivais pas à trouver une position confortable. Susie est venue me dire quelque chose. Pas Niobé.

Je me suis levé vers deux ou trois heures de l'après-midi, et Inga m'a laissé me servir de sa douche. C'était une salle de bains de vieille dame, avec toutes sortes de pilules sur ordonnance et de poudres, mais je lui étais reconnaissant. Après m'être rasé, j'ai nettoyé les petits poils qui jonchaient le lavabo.

Eh bien, je me suis dit, encore une demi-journée, à peu de chose près, et je vais pouvoir essayer de reprendre une vie normale. Évidemment, je serais dorénavant le bibliothécaire qui avait niqué un cheval, une légende dans le monde des bibliothèques, une souillure indélébile sur Internet. Mais est-ce que je voulais vraiment la reprendre, ma vie normale ? Ces quelques journées bourrées d'action ne m'avaient-elles pas changé à jamais ?

Si c'était le cas, tant pis, bordel. Il n'y avait pas tellement de boulots avec avantages sociaux qui correspondent au profil d'un bibliothécaire en fuite ou d'un chercheur en cavale essayant d'empêcher la réélection d'un président en exercice.

Inga m'a appris que Niobé était sortie pour une petite balade. Je me suis préparé des œufs, j'ai fait griller des toasts, bouillir de l'eau pour le thé. Pendant que nous déjeunions, Inga m'a demandé s'il y avait moyen d'effectuer des recherches par mots-clefs dans tout le contenu de mon ordinateur, tous les fichiers concernant Stowe. Je lui ai répondu que oui. Elle a voulu savoir à quelle époque remontaient les plus anciens documents. Une trentaine d'années sur ma machine, j'ai répondu ; ce qui recouvrait en partie le stockage des données de la bibliothèque, remontant à environ soixante ans. Il y avait même quelques dossiers encore plus anciens.

Inga m'a demandé si elle pouvait jeter un coup d'œil. J'ai dit oui et j'ai commencé à lui montrer comment faire. Mais elle n'avait évidemment pas besoin de moi, et je l'ai laissée se débrouiller. Susie a allumé la télé pour suivre les infos sur l'élection. Je suis parti à la recherche de Niobé.

Après l'avoir rejointe dans la rue, j'ai marché un moment avec elle.

— Demain, j'annonce à Jack que je le quitte.

J'ai hoché la tête.

— Et puis, a-t-elle ajouté, on pourra tenter notre chance, toi et moi. Mais pas avant que je lui en aie parlé. Je veux être honnête avec lui, totalement honnête.

Lorsque nous sommes revenus chez Inga, celle-ci était assise à la table de sa cuisine. Des larmes jaillissaient de ses yeux et roulaient sur ses joues, mais elle n'y prêtait aucune attention, elle les laissait couler librement. Et elle tenait le flingue de Niobé à la main.

— Il y a bien des années, a-t-elle grondé, j'ai maudit Alan Stowe. Mais j'aurais dû l'abattre.

— Oui !

Sur cette approbation, Susie s'est emparée d'une chaise ; et, une fois assise à côté d'Inga, elle a tendu la main pour lui prendre le pistolet. Inga s'est laissé faire après une brève résistance.

— Dites-moi, a insisté Susie.

— Il y a quarante-deux ans, a répondu Inga. Il y a quarante-deux ans de ça.

— Eh bien ?

— Vous connaissez le centre commercial du Monument ?

— Oui, ai-je fait.

C'était à quelques kilomètres du campus.

— Il y avait vraiment un monument, là, avant. Qui remontait à la guerre de Sécession. Est-ce que le quartier de l'Étang de Wilson vous dit quelque chose ?

Un lotissement semblable à des milliers d'autres, quasiment impossibles à différencier.

— Eh bien, à une certaine époque, il y avait effectivement un étang, là-bas, dans une vraie forêt, où les gens allaient se promener. Et, en été, ils se baignaient.

Inga s'est tournée vers moi.

— Vous avez vu comment cet horrible bonhomme s'y prend pour faire des recherches sur les gens ? Avec des espions, et tout ça ? Il les voulait, ces terrains.

Quelle mouche piquait donc Inga, pour qu'elle se mette à récriminer contre ces deux opérations immobilières vieilles de quarante-deux ans — aussi esthétiquement et socialement répréhensibles qu'elles aient pu être ?

— Il désirait ces terrains et il a essayé de les avoir, mais les gens ne voulaient pas les lui vendre. En partie parce qu'il leur offrait des clopinettes en échange.

« Il y a eu une rumeur comme quoi une grande société allait venir construire une usine. Une usine qui fabriquerait du mobilier en plastique pour tous les nouveaux centres commerciaux et les écoles. Tout allait être en matière plastique. On a même vu débarquer des géomètres et des arpenteurs qui se sont mis à mesurer les terrains.

« Stowe a recommencé à essayer de ficeler un projet d'ensemble. Mais cette fois, tout le monde se méfiait de lui comme de la peste. Tout le monde avait vu les types procéder aux mesures, ou bien en avait entendu parler, alors tout le monde "savait" que Stowe préparait un coup fourré.

« Vers ce moment-là, les gens ont commencé à parler entre eux, à évoquer la possibilité de réunir leurs propriétés, mais sans passer par l'intermédiaire de Stowe. De cette façon, tout le monde aurait pu gagner de l'argent, ç'aurait été une bonne chose. Quelques types — un juriste, un gars qui possédait une exploitation laitière, et deux autres personnes — sont venus voir un professeur d'université, un monsieur très digne en qui tout le monde avait confiance, et ils lui ont proposé de prendre la tête des opérations. Il n'aurait strictement rien à faire, et chacun ramasserait quatre ou cinq fois le montant de son investissement. La ville aussi ferait des bénéfices, en fournissant l'usine, en lui construisant des routes — toutes ces carottes qui rendent les gens cinglés à force de rapacité.

« Mon mari. C'était mon mari, qu'ils avaient contacté.

« Et puis... tout s'est cassé la figure, parce que l'usine n'est pas venue. Ce que mon mari avait mis sur pied, son consortium de propriétés, tout a fait faillite. Là-dessus, Alan Stowe est arrivé, il achète les terrains pour une bouchée de pain, suite à la faillite, et il a construit son centre commercial, avec tous les lotissements qu'il voulait.

« Les gens en étaient malades. Fous de rage. Beaucoup d'entre eux avaient tout perdu, et mon mari a sombré dans la déprime. Comme si ça ne suffisait pas, il y a eu des accusations de fraude, et c'est lui qui allait être mis en cause. Je le connaissais assez pour savoir qu'il n'aurait jamais pu commettre de fraude. Je savais — sans être au courant des détails, car personne ne l'était — qu'Alan Stowe tirait les ficelles, et aussi qu'il avait acheté tous les juges et les procureurs de la région, comme il le fait encore.

« Alors, je suis allée le voir. Je suis allée le supplier de faire en sorte que mon mari ne soit pas traité en criminel et accusé de fraude.

« Stowe m'a répondu qu'il m'aiderait... à condition que j'accepte de coucher avec lui. Il a parlé, parlé, ça n'en finissait pas. Stowe a dit qu'il savait que j'avais couché avec beaucoup de types avant mon mariage. C'était vrai. Je n'étais mariée que depuis trois ans, à cette époque, et il a prétendu qu'une fois de plus ou de moins ne ferait pas grand mal. J'ai fini par me laisser convaincre. Une fois de plus, une seule, ça ne pourrait pas faire de mal, personne ne le saurait, c'était juste un incident sexuel. Jamais encore je n'avais couché avec quelqu'un pour une autre raison que mon bon plaisir — par amour, ou par jeu, ou par curiosité. Jamais pour me procurer quelque chose, ou en y étant forcée. Ça a été l'unique fois.

« Ensuite, je suis rentrée chez moi, et c'est toujours pareil, hein, tout arrive en même temps, les choses se produisent de la manière la plus dégueulasse possible. Je suis rentrée chez moi et mon mari était mort. Il venait de se suicider en avalant des pilules.

« Tout cela, évidemment, a poursuivi Inga, je le sais depuis quarante-deux ans.

« Et là, maintenant, je regarde dans votre ordinateur, David, et je tombe sur l'histoire de Stowe racontée par lui-même. Tout est là-dedans, tout s'y trouve. Et ce que je viens d'apprendre, c'est qu'il possédait la société qui était censée construire l'usine, et qu'ils n'avaient jamais eu l'intention de la construire, jamais de la vie. C'est lui qui avait lancé la rumeur, envoyé les arpenteurs. Mais tout était bidon. Le juriste et le propriétaire de l'exploitation laitière travaillaient tous les deux pour Stowe. Tout était combiné depuis le départ. Une magouille intégrale.

Inga nous a dévisagés successivement, tous les trois.

—J'ai appris autre chose. Pourquoi ils avaient choisi mon mari, un homme d'un certain âge avec une jeune épouse. C'est noté dans les papiers de Stowe. Il avait peur de me perdre, et ils ont réussi à le convaincre que s'il avait du fric et du succès, je resterais auprès de lui.

« J'aurais dû tuer Stowe.

Au lieu de le maudire ? me suis-je demandé. Et d'abord, dans quel sens, le « maudire » ? Le vouer à l'exécration ? Regretter le jour où ils s'étaient rencontrés ? Ou bien carrément appeler sur Stowe la colère divine ? Comme dans cette chanson de Bob Dylan que Stowe paraissait connaître :

Voilà les sept malédictions prononcées contre ce juge
  cruel :
Un docteur ne le sauvera pas,
Deux guérisseurs ne le guériront pas,
Trois yeux ne le verront pas.

Quatre oreilles ne l'entendront pas,
Cinq murs ne le cacheront pas,
Six fossoyeurs ne l'enterreront pas
Et sept trépas ne le tueront pas.

Je me suis demandé s'il était possible de maudire quelqu'un de cette façon. Franchement, ça devrait l'être. Mais je ne crois pas que ça le soit.

CHAPITRE 53

Allant de maison en maison, les pasteurs noirs de Hagopian chantaient, prêchaient, battaient des mains, brandissaient des panneaux, distribuaient des prospectus, arrachaient aux gens des promesses de votes. Pour leur protection, il les faisait filmer. L'idéal aurait été que les caméras enregistrent un incident raciste dans un des ghettos de Floride. Ce genre d'incident aurait été susceptible de déclencher un retour de manivelle massif, non seulement dans tout l'État mais dans le pays entier ; il aurait pu mobiliser, outre les partisans de Murphy, les électeurs potentiels, et convaincre les indécis de rejoindre son camp.

Scott avait fait appel à la police d'État de la Floride et à l'armée des États-Unis, qui avaient installé des barrages routiers et toutes sortes de postes de contrôle. Quiconque voulait passer devait montrer ses papiers d'identité ; les autorités vérifiaient les noms par rapport à leurs listes de personnes recherchées. Ces listes avaient été compilées avec un laxisme délibéré. Par exemple, si un certain William Jones était un fugitif poursuivi, tous les diminutifs possibles et imaginables apparaissaient également sur la liste : Bill, Billy, Will, Willy, et aussi William n'importe-quelle-initiale-intermédiaire Jones, tous dans le même sac. Les flics arrêtaient donc Bill, Billy, Will, Willy, William A., William B. et tous les William jusqu'à William Z. Jones. À tous ces Bill et Will et Willy et William de prouver qu'ils n'étaient pas *le* terrible William Jones recherché par l'ensemble des forces de police pour s'être dispensé, deux ans plus tôt, de se présenter au tribunal de Matecumbe Key, après avoir été chronométré à cent à l'heure dans une zone de vitesse limitée à soixante-cinq.

À un poste de contrôle situé dans Liberty City, à Miami, les flics alpaguèrent un certain William S. Jones. Ils procédèrent en l'occurrence avec une certaine désinvolture, étant donné qu'il s'agissait du neuvième Willy ou Billy Jones qu'ils arrêtaient depuis le matin, toujours en application de ce fameux, de cet unique mandat concernant cette amende impayée, cette contredanse pour excès de vitesse. Mais ce Jones-là, au dire ultérieur d'un porte-parole de la police, s'appelait en réalité Santiago Jonez ; et, lorsqu'il se présenta au contrôle de police, il était armé, chargé au crack, et cradingue. On ne peut pas faire plus con pour se présenter devant des flics, n'empêche, c'est ainsi que Santiago Jonez s'y était pris. Il décida donc de risquer le coup et de forcer le barrage. Quand les poulets se mirent à piailler, il sortit son calibre 9, et non seulement il le sortit mais il le pointa, en donnant la nette impression qu'il appuyait sur la détente. Le flingue fit long feu, ou alors le chargeur était vide, ou bien le gars avait oublié d'enlever le cran de sûreté. À ce moment-là,

414

quelqu'un d'autre se mit à canarder et trois gus se firent descendre, mais pas Santiago ni aucun des policiers. Quand la fusillade s'arrêta et que les sirènes hurlèrent, signe que d'autres flics allaient débarquer en renfort, sans parler du SAMU, les gens sortirent de chez eux. La situation, que l'on pouvait déjà qualifier de bordélique, menaça de dégénérer pour tourner carrément à l'émeute.

La police appela des renforts. Seule l'armée était disponible. C'est ainsi que des unités de la 101e division aéroportée furent amenées, entre deux affectations en Afghanistan, à venir interposer leurs corps, leurs tenues pare-balles et leurs armes entre les indigènes de Liberty City et l'insurrection à laquelle ceux-ci paraissaient disposés à s'adonner. Une fois descendus des camions et des véhicules de combat Bradley, les bidasses marchèrent au pas dans les rues avec leurs casques, leurs gilets pare-balles, leurs grosses bottes. On aurait dit les troupes d'un empire intergalactique débarquées là, en pleine chaleur, au milieu des tongs et des shorts et des chemises haïtiennes du sud de la Floride. Les gens à la peau sombre commencèrent à leur crier dessus, à leur lancer des moqueries, à les accabler d'injures. Des gosses — sans doute des gosses, bien que ce ne soit pas évident à prouver — se mirent à leur balancer des projectiles. D'abord des fruits pourris, puis tout ce qu'ils pouvaient ramasser en renversant les poubelles : des couches pour bébés utilisées, bien alourdies, des restes de fast-food dans leurs boîtes, des trucs qui faisaient *splash* en s'écrasant sur chaque cible et qui puaient et donnaient aux soldats l'impression d'être submergés par la saleté, provoquant leur dégoût et leur ressentiment. Ensuite, des éléments plus consistants apparurent dans le mélange, des cannettes, des bouteilles... Les bouteilles se fracassèrent, le verre vola en éclats. Les soldats se sentirent menacés et la moutarde leur monta au nez, même s'ils préféraient encore ça aux merdes puantes qu'ils avaient dû réceptionner jusque-là. Et puis, quelqu'un dans la foule poussa quelqu'un d'autre, et ce quelqu'un d'autre fut projeté contre l'alignement impeccable de la 101e division aéroportée. Un des militaires repoussa cet élément incontrôlé. Quelqu'un donna un coup de poing. Un soldat balança la crosse de son fusil, qui vint cueillir une grosse dame sous la mâchoire. Elle recula dans la foule en titubant et en hurlant. De nouveaux objets furent projetés. Cette fois, les manifestants essayaient de s'en prendre au troufion qui avait envoyé la crosse de son flingue dans la figure d'une femme qui n'avait pas moins de trois petits-enfants. Les potes du gars se disposèrent à assurer sa défense, conformément aux instructions et à la formation qu'ils avaient reçues. Le hasard voulut que ces cinq ou six petits gars défilant à ce niveau de la colonne ne soient pratiquement que des Blancs. Des soldats blancs de l'armée des États-Unis en train d'en découdre avec des civils noirs de l'État de Floride, on voit d'ici le tableau.

Ou plutôt la vidéo, puisque tout était filmé.

Sur quoi, un sergent noir se mit à engueuler copieusement ses hommes et s'interposa entre les civils et les soldats. Ceux-ci ne faisaient pourtant qu'essayer de se battre pour leur vie, du moins c'était leur impression, ou pour la vie de leurs camarades, ou pour leur propre dignité. À moins que ce ne soit sous l'aiguillon de la chaleur et de l'épuisement, ou le stress de neuf mois de service dans un pays hostile — un autre pays hostile, pas celui-là. Celui-là était censé être le pays du repos et des loisirs, des retrouvailles, des plages, des épouses, des gosses avec qui l'on recréait des liens, des pots qu'on prenait dans les lieux publics, des balades dans des coins sans tireurs d'élite ni mines antipersonnel ni attentats suicides. Le sergent fut frappé par un de ses propres hommes. Quatre autres gars se ruèrent aussitôt au secours de leur sous-off. Comme par hasard, trois d'entre eux étaient blacks, et le quatrième larron avait beau être blanc, l'incident ressemblait furieusement à un début d'émeute raciale au sein des forces armées.

Un lieutenant ayant appelé des renforts, la police militaire fit son apparition et des hélicoptères convergèrent de toutes les directions. Le lieutenant ordonna à l'un des Bradley d'avancer et de rouler lentement au milieu de la foule. Les manifestants n'avaient plus qu'à se disperser ou à se faire écrabouiller. En fait, ils eurent beaucoup de chance. Personne ne tomba sous les roues de ce véhicule de vingt-cinq tonnes ; la plupart des civils se retrouvèrent d'un côté, la plupart des troufions de l'autre. Les quelques civils qui avaient tiré le mauvais côté à la loterie furent promptement jetés à terre et proprement piétinés et maîtrisés. Deux soldats seulement se retrouvèrent du côté des civils. Avec l'aide de leurs compagnons d'armes, ils furent hissés à bord du Bradley, hors de portée de la populace.

La scène avait été filmée dans son intégralité. Il y avait au moins quatre caméscopes en action.

Les images furent envoyées d'urgence au quartier général du parti démocrate, à Miami Beach, puis transmises par satellite dans le monde entier, sous forme numérique. Hagopian, enchanté, était certain de tenir là des images historiques, comme celles des canons à eau et des chiens à Selma[1], des images épiques qui allaient infléchir le cours de l'histoire. Elles furent diffusées par les télévisions anglaise, française, allemande, et eurent un succès fou auprès de la chaîne arabe Al-Jazira, qui décida de les passer en boucle. Russes, Scandinaves, Islandais virent ces images. Le monde entier les vit.

Le monde entier, à l'exception de la majorité des Américains. En effet, les réseaux de télévision et les principales chaînes d'information câblées avaient décidé de ne pas les retransmettre, au motif qu'elles risquaient de semer la « confusion », d'entretenir l'« agitation ».

Hagopian eut beau rester pendu au téléphone et contacter tous ses vieux amis, pas moyen de faire émerger l'incident de la brume dont l'enveloppaient les médias.

Il aurait dû s'y attendre ; ce n'étaient pas les précédents qui manquaient. Par exemple, lorsque Jon Alpert avait risqué sa peau pour rapporter un film montrant ce que subissaient les civils iraquiens pen-

1. Allusion à un épisode de l'histoire de la lutte pour les droits civiques aux États-Unis. Le 7 mars 1965, près de Selma, dans l'Alabama, six cents manifestants, noirs pour la plupart, subirent une violente répression policière qui fut retransmise à la télévision.

dant la première guerre du Golfe, personne n'avait accepté de diffuser ces images aux États-Unis. Plus significatif encore : le brouillage magistral de ce qui s'était réellement passé lors de la dernière élection. Scott avait alors donné l'impression d'avoir emporté la Floride par quelques centaines de voix, peut-être par quelques milliers. Il se trouve que la loi, en Floride, est d'une simplicité touchante :

> (4) Si les résultats de quelque élection que ce soit indiquent qu'un candidat a été devancé ou éliminé par un différentiel de 0,5 % ou moins des suffrages [...], le bureau responsable de l'authentification desdits suffrages [...] sera tenu d'ordonner que ces suffrages [...] soient recomptés.

A priori, voilà qui ne paraissait pas d'une difficulté de compréhension insurmontable. Le tribunal d'État demanda donc que les suffrages soient recomptés.

C'est alors que commencèrent les grandes manœuvres juridiques, avec procès au niveau local, au niveau de l'État, au niveau fédéral, jusqu'à ce que la Cour suprême s'en mêle et ordonne que les suffrages... ne soient pas recomptés. Aucun des nouveaux comptages possibles ne fut jamais effectué, que ce soit au niveau de l'État ou à l'un ou l'autre des niveaux locaux, comme le réclamait le candidat démocrate ; ou du moins, aucun de ces nouveaux comptages ne fut jamais mené à son terme. La victoire revenait à Scott.

Néanmoins, on pouvait supposer que le monde entier désirait savoir lequel des deux candidats avait réellement recueilli le plus grand nombre de suffrages. Il y avait là matière à un article important, un article mémorable. Aussi, le *New York Times*, le *Washington Post*, la *Tribune Company*, le *Wall Street Journal*, l'agence Associated Press, la chaîne CNN et plusieurs autres médias décidèrent-ils de se regrouper au sein d'un consortium afin de partager les dépenses et de recompter les votes.

Les frais s'élevèrent à plus d'un million de dollars ; il fallut presque une année pour recompter les votes.

Lorsque tous ces médias eurent enfin obtenu les résultats qu'ils avaient réclamés, ils décidèrent que cela ne leur convenait vraiment pas, et qu'il y avait une seule chose à faire, les enterrer. L'emploi de ce terme, « décider », peut surprendre, étant donné qu'il n'existe nulle part aucune trace d'une telle décision, aucun compte rendu de ce processus décisionnel, pas la moindre explication permettant de jeter un peu de lumière sur la manière dont autant de parties purent, d'un commun accord, opter pour cette décision.

Tout ce qu'il y a, ce sont les *faits* et les *actes*.

Les *faits* sont les suivants : si tous les suffrages avaient été recomptés, comme l'exigeait précisément la loi de la Floride, Scott aurait perdu l'élection. Il existait plusieurs normes qui auraient pu être utilisées afin de réévaluer le scrutin ; mais dans tous les cas de figure, quelle qu'ait pu être la norme utilisée, le résultat ne faisait pas l'ombre d'un doute : Scott avait perdu.

Quant aux *actes*, voici les gros titres qui en tinrent lieu :

Le *New York Times* : « Conclusion de l'enquête sur la controverse des suffrages de Floride : le vote des juges de la Cour suprême n'a pas été décisif. »

Le *Wall Street Journal* : « Un examen attentif de l'élection montre que Scott en serait sorti gagnant, même sans l'aide de la Cour suprême. »

Le *Los Angeles Times* : « Une étude démontre que si les suffrages avaient été recomptés, Scott avait suffisamment de votes en réserve pour gagner. »

Le *Washington Post* : « S'il avait été décidé de recompter les suffrages, cette décision aurait joué en faveur de Scott: »

CNN.com : « Verdict de l'étude sur le nouveau comptage des suffrages en Floride : Scott vainqueur dans tous les cas de figure. »

Le *St. Petersburg Times* (Floride) : « Si les suffrages avaient été recomptés, Scott... »

Mensonges ?

Le *New York Times* consacrait les trois premiers paragraphes de son article à en confirmer le titre, en déclarant explicitement que Scott aurait remporté l'élection, même si les suffrages avaient été recomptés dans toute la Floride. Puis, dans une phrase extrêmement alambiquée du quatrième paragraphe, l'article ajoutait qu'en fait, si les suffrages avaient été recomptés dans tout l'État, Scott aurait *perdu*. Après quoi, il ne fallait pas moins de cinq nouveaux paragraphes pour expliquer au lecteur qu'il aurait été totalement irréaliste d'entreprendre de recompter les suffrages dans toute la Floride ; étaient mentionnés en revanche une flopée de scénarios de recomptage partiel, à l'issue desquels Scott aurait gagné.

La plupart des procès intentés ne l'avaient été que pour réclamer des recomptages partiels — dans tel ou tel comté, ou dans trois comtés, ou dans quatre. Si l'un ou l'autre de ces recomptages avait été effectué, Scott aurait effectivement gagné. Ce qui permettait apparemment au *New York Times* d'affirmer au monde, en toute bonne foi, que tout cela n'était qu'une question d'interprétation.

Aussi, lorsque Hagopian appela CNN et que le responsable de l'information lui répondit que ses images étaient fabuleuses mais que ce serait « irresponsable » de les diffuser « hors contexte », et qu'il entendit ensuite les responsables de CBS, de NBC et de la Fox lui fournir exactement les mêmes réponses, assaisonnées des mêmes formules, il maudit son incurable naïveté.

Hagopian jugea que son camp avait perdu la partie, mais il garda le sourire. Encore quelques heures, et Anne Lynn concéderait sa défaite dans un discours gracieux, digne et mémorable, comme elle l'était elle-même.

Dès le lendemain matin, Hagopian filerait à New York pour se faire admettre au centre anticancéreux Sloan-Kettering. Là, les médecins commenceraient à faire joujou avec son corps, et ils continueraient jusqu'à ce que la souffrance et l'humiliation soient telles qu'il finisse par leur préférer la mort. Une fois parvenu à ce stade, Hagopian aurait le plaisir de tester en conditions réelles l'efficacité de la méditation et du bouddhisme zen.

CHAPITRE 54

Comme tant d'autres, nous avons suivi l'élection à la télé. Je pense que la télévision a le don de tout banaliser, absolument tout. On a préparé du pop-corn en bavardant. L'atmosphère était morose. L'idée que nous aurions pu être capables d'influencer le résultat de l'élection paraissait maintenant improbable, pour ne pas dire cinglée.

Rush Limbaugh l'avait déclaré haut et fort, commentaires à l'appui, les seuls États que remporterait Murphy seraient le Massachusetts et... San Francisco, ha ha, *idem*, c'est-à-dire les seuls endroits où le mariage gay était accepté[1]. Aussi, lorsqu'on a su à vingt heures qu'elle tenait également le Vermont, le Rhode Island, le Delaware et le Maryland, ces nouvelles nous ont paru remarquablement bonnes.

Quand le New Jersey est tombé à son tour dans la besace de Murphy, cette élection a commencé à ressembler à une véritable course.

À un moment, en allant surfer un peu sur le Net, j'ai trouvé des infos sur des émeutes en Floride, et sur des affrontements entre des unités de l'armée des

1. Voir note page 145.

États-Unis. C'était inouï, incroyable. Mais la télévision américaine n'en parlait pas. Je n'arrêtais pas de faire la navette entre l'ordinateur et la télé. J'ai même obtenu des images vidéo de la chaîne arabe Al-Jazira, et j'ai trouvé des photos sur le site Web de la BBC. Tout cela paraissait authentique. Je n'arrivais pas à croire que la presse étrangère soit brusquement devenue plus fiable, plus libre, que dans le pays de la liberté de la presse. Impossible ! Quand j'ai fait part de ma stupéfaction aux trois femmes, j'ai découvert que leur cynisme, dans ce domaine tout du moins, surpassait le mien de beaucoup.

À l'origine, Scott avait prévu de prononcer son discours de victoire à vingt et une heures, ce qui m'avait paru d'un optimisme frisant l'arrogance. Mais c'était bien compréhensible, quand un Rush Limbaugh lui prédisait qu'il allait réunir toutes les pièces du puzzle, à part cette bizarre petite enclave sur laquelle se dressait Harvard — le Massachusetts. À vingt et une heures, pas la moindre annonce.

À vingt-deux heures, Fox News a confirmé ses prévisions concernant la victoire de Scott, en précisant qu'elle ne serait pas aussi écrasante que Dieu l'avait annoncé au révérend Tod Puttersback.

À vingt-trois heures, CBS a été la première chaîne à donner la Californie à Murphy. ABC a repris cette annonce, suivie de CNN. D'après la Fox, les résultats étaient trop serrés pour qu'on soit en mesure de trancher ; ils semblaient néanmoins plutôt favorables à Scott.

C'est également à ce stade qu'une tendance claire et nette s'est dégagée. Les divisions s'étaient creusées. Là où Scott avait gagné auparavant, ses marges s'étaient amplifiées ; et c'était également le cas dans les États où il avait perdu précédemment.

La catégorie des États indécis, incertains, s'était réduite comme une peau de chagrin. Sauf du point de vue de la Fox, toujours égale à elle-même. Un de ses coprésentateurs de la soirée électorale n'était-il pas l'ex-attaché de presse du président Scott ?

À minuit, la Fox attribuait la Floride à Scott.

Moins d'une heure plus tard, toutes les autres chaînes l'avaient imitée. J'ignorais si l'information était authentique, ou si les médias se contentaient de faire ce qu'ils font apparemment de mieux en mieux, à savoir, se rallier à ceux d'entre eux qui émettent le plus de bruit. De toute façon, cette nouvelle m'a cassé le moral et je me suis endormi.

CHAPITRE 55

À deux heures du matin, Hagopian n'avait plus qu'une seule envie, tout laisser tomber. Il était vraiment lessivé. Mais Anne Lynn avait droit à tout l'espoir susceptible d'être extrait de cette ultime journée, elle méritait de le savourer jusqu'à la dernière goutte, et Hagopian se força, tout épuisé qu'il était, à ne pas exprimer son pessimisme. Quelqu'un mentionna l'Idaho. Et si elle remportait l'Idaho ? Après tout, c'était son propre État.

— Qui a dit ça ? demanda Hagopian, souriant presque.

— C'est moi, répondit Mike, l'époux de la candidate.

Après avoir jeté un coup d'œil aux sondages et aux premières estimations, Hagopian haussa les épaules. Quasiment aucune chance.

Mike donna un instant l'impression qu'il allait émettre une remarque, mais il n'en fit rien. Ils disposaient tous des mêmes informations de base.

Il était exact qu'Anne Lynn avait déjà gagné en Idaho avec une plate-forme démocrate, d'abord comme représentante, puis comme sénatrice. Ces succès antérieurs n'avaient échappé ni aux experts ni aux sondeurs, mais ceux-ci avaient des explications toutes prêtes. Pour sa première candidature au Congrès, elle avait eu de la chance. Son adversaire, Conrad « Connie » McCorkle, avait été accusé à la mi-septembre d'avoir fait des avances à un garde-forestier, dans les toilettes publiques du parc naturel de Massacre Rocks. En outre, lors de son arrestation, on avait trouvé en sa possession trois ordonnances pour du Percocet, une pour du Percodan, et quatre pour du Vicodin. Ces analgésiques hyper-addictifs lui avaient tous été prescrits par des médecins différents. On ne l'avait pas inculpé pour autant, mais il y avait eu une fuite et l'information n'était pas restée confinée dans le poste de police du parc. Connie avait poussé les hauts cris et proclamé que les médias gauchisants, démocratisants, arborisants voulaient lui faire la peau parce qu'il était pour l'abattage des arbres, pour l'industrie — pour *l'emploi* !

N'empêche qu'il avait perdu.

Anne Lynn s'était donc retrouvée au Congrès. Au cours des cinquante années précédentes, les membres du Congrès qui avaient été candidats à leur propre succession s'étaient fait réélire dans 92 pour cent des cas. La réélection de Murphy au Congrès n'avait donc rien eu de particulièrement significatif.

C'était moins évident de minimiser sa première, et unique, victoire au Sénat. Mais elle n'avait gagné que d'une courte tête, devant un adversaire faible, aux moyens financiers limités, et qui avait commis l'erreur, comme tant d'autres, de la sous-estimer.

Rien de tout cela, d'après les théoriciens, ne permettait de penser que l'Idaho allait voter démocrate à l'élection présidentielle. Depuis la victoire de Truman en 1948, cela ne s'était produit qu'une fois : en 1964, quand Johnson avait battu Goldwater. Ce précédent remontait donc à longtemps ; et encore, la différence n'avait été que d'un point. Depuis, les candidats républicains à la présidence avaient tous dépassé les 60 pour cent de voix. Reagan avait obtenu successivement 72 pour cent et 73 pour cent. Lors de l'élection précédente, Scott avait fait un score de 67 pour cent.

Murphy se battait sur son propre terrain, ce qui allait forcément lui conférer un avantage. Mais même si elle arrivait à amputer de onze points le résultat antérieur de Scott, comme les instituts de sondage l'avaient annoncé, ils se retrouveraient respectivement, lui avec 56 pour cent des suffrages et elle avec 44 pour cent.

Les sondages effectués à la sortie des bureaux de vote, peu à peu, commencèrent à indiquer que les résultats d'Anne Lynn étaient meilleurs qu'on ne s'y était attendu. On lui donnait près de 47 pour cent des voix ; mais ça ne voulait toujours pas dire que la victoire était à sa portée.

Cela dit, des sondeurs qui opéraient dans l'Idaho signalaient des anomalies. En particulier, un certain Jerry Hogarty, originaire de Boise, spécialisé en sciences politiques à l'université de Berkeley, en Californie, déclara ne pas se fier aux chiffres qu'il avait obtenus ; il signala qu'un nombre inhabituel de gens avait refusé toute interview, et que ces personnes s'étaient même montrées franchement hostiles quand il avait tenté de les interroger.

Poussé par la curiosité, il s'était rendu dans deux ou trois bureaux de vote pour causer avec ces vieilles dames et ces vieux messieurs, tous ces braves gens qui tiennent les registres sur lesquels les électeurs apposent leur signature. Ils lui avaient affirmé recevoir la visite d'électeurs qu'ils n'avaient pas vus depuis des années ; il y en avait même qu'ils n'avaient *jamais* rencontrés auparavant.

L'Idaho est un petit État, avec seulement 750 000 électeurs inscrits. Au cours de la précédente élection présidentielle, 71 pour cent avaient voté, c'est-à-dire environ 532 000 personnes.

Cette fois, le taux de participation approchait les 79 pour cent. Très exactement, on avait compté 592 534 personnes — dont 297 779 qui avaient voté pour Anne Lynn Murphy.

Plus tard, lorsque tous ces commentateurs et pronostiqueurs et autres experts voulurent comprendre ce qui s'était passé, et tentèrent d'humaniser l'événement en le replaçant dans un cadre narratif, ils insistèrent sur la petite taille de cet État, où les liens personnels primaient sur tout le reste, et où les gens n'étaient jamais éloignés les uns les autres de plus de trois degrés de parenté.

Chaque bébé à l'accouchement duquel avait présidé le docteur Murphy avait une maman et un papa, et chaque maman et chaque papa avaient ses propres parents, et aussi des sœurs, des frères, des cousins, des oncles, des tantes. Pour chaque appel d'urgence, pour chaque mot gentil, pour toutes les fois où Murphy s'était déplacée la nuit, il y avait une personne reconnaissante, et chacune de ces personnes avait une mémoire, une famille, des amis.

On racontait aussi que les *mountain men* étaient descendus de leurs montagnes. Avec leurs épouses, avec leurs amis. D'après Jerry Hogarty, c'étaient eux qui refusaient d'être interviewés à la sortie des bureaux de vote, de sorte que l'on ne pouvait pas avoir la moindre idée de leur nombre. On prétendait même que le hors-la-loi Kevin McCullough était apparu comme un fantôme dans un de ces bureaux — une école publique, disait-on. On racontait qu'il y était entré, plus grand que nature, d'un pas nonchalant ; et, bien que ce soit le Blanc le plus recherché dans l'Ouest depuis Jesse James, les scrutateurs ne l'avaient pas empêché d'entrer dans l'isoloir, et ils l'avaient laissé voter.

Les commentateurs accordèrent généralement peu de crédit à cette anecdote. Personne n'avait pu trouver de registre portant la signature de McCullough. En admettant qu'il soit encore de ce monde, pourquoi aurait-il risqué sa vie à seule fin de voter — que ce soit pour Augustus Winthrop Scott ou pour Anne Lynn Murphy ? Ça ne tenait pas debout.

Le jeune McCullough écouta les résultats des élections à la radio. C'était donc en l'honneur de cette candidate à la présidence qu'il avait été prénommé Andy. Il s'enfonça dans les bois, tout seul, comme il avait l'habitude de le faire lorsqu'il se mettait à penser à sa mère. Il était alors assailli par une tristesse et un sentiment de perte qui le submergeaient comme des vagues. Parfois, il pleurait en pensant à elle, et il n'aimait pas que ça lui arrive devant son père. Ce n'était pas que le paternel risque de lui coller une baffe, ce genre de réaction, ou même de se moquer de lui, mais il était pareil à un vieux lion des montagnes, un vrai lion américain, pas un de ces fauves d'Afrique du genre Roi Lion avec une crinière — et ça ne paraissait pas tellement indiqué de chialer comme une gonzesse devant un satané lion des montagnes.

Andy se rappelait une histoire que sa mère lui avait racontée. Son père ne lui rapportait que des histoires tirées de la Bible, ou alors des histoires vraies sur des choses qui se passaient maintenant, mais sa mère lui contait des histoires du temps passé. Parfois, il s'agissait de choses inventées ; l'histoire d'Androclès, par exemple, qui s'appelait *Androclès et le lion*. C'était un de ces lions d'Afrique, style roi de la jungle avec une grande crinière. Tout le monde avait peur des lions, ce qui pouvait se comprendre, surtout à l'époque, où les gens n'avaient pas d'arme à feu d'aucune sorte. Mais ce lion-là s'était enfoncé une épine dans la patte, et il n'arrivait pas à la retirer. Androclès vit que le lion avait mal ; et, bien qu'il ait peur du lion, comme tout le monde, il s'approcha de la bête et lui retira l'épine de la patte. Il avait craint à ce moment-là que le lion se retourne, lui saute dessus et le tue ; mais non, le lion s'était contenté de se détourner, avant de s'éloigner pour aller reprendre sa vie.

Androclès était chrétien. Cette histoire se déroulait à une sale époque, l'époque des Romains, où c'était illégal d'être chrétien. Androclès avait été capturé et conduit au Colisée, où l'on organisait des combats de gladiateurs et des courses de chars, et où l'on balançait les chrétiens dans l'arène pour leur faire affronter des bêtes féroces à mains nues, sous le regard amusé de gens abominables qui adoraient voir des malheureux sans défense se faire déchirer et dévorer.

Voilà donc Androclès jeté dans l'arène, pendant

que des milliers de personnes le regardent en n'attendant qu'une chose, qu'il soit mis en pièces et bouffé par un fauve. Alors, on ouvre une porte à l'autre bout de l'arène, et un lion gigantesque s'amène en courant. Ça faisait dix jours qu'on ne lui avait rien donné à manger, et il était affamé, il crevait littéralement de faim. Il était prêt à se mettre sous la dent un chrétien tout cru tout nu, et il arrivait sur Androclès, la bave dégoulinant de ses crocs interminables, lorsqu'il s'est arrêté dans un dérapage contrôlé, en plantant ses griffes monstrueuses dans le sable. Il s'est arrêté net, là, sous les yeux de tous ces milliers de spectateurs, et Androclès ne s'en est même pas rendu compte parce qu'il avait fermé les yeux et qu'il était en train de prier de toutes ses forces. Il ne priait pas pour être sauvé, mais pour affronter la mort avec dignité, garder la foi et aller au ciel.

Quand il a senti une grosse langue molle et mouillée lui lécher tout un côté de la figure, *splash*, Androclès a commencé à comprendre que les choses ne se passaient pas exactement comme prévu, et qu'il n'allait pas être mangé. Il a soulevé une paupière, mais il n'y voyait pas grand-chose, parce que son œil était à moitié recouvert par la bave visqueuse du fauve. Puis il a ouvert son autre œil et le lion se tenait là, avec sa langue pendant hors de son immense gueule hérissée d'énormes dents terrifiantes. Androclès a écarquillé les yeux. Quand l'animal lui a rendu son regard avec une expression pleine d'intelligence, Androclès s'est rendu compte que c'était le même lion qu'autrefois, et qu'il le reconnaissait.

Car même les bêtes sauvages peuvent être touchées par le sens du devoir et de la justice, et par l'amour.

Au total, 294 755 personnes votèrent pour Augustus Winthrop Scott. Ce qui représentait 3 024 voix de moins pour lui que pour Anne Lynn Murphy, c'est-à-dire un différentiel inférieur à 0,005 pour cent. Mais même si la différence n'avait été que de deux votes, Anne Lynn aurait obtenu les suffrages des quatre grands électeurs de l'Idaho. À partir de là, le reste des calculs devenait encore plus simple. 267 votes des grands électeurs pour Scott. Pour Anne Lynn Murphy, 270.

Ce qui allait faire d'Anne Lynn Murphy la première présidente des États-Unis d'Amérique.

CHAPITRE 56

À trois heures et quart du matin, Niobé m'a réveillé en me couvrant de baisers et en répétant :

— Elle a gagné. Elle a gagné...

— Tu déconnes.

— Non. Elle a gagné.

— Je t'aime, Niobé.

— Je sais.

Je lui ai demandé :

— Tu es heureuse, maintenant ?

Elle a hoché la tête, tellement contente qu'elle arrivait à peine à parler.

— Et nous deux ? j'ai demandé. On va vraiment tenter quelque chose ?

Niobé a continué de hocher la tête.

— Regarde, m'a-t-elle dit en désignant le poste de télévision.

Je me suis redressé sur le canapé d'Inga pour regarder. C'était CNN, et ils venaient d'annoncer la victoire de Murphy.

— La Fox refuse d'annoncer sa victoire, est intervenue Inga. Ils disent qu'il est trop tôt pour se prononcer, et que les suffrages devront être recomptés dans trois États. Intégralement recomptés.

434

— Mais toutes les autres chaînes ont déclaré Murphy gagnante, a précisé Susie.

Sa voix paraissait calme et satisfaite, mais son visage était tendu, comme empesé, et son regard agité ne cessait de parcourir, dans un sens puis dans l'autre, la courte distance qui me séparait de Niobé.

— Scott refuse de concéder la victoire à Murphy, a repris Inga. Il a son porte-parole, vous savez, le père La Vertu, celui qui affirme que Scott a été choisi par Dieu pour être président — vous voyez qui je veux dire, le petit chauve qui traite tout le monde de haut, même son chien.

— Ah, lui.

— Ouais, lui, a confirmé Inga. Il a annoncé que le président était allé se coucher. Qu'il étudiera la situation demain matin, que les résultats sont trop serrés pour qu'on puisse tirer des conclusions. Qu'il faut des informations supplémentaires.

— Et c'est vrai ? j'ai demandé.

— Non, a répondu Inga sans hésitation. Non.

— Pas vraiment, a commenté Susie.

La voix de la raison, comme toujours — mais une expression tellement triste. Niobé a décrété :

— Elle a gagné. On ne peut plus le lui retirer, maintenant. On ne peut pas, le monde entier est au courant. Elle a gagné.

CHAPITRE 57

À cinq heures treize du matin, sur la côte Est, il faisait toujours sombre. Aucun signe annonciateur de l'aurore dans le ciel. Cependant, l'obscurité n'est jamais vraiment complète dans les grandes villes.

À New York, par exemple, de la pointe sud de Manhattan, on peut voir le pont de Verrazano lancer son arc de lumière douce à faible hauteur au-dessus du port. Vers la gauche, on distingue le ruban de lumières de la Belt Parkway, cette route bordée de verdure qui ceinture le gros ventre de Brooklyn. On aperçoit l'éclairage de la statue de la Liberté, et aussi, depuis le quai incliné des ferry-boats, les lumières du port du côté de Staten Island — et, encore au-delà, une sorte de brume lumineuse qui plane au-dessus de l'autoroute à péage du New Jersey, parcourue sans interruption, toute la nuit, par les voitures et les camions. Sans parler de la lumière venue du ciel, celle que projettent les avions, essentiellement des avions-cargos à cette heure matinale, les sociétés de transport exprès du courrier qui livrent toutes ces paperasses urgentes pour la journée de travail qui va commencer.

Quiconque se serait tenu à cette pointe sud de

Manhattan, en ce mercredi 3 novembre, lendemain du jour de l'élection, sans cligner des paupières ni détourner les yeux pour allumer une cigarette, ni regarder par-dessus son épaule en entendant d'éventuels bruits de pas, quiconque se serait tenu à cet endroit, face au port, le visage tourné vers le pont — côté New Jersey plutôt que Brooklyn —, aurait remarqué l'éblouissant éclair saluant le lancement d'un missile Javelin.

Le Javelin est un engin balistique de portée moyenne, portable, à lanceur d'épaule. Le missile est autoguidé grâce à un dispositif de référentiel préprogrammé à inertie. Le tireur peut le pointer vers sa cible, faire feu puis se mettre aussitôt à couvert. Si vous aviez aperçu cette vive clarté initiale, vous n'auriez sans doute pas détourné les yeux, et vous auriez suivi du regard le vol du Javelin. Vous n'auriez pas remarqué la forme sombre du bateau à partir duquel le missile avait été lancé, ni la silhouette de l'homme qui s'en était chargé. Vous auriez suivi cette vive clarté du regard, d'ouest en est, jusqu'à ce qu'elle vienne heurter de plein fouet la statue de la Liberté. Vous auriez vu l'explosion avant de l'entendre, un instant plus tard ; et vous auriez su, alors, que la guerre venait frapper à nouveau la ville de New York.

Vous auriez vu la statue se fendre au-dessous des seins, et sa partie supérieure commencer à basculer, lentement.

En tout cas, c'est ainsi que l'événement fut recréé pour les informations télévisées du matin, selon une technique d'animation assistée par ordinateur. Curieusement, en effet, aucun témoin n'avait eu de caméscope sous la main afin d'en capturer ne fût-ce qu'une bribe, qu'il s'agisse du lancement du missile, de l'explosion au moment de l'impact, ou de la chute de la statue.

Peu après l'attentat, un bruit assourdi avait résonné dans le port. On avait pensé, rétrospectivement, qu'il devait s'agir d'une explosion, au-dessous de la ligne de flottaison, dans la coque du bateau à partir duquel le missile avait été tiré. L'eau s'était engouffrée à l'intérieur et, en remplissant l'embarcation, l'avait entraînée par le fond.

Une heure et dix minutes plus tard, un mortier — allez savoir pourquoi un mortier — propulsait un obus en plein sur la centrale nucléaire de Duane Arnold, à Palo, dans l'Iowa.

Les alarmes se déclenchèrent. Les procédures d'urgence furent mises en œuvre. Les pompiers et les policiers furent sollicités, et les gens se hâtèrent d'évacuer la zone. Personne ne pouvait dire s'il y avait une menace de radioactivité.

L'ordre fut restauré assez rapidement. Les dommages étaient légers. Un parking avait été touché, une Ford Escort détruite, deux Nissan et une Chevrolet sérieusement endommagées, et quinze autres voitures avaient été un peu abîmées. Une personne mourut ; deux autres durent être hospitalisées.

Ces deux événements, celui de New York et celui de Palo, bénéficièrent d'une couverture médiatique unanime, intense et ininterrompue.

Les armes utilisées dans les deux cas furent identifiées. C'étaient des armes américaines, apparemment dérobées dans des installations militaires américaines basées en Afghanistan. Des terroristes furent très rapidement mentionnés, et plus particulièrement le réseau d'Al-Qaida. La chaîne Al-Jazira fit état de ces soupçons, pour les tourner en dérision et suggérer que les responsables étaient probablement américains. Mais qui écoutait Al-Jazira ? C'étaient des Arabes, après tout.

Comme s'il avait voulu effacer tout souvenir de ses atermoiements lorsque le World Trade Center avait été attaqué et qu'il avait attendu trois jours avant de se rendre à *Ground Zero*, le président Scott, cette fois, sauta dans *Air Force One*, qui s'empressa de le conduire à Newark. À l'aéroport de Newark l'attendait un hélicoptère à bord duquel il bondit, de sorte qu'à sept heures du matin il était rendu à New York. Sept heures, l'heure magique, comme pourra le confirmer n'importe quel directeur de la photographie, l'heure matinale où la lumière est de l'or, de l'or pur. Mieux que de l'or, même.

Scott avait vraiment fière allure dans cette lumière. D'un air actif, déterminé, il prononça un discours bref mais percutant, qui prit ses auditeurs aux tripes. Il déclara une fois de plus la guerre à la terreur. Il se voua une fois de plus, personnellement, à la destruction des ennemis de l'Amérique. Il annonça que les forces armées avaient été placées en état d'alerte maximale et qu'il était prêt à frapper les derniers bastions du terrorisme, où qu'ils se trouvent dans le monde ; et il fit savoir que toute nation abritant encore des terroristes avait intérêt à les lui livrer dans les plus brefs délais, si elle ne voulait pas affronter son courroux. Et le courroux du Seigneur.

Bien que Scott n'y ait fait aucune allusion, Fox News ne fut pas longue à établir un lien entre les attaques et la fuite, remontant tout juste à trois jours, selon laquelle un mystérieux groupe terroriste s'apprêtait à commettre un attentat au cas où l'Amérique élirait une femme à la présidence. La Fox expliqua que cela montrait à quel point ces terroristes pouvaient méconnaître le système électoral américain, puisqu'ils ne comprenaient même pas que le simple fait que les gens aient voté pour Anne Lynn Murphy ne suffisait pas à faire d'elle la présidente. Il restait diverses étapes à franchir. Murphy n'avait même pas encore le statut de présidente élue, après quoi il y aurait encore la prestation de serment... Ces terroristes étaient de vrais imbéciles. C'était toujours un *homme* qui se trouvait à la tête de ce pays, de ces États-Unis d'Amérique, et un homme qui allait orchestrer une sacrée riposte, bon Dieu. De partout s'élevèrent des discours à la louange de Scott, l'homme qui allait veiller à ce que ce soient les terroristes qui s'en prennent plein la figure, cette fois-ci.

Anne Lynn Murphy se rendit à New York à bord d'un jet privé mis à sa disposition par un de ses sympathisants. Quand elle arriva à destination, il était presque midi. Elle fut tenue à l'écart du nouveau *Ground Zero*, telle une vulgaire intruse — telle n'importe quelle civile cherchant à se faire un peu de publicité.

C'était Scott la vedette du spectacle, de bout en bout, et il exploitait la situation au maximum.

Personne ne fit tellement attention au second incident, cette attaque loupée contre la centrale

440

nucléaire, dans l'Iowa. Pourtant, les gens du coin avaient eu la frayeur de leur vie. Les médias locaux, tout en se voulant très rassurants, publièrent des cartes qui indiquaient les divers périmètres susceptibles d'être affectés en cas de désastre nucléaire, selon la gravité de celui-ci.

CHAPITRE 58

La première chose que fit Cal Carlyle, ce matin-là, fut d'appeler Ward Martucci.

— Alors, mon pote, comment ça va ?

— Oh, super, répondit Ward. Super, pas de problème.

— Ah, bon. Putain, je m'en faisais pour toi, mon pote.

— T'as absolument aucune raison de t'en faire pour moi.

— Faut que je surveille mes investissements, fit Carlyle en gloussant chaleureusement.

Cal Carlyle était *le* spécialiste du service de capitalisation des petites entreprises au sein du *White Star Investment Group*, l'une des diverses sociétés en commandite par actions dont le *Fiduciary Trust Management* était l'associé gérant. Techniquement, Cal n'avait pas encore investi, mais ce n'était plus qu'une question de jours, sept exactement, dont cinq jours ouvrés.

— J'ai appris que Palo avait été touché, et je me suis dit, aïe aïe aïe, j'ai plutôt intérêt à contacter mon pote.

— Tout ce qu'ils ont eu, c'est le parking.

— Hé, mon pote, on est dans le nucléaire, là. Hia-watha, c'est à combien de Palo ? Quinze bornes ? Vingt ?

— Putains d'Arabes, lâcha Ward. Totalement incompétents, c'est ça qui nous sauve.

— T'y es pas, mon pote. Ce qui nous sauve, c'est Gus Scott. Tu l'as pas vu ce matin, aux nouvelles ? Il est allé directement à la statue de la Liberté, et il va la faire réparer, tu vas voir. Entre-temps, y a des culs qui vont se faire botter. Attends un peu, moi je te dis qu'y a du bottage de cul dans l'air, et du sérieux.

— Je veux, que ça va barder, approuva Ward avec enthousiasme.

— On a besoin de Scott. On en a plus besoin que jamais.

— Ben...

Ward n'allait pas se mettre à discuter avec le gars qui tenait les cordons de la bourse. D'un autre côté, ce n'était pas évident de l'approuver sans réserve, lui qui était Démocrate depuis toujours et membre actif du parti, et s'occupait d'organiser des réunions, de collecter des fonds, etc.

— On a vraiment besoin de lui, insistait Carlyle.

— Sauf que, là encore, il les a pas arrêtés.

— Déconne pas ! T'écoutes pas les infos, ou quoi ? Ils parlent que de ça, bordel. Ces putains d'Arabes, ils sont passés à l'action parce qu'ils pensent qu'on a une femme à la présidence. Oublie pas que c'est des primitifs, ces mecs-là, ça vit dans le désert, ce genre d'endroit, alors pour eux, c'est un vrai scandale. Tu vois, leur orgueil leur permettra jamais de faire des courbettes devant une nana. Vu leur fierté, et puis toute leur manière de vivre, ils vont se sentir obligés

443

de nous cogner dessus deux fois plus fort, et ils voudront jamais se rendre, jamais.

— T'as sans doute raison, t'as sans doute raison, admit Ward en hochant la tête, bien que Cal ne puisse pas le voir.

Un petit geste de conciliation pour accompagner les bruits conciliants qu'il faisait avec sa bouche.

— Faut absolument qu'on fasse quelque chose ! s'exclama Cal, de plus en plus remonté.

— Ben, c'est pas vraiment qu'y ait grand-chose à...

— Bon Dieu de bon Dieu de bon Dieu ! Au nom du Seigneur Jésus-Christ, faut *absolument* qu'on fasse quelque chose.

— Ben ouais, mais quoi ? s'enquit Ward.

Un simple haussement d'épaules verbal.

— Toi ! s'écria Cal. Toi, t'es un grand électeur, pas vrai ? demanda-t-il, comme si l'idée venait de lui traverser l'esprit.

— Ouais, et alors...

— Tu pourrais modifier ton vote !

— Non. Non, je peux vraiment pas.

— Mais si, que tu peux ! Je me souviens de l'avoir appris au lycée. Ça fonctionne de cette façon, c'est prévu pour. Les gens sont censés élire des électeurs, en fonction de leurs connaissances et de leurs opinions, et puis les électeurs sont censés procéder à l'élection. Non seulement tu peux le faire, mais t'es même *censé* le faire.

— Peut-être à une certaine époque, mais maintenant, tu sais, on s'engage. En admettant qu'il y ait moyen de modifier son vote, ça reste théorique.

— Non, pas uniquement. Les grands électeurs n'arrêtent pas de changer d'avis.

— Sûrement pas.

— Oh, que si. C'est arrivé plus de cent fois.

— Tu déconnes.

— Pas du tout ! riposta Cal, comme s'il se tenait là, juste devant Ward, et qu'il lui plantait son doigt dans la poitrine. Je suis en ligne sur le Net, je vais regarder pour toi pendant qu'on parle. Tiens, c'est juste là. J'étais au-dessous de la vérité. Tu sais combien de fois des grands électeurs ont écouté leur conscience, et voté en conscience pour faire ce qu'ils estimaient être leur devoir envers leur pays ? Cent cinquante-six fois.

— C'est contre la loi.

— Pas du tout, objecta Cal, en connaissance de cause. C'est pas contre la loi. Il n'y a absolument aucune loi qui parle de ça, pas ici, dans l'Iowa.

— Écoute, tu sais ce que je vais faire ? demanda Ward d'un ton toujours paisible et conciliant. Je vais en parler à mon comité, et puis, euh, je verrai même ça avec un juriste...

— Tu veux pas en parler aussi à ton cheval, pendant que t'y es ? T'es con, ou quoi ?

— On se calme, mon vieux, on se calme.

— Je suis pas d'humeur à plaisanter. Où est-ce que tu habites ?

— Tu le sais bien, où j'habite. Au 33148 Eastern Drive.

— T'habites dans la putain de zone de l'explosion de Plano, voilà où tu habites !

Cal gueulait vraiment, maintenant, et les points d'exclamation s'envolaient comme des fléchettes à la fin de chacune de ses phrases.

— Tu vis à côté d'une putain de centrale nucléaire !

445

Que des terroristes viennent d'attaquer ! Cette fois-ci, ils ont merdé. Mais si Scott s'en va et qu'il est remplacé par Murphy, ils vont revenir ! Et ils auront plus de chance la prochaine fois ! Toi, et ta femme, et tes gosses, vous passerez tous au four à micro-ondes ! Tu piges ? Vous serez carbonisés ! Jusqu'à vos dernières molécules ! Vous serez atomisés ! Et tu me parles de discuter avec ton comité ? Mais c'est pas possible d'être aussi con !

— Écoute, Cal, je te sens un peu contrarié, là...

— Un peu contrarié ? Je vais te dire, moi, ce qui me contrarie. Ce qui me contrarie, c'est que je suis sur le point d'investir dans un garage de bagnoles d'occase situé à Hiawatha...

— Le garage n'est pas situé à Hiawatha, protesta Ward. Il se trouve quasiment à Cedar Rapids.

Il en aurait fallu beaucoup plus pour ralentir le débit de Cal.

— ... alors que toute la ville va faire un grand *boum* ! *Boum !* Avant que j'aie pu récupérer mon fric ! Et tout ça, parce que l'abruti à qui je le prête est trop con pour sauver sa propre vie, et celle de sa famille !

— On n'a pas besoin d'en arriver là, Cal, on n'a vraiment pas besoin de ça.

— Moi, si ! riposta Cal en raccrochant violemment.

Ward sentit son rythme cardiaque s'emballer. Il ne respirait plus que par brefs halètements rauques, et des petits geysers acides au goût de vomi commençaient à jaillir au creux de son estomac. Si Cal reprenait ses billes, Ward l'avait dans le cul, il était ruiné, nettoyé, lessivé. Tout avait pourtant si bien marché jusque-là, comme sur des roulettes, sans la moindre anicroche. C'était Cal, putain, qui l'avait poussé à se mouiller, à acheter les quatre Mercedes, la Porsche, et ce monstre, cette Lamborghini avec tout juste 45 000 mille bornes au compteur. Démarre sur les chapeaux de roue, lui avait conseillé Cal. Démarre sur les chapeaux de roue, tu verras, ça va te permettre de décoller comme une fusée, tu nous rembourseras en un rien de temps. Et qu'est-ce que tu vas te mettre dans la poche ! Qu'est-ce que tu vas ratisser... Cette Lamborghini, c'est une question d'image. Voilà exactement ce que Cal lui avait affirmé. Tu peux pas te permettre de rater une occasion pareille. *Vroum-Vroum* — tu te vois un peu traverser les grandes plaines à bord de ta Diablo à moteur V-12 ? Mais à 62 500 dollars, c'est un cadeau, faut la saisir, ça va t'amener des foules de curieux. Un truc énorme ! Puis il y avait eu l'option d'achat sur le parking, et la commande de panneaux. Ward les avait commandés pour qu'ils soient prêts le jour J, le jour de la signature du prêt. Dans le cas où il n'en prendrait pas livraison, si toute l'affaire tombait à l'eau, il se retrouverait quand même endetté jusqu'au cou pour les panneaux, le parking et les bagnoles.

Qu'est-ce qu'il était en train de faire, là ? Un peu d'hyperventilation ?

Une petite crise cardiaque ?

CHAPITRE 59

Quand j'ai téléphoné à mon avocat, Gary J. Hackney, il ne se trouvait pas chez lui. J'ai laissé un message, mais pas de numéro auquel il puisse me rappeler.

Niobé a contacté Jack, qui a été soulagé d'avoir de ses nouvelles et d'apprendre qu'elle allait bien. Il lui a déclaré avoir été incapable de penser à autre chose pendant tout ce temps. Elle lui a répondu qu'ils devaient parler, et que le plus tôt serait le mieux.

Susie et Inga avaient prétendu que lorsqu'un homme veut rompre avec une femme, il l'emmène toujours dans un restaurant chic, afin qu'elle ne puisse pas faire de scandale. Personnellement, je n'avais jamais procédé de cette manière, et je ne connaissais pas un seul type qui s'y soit pris ainsi. Je crois que c'est plutôt le genre de cliché qu'on voit dans les films, ou à la télévision. Pourquoi se ruiner en repas coûteux si l'on sait que personne ne va en profiter ? Mais Susie et Inga étaient persuadées d'avoir raison, et elles ont insisté pour que Niobé adopte cette approche. Elle a fini par accepter et par donner rendez-vous à Jack dans un restaurant huppé situé non loin du ministère des Affaires étrangères, où il devait se rendre pour une réunion capitale, et une annonce officielle d'une importance non moins décisive.

Après avoir raccroché, Niobé m'a embrassé comme pour me dire : Eh bien, tu vois, je tiens parole.

Nous avons commencé à élaborer des plans pour la conduite que chacun d'entre nous devait tenir.

— Je veux me rendre seule dans ce restaurant, a annoncé Niobé. Je travaille mieux en solo. Si l'un de vous entre dans le restau, j'en serai consciente, j'y penserai, je m'inquiéterai, je me ferai du souci. Il faut que je puisse me concentrer sur Jack.

Aucun de nous trois ne voulait qu'elle y aille seule. On affirmait tous que c'était pour sa protection, mais je suppose que nos motifs étaient en réalité un peu plus compliqués.

Niobé a rappelé une évidence, à savoir que moi, en tout cas, je ne pouvais pas aller dans ce restaurant. Jack sauterait au plafond s'il m'apercevait. En m'accusant de terrorisme, il arriverait sans doute à me faire enfermer pour le restant de mes jours dans un coin secret sans même me laisser voir un avocat, et encore moins avoir un procès — un lieu où il aurait la possibilité de me torturer tout son saoul, et même de prendre des photos-souvenirs afin de se rappeler plus tard à quel point ç'avait été marrant. À moins qu'il ne se contente de me descendre.

J'ai accepté d'attendre dehors, quelque part. La détermination de Susie a vacillé. Elle voulait rester avec moi.

Néanmoins, aucun de nous trois ne tenait à ce que Niobé se retrouve seule avec Jack. Il a donc été décidé qu'elle entrerait non accompagnée dans le restaurant ; cinq ou dix minutes plus tard, Inga y pénétrerait à son tour et irait s'asseoir à une table éloignée, ou au bar. Si jamais les choses tournaient au vinaigre, elle pourrait nous appeler, ou bien faire le 911.

Niobé a fini par accepter cette solution, à contre-cœur.

Son rendez-vous avec Jack avait été fixé au Ristorante Puccini. J'ai vérifié son emplacement sur un plan. Connaissant ce pâté de maisons, j'ai estimé qu'on pourrait attendre au coin de la rue. Mais rien que pour pouvoir sortir de chez Inga, il allait me falloir un nouveau déguisement. Cette fois-ci, on m'a complètement rasé le crâne, après quoi les filles m'ont collé une fausse moustache.

CHAPITRE 60

Jack arriva le premier au Ristorante Puccini. Il était plus de quatorze heures, très tard pour déjeuner selon les critères en vigueur à Washington, et l'endroit était presque vide. Il choisit une petite table d'angle d'aspect romantique.

Se sentant sur un nuage, il décida de commander une bouteille de champagne. En examinant la carte des vins, il constata que les prix allaient de l'astronomique au bizarroïde.

À peine arrivé de New York en avion, il avait informé le secrétaire d'État des progrès de l'enquête sur le bombardement de la statue de la Liberté. Le ministre avait tenu une conférence de presse, au cours de laquelle il avait nommé Jack à la tête du groupe d'intervention qui allait mener l'investigation.

Une magistrale démonstration d'ingénierie politique. Confier l'enquête au type qui avait fait le coup, au type qui avait commis cet acte de patriotisme aussi extravagant que théâtral, c'était mettre la dernière main à l'ouvrage. De l'Ed Hoagland tout craché, et au mieux de sa forme, encore. Bien entendu, cette mission servait parfaitement les ambitions de Jack. Elle allait lui donner la visibilité et la crédibilité dont il aurait besoin pour son prochain grand bond en avant, celui qui lui permettrait de devenir le spécialiste incontournable des opérations spéciales à la Maison-Blanche.

Et Niobé allait bien, et elle mourait d'impatience de le retrouver.

— Je vais prendre celui-là, décida-t-il.

Un truc français, pas du toc, avec un nom tellement charmant, Veuve Clicquot La Grande Dame. Six cent quarante-huit dollars. Un geste absurde, extravagant. Théâtral.

Les haut-parleurs diffusaient doucement *La Bohème*, de Puccini.

Jack aurait aimé avoir davantage de temps devant lui, afin de jouir pleinement de ces instants auprès de Niobé. Mais il fallait que son nouveau service soit opérationnel le plus rapidement possible, pour que l'on puisse centraliser le travail des divers enquêteurs et agences avant qu'un petit malin ne suive une piste indépendante et ne remonte un peu trop loin. Non, pas question que Jack laisse se produire ce genre de dérapage. Il devait maîtriser la situation.

Il se sentait immensément soulagé et heureux que Niobé aille bien et qu'elle ait recouvré sa liberté. Ce qu'il ressentait à son égard était... carrément théâtral.

Cela dit, il allait falloir apporter quelques modifications à leur relation.

Jack ferait définitivement en sorte que Niobé soit écartée des opérations spéciales. Elle resterait dorénavant à la maison, pour fabriquer des putains de bébés. Plus question qu'elle soit impliquée dans le moindre service actif. On ne voyait jamais la femme du président toute seule, ni celle du vice-président, ni la femme de n'importe quel membre important du gouvernement actuel. De manière implicite et néanmoins parfaitement claire et sans équivoque, cela faisait partie de tout ce que symbolisait ce régime. Contenir les excès, restaurer l'ordre. Les femmes à la maison, ouste, et pas à la Maison-Blanche avec un homme au foyer, en tablier, dans le rôle de « monsieur Première Dame » — le surnom donné par Jack et ses collègues au mari d'Anne Lynn Murphy.

Dieu merci, Goldberg n'avait rien trouvé. Niobé allait indiquer à Jack où l'on pouvait le cueillir. En prévision de cette info, il avait demandé à Parks et à Spinnelli de se poster à proximité. Ils étaient en planque dans la camionnette de Spinnelli, devant le restaurant. Dès l'instant où Niobé aurait transmis le renseignement à Jack, il les lancerait sur la piste du bibliothécaire.

Il y avait juste une petite chose qui l'embêtait, concernant la conversation téléphonique qu'il avait eue avec Niobé.

Après avoir annoncé qu'elle allait bien et fourni quelques détails, elle avait demandé où il se trouvait. Il avait répondu qu'il était à New York, où il venait d'arriver en avion pour participer à l'enquête sur l'attaque terroriste contre la statue. Pas de problème, c'était de notoriété publique. Jack avait même fait une déclaration, laconique mais déterminée, devant les caméras.

Ah, c'était juste cette remarque, comme quoi « il venait d'arriver en avion ». Niobé savait qu'il était parti le dimanche soir et qu'il se trouvait sur place depuis lors — enfin, dans le New Jersey, la porte à côté.

Est-ce qu'elle avait remarqué l'erreur ? Ouais. Puisqu'elle remarquait tout.

Putain, où est-ce qu'il avait la tête ? Niobé était sa femme. Une beauté digne d'être vue au bras d'un héros, lui par exemple, un type qui fonçait sur la voie rapide, droit vers la reconnaissance, droit vers les récompenses.

Niobé, quant à elle, était convaincue de quitter Jack parce qu'il n'était pas ce qu'il lui avait déclaré être. Il n'était pas un serviteur du Bien. Il ressemblait plutôt à ce Diable dont on parlait à l'église qu'il fréquentait, un menteur fourbe, obstiné, séducteur.

Pourtant, non, elle sentait que ce n'était pas cela, que quelque chose clochait.

Non, son intuition était trop sûre, Niobé ne pouvait pas avoir été induite en erreur à ce point. Jack ne lui avait pas raconté de salades. Ç'avait été un type bien, un type vraiment bien. Seulement... il avait changé.

Tenté par le pouvoir, la vanité, la cupidité, il était passé d'un camp à l'autre. Il avait basculé du côté des ténèbres. Son bon cœur avait fini par devenir son plus dangereux handicap. Il avait été si sûr de lui qu'il était devenu un pharisien. Les pharisiens croient que tout ce qu'ils font est nécessairement bien, puisqu'ils incarnent le Bien, et que ce qui est issu du Bien est nécessairement bien.

Une fois qu'il a réussi à s'en convaincre, le pharisien est pareil à un homme qui se serait crevé les yeux. Toutes sortes de démons peuvent alors l'envahir, le démon de l'envie, le démon de l'avidité, le démon de la colère, le démon de l'orgueil... Dès lors qu'ils sont entrés en lui, ils peuvent littéralement prendre possession de son être, et c'est ce qui était arrivé à Jack. Il était maintenant possédé, et ses démons étaient parvenus à le convaincre qu'il était au-dessus de la loi, qu'il avait le droit de déstabiliser une nation, de tuer des gens. Que ses actions étaient nécessairement bonnes sous prétexte qu'il appartenait au camp du Bien.

Niobé pensait toujours savoir comment s'y prendre avec lui, et trouver un moyen de rompre.

Mais elle n'était pas encore sûre de la meilleure façon d'opérer. Niobé était une improvisatrice, pas une conspiratrice. Elle sentait qu'il y avait certaines choses à faire ou à ne pas faire. Elle ne pouvait pas lui déclarer tout de go qu'elle voulait le plaquer parce qu'elle pensait qu'il était devenu mauvais et corrompu. Et elle ne pouvait certainement pas lui parler de David. Si jamais Jack pensait que c'était lié à David, cette affaire deviendrait une histoire de mecs, force contre force, et Jack serait incapable de retenir ses coups. Il attaquerait, il attaquerait tout ce qu'il verrait, tout ce qui se mettrait en travers de son chemin, il se battrait pour prouver qu'il était le plus fort, quel que soit le prix à payer.

Non, il fallait plutôt qu'elle mette en avant sa propre faiblesse. Jack pouvait permettre aux faibles de s'éloigner en rampant, et de survivre.

Elle sortit du véhicule sans rien dire, déjà totalement concentrée, et sans laisser ses compagnons lui adresser la parole. Elle remonta le trottoir jusqu'à l'angle de la rue, où elle tourna et disparut de leur champ de vision.

À peine avait-elle tourné qu'elle aperçut, dès l'instant où elle se retrouva seule sur E Street, la camionnette au flanc de laquelle était peinte l'inscription CompSys.Org. Heureusement qu'elle avait obligé les autres à rester en arrière. À quelques mètres près, tout le monde avait failli y laisser sa couverture. Qui disait camionnette disait Spinnelli. Et qui d'autre ? Parks ? Ryan ? Qu'est-ce que ça voulait dire, bon Dieu, que Jack amène des renforts pour un rendez-vous avec elle ? Est-ce qu'il avait des soupçons, est-ce qu'il la soupçonnait directement de quelque chose ? Est-ce qu'il pouvait soupçonner qu'elle était avec David ? *Avec* David ?

Puis, elle fut envahie par une sensation de calme. Il y a des gens qui réfléchissent mieux qu'ils n'agissent, qui sont meilleurs en formation que sur le terrain, qui s'entraînent mieux qu'ils ne jouent. Niobé appartenait à la catégorie qui donne son maximum dans le feu de l'action.

Elle voûta ses épaules, et commença à traîner les pieds.

En général, lorsqu'une femme rompt avec un homme, elle veut être au mieux de son apparence, histoire de le blesser, histoire de lui signifier : Tu vois un peu ce que tu vas rater maintenant, ce que les autres types vont pouvoir se payer ? Mais non, pas là, pas cette fois. Cette fois, elle voulait lui apparaître au pire de sa forme, pour qu'il n'ait pas trop de mal à la laisser partir, pour qu'il puisse se dire quelque chose comme : Bon, c'est peut-être le moment de l'échanger contre une monture un peu plus fraîche. Oui, voilà comment il fallait jouer cette scène.

Quand elle pénétra dans le restaurant, il y était déjà attablé. Même assis, on voyait qu'il faisait le paon ; Niobé pouvait quasiment apercevoir ses plumes brillantes déployées en roue derrière lui.

Il se leva avec ardeur, tandis qu'elle s'approchait lentement. En fait, elle se traînait presque. Elle aurait été quasiment méconnaissable pour quiconque un tant soit peu familiarisé avec sa démarche habituelle, si assurée, aux longues enjambées qui faisaient jouer les muscles de ses fesses — pour quiconque habitué à sa posture normale, fière, parfois provocante. Jack remarqua bien quelque chose, mais il avait déjà embrayé sur sa propre allégresse, sur ses bonnes nouvelles.

— Ce nouveau poste ! s'exclama-t-il. Ça me positionne... eh bien, pour un job dans l'entourage du président.

— De Murphy ? l'interrogea-t-elle.

C'était absurde.

— De Scott, bien sûr.

— Mais...

— Écoute, Niobé, tu peux me faire confiance sur ce coup-là. Ce truc avec Murphy, ça ne va pas tenir, tu verras.

Il devait rassurer son épouse, lui montrer qu'elle pouvait toujours avoir confiance en lui, qu'il maîtrisait toujours le monde. Il ajouta :

— Tu sais, je viens de briefer Ed Hoagland et il a donné une conférence de presse. C'est sans doute déjà passé aux infos. Je vais diriger le groupe d'intervention Un-Un-Trois. On avait pensé l'appeler Onze-Trois à cause de la date, le troisième jour du onzième mois ; mais ça ressemblait trop à Neuf-Onze[1], le

1. *Nine-Eleven* : l'attentat du 11 septembre 2001 à New York.

11 septembre, et ça n'aurait pas eu l'impact voulu. Un-Un-Trois, ça sonne bien.

Niobé n'était pas totalement concentrée sur ce qu'il était en train d'expliquer. Elle essayait de fouiller dans ses souvenirs. Quand elle l'avait appelé et que le son avait été coupé, tout ce qu'elle avait pu comprendre sur le moment, c'était « Un... friture... rois ». En entendant maintenant clairement toute l'expression, elle se rendait compte que c'était ce qu'il avait alors mentionné — le Un-Un-Trois.

Il avait ajouté qu'il ne pouvait pas lui révéler de quoi il s'agissait, que c'était top secret, mais que si elle en entendait parler, elle reconnaîtrait de quoi il s'agissait. Eh bien, là-dessus, il ne s'était pas trompé. Elle sentit des sonnettes d'alarme se déclencher de haut en bas de son épine dorsale.

Jack avait connu le nom du groupe d'intervention qui enquêterait sur le bombardement de la statue de la Liberté et de la centrale nucléaire Duane Arnold au moins deux jours, deux jours et demi *avant* l'attentat. Et là, dans ce restaurant, Jack avait l'air totalement convaincu, sans se poser la moindre question, que Murphy n'allait pas devenir présidente, et que Scott allait remplir un deuxième mandat.

Le plan destiné à vaincre Murphy n'avait pas été mis en œuvre avant l'élection. Il avait été activé après, il était activé maintenant. Ce n'était donc pas le moment de quitter Jack. Au contraire, elle devait se rapprocher de lui le plus possible. Lui sourire avec adoration. Se montrer sexy, charmeuse. Qu'il lui fasse confiance, et qu'il la désire tellement que son cerveau se mette en veilleuse.

Niobé avait déjà commencé à faire son cinéma.

Avant même que ses pensées ne se soient cristallisées en langage articulé dans ses lobes frontaux, elle s'était mise à lui jeter ces regards particuliers, ces regards de jeune femme éblouie qui signifiaient : « Oh, mon Dieu, quel type important, quel type formidable tu es ! » Déjà, toute son attitude proclamait : « Je n'arrive pas à croire que j'ai la chance de me trouver avec quelqu'un comme toi. » Sa posture s'était modifiée, elle se tenait plus droite, elle se rapprochait de lui en cambrant le dos, ce qui faisait ressortir ses fesses et lui redressait les seins ; quant à sa respiration, elle prenait de l'ampleur, de la profondeur. Chaque petit soupir voulait dire : « Oh, mon Dieu... »

Jack buvait du petit-lait ; et sa réaction, elle aussi, se produisait à son insu. C'était comme si leurs doubles intérieurs à tous les deux, en avance de quelques fractions de seconde, étaient sortis de leurs corps pour danser collé-serré, avant de les entraîner dans la danse. Jack était persuadé qu'il venait d'assister, de ses propres yeux, à une démonstration de la magie aphrodisiaque du pouvoir : à la simple annonce de sa grande promotion, la scène avait progressé vers l'obscène de façon spectaculaire. Rien n'avait vraiment changé depuis l'époque de l'homme des cavernes.

Inga entra dans le restaurant. Elle essayait de prendre un air détendu, mais ne pouvait détacher son regard de Jack et de Niobé.

Niobé l'aperçut du coin de l'œil, et elle remarqua qu'Inga les observait comme si les yeux allaient lui sortir de la tête.

Depuis le début, Niobé savait qu'elle avait eu tort d'accepter qu'Inga vienne faire un tour à l'intérieur du restaurant. Maintenant, elle savait aussi *pourquoi* ç'avait été une erreur. La situation avait évolué, et le plan devait en faire autant. Mais Inga ne pouvait pas le deviner. Elle allait voir Niobé en train de flirter avec Jack, d'essayer de le séduire. Elle n'avait pas besoin de se trouver assez près d'eux pour distinguer leurs paroles ; il n'est pas nécessaire d'entendre ce que se disent une femme et son mari pour savoir s'ils sont sur le point de divorcer ou bien s'ils s'apprêtent à réserver une chambre. Et une réaction inappropriée d'Inga risquait de tout flanquer par terre.

Le maître d'hôtel intercepta la vieille dame toute ridée qui regardait fixement le jeune couple rayonnant et branché de Washington, et l'informa qu'il était trop tard pour déjeuner.

Ouf, respira Niobé, traduisant verbalement le langage corporel du maître d'hôtel : « Dehors ! »

— Est-ce que je pourrais juste prendre un verre au bar ? demanda Inga.

Ça lui faisait drôle de poser cette question, car elle n'était pas le genre de personne à prendre un verre dans l'après-midi. Le soir, une fois de temps en temps, rarement ; mais en tout cas, jamais à quatorze heures.

— Sans doute juste un jus de fruits, ajouta-t-elle.

— Bien sûr, répondit le maître d'hôtel.

Il la dirigea vers le bar tandis que Niobé s'écriait intérieurement : Non, non, non...

CHAPITRE 61

— Je parie qu'elle n'ira pas jusqu'au bout.

— Eh bien, on ne devrait pas tarder à le savoir,
Susie.

Sur quoi, j'ai pressé fermement ma fausse moustache contre ma lèvre supérieure. La radio du véhicule était allumée. Il y avait pléthore de nouvelles,
entre la victoire électorale de Murphy, que Scott
n'avait toujours pas concédée, le bombardement de
la statue de la Liberté, et l'obus de mortier tiré sur
cette centrale nucléaire de l'Iowa. Construite par
Bechtel et dirigée par General Electrics, c'était censé
être l'une des meilleures. La radio n'arrêtait pas de
revenir sur ces événements, encore et encore, sans
pour autant en savoir beaucoup plus que n'importe
qui, semblait-il. Mais c'étaient des infos importantes,
il fallait donc les ressasser.

— Il m'est arrivé de fréquenter quelques hommes
mariés, et je vais te dire un truc, David, un truc que
tout le monde m'avait dit et que j'aurais mieux fait
d'écouter : c'est qu'ils n'en parlent jamais à leur
femme, jamais, au grand jamais. Et ils ne la quittent
jamais, non plus. Si c'est l'épouse qui découvre le pot
aux roses, là, c'est elle qui le plaque. Seulement, une

fois que tout est fini, le type ne revient pas vers la maîtresse qui a tout déclenché, non, non, il va se trouver une troisième nana, une toute nouvelle, qui ne le mérite absolument pas. Alors, au cas où tu serais en train de vendre la peau de l'ours, du calme. Il n'est pas encore mort, ton ours.

— Susie, qu'est-ce que tout ça peut bien te faire ?

— Allons, David, allons, tu es une sorte de James Bond, ce genre de type, sauf que tu es juif et cultivé. Bon, d'accord, tu n'es peut-être pas un intellectuel de grande envergure, mais enfin, si je te cite John Milton, ou John Keats, ou Sylvia Plath, tu ne vas pas te mettre à grogner : « Hein ? Quoi ? » N'empêche que te voilà en train de galoper dans des ruelles et de sauter par des fenêtres et de te faire poursuivre par des sales types qui brandissent des flingues. J'ai une théorie à ton sujet, David. Sérieusement. Tu ne t'estimes pas à ta juste valeur.

— S'il te plaît, Susie...

— Sérieusement. Tu crois que tu ne mérites pas vraiment d'être aimé.

— Je t'en prie, arrête.

— Et voilà pourquoi, voilà exactement pourquoi, alors que tu as un choix très clair, d'une clarté aveuglante, entre la Possibilité A, une femme qui t'admire et qui veut te donner son amour, et la Possibilité B, une femme qui ne t'aime pas, qui te manipule, qui se sert de toi, même si ça doit mettre ta vie en danger, une femme qui est en fait mariée à un autre homme qu'elle ne quittera sans doute jamais, voilà pourquoi tu te laisses tenter par la Possibilité B. Pourquoi tu es même *excité* par la Possibilité B. C'est pratiquement du masochisme, David.

— *Genuck es genuck*, j'ai placé.

Ça commençait à bien faire, en effet.

— Si tu le lui disais, à elle, elle ne comprendrait même pas ce que tu lui racontes.

— Écoute, Susie, je crois que ça suffit. On arrête les frais, d'accord ?

J'ai augmenté le volume de la radio. Les infos réchauffées battaient leur plein, un baratin monstre sur l'origine possible de tous ces votes dans l'Idaho, la possibilité de recompter les suffrages, etc.

Et puis, brusquement, authentique agitation à l'antenne. On avait des nouvelles fraîches. Un groupe de grands électeurs de l'Iowa venaient de modifier leurs votes. Ces grands électeurs, au nombre de sept, avaient décidé de voter pour Scott au lieu de Murphy. Scott allait donc être réélu pour un deuxième mandat.

— Quoi ? j'ai gueulé.

J'ai encore augmenté le volume. Dans une déclaration commune, les grands électeurs expliquaient que leur rôle constitutionnel, tel qu'ils le comprenaient, consistait, une fois élus, à voter en leur âme et conscience pour qui ils le jugeaient bon. Ils estimaient par ailleurs que les États-Unis étaient confrontés à une crise nationale, et que, compte tenu de la guerre contre le terrorisme, il était dans l'intérêt de la nation et de la population d'avoir Augustus Winthrop Scott comme président.

— Putain de bordel ! j'ai fait, et quelques autres variations sur le thème du bordel.

Et j'ai continué de jurer tandis qu'ils se mettaient à énumérer les grands électeurs, Morton Safer, Quentin Carlyle, Dennis Linn. Quand j'ai commencé à prêter attention aux noms, ils en étaient déjà au milieu, Leslie Bender, April Harrigan, Wilkie Johnson... Le dernier nom de la liste m'a aplati contre mon siège. Ward Martucci.

Ward Martucci ? Je m'en souvenais, de ce Martucci. Alan Stowe lui avait consenti un prêt, l'affaire suivait son cours. Et il avait une liaison avec un cousin au deuxième degré, quelque chose comme ça. Linn, Safer, Harrigan, Carlyle, Bender et Johnson. Stowe faisait des affaires avec chacun d'entre eux, sans exception. Bender était un fermier impliqué dans un montage financier compliqué, fondé sur la valeur des terrains. Stowe avait racheté ses emprunts. Carlyle ? Il avait investi dans l'une des affaires immobilières de Stowe. Johnson avait des problèmes de refinancement et de dettes de jeu. Concernant Harrigan, Linn, Safer, je ne me rappelais pas les détails, mais Stowe faisait également du business avec eux, aucun doute là-dessus.

Est-ce que les grands électeurs avaient le droit de modifier leur vote ? Est-ce que c'était possible ? Est-ce que ce serait valable ?

S'ils en avaient le droit, si c'était valable, on tenait la recette. C'était donc ainsi qu'il fallait s'y prendre pour détourner une élection américaine : acheter ou faire chanter sept personnes, ou exercer sur elles une pression quelconque. Sept personnes, pas une de plus.

CHAPITRE 62

Inga n'y comprenait rien. Niobé était censée être venue là afin de quitter ce type abominable, qui avait conspiré avec le président Scott pour voler l'élection à Anne Lynn Murphy, et qui était également au service de l'homme qu'elle haïssait le plus au monde, Alan Stowe. Mais visiblement, elle n'était pas en train de rompre. Elle se comportait au contraire comme une étudiante défoncée aux hormones, en se tortillant sur sa chaise.

Le mari, ce Jack Morgan, un colonel, s'il vous plaît, évidemment bouffi de suffisance, se rengorgeait dans son costume comme s'il était assis sur un trône. Pour une raison ou pour une autre, il tourna légèrement la tête ; et, pour la première fois, Inga discerna son visage. Elle le reconnut. C'était le type qui s'était pointé à la bibliothèque, celui qui recherchait David. Inga en eut le souffle coupé ; peut-être même qu'elle hoqueta de surprise — elle n'en était pas certaine. En tout cas, elle avait la bouche grande ouverte lorsque Jack tourna encore un peu la tête. Peut-être était-ce justement cette bouche ouverte qui avait attiré son attention, à moins que ce ne soit un sixième sens, ou la direction du regard de Niobé. Il aperçut cette vieille dame ridée, pas tout à fait assez bien habillée pour un restaurant de ce standing, qui sirotait au comptoir un jus d'ananas avec des glaçons.

Et lui aussi, il la reconnut. La femme de la bibliothèque. La bibliothèque du bibliothécaire. La collaboratrice de David Goldberg. Qu'est-ce qu'elle pouvait bien foutre là ?

Le système d'alarme de Jack se déclencha à son tour. Ce n'étaient pas des clochettes qui lui carillonnaient gentiment le long de la colonne vertébrale, non, plutôt une vraie sirène d'alerte aérienne, ouiiiiiiiiiiiiiiiin, qui lui rebondissait contre les parois intérieures du crâne, en remplissant de son hurlement suraigu tout l'espace disponible. Détournant son regard de la vieille femme pour le porter vers son épouse, il visualisa la situation et la schématisa comme son entraîneur de football lui avait appris à le faire, au lycée : un cercle autour de la vieille, une flèche dirigée vers Niobé, encore un cercle autour de celle-ci, et une autre ligne à travers le mur, en direction de l'endroit où devait se trouver David Goldberg. Une dernière flèche revenant à l'intérieur du Ristorante Puccini, pour relier David à la vieille — et la boucle était bouclée.

Ils lui tendaient un piège. C'est lui qui se faisait piéger. Lui, Jack Morgan, était en train de se faire avoir par sa propre épouse, une vieille dame et un bibliothécaire qui espionnait pour le compte d'Anne Lynn Murphy.

Sa situation actuelle, mais aussi le passé récent, lui apparurent sous un jour totalement nouveau. Brusquement, tout se mettait en place, toutes ces pièces du puzzle qui ne collaient pas, ces hésitations, ces questions laissées sans réponse, ces problèmes de communication, ces échecs apparents. Toutes ces incohérences étaient en fait parfaitement cohérentes, à condition de les recadrer dans le scénario approprié.

Jack n'arrivait pas à croire que le bibliothécaire, un *bibliothécaire*, ait réussi à lui piquer Niobé. Il ne comprenait pas comment cela s'était produit, ni pourquoi. Pas d'importance, bon Dieu, aucune importance. La seule chose qui comptait, c'était qu'elle l'avait trahi, qu'elle avait changé de camp ; et que l'ennemi était maintenant sa propre femme.

Le coude de Jack était posé sur la table. Pivotant à partir de ce point d'appui comme si son avant-bras était une barre de fer, sa main s'abattit sur le poignet de Niobé. Elle se sentit soudain étroitement menottée par des doigts plus lourds que de la fonte.

Il serra, tira et tordit, avant de gronder :

— Qu'est-ce que c'est que cette histoire ?

— Quoi, Jack ? De quoi tu parles ?

— Elle est avec toi...

— Jack, lâche-moi.

— Pourquoi elle est avec toi ? Qu'est-ce que vous mijotez ? Réponds-moi, je veux savoir.

— Mais rien, Jack, rien du tout !

— Ça faisait un mois que je ne comprenais plus rien, mais tout s'explique, maintenant. Tu jouais un double jeu. Tu m'as raconté des conneries. Qu'est-ce qui t'est arrivé, tu es tombée amoureuse de lui ? Cette espèce de sale petit Juif ? Je ne peux pas y croire. Tu étais ma femme, et je t'aimais.

— Jack, tu te trompes, Jack, ce n'est pas vrai.

Elle essayait de ne pas grimacer, ni gémir, mais les

doigts épais prenaient son poignet en tenaille, écrasant ses veines délicates.

— Où il est ? Où il est, bordel ? Dis-le-moi, sinon tu vas comprendre ce que c'est que d'avoir mal.

À ce moment, Inga commença de se lever. Jack s'en rendit compte ; et, alors qu'il tournait les yeux dans sa direction, il aperçut également le maître d'hôtel. Sa main libre plongea dans la poche intérieure de sa veste, et en ressortit son portefeuille d'un geste vif. Il le brandit à bout de bras comme s'il faisait le salut fasciste, et le laissa un moment en l'air pour que le maître d'hôtel, le barman, tout le monde puisse le voir : Regardez-moi ça, papiers d'identité officiels et tout le tremblement.

— Sûreté du territoire ! s'écria-t-il.

Jack se mit debout, en hissant son épouse au passage, et désigna Inga :

— Ne laissez pas sortir cette femme !

La voix d'un homme fort, autoritaire, responsable. Comme il avait besoin de sa main droite, il lâcha Niobé. Elle essaya d'en profiter pour se dégager, mais n'y était pas préparée et réagit trop lentement. Il lui reprit la main avec délicatesse, lui plia le poignet jusqu'à ce qu'il casse presque, puis le tordit légèrement et elle fut de nouveau à sa merci. De sa main droite, le colonel sortit son téléphone mobile et pressa le numéro pré-programmé qui le mettait en contact avec la camionnette :

— Je vais sortir. Il y aura une vieille dame, et puis Niobé.

Il avait presque craché le nom de sa femme.

— Vous les embarquerez toutes les deux, et vous me retrouverez le Juif.

Niobé se mit à se débattre, à essayer de mordre, de donner des coups de pied, des coups de tête, mais il était trop tard, beaucoup trop tard. Elle avait déjà perdu la bagarre. Jack avait maintenant les deux mains libres, et il pouvait se servir de sa droite. Il la força à le suivre ; guidée par la douleur, on aurait dit qu'elle dansait tout contre lui. Il la saisit à la base du crâne et appuya sur les points de compression. Niobé savait que pour l'instant, et peut-être même pour toujours, il avait gagné. Elle fit la seule chose dont elle était encore capable, elle cria à Inga de s'enfuir.

Voyant Inga se diriger vers la porte, le maître d'hôtel traversa la salle et fit un vague effort pour l'arrêter, en se plantant devant elle et en l'implorant :

— S'il vous plaît, *signora*.

Mais qu'est-ce qu'il pouvait faire, lui mettre un crochet du droit à la mâchoire et l'étaler pour le compte ? Elle trébucha contre lui, retrouva son équilibre en le repoussant violemment, et gagna la rue, toutes griffes dehors.

En sortant, la première chose qu'elle aperçut fut un véritable géant, cicatrice sur le côté de la figure, drôles de cheveux blancs, un type d'un mètre quatre-vingt-dix qui la dépassait de plus d'une tête, aussi large que le trottoir. Tout en lui jetant un regard empli d'un mépris qui confinait à l'indifférence, ce type la toucha, d'un seul doigt. Du moins, elle eut l'impression qu'il se contentait de la toucher, mais c'était en réalité un coup aussi puissant qu'un direct. Adroitement asséné avec la puissance du bras et tout le poids du corps, il l'atteignit au point situé entre ses seins pendants. Aussitôt privée d'oxygène, elle se mit à haleter, comme si elle avait peur de ne plus jamais pouvoir respirer. Elle serait tombée si le géant ne s'était interposé. Il l'attrapa sous un bras, le plus facilement du monde, pour la soutenir, puis la fit tourner sur elle-même et, en trois pas, la traîna jusqu'à une camionnette arrêtée contre le trottoir. Les portières arrière étaient ouvertes et le monstre la fit pénétrer à l'intérieur, en la poussant et en la tirant. Il y avait un autre homme là-dedans, qui paraissait plutôt perplexe. Un instant plus tard, le monstre avait disparu, mais Inga n'en éprouva aucun soulagement. Elle n'arrivait toujours pas à respirer, et se sentait certaine de mourir si elle ne parvenait pas à faire de nouveau usage de ses poumons, d'une manière ou d'une autre.

Au moment où Jack faisait franchir de force à sa femme la porte du restaurant, elle se dit qu'elle allait essayer de hurler. Mais elle était déjà à demi paralysée par les doigts qui appuyaient, avec autant de fermeté que de précision, à la base de son cou — à demi immobilisée par la façon dont sa main était tordue au niveau du poignet. C'est alors qu'elle découvrit Parks, qui se tenait juste en face d'elle. Il paraissait tellement heureux de la voir. Et Niobé eut peur comme jamais encore elle n'avait eu peur.

Jack n'allait tout de même pas la livrer à Parks. Sûrement pas. Il l'aimait encore, il ressentait encore le besoin de la posséder, et aussi le besoin de faire taire ses doutes. Il voulait vérifier qu'il n'avait pas été trahi, qu'il n'était pas en pleine parano, qu'il avait affaire à des faits et non à de simples soupçons. Sûrement qu'il voulait être sûr.

Le cœur de Jack avait crevé de rage, et les flots de

470

sa rage jaillissaient en vagues dans ses artères avant de refluer dans ses veines. Les vagues de sang se soulevaient au rythme des martèlements de son cœur, elles se soulevaient et retombaient et venaient se briser sur chacune de ses pensées. Elles emportaient ses souvenirs, noyant toute sa tendresse. Il plaqua sa main contre les lèvres qui s'apprêtaient à le supplier. Tout ce que Niobé pourrait ajouter ne serait plus que mensonges, mensonges et baiser de Judas. Elle tenta de croiser le regard de son mari, et de faire dire à ses yeux ce que sa bouche était contrainte de taire, Oh, pitié, aie pitié de moi ; mais il détournait la tête afin de ne pas être obligé de regarder son visage.

Parks était là, tel le lion attendant que Daniel soit jeté au fond de la fosse.

— Tu lui tires les vers du nez, ordonna Jack. Et ensuite...

— Et ensuite ?

— Ensuite, je ne veux plus jamais la revoir.

Niobé remarqua que Parks portait un unique gant. Un gadget un peu pervers, bizarrement comique, à la Michael Jackson, sorti tout droit des années quatre-vingt. Cet objet en caoutchouc noir, ou peut-être en vinyle, n'avait même pas la bonne taille. Il était trop lâche, approximatif, rudimentaire — le docteur Frankenstein aurait pu s'en servir pour parachever son disgracieux golem. À la façon d'un danseur de salon poussant sa partenaire maladroite dans les bras d'un autre, Jack propulsa Niobé en avant, toute chancelante. Parks, son nouveau partenaire, joua son rôle avec obligeance et il la prit dans ses bras, en posant une main nue sur la main de la jeune femme, et une main gantée contre sa cage thoracique, juste au-dessous du cœur.

Ce gant était le nouveau jouet de Parks. La paume contenait des électrodes ; un fil remontait le long de son poignet jusqu'aux piles attachées à son bras. L'avantage du gant, d'après le vendeur, c'est qu'on ne risquait pas de le laisser tomber ou de se le faire arracher ; en plus, il n'inspirait aucune méfiance. Trois cent mille volts, mais seulement neuf ampères. Une intensité de courant tellement basse qu'il n'y a quasiment aucun risque de tuer la victime, sauf peut-être en cas de prédisposition quelconque.

Le premier coup de jus fait mal, mais ce n'est pas le but recherché. Le but est de mettre autrui hors de combat. Le système nerveux, qui assure le contrôle de tout notre organisme, est un système micro-électrique réglé au poil près. Un *stun-gun* ou un *stun-glove* [1] envoie une décharge d'électricité irrésistible, qui annule entièrement les signaux habituels. Le sujet se fige, et tout ce que ses muscles peuvent encore faire, c'est tressauter jusqu'à ce que le contact soit coupé.

Parks ne lâchait pas Niobé. Il maintenait le gant appuyé un peu au-dessous du niveau de son cœur, et les secousses se succédaient sans rémission. Elle aurait voulu hurler, sa gorge se déchirait presque à force d'essayer, mais aucun son n'en sortait. Chaque cri restait bloqué à l'intérieur, tout au fond. Elle sentit ses genoux commencer à plier. Parks s'acharna sur son cœur jusqu'à ce qu'elle perde connaissance.

Jack brandit de nouveau sa carte d'identité, cette

---

1. *Stun-gun* intégré dans un gant (*glove*).

fois à la face de la rue entière, au cas où ça aurait intéressé quelqu'un.

— Sûreté du territoire. Menace terroriste ! C'est une arrestation.

Telle était la scène qui s'offrit à la vue de Susie lorsqu'elle tourna au coin de la rue.

CHAPITRE 63

Dès que j'ai vu Susie revenir en courant vers la voiture, j'ai mis le contact, et commencé à sortir de l'emplacement où je m'étais garé. Susie avait l'air au bord de la crise de nerfs. Elle a couru au milieu de la circulation pour contourner le véhicule, puis ouvert la porte côté passager, en gueulant :

— Ils les ont emmenées, ils les ont emmenées !

— Qui a emmené qui ?

— Je n'en sais rien, des mecs en camionnette, ils ont emmené Inga et Niobé. Vas-y, poursuis-les !

— Où ça ? j'ai demandé. Où ça ?

Sachant que l'incident s'était produit du côté du restaurant, à l'angle, j'ai pris d'emblée cette direction. Juste au moment où nous tournions dans E Street, j'ai aperçu la camionnette à quelque distance. Elle ne roulait pas particulièrement vite, mais elle s'éloignait.

— Celle-là ! s'est exclamée Susie. C'est celle-là.

Nous sommes passés devant Jack, qui se tenait sur le trottoir. Mais il ne m'a pas reconnu, avec ma fausse moustache et mon crâne d'œuf. Un instant plus tard, nous l'avions dépassé.

La camionnette que nous pourchassions a tourné,

et j'ai appuyé sur l'accélérateur. J'avais peur d'aller trop vite et de me faire arrêter. Je craignais également de me faire semer. Je ne savais pas comment on allait pouvoir continuer à leur filer le train, mais la chance nous a souri. Apparemment inconscients d'être suivis, ils ont pris directement l'autoroute 395, à partir de laquelle ç'a été un jeu d'enfant de ne pas les perdre de vue.

La question suivante était de savoir ce que nous ferions, Susie et moi, une fois qu'on les aurait rattrapés. Je supposais qu'ils emmenaient les deux femmes en lieu sûr, une maison tranquille, un coin isolé, ce genre d'endroit.

CHAPITRE 64

Spinnelli conduisait.

Toute cette situation lui faisait horreur. C'était *sa* camionnette. Son espace de travail, un bureau sur roues où tout était en ordre et en place. Du sur-mesure, confectionné par ses propres soins.

Il avait personnellement soudé les poteaux métal-liques qui, du plancher au plafond, soutenaient les étagères et le bureau longeant le flanc du véhicule, derrière le siège du conducteur. La paroi opposée avait été transformée en caisse à outils géante, avec toutes les variétés de matériel dont il pourrait jamais avoir besoin, plus des pièces de rechange, plus des instruments pour les réparations ; et même, éventuel-lement, la possibilité de fabriquer de nouveaux gad-gets sur place, en fonction des circonstances.

Expression du génie individuel de Spinnelli, l'en-semble était parfaitement conçu dans le moindre détail. Un exemple ? Il arrivait fréquemment que quelqu'un, des supérieurs ou des collègues, souhaite participer à une opération de surveillance, et il fallait bien que ces petits curieux posent leur derrière quelque part, pendant la planque. Spinnelli s'était procuré deux de ces sièges pliants que l'on réserve dans les avions aux stewards et aux hôtesses de l'air lorsque tous les sièges normaux sont occupés, et il les avait intégrés dans le flanc du véhicule faisant office de caisse à outils. Le trait de génie, c'est que ces strapontins avaient l'air parfaits, tout à fait commodes et confortables, mais qu'en réalité ils étaient légèrement trop éloignés des écrans et des fenêtres d'affichage. De cette façon, les supérieurs ou autres hôtes de passage étaient toujours obligés de se percher sur le rebord de leur siège et de se pencher en avant en plissant les yeux ; pour peu qu'ils soient presbytes et aient besoin de lunettes pour lire, ils n'étaient jamais à la bonne distance, et l'inconfort les décourageait subtilement.

Spinnelli était fier de ce détail, car il n'aimait pas que l'on vienne envahir son espace. Par ailleurs, les circonstances et, il faut l'admettre, sa propre nature, lui interdisaient de régler le problème d'un simple : Hé, foutez-moi le camp d'ici.

Bref, c'était une camionnette de surveillance, la camionnette de surveillance idéale, et en quoi est-ce que Parks était en train de la transformer, maintenant ? En véhicule d'intervention ? de kidnapping ? Parks allait foutre un vrai bordel à l'arrière, Spinnelli en était sûr et certain. Et puis, si l'une de ces dames perdait vraiment les pédales et se mettait à gerber, là, derrière ? Voire, à se pisser ou se chier dessus ? Qui est-ce qui allait devoir nettoyer ? Oh, pas M. Parks, non. C'est lui, Spinnelli, qui aurait à s'en occuper. Il serait probablement obligé d'arracher la moquette, après quoi il n'aurait plus qu'à la jeter pour la remplacer.

Spinnelli n'aimait vraiment pas la tournure que prenaient les événements.

Parks, quant à lui, avait l'air aux anges. On aurait dit que son sourire trop large, trop crispé, lui avait été plaqué sur la figure. Spinnelli se rendit compte que ce type était complètement barré et qu'il avait confié les commandes à son copilote, Mister Speed.

Après avoir retrouvé son souffle, Inga poussa un gémissement pour s'assurer qu'elle avait également récupéré sa voix, puis enchaîna sans plus attendre sur son numéro de vieille pie intarissable :

— Qu'est-ce que vous faites ? Où est-ce que vous nous emmenez ?...

Parks leva sa main gantée. Ignorant la signification de ce geste, elle continua de piailler :

— Laissez-moi m'en aller ! J'insiste, laissez-moi m'en aller tout de suite...

Parks posa la main sur elle.

Inga n'avait rien ressenti de tel depuis le jour lointain où, petite fille, elle avait touché le câble effiloché d'un lampadaire en fer. Le choc l'avait jetée à terre. En l'occurrence, cette fois, elle était déjà couchée sur le sol ; sous la violence de la décharge électrique, elle fut agitée d'un spasme et sa tête alla cogner contre un placard métallique.

Parks attendit quelques instants, qu'elle ait repris ses esprits, avant de brandir à nouveau le gant pour le lui montrer. Elle lui jeta un regard terrifié et se mit à se tortiller pour tenter de s'éloigner. Ah, conditionnement instantané. C'est le docteur Pavlov qui aurait été fier.

Niobé reprenait connaissance, et Parks se dit qu'il ne tenait pas du tout à se retrouver avec deux femmes en train de gémir, de piailler, de se débattre et d'essayer de faire tout leur cinéma de gonzesses. Ça risquait de gâcher le plaisir qu'il anticipait.

Il remit donc une petite couche d'électricité à Niobé, en lui appliquant les électrodes jusqu'à ce qu'elle retombe dans les pommes. Il avait besoin de quelques minutes de paix et de tranquillité afin de maîtriser la situation et de tout organiser.

Spinnelli se donnait beaucoup de mal pour ignorer ce qui se passait derrière son dos. Il ne voulait ni voir ni savoir ce que Parks trafiquait. Mais, quand il l'entendit produire tous ces bruits métalliques en fouillant partout et en ouvrant des placards, la moutarde lui monta au nez et il lança par-dessus son épaule :

— Qu'est-ce que tu cherches ? Qu'est-ce que tu branles ? Commence pas à foutre le bordel, là, derrière.

— Une corde. T'as pas de la corde ? Ou du câble, une connerie comme ça ? T'aurais pas du gros ruban adhésif ?

— La rangée du bas, le deuxième tiroir à partir du fond. Il s'appelle Reviens, alors oublie pas de le remettre à sa place une fois que t'auras terminé.

Spinnelli s'efforça de se concentrer sur la conduite, tandis que Parks cherchait la bande adhésive. Lorsqu'il fut parvenu à mettre la main dessus, il retourna Inga sur le ventre pour lui scotcher les mains dans le dos.

— Pourquoi ? suppliait-elle. Ça vous sert à quoi ? Qu'est-ce que vous allez me faire ?...

Elle était intarissable, mais Parks ne lui prêtait aucune attention, sachant qu'il n'allait plus devoir la supporter longtemps. Il s'agenouilla sur elle, afin de lui coller les deux pieds ensemble au moyen de la bande adhésive. Cela fait, il la retourna sur le dos et lui appliqua un morceau de ruban sur la bouche.

— Chut, murmura-t-il en plaçant un doigt devant ses lèvres. Comme à la bibliothèque.

Inga tenta de s'écarter de lui, en tressautant à la manière d'un poisson. Mais elle n'avait nulle part où aller, et Parks éclata de rire.

Niobé, pendant ce temps, reprenait ses esprits. Parks s'approcha rapidement d'elle, l'attrapa par les poignets et entreprit de les lui attacher à son tour. Ça faisait un bail qu'il avait envie de se la payer. Depuis la première fois qu'il l'avait vue. Il savait ce qu'elle était, une petite arriviste de stripteaseuse qui le regardait de haut alors qu'il aurait dû pouvoir se la faire pour deux billets de vingt, et encore, elle aurait ramassé le pourliche avec sa bouche. Maintenant, il allait pouvoir la prendre comme jamais encore elle n'avait été prise. Il allait la prendre de telle manière qu'elle ne puisse plus jamais être prise. Pauvre chérie, Parks serait son dernier coup.

Il leva les mains de Niobé au-dessus de sa tête et les scotcha à l'un des poteaux métalliques qui soutenaient les étagères sur mesure de Spinnelli.

Celui-ci jeta un rapide regard en arrière. Quel bordel. Parks ne décollerait jamais les bouts de bande adhésive une fois qu'il aurait fini ; quant à nettoyer les petits résidus collants, ce n'était même pas la peine d'y songer. Quel foutu bordel.

Comme Niobé recommençait à s'agiter un peu, Parks lui appuya ses genoux sur le ventre pour la maintenir en place. Elle parvint à trouver la volonté de résister, et essaya de faire levier avec ses jambes. Parks se redressa, avant de se laisser tomber sur elle de toute sa masse. Le souffle complètement coupé par cette avalanche de cent dix kilos, elle crut qu'elle allait vomir.

— Te débats pas, lui ordonna-t-il. Pas encore. Pas avant qu'on ait commencé à s'amuser.

Elle avait maintenant les mains fixées au poteau métallique qui se trouvait juste derrière Spinnelli. Parks s'empara de sa jambe droite et la lia au poteau le plus proche des portières du fond, celui qui était situé à la droite de Niobé, et à la gauche du conducteur. Après quoi, il lui prit l'autre jambe et l'écarta au maximum, tout en cherchant des yeux quelque chose à quoi l'attacher. Les sièges de steward de Spinnelli étaient suspendus à des supports d'angle, en position dépliée. Parks sélectionna celui qui se trouvait le plus éloigné de Niobé, et constata que c'était parfait. Elle avait maintenant les jambes largement ouvertes, l'une en l'air et l'autre en bas, ce qui paraissait plus intéressant à Parks que si elles avaient été posées toutes les deux à plat, par terre. Ouais, vachement plus intéressant. Il était ravi de son ouvrage, et se sentait de mieux en mieux.

Spinnelli l'entendit grommeler :

— Peut-être que t'y prendras goût.

Puis il entendit Niobé gémir et s'agiter.

— Qu'est-ce qui se passe, bon Dieu ?

— Toi, ta gueule, répliqua Parks.

Parks tapota ensuite le sachet de méthédrine contre le dos de son gant, pour en faire sortir quelques cristaux supplémentaires, et demanda à la ronde :

— Quelqu'un en veut ?

Sur quoi, il se mit à fredonner vaguement *Viens planer avec moi*, avant de s'accorder un petit sniff.

— Tu sais ce que ça fait, ce truc ? reprit-il à l'intention de Niobé. Ça me rend marteau, mais pas n'importe quelle sorte de marteau. Ça me transforme en... tu sais...

Il avança les mains et les bougea de haut en bas.

— ... *Bam bam bam bam*... en marteau-*piqueur* !

Inga reprenait conscience à son tour. Respirant difficilement, avec cette bande adhésive collée sur la bouche, elle se mit à émettre des glapissements assourdis.

— Bon Dieu, mec, s'exclama Spinnelli, elle est en train de s'étouffer !

— Et alors ?

— Putain, mec.

— T'en fais pas, je vais pas la laisser étouffer.

Il passa par-dessus Niobé et se pencha pour décoller le ruban adhésif des lèvres d'Inga.

— Elles sont pas aussi marrantes, une fois mortes.

Inga s'efforçait de retrouver son souffle en haletant. C'était la seule chose qu'elle désire encore, respirer. Parks lança au conducteur sur un rythme de rap :

— Tu t'occupes de la vieille bique ? Moi, de cette salope qui me donne la trique. Puis on échange et on les renique !

Il éclata de rire. Comme l'autre ne répondait pas, il ajouta :

— Spinner, hé, Spinner, t'aurais pas une lame, ici, à l'arrière ?

Spinnelli avait horreur qu'on l'appelle Spinner, ou

482

Spin, ou Spinster — la Vieille Fille —, ou Spinny ou n'importe laquelle des variations que les gens s'amusaient à broder sur son nom. Mais ce qui était apparemment sur le point de se produire lui inspirait plus horreur encore.

— Parks, non ! Non ! Parks, tu vas pas te mettre à découper les gens à l'arrière de ma camionnette, putain, non !

— Ferme ta gueule, Spinner, je ferai ce qui me plaira, quand ça me plaira, où ça me plaira. Mais il se trouve que j'ai pas l'intention de découper qui que ce soit, alors commence pas à chier dans ton froc. Faudrait juste que je réarrange quelques fringues par-ci par-là, c'est mon côté styliste. Allez, tête de pine, il est où, ton schlass ? Me dis pas que dans tout ton matos, y a pas un couteau qui traîne quelque part.

— Un cutter, marmonna Spinnelli.

— Un cutter ?

— Ouais.

— Où ça ?

Spinnelli lui indiqua le bon tiroir. Lorsque Parks l'eut ouvert, il y trouva également une boîte de lames de rechange pour le cutter ; elles étaient courtes, brillantes, effilées, ce qui lui parut plus amusant. Et, bien qu'elles soient toutes identiques, il en choisit une avec soin.

Ce qu'il avait accompli au moyen du *stun-glove* était déjà assez pénible. Qu'est-ce qu'il comptait faire de ce cutter, maintenant ? Spinnelli ne voulait pas le savoir, et se demandait comment éviter de le voir. Il aurait bien voulu y assister sur ses écrans, mais pas ainsi, directement. Il avait peur de Parks, et aucun moyen de l'arrêter.

Parks était à présent en train d'ouvrir sa braguette, en prenant soin de n'utiliser que sa main nue.

— Il manquerait plus que je me foute moi-même un coup de jus ! Vous en faites pas, je vais faire super-gaffe.

Spinnelli ne voulait pas être mêlé à ce qui se préparait. Et il ne voulait pas que ça se passe dans sa camionnette.

— Tu deviens cinglé, Parks, lâcha-t-il. Tu deviens cinglé !

— Je me marre ! riposta Parks.

Un des cauchemars de Spinnelli, qui renonçait souvent à sortir dans l'espoir de pouvoir s'interposer en cas de besoin, c'était qu'une de ses filles tombe un jour sur un monstre dans ce genre. Elles étaient toutes les deux assez connes et défoncées par la dope et par la télé pour finir par se retrouver aux mains d'un taré, un speed-freak qui aurait pété les plombs. Parks avait reporté son attention vers la vieille dame, et lui envoyait des décharges rien que pour observer ses spasmes musculaires. Ce type était dingue. Complètement détraqué.

— Hé, attends, s'écria Spinnelli, attends voir un peu ! Je sais pas à quoi tu joues, là, mais Morgan risque de faire légèrement la gueule si tu lui niques sa gonzesse.

Parks écarta l'argument d'un ton distrait :

— Faudrait qu'elle soit encore vivante, pour faire une réclamation.

Non, non, non. Parks allait les descendre ? Les descendre *là* ? Dans sa camionnette ? Les cadavres allaient se retrouver dans sa camionnette, et qui allait payer les pots cassés ? Qui est-ce qui finirait par se retrouver sur la chaise à frire ?

Ce mec qui s'agitait dans son dos était un fou furieux, un monstre, et Spinnelli était incapable de l'arrêter. Tout ce qu'il pouvait faire, c'était se tirer de là, histoire de se retrouver le plus loin possible de ce qui allait se passer, quand ça allait se passer — quoi qu'il se passe. Il commença à ralentir afin de s'arrêter sur le bas-côté.

— Qu'est-ce que tu fous ? lui demanda Parks.

Spinnelli devait se barrer à tout prix. Est-ce que Parks allait essayer de l'en empêcher ? De le forcer à rester au volant et à continuer de conduire pendant qu'il ferait ses saloperies à l'arrière, ses abominations ? Est-ce que Parks allait essayer de le forcer à... participer ? Qu'est-ce qu'il pouvait inventer, bon Dieu, pour que Parks ne l'empêche pas de s'enfuir ?

— Faut que j'aille pisser un coup, répondit Spinnelli tandis que la camionnette faisait une embardée et s'arrêtait sur l'accotement.

— Putain de merde, Spinner, ricana Parks, ta maman t'a jamais dit de faire pipi avant de partir en voyage ?

À part ça, il afficha la plus complète indifférence lorsque la camionnette s'immobilisa et que la portière s'ouvrit, côté passager, et que Spinnelli bondit à terre. Parks avait ses cristaux de méthédrine, son rasoir, son *stun-glove*. Il avait deux femmes à sa merci, et pas de limites. Un rêve devenu réalité.

CHAPITRE 65

Quand la camionnette est passée sur la voie de droite, la plus lente, je l'ai suivie. Comme elle continuait à ralentir, c'est devenu coton de garder mes distances. Puis j'ai compris qu'elle allait carrément s'immobiliser sur le bas-côté. Si je l'imitais, j'étais certain d'être repéré. Les autres conducteurs commençaient déjà à me doubler en me regardant de travers, en me faisant des doigts d'honneur, en me klaxonnant. Qu'est-ce que je pouvais faire ? Dépasser la camionnette et aller me planquer quelque part, un peu plus loin ? Mais où ? Où est-ce qu'on peut bien se planquer sur une autoroute ? De toute façon, si l'on a le malheur de s'arrêter, des conducteurs obligeants appellent les flics sur leur portable, et les flics obligeants ne tardent pas à s'amener pour demander : « Vous avez un problème, monsieur ? », avant d'ajouter : « Oh, mais je vous ai vu sur la liste des criminels les plus recherchés de toute la Virginie, vous êtes pratiquement une célébrité dans notre commissariat, venez donc que je vous présente aux collègues... »

Alors que nous arrivions au niveau de la camionnette arrêtée, Susie s'est écriée :

— Il n'y a plus de conducteur ! Quelqu'un est en train de se tirer.

J'ai jeté un coup d'œil pour vérifier. Elle avait raison, le siège du conducteur était vide. Je me suis dit qu'il avait dû descendre en urgence pour pisser un coup. Après avoir dépassé la camionnette, j'ai continué à la surveiller dans mes rétros et j'ai aperçu le conducteur, qui sautait par-dessus la barrière de l'autoroute. Il ne s'agissait pas de Parks. Un type qui cherche un arbre derrière lequel faire commodément sa petite affaire avance d'une certaine façon, et ce n'était pas ainsi que celui-là se déplaçait. Il courait ; et, visiblement, il n'avait pas l'intention de revenir. Ce type cavalait en direction des bois, en titubant, en trébuchant, comme si quelque chose l'avait épouvanté.

J'ai freiné brutalement. Un semi-remorque qui me collait au cul a donné un grand coup d'avertisseur. Le chauffeur a écrasé la pédale de frein. Il a réussi à ralentir et à nous éviter de justesse avant de nous doubler à toute allure. Dès que j'ai eu quitté la voie pour me mettre sur l'accotement, j'ai tourné la tête et je suis reparti en marche arrière, aussi rapidement que j'en étais capable sans percuter la barrière ou dériver vers la chaussée.

Une fois que je me suis retrouvé quasiment pare-chocs contre pare-chocs avec la camionnette, j'ai de nouveau freiné. Presque immédiatement, je bondissais au-dehors et Susie en faisait autant. La portière de la camionnette était restée ouverte, côté passager, et Susie est entrée par là. Pendant ce temps, j'agrippais l'autre portière pour l'ouvrir en grand, violemment. J'ai sauté sur le siège du conducteur et regardé à l'arrière du véhicule. Et j'ai découvert Inga, allongée par terre, avec du ruban adhésif argenté autour des poignets et des pieds. Elle criait. Son visage était déformé par l'horreur. En tournant un peu la tête, j'ai aperçu Parks, et aussi Niobé. Niobé quasiment nue, les vêtements en loques, avec des marques de coups sur la peau, du sang, quelque chose qui ressemblait à une trace de morsure. Quant à Parks, il était à genoux et pantalon baissé.

Il n'y avait pas beaucoup d'espace. Je me suis glissé entre les deux sièges avant, puis précipité vers le fond de la camionnette. C'est seulement alors que Parks a remarqué ma présence. Même à genoux et le pantalon à moitié baissé, il avait l'air deux fois plus grand que moi. De toute évidence, il avait complètement pété les plombs. Je l'ai plaqué et j'ai réussi à le projeter contre les portières arrière, et il s'est mis à hurler :

— Toi aussi, je vais te niquer !

Sur quoi il m'a chopé et j'ai eu droit une fois de plus à cette saleté de *stun-gun*. Plus le moindre contrôle sur mon propre corps. Je tressautais, et s'il insistait, je n'allais pas tarder à tomber dans les pommes. Mais il s'est arrêté, afin de pouvoir me pousser de côté. Il y a eu un bruit énorme. Une détonation. Dans cet espace minuscule, ça m'a fait l'effet du son le plus assourdissant que j'aie jamais entendu. Inga hurlait. Niobé gémissait. Susie aussi hurlait. C'est elle qui venait de tirer, mais elle avait raté Parks et il était en train de se ruer sur elle. Il a plongé en avant. De nouveau, elle a fait feu. Le coup est parti quasiment à bout portant. La balle a emporté un morceau de l'oreille de Parks. Il a flanqué un grand coup dans le bras de Susie, et le flingue a valdingué.

Le sang ruisselait sur tout un côté de sa figure. Ça paraissait l'étonner, et lui faire mal. Par réflexe, il a porté la main à l'endroit douloureux. Une main gainée d'un bizarre gant noir, caoutchouteux. Et soudain, tout son corps s'est mis à tressauter. Je n'ai pas bien compris ce qui se passait, mais il semblait évident que c'était le gant qui produisait cet effet-là. Je lui ai saisi le poignet pour appuyer sa main gantée, de toutes mes forces, contre sa tête. Il a redoublé de spasmes et de tressautements — et moi, de satisfaction. N'ayant plus la moindre maîtrise sur son corps, Parks a roulé au sol. Je lui ai attrapé la tête et j'ai continué à la lui presser contre son propre gant, j'ai pesé de tout mon poids sur sa tête afin de la maintenir en place, et il ne cessait d'avoir des convulsions. Ça a duré longtemps. Je ne sais pas combien de temps. Je crois que les piles ont dû se décharger.

Il y a eu une sorte de calme, une sorte d'écho qui n'en finissait pas de résonner. Oui, c'est ça, une sorte de calme.

CHAPITRE 66

Inga était secouée, pratiquement en état de choc. Pendant que Susie décollait le ruban adhésif de ses poignets, puis de ses chevilles, elle répétait :

— Arrêtez-le, arrêtez-le...

— Ça va aller, Inga, ça va aller, murmurait Susie.

— Arrêtez-le...

— Il est mort, ai-je annoncé à Inga.

Puis, j'ai demandé à Niobé :

— Comment ça va ?

Elle a hoché la tête. En me redressant au-dessus du corps de Parks, j'avais remarqué l'éclat de la lame de rasoir sur le sol de la camionnette. Je me servais à présent de cette lame pour découper la bande adhésive qui retenait Niobé prisonnière.

— Vous l'avez descendu ? a demandé Inga à Susie.

— Je pense que c'est le choc qui l'a tué, j'ai fait. Cette espèce de gant.

— Vous êtes sûr qu'il est mort ?

— Oui, j'ai répondu.

— Bien. Faites-moi sortir d'ici, alors.

Dès que Niobé a eu une main libre, elle l'a portée à sa bouche pour en arracher l'adhésif qui la bâillonnait. Elle semblait remarquablement maîtresse d'elle-même, et sa première phrase a été :

— Ils essaient de renverser le résultat de l'élection.

— Oui, j'ai acquiescé tout en libérant son autre main au moyen du rasoir.

— Je ne sais pas comment, a-t-elle continué. Mais Jack en a parlé, ça lui a échappé.

Tandis que je commençais à couper le ruban qui lui entravait les chevilles, elle a abaissé les lambeaux de sa jupe pour se couvrir.

— Ils ont déjà à moitié réussi, Niobé. C'est à la radio. Ils ont réussi à convaincre les grands électeurs de l'Iowa de modifier leurs votes.

— Ils ont le droit de faire ça ?

Tout en parlant, elle s'efforçait de ramener son chemisier en haillons devant ses seins.

— Tu ne pourrais pas lui donner ta veste ? ai-je demandé à Susie.

— Bien sûr.

Susie a retiré sa veste. Pendant ce temps, j'ai observé Niobé — les traces de coupures sur sa chair, les écorchures qu'elle avait aux poignets et aux chevilles, à force de tirer sur ses liens.

— Tu as mal ?

— Non, pas trop. Ils ont le droit de faire ça ?

— Peut-être que oui, peut-être que non. Personne n'a l'air d'être fixé.

Susie m'a tendu sa veste et je l'ai passée à Niobé, en lui disant :

— On a suivi tout ça à la radio.

— Je veux partir, marmonnait Inga... Je veux m'en aller d'ici...

— Oui, l'a rassurée Susie. Venez, je vais vous aider.

— Dis-moi ce que tu sais, m'a demandé Niobé.

— Il y a vingt-quatre États où la loi n'exige pas que les grands électeurs votent, eh bien, comme ils sont censés voter. L'Iowa en fait partie. C'est pour ça qu'ils l'ont choisi.

— Qu'est-ce que tu veux dire, *choisi* ? Comment peux-tu savoir qu'ils l'ont choisi ?

— Parce que j'ai reconnu chaque nom. D'une façon ou d'une autre, Stowe les tenait tous par les couilles, chacun des sept grands électeurs en question. Soit c'est lui qui finance leur société, soit il a les moyens de les couler, ou alors il a des infos compromettantes et il peut les faire chanter. Ou tout ça à la fois.

— Et pourquoi l'Iowa ?

— Je n'ai que des suppositions.

Niobé semblait éprouver des difficultés à bouger.

— Ça va ? ai-je interrogé.

— J'ai juste des crampes dans la jambe.

Lorsque j'ai tendu la main vers elle, sa voix a claqué comme un fouet :

— Non ! Ne me touche pas.

— D'accord.

— Je ne veux pas qu'on me touche.

Jamais encore je n'avais perçu une telle note de dureté dans sa voix. J'ai trouvé que c'était plutôt bon signe. Signe qu'elle était humaine. Si elle n'avait montré que de l'indifférence, ç'aurait été beaucoup plus dérangeant. Je lui ai quand même tendu les mains, pour l'aider à se redresser, et elle les a prises avec méfiance avant d'aller s'installer à l'avant, sur le siège du passager. Tout en se massant le mollet, elle a répété :

— Pourquoi l'Iowa ?

— Un petit État, j'ai répondu. Un des très rares petits États qui ont voté pour Murphy. Il y avait bien le Nouveau-Mexique, avec cinq suffrages, mais le Nouveau-Mexique a une loi qui empêche les grands électeurs de modifier leur vote. En fait, c'est un crime, là-bas. Ça pouvait peut-être se contourner au tribunal, mais les choses auraient quand même été compliquées. Et puis il y a le Rhode Island, pas de loi, quatre grands électeurs seulement, mais Murphy a eu sept pour cent de voix de plus que Scott. Dans l'Iowa, la marge n'était que d'environ un demi pour cent.

— Murphy n'a pas concédé la victoire, si ?

Niobé semblait plus inquiète de cela que de ce qui venait de lui arriver.

— Non, non. Elle va se battre.

— Ce qui laisse un délai. C'est bien.

— Ouais, mais va savoir de combien de temps. Je suppose qu'il y aura d'abord un procès en Iowa, et puis que ça montera au niveau fédéral.

— David, on doit absolument trouver la preuve que c'est un coup de Stowe. Qu'il a graissé la patte aux gens et qu'il les a fait chanter.

— On doit surtout se tirer d'ici le plus vite possible, pour pouvoir réfléchir à ce qu'on va faire. Avant qu'un motard s'arrête, et remarque l'impact de balle sur la portière arrière, et ce cadavre avec son froc sur les chevilles.

— Je veux qu'on brûle cette camionnette, a grondé Niobé. Qu'on y mette le feu !

— Ça risque d'attirer l'attention, tu sais. Des gens qui font brûler tranquillement un véhicule au bord de la route, c'est pas le public qui va leur manquer, je ne sais pas si tu as vu ce qui circule.

— C'est moi qui le ferai. Tu n'auras pas à t'en occuper.

— Écoute, je veux juste qu'on prenne la meilleure décision possible.

— Je vais m'en occuper, s'est obstinée Niobé.

— D'accord.

L'intérieur de cette camionnette était tapissé de nos empreintes digitales, sans parler des fibres de nos vêtements, et de Dieu sait quoi d'autre. Et Parks bossait pour la Sûreté du territoire, ce qui faisait de lui un genre de flic. Bonne chance pour essayer de prouver qu'il était l'incarnation du Mal, et que Niobé et Inga avaient été ses victimes, et que Susie et moi avions été Starsky et Hutch. Tout compte fait, ce n'était peut-être pas si bête de faire disparaître le plus possible de pièces à conviction. Je ne voyais pas comment cela pouvait aggraver la situation — encore que, bien sûr, on ne sait jamais. En tout cas, je ne crois pas que Niobé ait été animée par une motivation rationnelle. Il s'agissait plutôt pour elle de détruire le monstre, littéralement ; et, en admettant que je n'aie rien eu d'autre à faire à ce moment-là que de consulter un psy, il m'aurait sûrement expliqué que c'était une réaction très saine.

— D'accord, j'ai répété, puisque c'était ce qu'elle voulait. On va incendier cette caisse. Mais d'abord, il faut la conduire jusqu'à un endroit où personne ne nous verra faire.

Ce n'est plus évident de trouver un endroit tranquille et discret au milieu de ces banlieues qui n'arrêtent pas de déployer leurs tentacules autour de notre capitale. Autour de toutes nos grandes villes, je suppose. On aurait pu croire que des échantillons de vraie campagne auraient été préservés à gauche et à droite, mais apparemment non. La tendance, c'est un bout de gazon avec quatre arbres décoratifs dessus, dont un érable japonais, pour la touche de rouge naturel, et un magnolia pour avoir des fleurs au printemps, rapport aux chansons sur le Sud. Si ça fait de moi un snob, un élitiste, de mépriser la passion de mes contemporains pour le toc, eh bien tant pis, mais ce qui est sûr, c'est que cette passion devient particulièrement pénible quand on se promène en camionnette avec un cadavre dont on essaie de se débarrasser.

Je conduisais le véhicule. Niobé était assise à mes côtés ; les deux autres femmes nous suivaient à bord de la Buick louée par Susie. Tout en roulant, nous écoutions les nouvelles. Une flopée d'experts juridiques, invités à s'exprimer, étaient tous d'accord pour déclarer qu'en dernier recours il appartiendrait à la Cour suprême de trancher. Cette bombe à retardement constitutionnelle attendait depuis plus de deux siècles de nous péter à la figure. On a eu droit à une histoire complète et détaillée des « infidélités » des grands électeurs. Depuis 1796, il y avait eu 153 « infidèles ».

71 d'entre eux, c'est-à-dire presque la moitié, ne comptaient pas vraiment, vu que les deux candidats pour lesquels ils s'étaient engagés à voter étaient morts avant que les grands électeurs puissent se rendre aux urnes. Il s'agissait de Horace Greeley, candidat démocrate à la présidence en 1872, et de James S. Sherman, candidat républicain à la vice-pré-

sidence en 1912. Dans le cas de Greeley, tous les grands électeurs, au nombre de 63, avaient retourné leur veste. Dans le cas de Sherman, 8 seulement avaient pris la peine de revenir sur leur promesse de vote, et tous les grands électeurs, de toute façon, avaient fidèlement voté pour leur candidat à la présidence, William Howard Taft.

Il restait 82 transfuges ; et, en 67 occasions — comme les 8 dans le cas de Sherman —, cela n'avait concerné que des vice-présidents.

15 grands électeurs seulement s'étaient donc montrés « infidèles » envers un candidat à la présidence vivant. D'une part, pas plus que celles qui avaient porté sur l'élection d'un vice-président, aucune de ces infidélités n'avait modifié le moins du monde l'issue de la course à la présidence. D'autre part, aucune d'entre elles non plus n'avait jamais été cassée, annulée ou renversée. Et aucun grand électeur infidèle n'avait jamais été poursuivi, démis de ses fonctions ou remplacé pour avoir manqué à ses devoirs.

Il me semblait tout de même que nous avions assez d'infos pour permettre à des avocats pro-Murphy grassement rétribués, ou à quelque procureur local plein de zèle et en mal de publicité, de révéler le pot aux roses. Et même si la Cour suprême décidait qu'il était légal pour un grand électeur de modifier son vote, la loi devait bien préciser quelque part que si ce type avait été l'objet d'une tentative de corruption ou de coercition, ça changeait tout.

La loi devait forcément le spécifier quelque part.

Bon nombre d'experts étaient d'avis que les juges de la Cour suprême interviennent sans plus attendre, histoire d'enterrer cette affaire. Période de crise, terrorisme, la patrie en danger et tout le saint-frusquin.

Peut-être qu'en 1789 le pays pouvait se permettre d'attendre pendant deux mois avant de savoir qui allait devenir président, parce que nos ennemis avaient un océan à franchir, et à la voile, encore ; à moins qu'ils ne viennent à pied du Mexique, ce qui ne pouvait pas se faire du jour au lendemain non plus.

Mais là, c'est le XXIᵉ siècle ! L'ennemi se sert d'avions à réaction, les nôtres, d'ailleurs, et de missiles, nos propres missiles, et il utilise des ordinateurs pour surfer sur notre Internet. Vitesse grand V tous azimuts. Il fallait régler la question sans plus attendre. Gratification immédiate de rigueur. La Cour suprême devait annoncer le jour même qu'elle s'attellerait dès le lendemain à cette affaire.

Ça tournait au tropisme. Ce rabâchage à la radio, à la télévision, en ligne, était en passe de devenir un gène culturel, un événement viral consistant en l'infection collective des têtes pensantes des médias. Régler la question maintenant, la régler rapidement, la régler avant qu'on ne tombe en panne. Plus vite on ira, mieux on ira. Résoudre, voilà ce qui compte. Qu'on règle cette affaire, qu'on en finisse, et ainsi soit-il. On doit montrer notre unité, dans le pays de la liberté. Résolution, solution, déclaration, décret.

Ces putains de banlieues à perte de vue, et un cadavre à l'arrière, et des flics à chaque coin de rue.

Après avoir roulé à l'aventure pendant une heure, j'ai fini par apercevoir un vieux supermarché Grand Union en ruine, isolé et vide. Un pathétique panneau « À LOUER » était accroché devant le bâtiment. Je me suis engagé sur le chemin qui y conduisait, et la Buick nous a suivis. On est tous sortis de nos véhicules et j'ai emprunté le flingue de Susie, après quoi je me suis éloigné de la camionnette d'une dizaine de mètres pour tirer dans le réservoir d'essence. Il ne s'est pas enflammé, mais je l'avais percé et de l'essence a commencé à fuir. On s'est mis à la recherche d'une allumette. Personne ne porte plus d'allumettes ou de briquet sur soi, maintenant, c'est fini. Avant, on pouvait aborder les gens et demander : « Vous avez du feu ? », et quelqu'un répondait toujours : « Bien sûr. »

Nous avons décidé d'utiliser l'allume-cigare de la bagnole de location. Par chance, il y en avait un, et il fonctionnait. On a trouvé un morceau de vieux journal que le vent avait abandonné sur l'ancien quai de chargement. Il était bien sec ; nous l'avons enflammé au moyen de l'allume-cigare, en soufflant dessus. Les mains placées en paravent autour, pour empêcher le vent de l'éteindre, je suis allé porter cette torche improvisée jusqu'à l'essence en train de fuir, et je l'ai plongée au milieu. Le feu a pris instantanément, avec une violence inouïe. J'ai eu une sacrée trouille, et j'ai reculé en trébuchant. On s'est tous mis à courir vers la voiture pendant que les flammes se cabraient sous le châssis de la camionnette, et nous avons démarré le plus vite possible. Une vingtaine de secondes plus tard, alors qu'on était revenus sur la route, l'explosion retentissait derrière nous.

CHAPITRE 67

Edward Hoagland avait allumé la télévision. Il était quasiment seize heures et il devait y avoir une annonce, une putain d'annonce officielle. Tout avait été parfaitement orchestré. Les agents de Hoagland avaient eu toutes les infos disponibles, ils en avaient gavé les chaînes, ils avaient fait propager des rumeurs par leurs journalistes politiques et leurs experts favoris. Le monde entier savait qu'il y avait une crise, qu'il fallait mettre fin à cette crise le plus rapidement possible, et que le seul moyen d'y mettre fin était que la Cour suprême intervienne. Et que le meilleur moment pour que la Cour suprême intervienne, c'était maintenant, immédiatement, tout de suite.

À présent que tout le travail préparatoire avait été accompli, et excellemment accompli — c'était inouï la vitesse à laquelle on pouvait saturer les médias, les faire fonctionner en meute, leur faire reprendre tous en chœur la même chanson —, les juges de la Cour suprême n'avaient plus qu'à s'avancer jusqu'au micro pour faire leur numéro, réciter leur petit laïus, résolution, solution, déclaration, décret.

Les collaborateurs de Scott annonceraient avec un peu de raideur qu'ils acceptaient de s'incliner devant les souhaits de la Cour, dans l'intérêt supérieur de la nation. Évidemment, leur camp était prêt, paré, préparé, sur les starting-blocks, tandis que le camp adverse était abasourdi, dans les cordes. Murphy allait pousser les hauts cris, ses avocats se plaindraient et feraient des réclamations, la Cour les autoriserait gracieusement à s'exprimer, leur accorderait une journée supplémentaire, voire une semaine. Cela ne leur suffirait pas, ils ne pouvaient pas gagner. Des agneaux à l'abattoir. Un plan admirable.

Dire que, dans le monde entier, il n'y avait que quatre personnes qui soient vraiment au courant. Les quatre acteurs absolument essentiels. Hoagland lui-même, pour coordonner le projet et tenir les trois autres à l'œil. Stowe, pour fournir l'argent et les informations permettant de corrompre et de faire chanter les grands électeurs. Morgan, pour assurer la sécurité et gérer la crise qu'il avait lui-même provoquée.

Et McClellan, pour faire tomber la Cour suprême dans leur escarcelle.

Il était vital que toute cette fichue affaire continue à rouler assez vite pour que personne ne puisse la rattraper, et ensuite que l'on referme promptement le dossier en la déclarant close et réglée. S'ils étaient assez rapides, en enveloppant ça dans la pompe et le rituel appropriés, toutes les interrogations s'évaporeraient dans l'intérêt de la stabilité, de la continuité, de la reprise des activités — gagner du fric, par exemple, exactement comme après l'assassinat de Kennedy, ou la dernière élection.

D'accord, il y aurait toujours des gens qui se poseraient des questions, mais ils passeraient pour des allumés du complot, des fondus de la conspiration.

Non parce qu'ils se trompaient, mais parce que même s'ils avaient raison, on ne voyait pas ce que ça pourrait changer, et qu'ils perdaient donc leur temps en futilités. Une vérité qui ne sert à rien, c'est bien la définition de la futilité ?

Hoagland avait été parfaitement clair avec McClellan : il fallait que cette annonce soit faite aujourd'hui. La Cour suprême fermait boutique à seize heures, on y était presque, et l'on n'avait toujours pas vu les juges sortir dans leurs toges assorties pour faire leur petit numéro de music-hall sur cet escalier de marbre aux marches brillantes, comme ils étaient censés le faire.

La grande aiguille tournait. Lorsque seize heures eurent sonné, Hoagland sentit la fureur l'envahir. Il avala son médicament contre l'hypertension et parvint à se maîtriser pendant un peu plus d'une demi-heure ; mais, à seize heures quarante, il avait atteint ses limites. Le ministre savait qu'il devait trouver McClellan, identifier le problème et le régler. Le retard, c'était la mort.

Il enrageait à l'idée de laisser une trace téléphonique, bon Dieu, de laisser le moindre indice comme quoi le secrétaire d'État avait appelé un juge de la Cour suprême — c'était le genre de fil sur lequel un procureur pouvait tirer pour vous faire tomber et vous traîner dans la boue. Il appela McClellan à contrecœur :

— Qu'est-ce qui s'est passé ?

— On n'a pas obtenu les voix nécessaires. Donnez-moi encore deux jours.

— Non.

— Il n'y a pas tellement le choix. Le sentiment

501

général, ici, c'est qu'il s'agit d'une question sérieuse, qui mérite qu'on y réfléchisse sérieusement...

Hoagland l'interrompit, afin que cette communication reste la plus brève possible. Il se voyait déjà, dans un avenir indéterminé, en train d'expliquer les raisons de cet appel : C'était pour inviter le juge à une commémoration quelconque, vous croyez vraiment qu'on peut avoir une conversation sérieuse en quinze secondes ? Quelque chose dans ce genre-là.

— On se donne rendez-vous...

— Eh bien, je ne...

— Pour dîner.

— ... suis pas certain que ce soit une bonne idée de se montrer ensemble.

Ça ne pouvait pas être chez lui, ni chez McClellan. Ni dans un endroit public, pas en ce moment. Il fallait absolument rester discrets.

— Chez Stowe, décréta Hoagland.

D'ailleurs, s'ils avaient besoin de quelque chose, par exemple d'exercer un minimum de pression pour convaincre quelqu'un d'autre de voter comme il fallait, c'était Stowe qui gardait en stock les tuyaux judiciaires et les dossiers secrets sur la vie secrète des juges de la Cour suprême. Hoagland pensait pouvoir se faire une idée assez précise des informations que Stowe détenait sur McClellan. La différence, c'est que lui n'en avait qu'une idée, tandis que Stowe disposait des infos elles-mêmes. Oui, le mieux était de se retrouver chez Alan Stowe.

— Je ne pourrai pas y être avant... vingt et une heures trente...

— Excellent.

— ... ou plutôt vingt-deux heures...

— Vingt-deux heures, ça marche, coupa Hoagland en raccrochant.

Ne pas laisser traîner les choses. Ne pas laisser à son interlocuteur le temps de tergiverser. Régler le problème, avant de passer au suivant.

CHAPITRE 68

Une voiture inconnue était parquée devant chez Inga. Une Crown Victoria d'un modèle récent, avec une plaque d'immatriculation officielle. Garée là, bien gentiment, elle donnait l'impression de murmurer : Police, police, police...

Cette fois-ci, c'est nous qui avions lambiné, et Jack qui s'était montré rapide. On aurait dû se méfier. Il avait reconnu Inga ; s'il ignorait son nom à ce moment-là, ce n'avait pas dû être sorcier de le découvrir, puis, à partir de là, de se procurer son numéro de téléphone et son adresse, surtout avec les moyens dont disposait la Sûreté du territoire. Après quoi, il ne lui était plus resté qu'à taper ces renseignements sur Internet — un civil aurait d'ailleurs pu le faire aussi facilement qu'un flic — pour obtenir à l'écran une carte routière lui indiquant le chemin le plus rapide, rue par rue, maison par maison, de l'endroit où il se trouvait jusqu'à l'adresse en question.

Mandat ou pas mandat, Jack avait dû passer le domicile d'Inga au peigne fin. En le fouillant, il avait dû tomber sur mon ordinateur, que j'avais laissé bien en vue sur la table de la salle à manger.

À présent que Jack avait ma bécane, il détenait aussi l'ensemble de nos preuves.

Pour le même prix, mon ordinateur allait lui fournir la liste de tous les sites Internet que j'avais visités, et de tous les documents que j'avais transférés vers le réseau de l'université, en violant donc au passage les dispositions de mon contrat. Sachant maintenant exactement où se trouvaient les informations, dossier par dossier, nom par nom, Jack et ses gars pouvaient tout effacer. Tout faire disparaître, à jamais.

Après la visite, la fouille et la confiscation, l'étape suivante, l'étape logique pour un flic, c'était de laisser une équipe sur place afin d'attendre mon retour. Pas le retour d'Inga, vu que Jack devait la croire éliminée.

D'où ce véhicule garé là.

La perquisition avait dû apprendre à Jack que Niobé aussi avait séjourné dans cette maison. Mais il ne s'attendait pas à la revoir non plus. Est-ce qu'il avait déjà commencé à se poser des questions à son sujet ? À regretter le sort auquel il l'avait abandonnée ? Peut-être même à vouloir la reprendre ? À souhaiter la revoir au moins assez longtemps pour pouvoir lui poser les questions qu'il ne lui avait pas posées ? À moins qu'il ne se rende compte qu'il était préférable de ne jamais entendre ses réponses...

Est-ce que Susie avait laissé quoi que ce soit, chez Inga, indiquant au colonel Morgan qu'il y avait eu une quatrième personne dans notre groupe ? Et dans ce cas, est-ce que cet indice pouvait lui permettre de l'identifier ? Si Susie avait été identifiée, il essaierait de la retrouver. Pour la retrouver, il suivrait la piste de ses cartes de crédit. Piste qui le mènerait directement... jusqu'à la voiture où nous nous trouvions à cet instant.

Nous avons roulé devant la maison d'Inga sans nous arrêter, et poursuivi notre route en nous demandant où aller.

Finalement, on s'est rendus dans un centre commercial, où Susie est allée acheter quelques vêtements pour Niobé. Elle a pris également de l'aspirine, ainsi que des pansements, car Inga et Niobé s'étaient fait des écorchures en essayant de se libérer du ruban adhésif. Enfin, à la demande de Niobé, Susie s'est procuré un téléphone mobile et une carte téléphonique.

Nous avons ensuite trouvé un grand restaurant de routiers, où nous avons pu au moins nous asseoir et casser une petite croûte en essayant de réfléchir à la suite des événements. On avait pris une table dans le fond, aussi loin que possible des autres clients.

Niobé a appelé Anne Lynn Murphy.

La femme qui avait gagné l'élection présidentielle, en remportant les suffrages populaires comme ceux des grands électeurs, la femme qui serait peut-être un jour commandante en chef d'une armée de terre et de l'air colossale, et de forces navales supérieures aux dix autres plus grandes marines du monde réunies, cette femme avait pour l'instant un unique soldat sous ses ordres. Elle déclara à ce soldat que sa mission consistait à se procurer les originaux de tous ces contrats que Stowe avait conclus avec les grands électeurs, ainsi que de tout autre plan ayant servi à ficeler la conspiration. Rien d'autre que les originaux ne ferait l'affaire. Anne Lynn Murphy suggéra que Niobé passe à l'action le plus rapidement possible, attendu que les conspirateurs, s'il leur restait un atome de bon sens, allaient détruire ces documents sans tarder.

Niobé, fidèle à elle-même, allait partir en mission, seule et à pied si nécessaire, nue et à quatre pattes si l'on essayait de l'en empêcher. Il ne faisait absolument aucun doute qu'elle allait partir, et nous le savions. Ce qui voulait dire qu'on y allait avec elle.

Après m'être interrompu pendant que la serveuse nous apportait du café, j'ai suggéré que ce n'était peut-être pas le meilleur endroit pour comploter. Tout le monde a été d'accord, et personne n'a bougé. Tout en mangeant, on ne pouvait pas s'arrêter de parler ; nous chuchotions comme si nos commérages étaient trop urgents pour qu'on puisse les reporter à plus tard.

— Le plus difficile, a averti Niobé, ce sera d'entrer.

Les quelque cent dix hectares du haras de Stowe étaient entourés, dans le style des propriétés anglaises, d'un mur de pierre de trois mètres de haut, équipé de caméras à intervalles réguliers. Le sommet était hérissé d'éclats de verre pris dans le ciment ; il y avait deux fils, un fil barbelé à l'ancienne, et un autre qui déclenchait une alarme s'il était touché ou coupé. On dénombrait trois barrières. Deux d'entre elles n'étaient jamais ouvertes, sauf sur préavis, pour laisser passer les fourgons servant au transport des chevaux, de l'équipement agricole, du matériel de construction. La troisième barrière, l'entrée principale, était protégée par des gardes armés et des caméras, et directement reliée au commissariat local par un système d'alerte.

— Non, j'ai objecté. Le plus difficile, ça va être *une fois* qu'on sera entrés. À l'intérieur de la maison, il y a le majordome et la femme de chambre, sans parler des vigiles. Je veux dire, le personnel que Stowe emploie à temps complet, ça va bien chercher dans les dix, quinze personnes, non ?

— Si je parviens à entrer, après ce sera du billard.

— Comment ça ?

— Je suis connue, là-bas, a répondu Niobé. Alan m'adore, tout le monde le sait. Si quelqu'un me voit, on trouvera ma présence parfaitement naturelle.

— Jack ne les aura pas prévenus ?

— Non. D'abord, il ne pourra pas imaginer que j'aie réussi à échapper à Parks. Alors, pourquoi prévenir qui que ce soit de se méfier de... d'une...

Susie a fini la phrase de Niobé à sa place :

— ... d'une morte.

Après avoir pris une profonde inspiration, en tournant la tête pour se détendre la nuque, Niobé a repris :

— Jack ne dira rien. Ce serait trop mauvais pour son image. Un type qui n'est pas fichu de contrôler sa propre femme, qu'est-ce qu'il va être capable de contrôler ? C'est comme ça que ces gens-là raisonnent. Le seul endroit où on me demandera quelque chose, c'est à l'entrée. Ils vérifient toujours leur liste, ou alors ils appellent la maison pour être sûrs. Si j'arrive seulement à franchir cette barrière...

— Je veux venir avec vous, a annoncé Inga.

— Non. Non, j'y vais seule.

— Tu ne peux pas, j'ai fait.

— Et pourquoi ?

— Pour deux raisons. D'abord, tu ne sais pas ce qu'il faut chercher, et même si tu le savais, tu ignorerais où ça se trouve, et tu mettrais trop de temps pour y arriver.

— Tu viens de mentionner une raison, là, ou bien deux ? a demandé Niobé.

— La deuxième, c'est que moi, je sais comment entrer.

— Vraiment ?

— J'ai réussi à sortir, non ?

— Comment ?

— C'est pas facile. De ce côté-ci, il nous faudra une échelle.

— Impossible de poser une échelle contre ce mur. Il est truffé de câbles et de capteurs.

— Il y a une branche d'arbre, du côté de la route de Pearl Hollow. Il nous faut une échelle de cinq mètres, peut-être six, pour passer par-dessus le mur. De l'autre côté, ça ira pour redescendre.

— Mais la route de Pearl Hollow est très éloignée de la maison.

— Dans les trois bornes, ai-je estimé.

— À travers bois, en pleine nuit.

— Ben, en tout cas, c'est une façon d'entrer.

— D'accord, a soupiré Niobé. Je peux y arriver.

— *Nous pouvons* y arriver.

— Non, a-t-elle répliqué. Inga ne pourrait jamais.

— Je peux ! s'est révoltée Inga. Et comment, que je peux. Je n'arrête pas de faire des randonnées. De l'escalade. Je suis vieille, pas morte. Je suis bien plus en forme que beaucoup de jeunes, vous pouvez me croire.

— Non, a répété Niobé, intraitable. Et David ne vient pas non plus.

Inga était furieuse, mais Niobé a continué sans lui prêter attention :

— Dès que David aura été repéré chez Stowe, ils déclencheront les alarmes, ils appelleront la police et la Sûreté du territoire, et ils tireront à vue.

Inga a tendu la main pour s'emparer du mobile de Niobé, qui était posé sur la table. Après s'être concentrée quelques instants, les yeux fermés, elle a composé un numéro. Susie, Niobé et moi l'observions sans rien dire.

— Alan, s'il vous plaît.

Elle a ajouté :

— Dites-lui que c'est Inga Lokisborg, il saura... Oui, bonsoir, Alan... Oui, oui, c'est moi... Tu vois, je te contacte... Si tu ne t'y attendais pas, pourquoi est-ce que tu t'es obstiné à m'appeler, alors ?... Oui, j'accepte ton invitation... Ce soir... Parce que ce soir, j'en ai envie, c'est comme ça. Demain, ça m'aura passé... Tu peux toujours courir pour que je rappelle une autre fois — tu seras mort avant... Bien, je viendrai te voir à vingt-deux heures... Je ne sais pas si je peux me débrouiller pour venir à vingt et une heures trente, mais j'essaierai.

Après avoir éteint le téléphone, elle nous a regardés.

— Voilà. Je suis dans la place.

— Je ne comprends pas, ai-je avoué. Et en disant que je ne comprends pas, je crois parler en notre nom à tous les trois.

— Alan Stowe n'a pas cessé de m'appeler. Depuis quarante-deux ans. Il laisse toujours son numéro

— enfin, il le fait depuis l'invention des répondeurs. C'est la première fois que j'ai une bonne raison de le rappeler.

— Pourquoi ? Pourquoi il vous appelait ?

— C'est à lui qu'il faudrait le demander.

— Eh bien, qu'est-ce qu'il dit, lui ? Qu'est-ce qu'il donne, comme raison ?

— Il dit beaucoup de choses, vous savez.

— Quoi, par exemple ?

Inga a poussé un soupir.

— Il disait être amoureux de moi. Il y a bien des années de ça, évidemment. Parfois, il disait vouloir me donner de l'argent, pour essayer de réparer ce qu'il avait fait. Il a offert de l'argent pour la bibliothèque.

« Je pense même que c'est pour reprendre contact avec moi qu'il a embauché la pauvre Elaina. En fait, je ne le pense pas, je le sais, parce qu'il me l'a dit.

— Il vous l'a dit ?

— Je ne lui ai pas parlé, il a laissé un message sur mon répondeur. Pour m'annoncer qu'il possédait une bibliothèque, une bibliothèque privée, et puis, oh, tellement d'argent. Bon Dieu, comme si j'en avais quelque chose à faire de lui et de son argent ! Même vous, David, je pense que s'il vous a pris à son service pour remplacer Elaina, c'était pour que j'en entende parler. Je vous avais pourtant averti, non ? Parce que cet homme est mauvais. Et parce qu'il est maudit. D'ailleurs, je crois que c'est pour ça qu'il appelle. Il s'imagine que je lui ai jeté un sort.

— Ben voyons, ai-je persiflé, cartésien.

— Bien sûr, a commenté Niobé, comme si ça expliquait tout.

— Oui, a approuvé Susie.

— Vous n'y croyez pas, a remarqué Inga, en s'adressant à moi. Eh bien, je ne suis pas sûre d'y croire non plus, vous savez. Les sorts, les malédictions, ça paraît un peu dur à avaler. Surtout à notre époque. N'empêche que j'ai prononcé des malédictions contre lui, et il peut penser que je suis à l'origine de ses problèmes.

J'ai continué à ironiser :

— Pour un mec maudit, il ne s'est pas trop mal débrouillé. Il est plus riche que Dieu, il a vécu jusqu'à un âge avancé, il garde la pêche et continue à tirer les ficelles, à mettre le monde sens dessus dessous.

— Il survit à coups de pilules, il est à la merci de ses médecins. Son corps ne le laisse jamais en paix. La nuit, il ne connaît pas le repos.

Inga avait quasiment psalmodié ces phrases, comme s'il s'agissait vraiment de sorts qu'elle aurait jetés à Stowe, quarante-deux ans plus tôt.

— Le pire de tout, c'est qu'il n'est pas marié.

Les deux autres femmes ont opiné du bonnet. Oui, c'était vraiment la malédiction suprême.

— Il ne pourra jamais savoir, jusqu'à son dernier souffle, qui se soucierait de lui s'il était fauché. Il n'a pas un seul véritable ami. Il ne connaît pas l'amour. Pire que cela, bien pire que tout, il n'a pas un seul enfant. Le jour où il mourra, sa lignée s'éteindra. Tout cet argent, et personne pour le recevoir. Dès sa disparition, il sera oublié et ce sera comme s'il n'avait jamais existé.

— Bien, bien, j'ai concédé. Ça expliquerait certaines choses.

Inga a hoché la tête, et je lui ai dit :

— Donc, Inga, vous pouvez entrer. Est-ce que vous pensez que si je vous explique ce qu'on cherche, et où il faut le chercher, vous réussirez à le trouver ?

— Non, a-t-elle répondu. Si vous le voulez, j'essaierai. Mais je ne pense pas pouvoir y arriver. Ce que je peux faire, c'est créer une diversion, donner un coup de main. Peut-être laisser une porte ouverte, ou une fenêtre. Vous autres, les coureurs des bois, les champions de randonnée et d'escalade, vous pourrez passer par-dessus le mur et traverser la forêt. Aussi, il faut que je vous dise, Alan a une réunion importante à vingt-deux heures, qui devrait le tenir occupé.

J'ai marmonné :

— Tant qu'elle n'a pas lieu dans la bibliothèque...

— Eh bien, s'il le faut, je peux lui dire que j'attendrai la fin de sa réunion, et insister pour l'attendre dans la bibliothèque. Je suis bibliothécaire, après tout.

— Vous pensez qu'il fera ce que vous lui demanderez ?

— Il croit à la malédiction, m'a répondu Inga.

— Vous y croyez, vous ? Vous croyez vraiment lui avoir jeté un sort ?

— Ce que je crois n'a aucune importance. Ce qui compte, c'est ce que croit Alan Stowe, et il croit à l'argent. Il croit tellement à l'argent que lorsqu'il tombe sur quelque chose que l'argent ne peut pas acheter, l'amour par exemple, ou la confiance, ou la santé, ou le bonheur, il pense qu'il doit y avoir une explication — comme lorsqu'il n'arrive pas à acquérir une propriété à cause d'un autre promoteur immobilier qui lui a coupé l'herbe sous le pied en arrivant le premier, ou en acceptant de payer plus cher. Dans

513

ces cas-là, Stowe pense qu'il doit y avoir quelqu'un ou quelque chose qui travaille contre lui. Comme une malédiction.

« Et sa réaction, son réflexe, c'est d'essayer de régler le problème, par la force, par la ruse, par l'argent. Parce qu'il fonctionne de cette manière.

Il nous fallait encore quelques vêtements, du maquillage, des articles de toilette, une perruque et une échelle. Retour à Wal-Mart et descente chez Lowe's. Pour Wal-Mart, j'ai dû négocier, car aucune des femmes ne voulait y acheter ses vêtements. J'ai rappelé que ce que l'on porterait n'aurait à subir qu'une seule inspection, très brève, et avec un peu de chance dans la pénombre ; en plus, en s'y prenant bien, on aurait l'éclairage dans le dos. Et puis, on ne pouvait pas courir le risque de se servir de cartes de crédit, de chèques ou de cartes bancaires. Tout ce que nous pouvions utiliser, c'était le liquide que nous avions sous la main, en l'occurrence le mien — et il n'en restait pas des masses. Cela dit, j'étais partant pour le partager libéralement, voire pour le claquer dans son intégralité. Je n'avais pas tellement le choix, après tout : quelle autre attitude adopter que de se dire, merde, aujourd'hui est une belle journée pour mourir, et quelle différence ça fera si je casse ma pipe en tant que petit-bourgeois ruiné ou en tant qu'indigent pur jus ?

En m'enfuyant sur le dos de Tommy, j'avais découvert un arbre énorme, un vieux chêne à la ramure déployée, facile à escalader depuis l'intérieur de la propriété, avec une branche qui surplombait le mur. Si je l'avais d'abord aperçu de l'extérieur, je n'aurais jamais tenté le coup, ça m'aurait paru trop haut pour sauter. Mais après avoir franchi le mur et m'être avancé sur ma branche, je m'étais retrouvé trop loin pour faire machine arrière. C'était sûrement en raison même de sa hauteur que l'arbre n'avait pas été coupé.

Susie tenait le volant, tandis que Niobé et moi regardions en l'air. On y a mis le temps mais on a fini par le trouver, ce chêne. Grimper à l'échelle a été un jeu d'enfant ; ensuite, ramper sur la branche au-dessus du mur ne s'est pas avéré très difficile. Quant à redescendre de l'arbre, ce n'était qu'une simple formalité.

Il y a quand même eu un ou deux moments chauds. Comme je passais en dernier, après Niobé et Susie, j'ai hissé l'échelle derrière moi pour éviter qu'on ne la repère. Une tâche pénible, qui m'a flanqué la trouille. À un moment, j'ai presque perdu l'équilibre et j'ai manqué de tomber ; et, à deux reprises, j'ai failli toucher les fils qui auraient déclenché l'alarme.

Derrière nous, Inga s'est mise au volant. Elle allait tuer un peu de temps avant de se diriger vers l'entrée principale et entrer tranquillement dans la propriété.

Il était dix-neuf heures quarante-cinq, et une marche d'environ deux heures nous attendait. Dieu merci, Stowe n'avait pas de chiens. Je pense qu'il avait dû en posséder, à une certaine époque, jusqu'au jour où ils avaient terrifié un étalon, ou bien l'un d'eux avait planté ses crocs dans son délicat paturon, enfin, un incident de ce genre — de sorte que Stowe, désormais, ne se fiait plus qu'à la technologie et aux êtres humains.

Nous nous sommes frayé un chemin à travers le

515

sous-bois pendant un moment. Cette marche dans le noir était étrange, et même angoissante. Je veux dire qu'elle l'aurait été dans n'importe quelles circonstances. Cependant, au bout d'une vingtaine de minutes, nous sommes parvenus à un sentier d'équitation.

Selon que les nuages passaient devant la lune ou s'en éloignaient, notre environnement s'assombrissait ou s'éclairait. Nous avons découvert, lorsqu'il faisait trop sombre pour voir devant nous, trop sombre pour distinguer même nos propres pieds, que nous pouvions continuer à avancer en levant les yeux, parce que le ciel, au-dessus du sentier, était toujours plus clair que l'ombre qui planait sous les arbres.

Vers vingt et une heures vingt, on a commencé à apercevoir, ou entrevoir, ou entrapercevoir des lueurs provenant de la maison, des granges, des écuries. Nous sommes allés de l'avant pendant encore environ cinq minutes, puis nous sommes sortis des bois. Il y avait toujours des arbres à notre droite, mais sur notre gauche se trouvait une palissade et, de l'autre côté de la palissade, un pré où les chevaux pouvaient galoper. Au milieu de ce pré se dressaient trois grands arbres, drapés dans une orgueilleuse solitude. Autorisés à croître sans entraves, sans concurrence, ils étaient tous devenus énormes, d'une largeur et d'une symétrie étonnantes. Au-delà de ces arbres, la demeure de Stowe paraissait nous attendre en haut d'une longue pente douce. Les granges et les écuries étaient situées quasiment droit devant nous.

Nous nous étions dit que nous avions fort peu de chances de pouvoir nous glisser devant les bâtiments de la ferme, de traverser les pelouses, de parvenir à la maison et finalement d'y pénétrer, sans nous faire repérer une seule fois. Le mieux paraissait d'appliquer l'idée de Niobé, à savoir, de faire comme si nous étions arrivés un peu plus tôt, ouvertement et sur invitation, et de nous comporter en invités du propriétaire en train d'effectuer leur petite promenade digestive.

On avait des feuilles dans les cheveux, des brindilles dans les vêtements ; disons qu'en gros on donnait assez nettement l'impression d'avoir grimpé aux arbres et crapahuté à travers bois. Le genre d'activités auxquelles ne se livraient généralement pas les invités d'Alan Stowe.

Bref, on avait intérêt à s'épousseter. Nous avons fait demi-tour et sommes repartis sous le couvert des arbres, où il était possible de se servir d'une lampe de poche, en masquant la lumière. Les femmes se sont aidées mutuellement à brosser leurs vêtements et à rectifier leur maquillage ; après quoi, elles se sont occupées de mon cas. Ce n'est pas sans embarras ni réticence que j'ai mis une perruque, ainsi qu'un corsage sous lequel un soutien-gorge farci de chaussettes me faisait une paire de faux seins convaincante. J'ai enfilé, par-dessus, une veste flottante. Les femmes portent ce genre de vêtement pour dissimuler leur embonpoint ; moi, c'était pour qu'on ne remarque pas ma taille un peu forte et mes hanches trop étroites. Pour parfaire l'ensemble et ne pas être trahi par ma démarche masculine, je me suis mis à clopiner, en m'appuyant sur la canne que j'avais apportée.

Une fois tous les trois à peu près satisfaits de notre apparence, nous avons remonté l'allée en flânant, bras dessus bras dessous, Niobé et Susie comme deux sœurs, et moi dans le rôle du boudin plus âgé. On a bavardé en évoquant le clair de lune, la douceur de l'air nocturne, on a parlé chevaux et courses, ah, les joies des courses de chevaux. Tel un fantôme surgi du passé, le vigile sur lequel j'étais tombé lors de ma dernière visite a émergé de l'ombre enveloppant les granges.

— Bonsoir, Billy, lui a lancé Niobé en souriant. Comment ça va ? Pour notre petite promenade du soir, on a dû parcourir pas loin de deux kilomètres.

— Ravi de vous revoir, madame Morgan. Ça faisait un moment que vous n'étiez pas venue.

Il lui a retourné son sourire, en soulevant pratiquement sa casquette.

— Voici ma vieille amie Susie, a poursuivi Niobé. L'épouse du sénateur Brill.

— C'est si bon de se retrouver à la campagne, a commenté Susie. Je ne rate jamais une occasion de m'échapper du Capitole.

— Enchanté, madame, a fait Bill très poliment.

Niobé m'a présenté à mon tour. Dans le rôle de sa tante Cecilia, j'ai grommelé quelque chose en hochant la tête.

— La pauvre, a expliqué ma « nièce », elle s'est tordu la cheville. Je crois qu'on ferait mieux de retourner à l'intérieur, maintenant.

— Je pourrais aller vous chercher une des voiturettes de golf, a proposé Bill. Pour lui éviter de rentrer à pied.

— C'est vraiment gentil, Bill, mais je crois que justement il vaut mieux marcher, dans ces cas-là.

— Oui, je pense aussi que c'est préférable, a renchéri Susie.

— Bien sûr, bien sûr, a surenchéri ce bon vieux Bill.

Nous avons donc passé notre chemin et continué à monter la colline, les épouses du colonel Morgan et du sénateur Brill d'un pas nonchalant, et moi, la tante Cecilia, de ma démarche claudicante.

CHAPITRE 69

— Comme tu as l'air vieille ! a lancé Alan à Inga, sur un ton plus étonné qu'il n'aurait dû.

— Évidemment, a-t-elle répliqué. Et toi, tu as l'air d'un mort vivant.

— Tout le monde me dit que je fais vingt ans de moins que mon âge.

— Les gens sont prêts à dire n'importe quoi pour de l'argent.

— L'argent est le plus puissant instrument du Bien qu'il y ait jamais eu sur cette planète. La main invisible ! Quand chacun recherche son propre profit, il en résulte un Bien général.

— Tu as toujours été un crétin. Maintenant, tu es un crétin gaga.

— J'étais amoureux de toi.

— Tu parles. Tu voulais me posséder, comme tu aurais voulu posséder un joli petit bosquet, afin de pouvoir le dévaster et d'en faire quelque chose de moche.

— Eh bien, ça, le temps s'en est chargé de toute façon.

— Évidemment, a de nouveau répliqué Inga, la tête droite. Tu t'imagines que j'ai honte d'avoir des rides sur la figure ? Oui, je suis ridée, et je pends de tous les côtés, comme toi. Il n'y a pas de quoi avoir honte, excepté en Amérique.

— J'étais amoureux de toi, et tu étais amoureuse de moi.

— Pff... Balivernes.

— Pourquoi ne veux-tu pas l'admettre ?

— Parce que c'est faux. Je ne vois pas pourquoi je l'admettrais si c'est faux.

— Elle t'avait plu, cette nuit passée ensemble. Beaucoup plu. Tu serais revenue pour en redemander. Tu aurais quitté ton mari pour moi.

— Mauvais, a lâché Inga d'un ton dédaigneux. Voilà ce que tu es. Un type mauvais.

— Tu aurais pu changer ça.

— Rien n'aurait pu changer ça.

— J'aurais été quelqu'un de meilleur, avec toi à mes côtés.

— Ce que tu as fait, c'était du chantage. Ce que j'ai fait, moi, de la trahison. J'ai été salie à jamais.

— Tu voulais l'aider.

— J'étais une jeune idiote. Je me croyais invulnérable, et j'avais tort. J'étais déjà assez vieille pour être mortelle, pour pouvoir être abîmée.

— Ton mari était un faible. S'il s'est tué, ce n'est ni de ta faute ni de la mienne. En se tuant, il n'a pas seulement mis fin à sa propre vie, il a détruit ce que nous avions, tous les deux. Tu serais venue à moi, tu aurais fini par venir à moi en toute liberté.

— Tu es entouré d'argent. L'argent te raconte des mensonges. Tu ne sais pas ce que c'est que la vérité, et tu ne le sauras sans doute jamais.

— Tu en voulais encore. Tu criais, tu me suppliais : « Encore, encore, encore ! »

Inga tourna les talons et commença de se diriger vers la porte.

— Où vas-tu ? s'écria Alan. Ne t'en va pas. Je t'attends depuis quarante-deux ans. Tu ne peux pas t'enfuir comme ça.

— Je vais juste prendre l'air, j'ai besoin de respirer. Je reviendrai après.

— Tu as intérêt à revenir.

— Pourquoi ça ? lui demanda-t-elle en se figeant.

— Je t'ai mise sur mon testament.

— Ben, voyons.

— Dix millions de dollars. Qu'est-ce que tu en dis ? Elle était déjà repartie vers l'arrière de la maison.

— Il y a une porte, là, qui mène dehors ?

— Oui, répondit-il en lui emboîtant le pas. Stop ! ajouta-t-il quand elle fut parvenue devant la porte.

— Pourquoi ?

— À cause de l'alarme. Il faut que je tape le code, sinon ils vont s'amener avec des flingues.

— Eh bien, vas-y, tape-le, ton code. J'ai besoin d'air. Et toi aussi. Tu vois à quel point tout ça est stupide ? Tu es riche, alors tu as des alarmes, et quel est le résultat ? Tu te retrouves prisonnier dans ton propre domicile. Moi, j'ai une petite maison, et tu la trouves sans doute ridicule, insignifiante, mais elle me convient tout à fait. Je peux entrer et sortir comme je veux, mes invités peuvent aller et venir, on profite de l'air. Toi, tu profites de tes alarmes.

Entre-temps, il avait tapé le code. Elle poussa la porte et sortit.

— Si j'ai voulu te nommer parmi mes héritiers, expliqua Stowe, c'est pour que tu puisses vivre à ta guise pendant tes dernières années. Pour que tu puisses avoir tout ce que tu veux, faire tout ce dont tu as envie, absolument tout... Et que tu te rendes compte que tu aurais pu en profiter tout du long, chaque jour de ces quarante-deux années. Tu aurais pu être riche pendant toute ton existence. Je veux que tu saches vraiment, au plus profond de toi, à chaque instant de la journée, de quoi tu t'es privée pendant tout ce temps.

Ils se trouvaient maintenant dans une cour pavée. Toute la maison était en pierre et en bois, et l'ensemble était magnifique. Plus magnifique qu'Inga ne se le rappelait. Il lui vint à l'esprit que dans sa jeunesse, trop éprise de la beauté de son propre corps, de sa chevelure, de son visage, des corps de ses amants et des jeunes gens avec qui elle dansait, de la beauté de leurs mouvements et de leurs gestes et de l'amour qu'ils lui faisaient, elle avait été moins sensible à la beauté des choses, des objets, des structures, et même des paysages et de la nature.

Ce patio existait déjà, à l'époque. En fait, ils étaient sortis sur ce patio, et... et ils y avaient dansé, et... ils y avaient baisé, aussi. La honte de ce souvenir. Le dégoût. Cela dit, il avait raison, ça lui avait plu. Elle avait adoré. Ce n'était pas qu'il se soit montré un amant extraordinaire, au plan de la pure performance technique, mais il avait été vigoureux et vorace, comme s'il ne s'était pas attablé au banquet de l'amour depuis des lustres. La vanité d'Inga lui avait fait accepter cette extravagante avidité comme un compliment personnel, et elle en avait été flattée, et contente.

Elle se rendait compte, maintenant, que le patio était vraiment magnifique.

— Pas mal, non ? demanda-t-il.

Il voulait qu'elle admette qu'il avait une belle vie. Elle haussa les épaules, déterminée à lui dénier cette satisfaction.

— Où est la bibliothèque ? s'enquit-elle.

Alan leva les yeux vers les fenêtres du premier étage.

— Et tes fameuses écuries ? l'interrogea-t-elle encore.

Il désigna le flanc de la colline, au bas de laquelle elle aperçut des lumières. Ah, c'était par là que Niobé et Susie étaient censées arriver avec David. Est-ce que ses yeux lui jouaient des tours ? Est-ce que ce n'était pas des gens qu'elle apercevait, là-bas, en train de monter cette colline ?

— Tu peux me montrer la bibliothèque, suggéra-t-elle à Stowe en se retournant vers la porte de la demeure.

Il allait attendre pour la laisser passer, par courtoisie.

— Allez, vas-y, le pressa-t-elle.

Une fois rentrée dans la maison à la suite d'Alan Stowe, elle prit soin de ne pas refermer complètement la porte derrière elle. Et, dès qu'elle fut à l'intérieur, elle prit le bras du vieil homme. Il fallait le surprendre, détourner son attention, l'éloigner de la porte mal fermée.

— Dis-moi, pourquoi une bibliothèque ?

— Pour avoir des archives, répondit-il. C'est comme ça qu'on peut se souvenir des choses. C'est comme ça qu'on se souviendra de *moi*.

On aurait dit qu'il la défiait de le contredire, ou qu'il prononçait un serment.

CHAPITRE 70

Nous avons aperçu Inga et Stowe dans le patio, juste au-dessous de la fenêtre par laquelle j'avais sauté, six jours seulement auparavant, et qui semblait avoir été parfaitement réparée.

Au vu et à l'insu de tous, nous faisions de notre mieux pour avoir l'air naturel et décontracté.

Quelques minutes plus tard, nous avons vu s'écarter un rideau à la fenêtre de la bibliothèque. Les lumières étaient allumées. Inga est apparue à la fenêtre, le regard perdu dans la nuit. Elle a esquissé un geste.

— Qu'est-ce qu'elle fait ?

— On dirait qu'elle montre quelque chose.

— Oui, on dirait.

— Vers le bas.

— Ouais.

— Tu penses qu'elle a réussi à laisser la porte ouverte ? a demandé Susie.

— Peut-être, j'ai répondu. Faut vérifier. Là-haut, où elle est, c'est la bibliothèque.

— On est censés y entrer, et elle est censée en faire sortir Stowe, c'est ça ?

— Ouais.

— Ensuite, on doit trouver les documents, et repartir avec.

— Exactement.

— Je ne pense pas qu'on va y arriver, a murmuré Susie.

— Mais le destin de la nation en dépend ! me suis-je exclamé.

Susie s'est mise à rire, mais en parvenant à maîtriser son braiment habituel.

— Non, c'est vrai, a affirmé Niobé avec un grand sérieux.

Ce n'était pas moi qui allais lui donner tort.

Nous sommes donc passés par la porte du patio, restée entrouverte. Cette chance paraissait presque imméritée, ce qui ne nous a pas empêchés d'en profiter. Puis on est montés à l'étage par l'escalier du fond.

Après avoir réussi à traverser la maison sans se faire repérer, on s'est dirigés vers le salon, qui jouxtait la bibliothèque. Le grand écran sur lequel les invités de Stowe avaient vu Gus Scott commettre son impair décisif avait été enlevé ; et remis, je suppose, dans la médiathèque. Mais les spectres de l'incident étaient revenus ; car c'est bien ce que nous étions, deux goules et un fantôme décidés à empêcher Stowe de reprendre la victoire dilapidée par Scott.

Ma perruque me rendait à moitié enragé. Je n'avais quasiment jamais porté ne fût-ce qu'un chapeau, et ce truc posé sur mon crâne rasé de frais était une source d'irritation permanente. Cependant, après m'être glissé jusqu'à la porte qui séparait le salon de la bibliothèque, j'ai essayé de regarder par en dessous, et d'écouter au travers. C'était du bois d'ébénisterie admirablement travaillé, et tout ce que j'ai réussi à déterminer, c'est que les lumières étaient allumées dans la pièce voisine. Ce que je savais déjà. Nous avons supposé qu'Inga se trouvait dans cette salle avec Stowe. Niobé m'a imité en collant l'oreille contre la porte qui donnait sur le couloir et, simultanément, on surveillait l'horloge. Puisque Stowe était censé avoir des invités à vingt-deux heures, nous espérions que cette échéance allait l'obliger à vider les lieux.

À vingt et une heures cinquante-six, quelqu'un a frappé à la porte de la bibliothèque. Seule Niobé a entendu le bruit, et de justesse, car les ondes sonores se déplaçaient latéralement à travers le mur.

On a décidé d'attendre encore quelques minutes, ce qui n'a pas été facile. Ce n'était pas facile non plus d'être sûrs qu'on avait raison d'attendre. Nous avons ouvert la porte. J'ai laissé Niobé passer la première, juste dans l'éventualité où Stowe ou quelqu'un d'autre se trouverait à l'intérieur de la pièce avec Inga. Auquel cas, Niobé arriverait peut-être à improviser une explication.

Quand elle a franchi la porte, nous avons retenu tous les trois notre souffle.

CHAPITRE 71

Le juge McClellan fut le dernier à arriver. Il savait qu'on allait lui mettre la pression, et n'était pas spécialement impatient de se faire remonter les bretelles. À vingt-deux heures dix, néanmoins, il était là.

Jouant son rôle de maître de maison, Stowe proposa des boissons.

— Oui, je pense que je vais prendre un petit quelque chose, acquiesça le juge. Un scotch, sec.

Jack Morgan venait de vider son propre verre. Il se dirigea vers le bar en indiquant qu'il s'occupait de servir le juge.

— Vous avez peut-être assez bu, lança Ed Hoagland à McClellan.

En voilà, un ton. Pour qui se prenait ce type ? Le juge avait déjà descendu quelques verres, d'accord. Un après le travail. Ou deux. Et il avait bu quelques petits coups dans la voiture, en venant. Et alors ? Il estimait très bien tenir l'alcool, et il était certain que ça ne se voyait pas.

— Quelle importance ? Je ne conduis pas.

— Justement, vous auriez dû conduire vous-même, répliqua le secrétaire d'État.

Un bon Dieu de chauffeur. Encore un témoin

potentiel. Mais, bon, avec un peu de chance, les choses n'iraient jamais jusque-là.

— Vous charriez un peu, là, Ed, protesta McClellan. Relax !

Beaucoup de gens avaient peur de Hoagland. Eh bien, lui, McClellan, il n'avait pas besoin d'en avoir peur. Il avait été nommé à vie à la Cour suprême. Hoagland ne se rendait pas compte de l'importance de sa situation. Passant devant Morgan, qui s'était figé après la remarque de Hoagland, McClellan jeta un coup d'œil aux bouteilles, choisit une marque qu'il appréciait, et s'en servit une dose généreuse dans un verre épais.

— Morgan ? demanda le juge au colonel, histoire d'enfoncer le clou.

— La même chose, merci.

McClellan remplit un second verre. En le tendant à Jack, il constata que les yeux de celui-ci paraissaient quelque peu injectés de sang, et ses traits, plutôt tirés. Un peu plus et McClellan se serait exclamé : Hé, ce mec est plus bourré que moi.

— Merci, fit Morgan sur un ton d'authentique gratitude.

Il porta immédiatement le verre à ses lèvres et en but une gorgée, avant de se lécher les babines. Il aurait voulu parler ; seulement, ce qu'il avait à dire était indicible.

Ils se trouvaient dans l'antre de Stowe.

Oui, l'*antre*, comme on parle de l'antre d'un lion. Sauf que le lion était vieux, et à moitié desséché.

— Bon sang ! s'écria McClellan. Vous êtes sinistres ! On devrait être en train de célébrer l'événement. Je pense qu'on a gagné la partie, non ?

Jack aurait voulu dire : Il n'y a rien à célébrer, parce que j'ai perdu Niobé. Et ce que je lui ai fait est... indicible. Et il ne pouvait pas le dire, il ne pourrait jamais le dire, en aucune circonstance. Il fallait qu'il aspire ça et qu'il le garde là, au fond de lui, jusqu'à son dernier soupir. Et, en attendant, qu'il vive avec. Tout seul.

— On n'a encore rien gagné, décréta Hoagland.

Pour une fois, il ne marmonnait pas.

— Tant que l'affaire n'est pas verrouillée, c'est comme si on n'avait rien fait. Cette affaire, on l'a montée, Andy. C'est à vous de la verrouiller, maintenant.

— Vous ne comprenez pas, riposta le juge. Vous ne mesurez pas la difficulté de la situation.

— Ça ne m'intéresse pas. Faites votre boulot.

— On ne peut pas bousculer les juges de la Cour suprême, Ed.

Ce qui voulait dire, pour le même prix : Tu ne peux pas me bousculer, Ed.

— Et pourquoi ?

— Parce que c'est justement le principe, répondit McClellan. Le principe de la Cour suprême, c'est que personne ne peut nous bousculer. On est au-dessus de toutes les pressions. Nommés à vie. Personne ne peut nous démettre de nos fonctions.

Hoagland avait l'air d'être sur le point de répondre quelque chose, mais McClellan dressa un doigt pour l'en empêcher. Il avait l'habitude du pouvoir judiciaire. Personne n'interrompt un juge, c'est lui qui interrompt les autres.

— Tous les neuf, on partage ce point de vue. On est persuadés de sa validité. Alors, si vous mettez la pression, la résistance est automatique. Plus vous poussez, plus ça résiste.

Hoagland, de nouveau, essaya vainement d'intervenir.

— Bien sûr que j'ai essayé de les convaincre. Surtout mes collègues les plus conservateurs. Il y a toujours du lobbying réciproque. Dans certaines limites, bien sûr, notamment celles de la courtoisie. Ça paraît évident, bon Dieu, que si Murphy est élue, elle essaiera de faire nommer à la Cour des féministes et des socialistes et des étatistes bon teint. Tandis qu'avec Scott tout se passe gentiment, et si c'est lui qui décide des deux prochaines nominations, eh bien, ce sera « notre » Cour suprême pendant presque toute une génération.

McClellan n'eut pas besoin d'égrener la liste des décisions concernées, ils la connaissaient tous par cœur. Adieu à « Roe versus Wade » et à l'avortement légal, adieu à l'ordonnance Miranda[1], adieu aux mesures antidiscriminatoires dans le domaine du recrutement professionnel... On établirait clairement que la liberté d'expression n'était pas un droit absolu, particulièrement en temps de guerre, y compris la guerre contre le terrorisme. On réintroduirait la prière à l'école. En fait, c'est tout le mode de vie américain qui avait besoin d'une bonne dose de prière.

— Nous comprenons tous ce qui est en jeu, conclut McClellan.

---

1. Ordonnance de la Cour suprême (remontant au procès « Miranda *versus* Arizona », 1966), stipulant que toute personne en état d'arrestation doit être avisée qu'elle a le droit de ne pas s'exprimer et d'être assistée par un avocat.

— Au diable la théorie, Andy ! s'emporta Hoagland. Parlons chiffres. Vous avez besoin de convaincre combien de juges ?

— Deux, répondit McClellan. Il m'en faut deux.

Hoagland se tourna vers Stowe.

— Est-ce qu'il y a deux juges de la Cour suprême qu'on pourrait influencer, par la carotte ou le bâton ? Sur lesquels on pourrait peser, d'une manière ou d'une autre ?

— Oui, répondit Stowe. Oui...

Mais il hésita. Il était à peu près sûr de son coup, seulement sa fichue mémoire immédiate... n'était plus très fiable. Ce matin même, il avait réfléchi à ce problème. Et maintenant... maintenant, il pouvait se rappeler sa nuit avec Inga aussi clairement et nettement que si on lui montrait le film sur un écran blanc et lisse, dans une salle de projection privée, à l'intérieur de son crâne. Mais rien à faire pour se remémorer les noms des huit autres juges de la Cour suprême. Inga ne s'était pas contentée de danser dans le patio, elle y avait dansé nue, et il pouvait se souvenir de la forme de ses seins, de la couleur de ses mamelons, tels qu'ils étaient quarante-deux ans plus tôt. Quant aux noms de ces bon Dieu de juges...

— Dans la bibliothèque, marmonna Stowe.

Est-ce qu'il pensait à Inga, patientant dans la bibliothèque, ou à ses dossiers, qui s'y trouvaient également ? Il se concentra pour essayer de s'éclaircir les idées.

— Mais j'ai une amie qui m'y attend, ajouta-t-il.

— Une amie, répéta McClellan d'une voix un peu ivre. Ça fait plaisir de voir que vous gardez la forme.

Le juge fit un clin d'œil et porta un toast :

— Allez, au Viagra !

— Il ne faut pas qu'elle nous voie ensemble, protesta Hoagland.

— Non, admit Alan Stowe.

— Les femmes, intervint Jack. On ne peut jamais faire confiance aux femmes.

— Je vais lui dire de s'éloigner.

— Renvoyez-la, s'irrita Hoagland.

Et Jack répéta :

— Ouais, renvoyez-la.

— Non, se rebella Stowe en secouant la tête.

Ils n'en avaient pas encore terminé, Inga et lui. À la lumière froide du jour, il pouvait tenir la superstition à distance ; mais, pendant ses nuits sans sommeil, il était dévoré par le doute. Il achetait des juges et des terres, il se livrait au pillage et au saccage en parfaite impunité, et pourtant, malgré tout son or, il était devenu vieux ; malgré tout ce qu'il possédait, il était demeuré seul. Quelle explication à cela sinon une malédiction ?

Maintenant que cette femme était venue ici au bout de toutes ces années, il fallait qu'ils s'expliquent, tous les deux, afin de régler ce problème.

— Rejoignez-moi dans quelques minutes, lança-t-il à ses hôtes avant de quitter la pièce.

CHAPITRE 72

Assis devant l'ordinateur, j'essayais de déterminer ce dont nous avions besoin, au juste. Susie et Inga parcouraient les papiers de Stowe. Après tout, nous étions trois bibliothécaires, trois professionnels formés à ce genre de tâche.

Niobé faisait le guet à la porte.

Elle n'a pas entendu Alan arriver. L'épais tapis du couloir avait étouffé le bruit de ses pas traînants, et elle a été stupéfaite de voir la porte s'ouvrir.

— Niobé ? s'est-il étonné. Qu'est-ce que vous faites ici, ma chère ? Vous êtes venue avec Jack ?

C'est alors qu'il a remarqué Inga et deux inconnues qui fouillaient parmi ses papiers, et trafiquaient quelque chose à l'ordinateur. Comprenant aussitôt que nous n'étions pas à notre place, qu'il y avait un problème, il a lancé d'une voix plaintive :

— Inga ?

Elle se tenait debout, les bras chargés de documents.

— Tu m'as trahi, l'a-t-il accusée en apercevant ses dossiers.

Inga lui a répliqué, avec une précision polie :

— Qui a trahi qui ?

— Tu n'as rien à fiche ici. Je vais te faire arrêter.

— Non, Alan, non, l'a contré Niobé. Vous n'allez rien faire du tout. C'est fini, Alan. On a toutes les preuves. On va s'en aller d'ici avec ces preuves, pour les remettre à Anne Lynn Murphy. Les votes des grands électeurs renégats seront annulés...

À ce moment, Stowe s'est tourné dans ma direction.

— Est-ce que je vous connais, vous ? Votre figure me dit quelque chose.

Il a secoué la tête. La porte s'est ouverte à nouveau.

Andrew McClellan et Jack Morgan ont pénétré dans la pièce. Le juge paraissait ivre. Le colonel aussi avait bu ; il avait les yeux rouges, l'air fatigué. Chacun tenait un verre de whisky à la main. Edward Hoagland, le secrétaire d'État, est arrivé dans leur sillage, à la façon d'un berger.

À la vue de Niobé, Jack s'est écrié :

— Toi !

— Oui, c'est moi.

— Tu m'as trahi, l'a-t-il accusée.

— Non. Tu t'es trahi toi-même, Jack. Tu as trahi celui que tu étais, et tu as trahi ton pays. Et puis... tu m'as trahie, moi.

Jack a lâché son verre, dont le contenu s'est répandu sur le sol. En reconnaissant Inga, il a repris l'initiative :

— Qu'est-ce qu'elle fout ici ?

— C'est mon amie, a répondu Alan.

— Imbécile ! lui a lancé Jack.

Il a crié à Susie :

— Et vous, qui êtes-vous ?

Et aussitôt après, en se tournant vers moi :

— Et vous ?

Plissant les yeux pour mieux scruter mes traits maquillés, encadrés par la perruque, il a fini par me reconnaître.

— Vous ? s'est-il exclamé, d'un ton de dégoût et de révolte. Vous... a-t-il répété quand il en a été certain.

Il avait prononcé le mot avec tout le mépris d'un flic, et un geste assorti au ton, en plongeant une main au creux de ses reins pour s'emparer d'un automatique.

Je me suis jeté devant Susie. Si Jack se mettait à canarder, il n'y avait aucune raison pour qu'elle se fasse descendre. Et j'ai retiré cette foutue perruque avec un immense soulagement.

— On se calme, Jack, j'ai fait.

— Toi, ta gueule ! il a beuglé. Je ne veux pas t'entendre dire un seul mot.

— Du calme, est intervenu Hoagland, du calme, Jack. Essayons de comprendre de quoi il retourne.

Les yeux brûlants de Jack se posaient alternativement sur Niobé et sur moi.

— Tu m'as quitté pour lui ?

— Je n'ai pas eu l'occasion de te quitter, tu m'as livrée à Parks. Il allait me torturer et me violer, et tu le savais, hein, parce qu'il l'avait déjà fait.

— Non, non, je ne savais pas.

— Mais David et son amie m'ont sauvé la vie.

— Et tu es avec lui, maintenant ?

Il avait gueulé sa question d'une voix enrouée d'ivrogne.

— Je veux le savoir. Je veux le savoir ! C'est à cause de lui ?

Elle lui a jeté un regard de défi. Mais il voulait à tout prix une réponse, et il a insisté :

— Tu es avec lui, maintenant ?

Niobé a tourné son regard vers moi. Je devais avoir l'air passablement ridicule, avec mon crâne chauve et mon rouge à lèvres, mon soutien-gorge et mes faux nichons, et la perruque que je tenais à la main. J'ai lâché la perruque afin d'essuyer mon rouge à lèvres du revers de la main.

— Je vais te dire la vérité, Jack. Je lui ai promis de le rejoindre lorsque cette affaire serait terminée, pour voir si ça pouvait marcher. Mais je l'ai prévenu que je t'en parlerais d'abord. Eh bien, c'est fait, maintenant, et je peux tenir ma promesse.

De nouveau, elle a reporté son regard vers moi.

Jack a tourné les yeux vers Hoagland, puis vers Stowe, comme pour vérifier qu'ils voyaient bien la même chose que lui. Elle était en train de quitter le guerrier pour s'engager dans un cirque et s'enfuir avec le clown.

Niobé m'a jeté un regard extraordinaire. L'homme que je voyais reflété dans ses yeux était bien meilleur que celui que j'aurais jamais pu espérer apercevoir dans mon miroir. Être regardé de cette façon, c'était vraiment être un héros.

Être dédaigné par ce regard, comme Jack était en train de l'être, c'était se voir destitué de sa dignité et de son grade.

La façon dont Niobé me contemplait voulait dire : Tu vois ce qu'on a accompli ensemble, il n'existe pas d'homme meilleur que toi, ou plus courageux que toi

— ils t'avaient sous-estimé, et moi aussi, et maintenant je suis libre, libre de venir à toi.

C'est ce qu'elle a commencé à faire, en s'avançant d'un pas dans ma direction.

— Non ! a hurlé Jack en lui agrippant le bras.

Niobé a pivoté sur les talons pour lui faire face, et lui a jeté au visage, d'un air de défi :

— Si.

Il avait pénétré dans cette pièce en héros. Il était tombé en disgrâce, et ne pouvait s'en prendre qu'à lui-même. C'étaient les faits bruts. Jack avait introduit Niobé dans le jeu, et avait échoué à m'en faire sortir. Stowe et Hoagland ne voudraient plus jamais de lui, mais ça n'allait pas s'arrêter là. Son action ne serait jamais perçue, il s'en rendait maintenant compte, comme il l'avait perçue lui-même — comme une démonstration de patriotisme. Il serait découpé en rondelles, en petits cubes, et son honneur serait réduit en lambeaux, au fur et à mesure de l'énoncé implacable des faits par un procureur. Il serait condamné comme traître et comme imbécile, et personne ne voudrait le reprendre.

Jack observait sa femme, qui l'avait jadis aimé et adoré, et il voyait dans ses yeux le reflet de ce qu'il était devenu. S'il s'était servi de Parks, c'est qu'il *était* Parks. S'il avait approuvé la torture et le viol de femmes, c'est que lui aussi, il était un sadique et un violeur. Il aurait voulu s'expliquer, mais il n'y avait pas d'explication. Ce qui était vrai aux yeux de Niobé était implacablement, inexorablement vrai.

— Comment ? s'est-il écrié. Pourquoi ?

Il est devenu blanc comme de la fumée, puis tout rouge, du cou jusqu'au front — on a vu son sang remonter des profondeurs pour lui empourprer le visage. Il en voulait à Niobé, il s'en voulait à lui-même, et ne savait plus où il en était. Dans une série de gestes parfaitement coulés, il a fait sauter d'une chiquenaude le cran de sécurité de son automatique, glissé un chargeur dans le magasin et pointé l'arme vers sa femme.

— Non ! il a hurlé.

— Si, a répété Niobé.

Il a compris qu'elle ne renoncerait jamais. J'ai gueulé :

— Non, non, ne faites pas ça !

Hoagland aussi a crié, je crois. Susie également, et sa main m'a écrasé l'épaule.

Jack a fait feu à trois reprises. Niobé a été atteinte, elle a tourné sur elle-même avant d'être touchée de nouveau et de s'effondrer par terre. Le sang a jailli des blessures, ses vêtements en ont été trempés. Avant que j'aie eu le temps de la rejoindre, il lui avait tiré dessus une fois de plus, là, sur le sol où elle avait roulé.

J'avais pris Niobé dans mes bras, je n'ai pas vu Jack reculer dans un angle de la pièce et s'enfoncer le canon de son arme dans la bouche avant de presser la détente, une dernière fois.

CHAPITRE 73

Ça va être aux tribunaux de décider, maintenant.

Les flics sont venus. Meurtre plus suicide, c'était inévitable.

Susie et moi, nous avons été arrêtés pour effraction et tentative de cambriolage. Dans mon cas, ces charges sont venues s'ajouter à celles qui pesaient déjà sur moi.

Aucun chef d'accusation n'a été retenu contre Inga, qui était venue sur invitation. Qu'est-ce qu'elle avait fait, de toute façon ? Classé des documents entreposés dans une bibliothèque ? Et puis, je pense que Stowe avait des sentiments pour elle. Il ressentait un mélange d'amour et de peur, et il avait l'impression de lui devoir une sorte de réparation.

Tous les trois, les bibliothécaires, nous avons insisté pour que la police emporte comme pièces à conviction les documents que nous étions venus chercher. Nous avons soutenu que, si l'on nous accusait de tentative de cambriolage, il fallait réquisitionner ce que nous avions tenté de dérober. Alan Stowe, l'homme le plus riche de l'État, et Ed Hoagland, le secrétaire d'État, ont expliqué qu'ils étaient contre. Respect de la vie privée oblige, sans parler du droit de la propriété. Par ailleurs, l'envie de priver ces flics de leur emploi pouvait les prendre à tout moment. Puisqu'un juge de la Cour suprême se trouvait sur place, ils ont exigé que, en tant qu'autorité ultime du système judiciaire américain, il avise la police de ne pas procéder à la réquisition des documents concernés. Le juge McClellan était saoul, quasiment en état de choc, et il se savait compromis jusqu'au cou.

Prêt à tout pour que Niobé ne soit pas morte en vain, j'ai puisé dans mes dernières réserves de courage et de dinguerie. Prenant subitement la décision de faire chanter le juge McClellan, je l'ai appelé pardessus l'épaule du flic qui me coinçait dans un angle de la pièce :

— Andy ! Je suis le bibliothécaire. J'ai vu ce qu'il y a dans les papiers d'Alan.

— Quoi ? Quoi ?

— Dites-leur de me laisser vous parler.

— Monsieur l'agent, monsieur l'agent, laissez-moi parler avec cet homme.

Lorsque Hoagland, l'Homme Gris, a essayé de s'interposer entre moi et McClellan, celui-ci a repoussé sa main et s'est avancé dans ma direction. Après lui avoir murmuré à l'oreille le secret compromettant grâce auquel Alan le tenait, j'ai ajouté :

— Dites aux flics qu'ils peuvent prendre les papiers. Qu'ils doivent les prendre, comme pièces à conviction. Je vous assure que ces papiers ne vous impliquent absolument pas.

— Vraiment ?

— Je vous le garantis. Ils établissent une connexion

entre Stowe, les grands électeurs félons de l'Iowa, Morgan, et les bombardements de la statue de la Liberté et de la centrale nucléaire.

Le juge se retrouvait pris entre deux menaces de dénonciation, la mienne et celle de Stowe. Celle-ci, personne n'avait besoin de la rappeler à McClellan, qui l'avait parfaitement comprise et acceptée depuis longtemps. On pouvait voir le malheureux trembler littéralement sous les rafales de stress, comme un voilier en pleine tempête. Il a fini par marmonner, dans la grande tradition d'inintelligibilité mise à l'honneur par Hoagland :

— En l'occurrence, c'est à la police qu'il revient de... une décision locale... pas le genre d'affaire qui... tant que ça n'a pas été examiné par...

Bref, il refilait le bébé à la police locale. Ne pensant rien pouvoir obtenir de plus, je m'en suis tenu là.

Les flics ont emporté les papiers.

Gary J. Hackney, l'avocat, a pris mon appel. Il a accepté de plaider gratuitement cette cause, qu'il trouve fascinante.

Étant donné que j'ai un emploi, que je suis bien intégré dans ma communauté, que je n'ai jamais été arrêté et ainsi de suite, et que les qualifications de Susie sont encore plus irréprochables que les miennes, Gary nous a fait libérer sous caution. Maintenant, on attend le procès.

Le seul résultat tangible que nous ayons obtenu pour l'instant, ç'a été d'empêcher la Cour suprême d'intervenir immédiatement pour déclarer valides les votes des grands électeurs qui ont retourné leur veste.

Il est vraisemblable que, pour ne pas être à la fois juge, partie et témoin, McClellan se récuse lors de la plupart des procès, ceux dont l'instruction a déjà commencé et ceux dont elle ne saurait tarder. Mais ce n'est pas certain. La Cour suprême semble s'être laissé gagner par une certaine impudence, au cours de ces dernières années.

Quant au résultat final, à quoi peut-on raisonnablement s'attendre ?

Ça va dépendre de plusieurs choses. Du degré de combativité d'Anne Lynn Murphy. Du talent de ses avocats et de ceux de Scott. De l'attitude des tribunaux. Est-ce qu'ils accepteront comme preuves les documents qui ont été saisis lorsque nous avons été arrêtés, Susie et moi ? Est-ce que ces documents seront rendus publics ?

S'ils sont rendus publics, est-ce que les principaux médias feront l'effort de les lire... et de les relier selon le pointillé ? En admettant qu'ils comprennent quelque chose à cette information, est-ce que les médias décideront qu'elle mérite des articles, ou bien la laisseront-ils se dissiper dans le brouillard ? Ne risquent-ils pas de faire leur possible pour obscurcir la vérité, comme ils l'ont fait, par exemple, dans leurs articles sur le décompte des voix, lors de l'élection précédente ?

Ça va dépendre aussi des gens. Est-ce que le public va vouloir que tout soit réglé en vingt-six minutes, comme dans une sitcom ? Ou bien est-ce qu'il va exiger un exposé clair et détaillé des faits, et prendre la peine de trier le bon grain de l'ivraie, et l'info de l'intox ?

Ça va dépendre de vous[1]. Je suis désolé, mais c'est ainsi.

L'histoire que j'ai l'intention de faire entendre au tribunal, en admettant que l'occasion m'en soit donnée, sera différente de celle que je viens de raconter ici. Ce sera celle dont Gary J. Hackney m'aura dicté les grandes lignes. Elle se limitera aux informations que je tiens de première main, à celles qui concernent l'affaire, à celles que le juge m'autorisera à révéler, à l'exclusion de ce qui risquerait de menacer la sécurité nationale ou d'être contesté par le parquet.

Pourquoi donc avoir rédigé cette histoire-ci ? Je serai dans l'impossibilité de la rendre publique si elle risque de contredire ma version officielle, ou de saper mes arguments.

Il y a plusieurs raisons à cela. La première et la plus simple est que je suis bibliothécaire. Les archives et les documents, c'est ma raison de vivre.

Ensuite et surtout, j'ai écrit cette histoire pour Niobé. Il existe vraiment des femmes qui changent les hommes en héros. Qui changent les gens en héros. C'est dingue. De toute mon existence, je n'avais pas connu une telle expérience. Mes parents m'avaient inculqué certaines valeurs, mais c'était sans commune mesure avec la ferveur de Niobé. Ce qui s'en rappro-

---

1. Écho de la conclusion de la déclaration filmée des « *Hollywood Ten* », dix scénaristes et metteurs en scène de Hollywood jetés en prison pour activités antiaméricaines à la fin des années 1940.

cherait le plus, ce sont les frissons qui parcourent un gamin à la lecture d'un poème comme *Invictus*, de Henley :

> *Dans cette nuit obscure où j'erre,*
> *Infernale et interminable,*
> *Gloire aux dieux qui jadis forgèrent*
> *Mon âme — mon âme indomptable !*
>
> *Les pires maux, ni les malheurs,*
> *Les coups du sort très-accablants*
> *N'ont su m'arracher cris ou pleurs,*
> *Ni incliner mon front sanglant. [...]*
>
> *Le succès est-il incertain ?*
> *On m'accuse, et l'on me diffame ?*
> *Je suis maître de mon destin*
> *Et capitaine de mon âme*[1].

Ce que Niobé savait inspirer à autrui peut également être comparé à ce que l'on ressent lors d'une sortie éducative à Gettysburg[2], en levant les yeux vers nos couleurs et en récitant le serment au drapeau, entouré par les tombes de ceux qui « donnèrent l'exemple du dévouement ultime ». Niobé était capable d'entraîner les autres, de les rallier à sa cause, de leur montrer ce

---

1. Ce poème (1875) de William Ernest Henley a été récité et remis à la mode le 11 juin 2001 par Timothy McVeigh avant qu'il ne reçoive une injection létale. Cet ancien GI décoré de la guerre du Golfe, devenu membre d'une milice d'extrême droite, avait été condamné à mort en 1997 pour avoir fait sauter en 1995 une bombe dévastatrice devant le bâtiment fédéral d'Oklahoma City.
2. Site d'une bataille décisive de la guerre de Sécession (juin 1863), en Pennsylvanie.

qu'elle attendait d'eux. Et ils étaient prêts à tout, rien que pour se montrer à la hauteur.

Cette histoire, enfin, c'est pour moi-même que je l'ai racontée. Afin de ne pas me cantonner, pour une fois, au rôle de gardien du temple.

DU·MÊME AUTEUR

Aux Éditions Gallimard

Dans la collection La Noire

LE BIBLIOTHÉCAIRE, 2005, Folio Policier n° 466.

REALITY SHOW, 1995, Folio Policier, n° 313.

COLLECTION FOLIO POLICIER

Dernières parutions